사뮈엘 베케트
Samuel Beckett, 1906–89

사뮈엘 베케트는 1906년 4월 13일 아일랜드 더블린 남쪽 폭스록에서 유복한
신교도 가정의 차남으로 태어났다. 더블린의 트리니티 대학교에서 프랑스 문학과
이탈리아 문학을 공부하고 단테와 데카르트에 심취했던 베케트는 졸업 후
1920년대 후반 파리 고등 사범학교 영어 강사로 일하게 된다. 당시 파리에 머물고
있었던 제임스 조이스에게 큰 영향을 받은 그는 조이스의『피네건의 경야』에 대한
비평문을 공식적인 첫 글로 발표하고, 1930년 첫 시집『호로스코프』를, 1931년
비평집『프루스트』를 펴낸다. 이어 트리니티 대학교에서 프랑스어를 가르치게
되지만 곧 그만두고, 1930년대 초 첫 장편소설『그저 그런 여인들에 대한 꿈』(사후
출간)을 쓰고, 1934년 첫 단편집『발길질보다 따끔함』을, 1935년 시집『에코의
뼈들 그리고 다른 침전물들』을, 1938년 장편소설『머피』를 출간하며 작가로서
발판을 다진다. 1937년 파리에 정착한 그는 제2차 세계대전 중 레지스탕스로
활약하며 프랑스에서 전쟁을 치르고, 1946년 봄 프랑스어로 글을 쓰기 시작한 후
1989년 숨을 거둘 때까지 수십 편의 시, 소설, 희곡, 비평을 프랑스어와 영어로
번갈아 가며 쓰는 동시에 자신의 작품 대부분을 스스로 번역한다. 전쟁 중 집필한
장편소설『와트』에 뒤이어 쓴 초기 소설 3부작『몰로이』,『말론 죽다』,『이름
붙일 수 없는 자』가 1951년부터 1953년까지 프랑스 미뉘 출판사에서 출간되고,
1952년 역시 미뉘에서 출간된 희곡『고도를 기다리며』가 파리, 베를린, 런던, 뉴욕
등에서 수차례 공연되고 여러 언어로 출판되며 명성을 얻게 된 베케트는 1961년
보르헤스와 공동으로 국제 출판인상을 받고, 1969년 노벨 문학상을 수상한다.
희곡뿐 아니라 라디오극과 텔레비전극, 영화 각본을 집필하고 직접 연출하기도
했던 그는 당대의 연출가, 배우, 미술가, 음악가 들과 지속적으로 교류하며 평생
실험적인 작품 활동에 전념했다. 1989년 12월 22일 파리에서 숨을 거뒀고,
몽파르나스 묘지에 묻혔다.

# MURPHY
## by Samuel Beckett

이 책은 아일랜드 문학 번역원(Literature
Ireland)의 도움을 받아 출간되었습니다.

LITERATURE IRELAND
Promoting and Translating Irish Writing

사뮈엘 베케트                    이예원 옮김

머피

wo
rk
——
ro
om

일러두기

1. 이 책은 사뮈엘 베케트(Samuel Beckett)의 『머피(Murphy)』(J. C. C. 메이즈
[J. C. C. Mays] 편집, 런던, 페이버 앤드 페이버[Faber and Faber], 2009)를
한국어로 옮긴 것이다. 번역 과정에서 크리스 애컬리(Chris Ackerley)의
『망령 난 세부들: 머피 주석판(Demented Particulars: The Annotated
Murphy)』(에든버러 대학교 출판부[Edinburgh University Press], 2010)을
참고했다.
2. 본문의 주는 옮긴이가 작성했다.
3. 원문에서 이탤릭체로 강조된 부분 중 일부는 방점을 찍어 구분했고, 대문자로
강조된 경우 굵게 표기했다.

# 차례

태양이 새로운 것 없는 세상을, 달리 대안도 없기에, 환히 밝혔다. 머피는 그에 비긴 채, 그로써 저는 자유인 양, 막다른 웨스트브롬프턴 골목의 마구간 집에 앉아 있었다. 빈틈없이 잇닿은 남동향의 중간 규모 축사들과 마주한 이곳 북서향의 중간 규모 축사에서 그는 여섯 달 남짓을 먹고 마시고 자고 입고 벗어 가며 지내 왔다. 이제 이마저 사용 불가 판정을 받아 머잖아 다른 거처를 알아봐야 할 터였다. 머잖아 사뭇 이질적인 환경에서 고삐 틀어쥐고 먹고 마시고 자고 입고 벗어 가며 지내야 할 터였다.

그가 알몸 채로 걸터앉은 의자는 갈라지거나 뒤틀리거나 수축하거나 좀먹거나 오밤중에 삐거덕대는 일이 결코 없으리라 보장된 헐벗은 티크재 흔들의자였다. 오로지 그의 차지요 한시도 그를 떠난 적이 없었다. 머피가 앉은 자리는 커튼 쳐진 구석 자리로, 처녀자리만도 벌써 억만 번째인 저 가여운 늙다리 태양이 들지 않았다. 목도리 일곱 장이 그를 정자세로 붙들어 맸다. 두 장은 정강이를 의자 다리에, 한 장은 허벅지를 좌석에, 두 장은 가슴과 배를 등받이에, 한 장은 뒷짐 진 손목을 뒤쪽 버팀대에 각각 결박하고 있었다. 고로 지극히 국부적인 동작만 가능했다. 땀이 흥건히 흘러 뱃대끈들을 한층 옥쬤다. 호흡은 감지되지 않았다. 갈매기처럼 서늘하고 동요 없는 두 눈은 처마 돌림띠에서 아롱져 사그라지는 얼룩을 향했다. 어디선가 20-30여 차례 아스라이 울리던 뻐꾹종이 길가 행상의 외침을 되받는가 싶더니, 이제 막다른 말간 골목에서 주거니 받거니! 주거니 받거니! 하고 예의 외치는 소리가 곧장 귓전을 때렸다.

머피는 이러한 광경과 소리가 달갑지 않았다. 자기를 저희 세계에 억류하려 든다 여긴 탓이었는데, 머피 스스로 생각하기에 혹은 허황되게 바라건대 자신은 이러한 것들과 한 세계에 속해 있지 않았다. 다만 자기 햇빛을 토막 내는 것의 정체가 무엇이며 과연 어떠한 재화들을 외치는 건지 어렴풋이 궁금증이 일 따름이었다. 어렴풋이, 다만 어렴풋이.

그가 제 의자에 이리 앉는 것은 그로써 기쁨을 얻어서거늘!

첫째로 몸에 기쁨을 주고 몸을 달래 주었다. 다음으로 그를
마음속부터 자유롭게 해 주었다. 몸을 녹이고 나야만 정신적으로
살아날 수 있었던 까닭인데, 이에 대해선 6장에 상술돼 있다.
또한 이러한 내면의 삶이 그에게 기쁨을 안겨 주었으니, 이는
기쁨이라는 말로는 형언되지 않을 층위의 기쁨이었다.

　　머피는 요전에 아일랜드의 코크에서 니어리라는 이를 사사한
바 있었다. 그 당시 니어리는 마음 내킬 때면 십중팔구 제 심장을
멈추는 것은 물론이요 그리 정지된 상태로 저 내킬 때까지, 물론
적정선 내에서지만, 유지하는 능력이 있었다. 인도의 네르부다강
북쪽 모처서 수년간 정진하여 득한 이 귀중한 능력을 그는
못 견디게 성가신 상황에서만 발휘하는 절약 정신을 보였다.
이를테면 한잔하고 싶은데 구할 길이 안 보일 때, 스코틀랜드
고지인들 틈에 내던져져 도망칠 방도가 없을 때, 가망 없는 성적
경도의 격통이 사무칠 때가 그러한 상황에 속했다.

　　머피가 니어리 발치에 가 앉았던 건 니어리표 심장을
발달시키는 방법을 전수받기 위해서가 아니라, 머피가
보기에 자기와 같은 성정을 지닌 사내에게 그러한 심장은
삽시간에 치명타를 안기고 말 것이었으므로, 다만 그 당시
피타고라스학파였던 니어리가 소위 아프모니아라고 일컫던
것을 제 심장에도 안착시키기 위해서였다. 머피의 심장은 워낙
부조리해 어느 의사도 그 까닭을 밝혀내지 못할 정도였다.
검진하고 촉진하고 청진하고 타진하고 방사선과 심전도로 검사해
본들 머피의 심장은 심장의 본질에 충실했다. 하나 단추를 도로
채워 제구실을 하도록 두기만 하면 상자 속 페트루슈카 인형으로
분했다. 한순간 힘에 겨워 곧 멎을 듯이 기진하다가도 다음
순간 힘이 북받쳐 곧 터질 듯이 맥진했다. 이 극과 극의 중재를
니어리는 조화란 뜻에서 아프모니아라 칭했다. 아프모니아라고
부르는 데 질릴 쯤이면 아이소노미, 곧 동권(同權)이라 불렀다.
그리고 아이소노미란 어감이 귀에 거슬리기 시작하면 조율이란
의미에서 어튠멘트라고 불렀다. 하지만 뭐라 이름 붙인들 그것이
머피의 심장에 자리 잡을 기미는 영 보이질 않았다. 머피의 심장
속 상반된 경향을 니어리는 도저히 조화시킬 수가 없었다.

두 사람이 나눈 마지막 대화가 퍽 인상적이었다. 죽은 듯이 자던 니어리가 잠에서 깨어나 이리 운을 뗐다.

"머피, 삶은 결국 전경과 배경이라네."[1]

"다만 참고향을 찾기 위한 유랑이고요." 머피가 답했다.

"어수선히 소용돌이치는 거대한 소요를 배경으로 드러나는 하나의 얼굴 내지는 숱한 얼굴들의 체계지." 니어리가 말했다. "드와이어 양이 떠오르는군."

머피는 카우니핸 양을 떠올릴 수 있었을 테다. 니어리가 면전에 두 주먹을 질끈 쥐어 보였다.

"한 시간만이라도 드와이어 양의 애정을 얻는다면 그 강장 효과가 이루 말할 수 없을 텐데." 그가 말했다.

주먹 쥔 손마디가 살갗 아래로 예사 하얗게 도드라졌다. 이것이 정자세였다. 이어서 두 손이 저희의 최대 범위까지 곧잘 열렸다. 이것이 부정이었다. 머피가 보기에 니어리의 몸짓은 이제 합당한 두 가지 방도 중 하나로 마무리되어 거둬들여질 터였다. 절망을 나타내는 멋들어진 자세로 두 손이 머리 양쪽에 철썩 가 부딪거나, 좌우 바지 솔기에 (애초 두 손이 바지로부터 출발했다는 가정하에) 힘없이 늘어지거나. 그러니 니어리가 여기서 한층 격렬히 주먹을 악쥐며 제 흉골을 두드리는 것을 보고 머피가 느꼈을 짜증을 헤아려 보라.

"30분만이라도 좋네." 니어리가 덧붙였다. "단 15분인들 안 좋으리."

"그 뒤에는요?" 머피가 물었다. "다시 테네리페섬과 유인원들에게 돌아가렵니까?"

"비웃어도 좋고 조롱해도 좋네." 니어리가 말했다. "그런다고 드와이어 양을 제외한 세상 만물이 적어도 이 순간만큼은 잔물 부스러기에 불과하다는 사실은 변하지 않으니. 형태 없는 쓰레기 밭과 공허 가운데 유일하게 닫혀 있는 몸이여! 내 삼각수연, 아니, 삼각수여!"[2]

드와이어 양을 향한 니어리의 사랑은 이리도 극진했건만 정작 드와이어 양은 엘리먼 공군 대위를 사랑했고 이이는 링서키디의 페렌 양을, 페렌 양은 발린클라셋의 피트 신부를 사랑했으며,

피트 신부는 패시지에 사는 웨스트 부인을 제 진심 다해 소명으로 받들어 섬기었지마는 정작 웨스트 부인은 니어리를 연모하였다.

"맞사랑이란 전기 합선과 다름없네." 니어리의 이 한마디가 공이 되어 불꽃 튀는 랠리를 촉발했다.

"격통에 사로잡혀 두 눈을 거들뜨는 사랑, 새끼손에 옻독이라도 묻혀 그녀가 내 이 혀를 식혀 주길 갈구하는 사랑이 머피 자네에겐 딴 세상 이야기만 같은가 보군그래."

"그리스어만큼이나요." 머피가 말했다.

"달리 말해 이질적인 자극이 난무하는 혼잡함 가운데 불거진 유일하고 찬란하며 조직되고 조밀한 부스럼이라 할 수 있지." 니어리가 덧붙였다.

"부스럼이 맞고말고요." 머피가 응수했다.

"아무려면." 니어리가 말했다. "자, 잘 들어 보게. 자네가 사랑을 못 하는 이유가 뭐건 ─ 아니, 그런데 카우니핸 양이란 아가씨가 있지 않았던가, 머피?"

암, 카우니핸 양이 있고말고.

"그래, 그렇다면 그 카우니핸 양과 자네의, 뭐랄까, 거래 관계를 정의해 보란 청을 받았다 치게나." 니어리가 말했다. "어서, 머피."

"한마디로 앞 전 전심(前心)이에요." 머피가 말했다. "온 마음 전심(全心)도 진심도 아닌. 피곤하고. 코크 카운티스럽고. 문란한."

"아무려면." 니어리가 말했다. "자, 그런즉. 자네가 나와 같은 방식으로 사랑하지 못하는 이유가 무엇이건 간에, 그런데 참으로 내 방식 이외에는 달리 방식이 없는 것이 진리긴 하지마는 여하간 바로 그 이유로 말미암아, 그 이유가 무엇이건, 자네 심장이 그 모양인 걸세. 또한 바로 그 이유로 말미암아 ─."

"그 이유가 뭐건 간에요." 머피가 말했다.

"내 자네를 위해 손쓸 방도가 없는 걸세." 니어리가 말했다.

"가여운 내 영혼이여." 머피가 말했다.

"아무려면." 니어리가 말했다. "내 보기엔 아무래도 자네 솔방울샘[3]이 오그라든 거지 싶어."

머피는 흔들의자의 진동 폭을 한껏 끌어올려 놓고는 긴장을
풀었다. 차츰 세계가 잦아들었다. 반대급부를 묻는 '주거니
받거니'가 상품으로 외쳐지는 곳이요 태양이 결코 같은 빛으로
저무는 일 없는 큰 세계가 서서히 잦아들면서, 6장에 상술한 바
있는 머피의 자기애가 가능한 작은 세계가 모습을 드러냈다.

　머피의 귓가에서 한 발 떨어진 벽걸이 전화가 별안간
폭발했다. 수화기를 걸이에서 내려놓는 걸 깜빡한 것이다. 당장
받지 않으면 집주인 아주머니나 다른 하숙인이 달려올 테고
방문을 잠그지 않았기에 이대로 들통날 터였다. 실은 잠글 길이
없었다. 희한한 방이지, 문짝은 경첩에 겨우 매달렸건만 전화기는
갖춘 방이라니. 하지만 앞서 세 든 이가 야단스러운 전성기를 누린
화랑(花娘)이었던 만큼, 한창때 더없이 유용하던 전화기가 그녀가
쇠퇴기에 접어든 뒤론 불가결한 물건이 되었던 것이다. 유일하게
돈을 버는 때라고는 옛날 화객이 전화를 걸어올 때뿐이었고,
그제야 그녀는 그간의 공연한 번거로움을 보상받을 수 있었기에.

　의자에 감긴 손이 좀처럼 풀리질 않았다. 어느 순간이고
집주인이나 이웃한 하숙인이 방으로 오르는 소리가 들릴 듯했다.
전화기의 차분한 굉음이 그를 조롱했다. 머피는 급기야 한 손을
해방시켰으나 수화기를 냉큼 집어 그대로 바닥에 내친다는 것이
긴박감에 그만 제 머리에 철썩 갖다 대고 말았다.

　"이런 망할." 그가 말했다.

　"이미 망했어." 여자가 답했다. 실리아였다.

　머피는 수화기를 황급히 무릎에 던졌다. 그가 경멸해 마지않는
자기의 일면이 실리아를 절실히 갈구할 동안에도 그가 더없이
사랑하는 자기의 다른 일면은 실리아를 떠올리는 즉시 위축됐다.
수화기 속 목소리가 그의 육신에 대고 어렴풋이 탄식했다. 이를
얼마간 견디다 못해 머피는 다시 수화기를 귀에 대고 물었다.

　"영영 안 돌아올 거야?"

　"받아 왔어." 실리아가 말했다.

　"아무렴." 머피가 말했다.

　"당신이 전에 부탁한 것 말—"

　"그 얘긴 줄 알아." 머피가 말했다.

"평소 거기서 평소 그 시간에 봐. 챙겨 갈 테니까." 실리아가
말했다.

"불가능해." 머피가 말했다. "친구가 오기로 돼 있어."

"당신이 친구가 어디 있다고." 실리아가 말했다.

"아, 글쎄." 머피가 말했다. "친구까진 아니지만 어쩌다 알게
된 희한한 작자야."

"그럼 그 전에 내쫓으면 되잖아." 실리아가 말했다.

"불가능해." 머피가 말했다.

"그럼 내가 그리로 갈게." 실리아가 말했다.

"그건 안 돼." 머피가 말했다.

"왜 날 피하는 거야?" 실리아가 말했다.

"몇 번을 말해야겠어." 머피가 말했다. "난—."

"아니." 실리아가 말했다. "희한한 작자 따위 안 믿어. 그런
사람일랑 없는 게 빤해."

머피는 아무 말도 하지 않았다. 그가 사랑하고자 애쓰는 그의
자아가 피로를 호소했다.

"아홉 시에 갈게." 실리아가 말했다. "이거 갖고. 당신이
나가고 없거든—."

"그래." 머피가 말했다. "그새 나갈 일이라도 생기면 어쩌려고?"

"끊는다."

머피는 전화선의 죽은 음에 가만 귀 기울이다가 이내
수화기를 내동댕이쳤고, 다시 버팀대에 손을 동여매고 의자를
앞뒤로 흔들기 시작했다. 차츰 기분이 나아지면서 서로
충돌하지도 갈마들지도 않는 빛과 어둠, 단지 서로 교통하고자
사그라들거나 희박해지는 6장에 상술된 저 빛과 어둠의 자유
가운데 마음이, 서서히, 활기를 띠고 일기 시작했다. 의자의
진동이 점점 빨라졌고, 진동 폭은 점점 작아졌고, 아롱진 얼룩은
아예 없어졌고, 말간 길목의 외침도 없고, 머잖아 그의 몸도
침묵하리라. 달 아래 대다수 것들이 점차 속도를 늦추더니 그쳤고,
한 번의 진동이 점차 빨라지더니 그쳤다. 이제 곧 그의 몸이
침묵하리라, 이제 곧 그는 자유리라.

| | |
|---|---|
| 나이. | 중요치 않음. |
| 머리. | 작고 둥긂. |
| 눈. | 초록색. |
| 낯빛. | 흰색. |
| 머리카락. | 노란색. |
| 이목구비. | 유동적. |
| 목. | 13¾인치. |
| 위팔. | 11인치. |
| 아래팔. | 9½인치. |
| 손목. | 6인치. |
| 가슴. | 34인치. |
| 허리. | 27인치. |
| 엉덩이 등등. | 35인치. |
| 허벅지. | 21¾인치. |
| 무릎. | 13¾인치. |
| 종아리. | 13인치. |
| 발목. | 8¼인치. |
| 발등. | 중요치 않음. |
| 키. | 5피트 4인치. |
| 몸무게. | 123파운드. |

실리아가 엉덩이 등등이 반색하며 동반하는 가운데 공중전화 박스에서 뛰쳐나갔다. 그녀를 포위하던 욕정의 불화살들은 지스러기 섬유인 양 소멸되었다. 셰프 앤드 브루어 펍에 들어선 그녀는 특실 술청에 앉아 새우 토마토 샌드위치와 화이트 포트와인 큰 잔을 주문했다. 이어 축구 노름에서 1파운드당 4실링 수수료에 판돈을 수금하는 네 명의 사내가 따라붙은 와중에 잰걸음을 놓아 친할아버지인 윌러비 켈리 씨가 사는 타이버니아의 아파트로 향했다. 실리아는 켈리 씨에게 상심을 끼치려니 싶은 일 말고는 숨기는 사실이 일절 없었고, 고로 그에게 숨기는 게 거의 없었다.

그녀가 아일랜드를 떠난 건 네 살 때 일이었다.

켈리 씨의 얼굴은 폭이 좁았고, 일평생 어둡고 고리게 누워만
지낸 탓에 만면에 주름이 깊게 패어 있었다. 그러나 일말의
희망도 찾아볼 수 없겠거니 싶은 마지막 순간에, 머리오리도
훼방 놓지 않는 번듯한 전구형 두개골이 그 위로 불거져 올랐다.
그런들 머지않아 머리와 몸의 비율이 작은 새 한 마리에 버금가는
비율로 내려앉을 터였지만. 그는 침대에 들어 허송세월했다. 간혹
이불깃이나 뜯어 대는 정도를 활동으로 간주하지 않는 이상은
말이다.

"제가 세상에 가진 거라곤 할아버지뿐이죠." 실리아가 말했다.

켈리 씨는 아늑이 이불에 깃들였다.

"할아버지, 그리고 어쩌면 머피가 전부예요." 실리아가
말했다.

켈리 씨가 몸을 벌떡 일으켰다. 워낙 깊게 박힌 두 눈이라
불거질 리는 없어도 열릴 수는 있었고, 과연 열렸다.

"할아버지가 상심하실까 봐 머피 얘기를 못 드렸어요."
실리아가 말했다.

"상심 좋아하시네." 켈리 씨가 말했다.

침대에 도로 드러눕자 두 눈이 인형처럼 슥 감겼다. 그는
실리아가 앉길 바랐으나 실리아는 서성이는 편을 선호해 두 손을
예사의 방식으로 쥐었다 놓아 대며 방을 오갔다. 손 한 쌍의 저
두터운 우정이란.

실리아가 머피를 언급할 수밖에 없는 사정에 이르고 만
자초지종을 일부 삭제, 가속, 개정 및 축약해 전하자면 다음과
같다.

실리아의 부모 퀜틴 켈리 씨와 그 부인이 불운의 모로캐슬호
선상에서 각각의 반려자를 뜨겁게 부둥켜안고 사망한 후,
외동이었던 실리아는 길 일에 나서야 했다. 월러비 켈리 씨로선
전적으로 지지할 수 없는 걸음이었다마는 그렇다고 실리아를
만류하려 들지는 않았다. 실리아는 착한 애이고, 잘해 나갈
것이었다.

그리하여 실리아는 지난 한여름 밤 태양이 게자리에 든 때

거리에서 머피를 만났다. 배터시 유역에서 강 냄새를 맡으며 기분 전환을 하고 롯스 로를 지나 돌아올 생각으로 이디스 그로브를 벗어나 크리모니 로를 걷던 차, 얼핏 오른쪽으로 눈길을 돌렸다가 스테디움 가 어귀에 붙들린 듯 서서 하늘과 종잇장만을 번갈아 보며 사색에 빠져 있는 남자를 보았다. 이이가 머피였다.

"제발 당부하는데 그 염병할 자초지종일랑 생략하거라." 켈리 씨가 말했다. "이디스 그로브와 크리모니 로와 스테디움 가가 만나는 지점 따위 난 관심 없으니. 어서 네 남자 얘기나 해 봐라."

실리아는 그 자리에서 발길을 멈췄고—"어서!" 켈리 씨가 다그쳤다.—남자의 눈길이 머잖아 하강하며 스칠 지점으로 옮겨 가 기다렸다. 남자가 마침내 다시 움직임을 보였을 때 그 고개가 어찌나 제멋대로 가슴팍에 푹 고꾸라지던지, 실리아의 모습은 그의 시야에 드는 즉시 사라졌다. 그는 실리아를 편히 눈가늠할 수 있는 높이로 고개를 곧장 쳐드는 대신 손에 들린 종잇장으로 주의를 돌렸다. 안구가 다시 저 영겁을 향할 때까지도 실리아가 저 자리를 지키고 있거든, 그제야 실리아에게 시선을 두고 가늠해 보라고 두 눈에 분부할 작정이었다.

"어떻게 그리 속속들이 알지?" 켈리 씨가 말했다.

"뭘요?" 실리아가 말했다.

"그놈의 온갖 망령될 미주알고주알 말이다." 켈리 씨가 말했다.

"그이가 다 얘기해 주니까요." 실리아가 말했다.

"그딴 건 됐어." 켈리 씨가 말했다. "네 남자 얘기나 해 봐라."

머피는 종잇장에서 찾던 것을 발견하는 족족 머리 위쪽으로 고개를 파견했다. 보아하니 그것만으로도 품깨나 드는 모양이었다. 궤적의 중간 지점에 못 미쳤을 때, 그는 한숨 돌릴 기회에 감사하며 동작을 잠시 보류하고는 실리아를 바라봤다. 실리아는 2분 정도 그 시선을 용인하다가 리젠트 가 상점의 루셀 마네킹처럼 두 팔을 뻗고 제자리에서 천천히 회전하기 시작했고—"브라바!" 켈리 씨가 외쳤다.—한 바퀴 다 돌아 원점으로 돌아왔을 때 머피는 예상한 대로 여전히 그녀에게 시선을 고정하고 있었다. 하지만 그다음 순간 지고의 용력을 발휘하려는 듯 그의 두 눈이 감기더니 무릎이 풀리고 하복부가 앞으로 쏠리면서 벌어진 입과 고개가 뒤로 뉘엿뉘엿 넘어가기 시작했다. 창공의 광휘로 복귀하는 참이었던 것이다.

실리아의 항로야 명백했다. 템스 강물. 아예 그 품 안에 들고픈 강한 유혹도 일었지만 일단은 제쳤다. 그럴 시간은 앞으로도 충분했다. 대신 배터시 다리와 앨버트 다리 가운데께로 걸음을 옮겼고 벤치를 찾아 첼시 근방 병원의 퇴역 군인과 엘도라도표 아이스크림 장수—이이는 잔인한 이륜 기계서 잠시 몸을 내려 천국에서의 짧은 막간을 만끽하는 중이었다.—사이에 자리를 잡고 앉았다. 온 예술가, 작가, 보험업자, 악마, 유령, 칼럼니스트, 음악가, 작사가, 오르간 연주자, 칠장이와 도배공, 조각가와 조상사, 비평가와 평론가, 전공자와 부전공자 들이 취하거나 취하지 않은 채로, 웃거나 울면서, 여럿이 또는 홀로 오갔다. 색색가지 폐지를 수북이 실은 바지선 몇 척이 닻 주거나 진흙에 좌초한 채 물가 저편서 손을 흔들어 보였다. 선박 연통이 모자를 벗어 배터시 다리에 인사했다. 예인선과 바지선이 나란히 짝을 이뤄 행복에 겨운 포말을 일으키며 강반에서 멀어졌다. 엘도라도 사내는 잔뜩 웅크린 채 잠들어 있었고 첼시 노인은 선홍색 웃옷을 벗어던지며 "지옥 불에 볶을 날씨 같으니라고, 내 끝내 기억해 주지." 하고 외쳤다. 첼시 옛 교회당의 시계가 마지못한 듯 열 시를 둔중히 알렸다. 실리아는 벤치에서 일어나 온 길을 되돌아갔다. 그런데 롯스 로로 곧장 향하게 되리라 바랐던 것과 달리, 어느새 오른쪽의 크리모니 로 방향으로 이끌려 가는 자신을 발견했다. 그이가 아직 스테디움 가 길목에 있었다. 자세만 달리한 채로.

"지옥 불에 볶을 이야기 같으니라고. 내 끝내 잊어 주지." 켈리 씨가 말했다.

머피는 그사이 다리를 꼬고 손은 주머니에 넣고 종잇장은 땅에 떨어뜨린 채로 정면을 뚫어져라 응시하고 있었다. 실리아가 이번에는 기량을 살려 그에게 말을 걸었고—"한심한 것!" 켈리 씨가 말했다.—그렇게 두 사람은 6월 별자리표 나부랭이랑 배수로에 널브린 채 나란히 팔짱 끼고 행복한 걸음을 옮겼다.

"이쯤서 불을 켜야겠구나." 켈리 씨가 말했다.

실리아는 불을 켜고 침대 위 베개를 정리했다.

그날 이후로 두 사람은 서로가 서로에게 없어선 안 될 사이가 되었다.

"어허!" 켈리 씨가 외쳤다. "그런 비약이 어디 있어? 둘이서 팔짱 끼고 행복한 걸음을 옮겼다며. 그다음엔?"

실리아는 머피를 사랑하고 머피는 실리아를 사랑하니, 드물디드문 맞사랑으로 이어진 귀한 경우였다. 더욱이 스테디움가 어귀서 처음 주고받으며 장장히 이어지던 눈길에서 시작된 사랑이지, 둘이 팔짱을 끼고 갔다거나 그 이후에 벌어진 어떤 이변을 계기로 시작된 것이 아니었다. 둘 사이의 사랑이 이후에 뒤따른 산책이며 기타 등등의 조건인 게지. 그리고 이 사실을 머피가 그녀에게 이미 여러 차례, 바버라와 바카르디와 바로코의 삼단논법으로, 그러나 브라만팁은 절대 쓰지 않고 증명해 보인 바 있었다.[4] 머피와 떨어져 지내는 매 순간이 실리아에게는 무의미한 영겁으로 여겨질 따름이었는데, 이에 대해서는 머피도 같은 의견일뿐더러 "내 인생에 실리아 말고 뭐가 있겠어?"라는 말로 어쩌면 그녀보다도 더 강력히 이 의견을 피력했다.

그다음 일요일, 달이 합을 이룬 날, 배터시 공원의 아열대 정원에서, 종이 울리자마자, 머피가 청혼했다.

켈리 씨가 끙 하고 신음했다.

실리아는 응 하고 승낙했다.

"한심한 것." 켈리 씨가 말했다. "한심한 것 같으니라고."

캄파넬라의 『태양의 도시』를 근거 삼아, 머피는 달이 충(衝)에 들기 전에 법으로든 불법으로든 결혼해야 한다고 말했다. 지금이 9월이고 태양이 처녀자리 성좌에 도로 든바, 그들 관계는 아직 정례화되지 않은 상태였다.

켈리 씨는 더 이상 자제할 이유가 없다고 느꼈다. 몸을 일으켜 앉자 두 눈이 빤히 예상했던 대로 활짝 열렸고 이제 그는 누가 무엇을 어디서 어떤 수와 이유와 방도로 그리고 언제인지 알아야겠다고 했다. 어느 노인이고 표면만 긁어 보면 쿠인틸리아누스 뺨칠 수사학자를 찾고 마는 법.

"이 머피란 작자가 대체 누구기에 그이 좋으라고 네 일마저 팽개친 거냐? 보나마나 팽개쳤을 테니. 머피가 뭐기에? 어디서

온 작자냐? 가족은 어찌 되고? 하는 일은 뭣이고? 재산이라곤
있느냐? 전망일랑 있느냐? 이렇다 할 사람이긴 하며 이렇다 할
것이라곤 있느냐?"

이에 실리아는 시작부터 시작한답시고 머피는 머피라고
답했다. 그러고는 순서 정연하게 차례대로 밝히길, 그는 어떤
직종과 업종에도 속해 있지 않다, 더블린 출신이다,—"신이시여!"
켈리 씨가 부르짖었다.—친지라곤 퀴글리 씨라는 숙부 한 사람
뒀을 따름으로 유복한 한량으로 살며 네덜란드에 거주하는
이분과 간간이 서신을 교류하기는 한다, 실리아 본인이
파악하기로는 딱히 하는 일이 없다, 가끔가다 공연 푯값 치를
주머니는 있다, 제 앞날에 중대한 일들이 펼쳐지리라 믿는다, 지난
이야기라고 찢어 버리는 일이 없다, 그는 곧 머피였다. 실리아가
그이 것이었다.

켈리 씨는 온 내분비물을 그러모았다.

"뭐로 먹고사느냐잖냐." 그가 내질렀다.

"자선으로 들어온 푼돈요." 실리아가 말했다.

켈리 씨는 뒤로 쓰러졌다. 이제 더 쏠 화살도 없었다. 이대로
하늘이 무너져도 좋았다.

바야흐로 실리아는 머피와의 관계 중에서도 켈리 씨에게
설명하기 막막한 부분을 언급하기에 이르렀는데, 이는 본인조차도
그를 충분히 납득하지 못한 까닭이었다. 어떤 수로든 이 문제를 저
막대한 대뇌에 집어넣기만 하면 태엽 장치처럼 해결책을 제시해
주리라는 걸 실리아는 알았다. 빨라진 걸음으로 방을 서성이며
어떻게 서두를 꺼낼까 고민하느라 그다지 크지 않은 뇌를
쥐어짰고, 지금 자기가 이디스 그로브와 크리모니 로와 스테디움
가가 만나는 갈림길보다도 더 결정적인 기로에 섰다고 느꼈다.

"제가 이 세상에 가진 거라곤 할아버지뿐이죠." 그녀가 말했다.

"나, 그리고 어쩌면 머피랬지." 켈리 씨가 말했다.

"머피라니요." 실리아가 말했다. "제가 이런 이야기를
할 수 있는 세상 마지막 사람이 머피고 세상 유일한 사람이
할아버지인걸요."

"날 회유하려 드는구나." 켈리 씨가 말했다.

실리아는 발길을 멈추고 할아버지의 눈이 감긴 걸 알면서도 깍지 낀 손을 들어 보였다.

"제발 차근히 제 말에 집중해 이게 다 뭘 의미하며 제가 어째야 좋을지 알려 주시겠어요?"

"그만!" 켈리 씨가 말했다. 그의 집중력은 그런 식으로 일시에 소집될 수 없었다. 그의 주의는 분산돼 있었다. 일부는 또다시 주객을 전도하려 벼르는 맹장에 머물러 있고, 일부는 제구실 못 하는 사지에 머물러 있으며, 또 일부는 제 소년 시절에 머물러 있는 등등이었다. 이 모든 걸 한데 불러모아야 했다. 적당히 그러모았다 싶은 시점에야 그가 일렀다.

"계속!"

실리아는 푼푼 벌어 족족 썼고 머피는 푼푼 하나 안 벌었다. 머피의 지조와 독립성은 제 집주인 아주머니와의 합의에 기반한 것으로, 이에 따라 집주인은 퀴글리 씨에게 절묘히 날조한 장부를 보내고 차액에서 수수료를 적당히 제한 후 이를 머피에게 넘겼다. 이 탁월한 이해관계 덕에 그는 제 보조대로 소비를 이어 갈 수 있었으나 그로써 살림을 차리기에는, 아무리 간소한 살림이건, 역부족이었다. 더욱이 처지를 한층 복잡하게 만드는 요소가 있었으니 철거 예정이란 그늘이 머피의 처소보다도 머피의 집주인 아주머니 위에 드리웠던 것이었다. 퀴글리 씨에게 간소를 올렸다가는 혹독한 징계가 따를 게 확실했다. "굶기는 손을 물었다가 그 손에 목 졸릴 일 있어?" 머피는 말했다.

설마 둘 사이에 피천 벌이라도 고안해 내지 못할까. 머피는 가능하다 생각했고, 그리 말하는 그의 표정에서 어찌나 추잡한 속셈이 엿보이던지 실리아는 스스로 경악하면서도 그를 더 필요로 하는 자신을 발견했다. 머피는 개별 성격상의 헤아려지지 않는 요소를 평소 깊이 존중하는 사람답게 자기가 실리아를 칭찬한답시고 한 말이 이리 유산되어 버린 사실조차 마음씨 좋게 받아들였다. 그리할 수 없다는 것이 실리아의 입장이라면야 당연히 그리할 수 없고말고, 더 가타부타할 게 있나. 정말이지 머피는 관대함이 지나치다 못해 약점이 되고 남을 이였다.

"게까지는 다 따라가겠다." 켈리 씨가 말했다. "다만 이

칭찬이라는 것 말인데—."

"저도 그걸 이해하겠다고 아주 골머리를 앓았어요." 실리아가
말했다.

"어째서 널 칭찬할 의도였다고 생각하는 거냐?" 켈리 씨가
물었다.

"머피는 제게 뭐든 다 털어놓는다니까요." 실리아가 말했다.

"혹시 이런 요지더냐?" 켈리 씨가 물었다. "'남자가 여자한테
바칠 수 있는 최고의 찬사를 바쳤건만 굳이 이리 소란을
떨어야겠어?'"

"바람 부는 것 좀 봐요." 실리아가 말했다.

"에라, 눈만 살아 갖곤." 켈리 씨가 말했다. "그랬어, 안
그랬어?"

"제법 잘 짚으셨어요." 실리아가 말했다.

"짚기는." 켈리 씨가 말했다. "그건 공식이라고, 공식."

"할아버지와 저 중 한 사람이나마 자초지종을 이해하면 됐죠."
실리아가 말했다. 머피는 그가 아키우스[6] 기운이라고 부르는 것을
존중해 자기가 받은 것 이상은 대우하지 않았다. 그러니 영예로운
묏자리에 스스로를 통각(統覺)해 넣겠다고 별빛 총총한 천공을
점검하는 대신 수지가 맞는 일에 손을 대 보면 어떻겠느냐고
실리아가 제안했을 때 몹시 상심했고, 자기의 만면에 드러난
고뇌가 그 자체로 충분한 대답이 되지 않는 것에도 몹시 좌절했다.
"내가 당신에게 강요했나?" 그가 물었다. "아니지. 당신은 나에게
강요하나? 그렇지. 이게 공평한 처산가? 사랑스러운 실리아여."

"부디 서둘러 결말을 내거라." 켈리 씨가 말했다. "머피라면
신물이 나는구나."

머피는 자기가 난 벌이를 할 수 있는 사람이 아니라고 자기
입으로 말하면 부디 그 말을 믿어 달라고 실리아에게 빌었다.
안 그래도 이미 이런저런 시도로 푼돈 재산이나마 탕진하지
않았던가? 자기가 명예직이란 만성질환을 앓고 있음을 믿어
달라고 빌었다. 그렇다고 이것이 전적으로 경제적 문제인 것만도
아니었다. 여기에는 형이상학적인 고려 사항도 관여돼 있는데,
그 암담한 빛에 비추건대 어느 머피가 됐건 머피로선 일을 하는

것 자체가 불가능한 밤이 닥쳤다고 봐야 했다. 익시온이 언제
제 수레바퀴를 멀쩡한 상태로 유지 보수해야 한다는 계약을
맺었던가? 탄탈로스는 소금 먹을 일에 미리 대비했던가?
머피로서는 들어 본 적 없는 일이었다.

　"돈 없이 이대로 계속 지낼 순 없잖아." 실리아가 말했다.

　"하늘이 마련해 줄 거야." 머피가 말했다.

　하늘은 마련은커녕 태평하게 방치하였고, 얼스코트 전람회가
열린 이래로 웨스트브롬프턴 근방에서 관찰된 바 없는 감정들을
그들 내에 부추겼다. 두 사람은 대화가 없었다. 때로 머피가
무슨 요지론가 말을 꺼내긴 했고 간혹 전하려던 골자의 끝까지
다다르는 듯도 했으나 실리아로선 확언하기 어려웠다. 예를
들어 하루는 이른 아침부터 "품팔이는 품팔이기에 도망치는
것일 터."라고 말했다. 이것도 요지에 해당하나? 또는 이런 말.
"사나이라면 실리아를 무엇과 교환하리?" 이것도 요지인가?

　"요지고말고." 켈리 씨가 말했다.

　돈은 바닥나고 일주일간 요리할 청구서도 없는 때에 이르러
실리아는 머피보고 당신이 일을 구하든지 내가 당신 곁을 떠나
다시 일을 나서든지 둘 중 하나여야 한다고 말했다. 머피는 일이
저희 두 사람을 결딴낼 거라고 했다.

　"요지가 하나에 둘일세." 켈리 씨가 말했다.

　실리아가 길거리로 돌아간 지 오래지 않아 머피가 돌아오라고
당부하는 편지를 보냈다. 실리아는 당신이 일자리를 알아보기로
하면 돌아가겠노라 말하려 전화를 걸었다. 그러지 않는 한은
아무짝에도 소용없었다. 실리아의 말이 채 끝나기도 전에 머피는
전화를 끊었다. 그러더니 다시 편지를 보내 요 며칠 굶었으며
당신 원대로 하겠다고 했다. 다만 일의 형태가 이렇거나 저래야
할 이유를 자기 내면에서는 찾아볼 길이 없을 터이니 그가 자기
자신 외에 유일하게 신뢰하는 체계인 저 천상의 지체들에 기반한
장려책을 실리아가 친절히도 알선해 줄 수 있겠느냐고 물었다.
버윅 마켓에 가면 6펜스에 탄생도를 신통히 봐 주는 스와미가
있다고 했다. 그 불행한 사건의 연월일이야 실리아가 이미 아는
바대로고, 생시는 중요치 않았다. 야곱과 에서도 용납한 과학이

정확한 고고(呱呱)의 시점에 목맬 리 없었다. 그가 직접 해결할 수도 있을 일이긴 하다만 당장 수중에 4펜스밖에 남아 있지 않았다.

"그래서 다시 전화를 걸었던 거예요." 실리아가 이야기의 결말을 지으며 말했다. "그걸 받아 왔다고 말하려고요. 그런데 나 몰라라 하는 거예요."

"그거?" 켈리 씨가 말했다.

"저한테 구해 달라 한 거요." 실리아가 말했다.

"입에 이름을 올리기조차 두려운 게냐?" 켈리 씨가 말했다.

"그게 전부예요." 실리아가 말했다. "이제 제가 어쩌야 좋을지 알려 주세요, 곧 가야 하니깐."

켈리 씨가 누운 자리에서 세 번째로 몸을 일으키며 말했다.

"가까이 오거라, 아가."

실리아는 침대 가장자리에 앉았다. 두 쌍의 손이 침대 덮개 위에서 한데 어우러졌고 침묵 속에서 두 사람은 서로를 바라봤다.

"울고 있구나, 아가야." 켈리 씨가 말했다. 켈리 씨는 무엇 하나 놓치는 법이 없었다.

"어떻게 된 사람이 사랑한다면서도 계속 이럴 수 있죠?" 실리아가 말했다. "그게 어떻게 가능한 건지 알려 주세요."

"그자도 너에 대해 같은 말을 할 테지." 켈리 씨가 말했다.

"그 희한한 작자한테요." 실리아가 말했다.

"그게 무슨 소리냐." 켈리 씨가 말했다.

"아니에요." 실리아가 말했다. "빨리 어쩌면 좋을지 알려 주세요."

"가까이 오거라, 아가." 잠깐 정신줄이 아득해진 켈리 씨가 말했다.

"나 참, 이미 와 있잖아요." 실리아가 말했다. "아예 옆자리에 들길 바라세요?"

켈리 씨의 푸른 눈이 저희 궤도의 가장 깊숙한 곳에 고정되더니 그 위로 신탁에 걸맞은 고전적인 무심함이 망사 앉듯 내려앉았다. 그는 실리아가 떨어뜨린 눈물이 채 마르지 않은 자신의 왼손을 들어 손바닥이 아래로 향하도록 두개골 정수리에 얹었다. 이것이 정자세였다. 그러나 허사였다. 그는 오른손을 들어

집게손가락을 제 콧대에 눕혔다. 그러고는 두 손을 출발점으로, 즉 실리아의 손이 놓인 이불 위로 복귀시켰고 어느새 반짝임이 회복된 눈으로 다음과 같이 선언했다.

"버려라."

실리아가 일어서려는데 켈리 씨가 두 손목을 붙들어 맸다.

"머피라는 자와의 연을 끊어 버려라." 그가 말했다. "너무 늦기 전에."

"놓으세요." 실리아가 말했다.

"치명적일 수밖에 없을 교제를 중절해라." 그가 말했다. "아직 시간이 있을 동안."

"놓으세요." 실리아가 말했다.

그는 손을 놓았고 실리아는 일어섰다. 두 사람은 침묵 속에 서로를 바라보았다. 켈리 씨는 무엇 하나 놓치는 법이 없었으니 그의 주름들이 다시금 움직이기 시작했다.

"열정 앞에 내 굴하마." 그가 말했다.

실리아는 문으로 향했다.

"가기 전에 내 연 꼬리 좀 가져다주련." 켈리 씨가 말했다. "꼬리 술이 풀려서 말이야."

실리아는 할아버지가 연을 보관해 두는 벽장에서 연 꼬리와 낱개로 풀린 술들을 꺼내 침대로 가져왔다.

"네 말마따나 바람이 몹시 부는구나." 켈리 씨가 말했다. "내일이 연과도 작별이다. 아주 안 보일 때까지 날려 보내야지."

그는 엉킨 타래를 어설프게 더듬었다. 그새 벌써 자세가 나와 그는 티끌에 불과한 저 자신을 바라보려는 듯 미간을 찡그리며 제 육신을 잡아끄는 천상의 막대한 힘에 맞서 완강히 뻗댔다. 실리아가 그런 그에게 입을 맞추고 돌아섰다.

"신이 허락건대, 영영 안 보일 때까지." 켈리 씨가 말했다.

이제 나한텐 아무도 없구나, 실리아는 생각했다. 어쩌면 머피 빼고는.

# 3

달이 기찬 우연으로 마침 만월이자 근지점에 든 까닭에 4년 만에
지구와 29,000마일 더 근접해 있었다. 이례적인 조수 간만이
예상됐다. 영국 항만청은 침착했다.

실리아가 말간 길에 다다른 건 열 시가 넘어서였다. 창문에
빛이 비치지 않았지만 머피가 어둠에 얼마나 골몰하는지 잘
알기에 그녀는 애태우지 않았다. 머피에게 익숙할 손 기척을
내려는 찰나, 문이 벌컥 열리더니 한 남자가 술 냄새를 풍기며
앞을 지나쳐 소란스레 계단을 내려갔다. 막다른 말간 골목을
빠져나갈 목이라곤 하나밖에 없기에 남자는 잠시 머뭇댄 끝에
그리로 향했다. 차마 내달릴 엄두까진 못 내겠는지 발굽에
출렁쇠라도 단 양 비척대며 땅을 내쳤다. 실리아는 느닷없이
맞닥뜨린 남자의 납빛 얼굴과 다홍빛 목도리로 아직 머리가
들썽거리는 가운데 건물로 들어서 통로의 조명 스위치를 켰다.
허사였다. 누군가 전구를 빼 간 터였다. 실리아는 어둠 속에
계단을 올랐다. 계단참에 다다라서는 스스로에게 마지막 기회를
주고자, 머피와 자기에게 마지막 기회를 주고자 잠시 머뭇댔다.

일이 두 사람을 결딴내리라는 말로 머피가 일에 낙인을 찍은
뒤로 그를 보지 않다가 사이비 우상에게 6펜스 건네고 받은
성공과 번창의 명령을 집행코자 어둠을 틈타 이리 슬그머니
나타난 것이었다. 머피는 그녀를 자기를 해코지하려 들이닥친
복수의 여신이나 압류 명령을 들고 온 집달리쯤으로 여길 터.
그러나 집달관은 그녀가 아니라 사랑이었다. 그녀는 다만 그
조수요 헛집달관일 뿐이었다. 이 세심한 변별이 어찌나 위안이
되던지 그녀는 평소와 달리 길조가 들지 않는 어두운 계단참
가운데 그대로 주저앉고 말았다. 강변에서만 해도 얼마나
달랐던가, 바지선들이 손 흔들고 연통이 목례하고 예인선과
바지선이, 그래, 그리하라고 그녀에게 노래해 주던 때만 해도.
혹은, 설마, 관두라는 뜻이었던 걸까? 이 구별은 참으로 세밀했다.
과연 이렇다 할 차이가 있기나 할까, 예컨대 지금 당장 그녀가
머피를 보러 계단을 올라가든 도로 내려가 길로 나가든? 그가

주장한 대로 그녀 방식으로 저희 둘을 끝장내는 것과, 그녀의 주장대로 그의 방식으로 그리하는 것 사이에. 아, 온유한 열정이여.

머피의 방에선 아무 기척도 들리지 않았으나, 그가 긴긴 시간을 동요 없이 보내는 데 얼마나 골몰하는지 알기에 실리아는 애태우지 않았다.

그녀는 동전을 찾아 가방을 뒤적였다. 동전 머리에 엄지가 닿거든 계단을 오르고, 악마의 손가락인 중지가 닿거든 내려갈 작정이었다. 악마의 손가락이 닿았고 그녀는 떠나려 몸을 일으켰다. 그때 머피의 방에서 무시무시한 소리가 터져 나왔다. 어찌나 필사적인 소란이 이어졌던지 실리아는 손에 쥐었던 가방을 떨어뜨렸고, 이어 짧은 정적이 흐르더니 그 어떤 신음 소리보다도 처절한 긴 한숨이 뒤따랐다. 그녀는 얼어붙었다. 꿈쩍할 힘이 깡그리 달아난 터였다. 움직일 힘이 돌아오는 즉시 그녀는 가방을 낚아채고 황급히, 그녀 딴에는 구조 길에 나섰다. 이로써 동전의 예언이 뒤집혔다.

머피는 마지막으로 언급한 자세를 여전히 유지하고 있었으나 단, 이번만큼은 흔들의자가 그를 걸터탄 형국이었다. 그리 전복된 상태로 납작 짓눌린 얼굴을 유일한 접점 삼아 바닥과 맞닿아 있었다. 수면 아래로 막 진입하려는 몹시도 미숙한 잠수부의 몸가짐을 닮은 자세라고 거칠게 비유할 법했는데, 다른 점이 있다면 뇌진탕 예방을 위한 낙법대로 팔을 곧게 뻗은 모습이 아니라 등 뒤로 팔이 결박돼 있었다. 고로 지극히 국부적인 동작만 가능해 고작 입술을 핥거나 먼지에 이쪽과 저쪽 뺨을 번갈아 내맡기는 정도가 전부였다. 코에선 피가 솟구쳤다.

실리아는 부질없는 공상에 시간을 허비하는 대신 서둘러 스카프 매듭을 끄르고 머피를 압도한 의자를 좌우로 움직여 바닥으로 끌어내렸다. 잡아매던 속박이 하나씩 풀릴 때마다 머피의 몸은 부위별로 차차 가라앉았고, 급기야 십자가형에 처해진 사람처럼 바닥에 납죽 엎드려 숨을 몰아쉬었다. 오른쪽 궁둥이 정점에 난 큼직한 분홍빛 반점이 실리아를 사로잡았다. 어쩜 이때껏 한 번도 못 봤담.

"도와줘요." 머피가 말했다.

실리아는 즉시 몽상을 떨쳐 내고 한때 소녀단원을 지낸 사람이 알 법한 모든 지원과 구제책을 동원해 구조에 임했다. 그러곤 더 이상 해 줄 게 생각나지 않자 구석 자리에서 그를 끌어내 흔들의자에 주워 담듯 해 침대로 운반했고, 그대로 침대로 떨어낸 뒤 몸을 가지런히 정리해 누이고 이불을 덮어 준 뒤에야 그 곁에 앉았다. 이제 그가 수를 둘 차례였다.

"누구세요?" 머피가 물었다.

실리아는 이름을 말했다. 머피는 제 귀를 믿지 못하고 눈을 떴다. 혼란의 복판에서 떠오르는 저 사랑스러운 이목구비, 이야말로 니어리가 앞서 그리도 예찬했던 소용돌이치는 거대한 소요를 배경으로 드러나는 얼굴이 아닌가. 머피는 눈을 감으며 팔을 벌렸다. 실리아가 침몰하듯 그의 품에 몸을 비스듬히 던졌고 두 사람은 각기 반대 방향으로 돌린 머리를 나란히 베개에 눕혔다. 그의 손가락이 그녀의 노란 머리 사이를 거닐었다. 니어리가 그토록 진정껏 바라던 전기 합선이요, 추격과 도주의 저 부시던 빛이 소멸하는 순간이었다.

아침에 머피는 자기가 그리도 범상치 않은 자세에 이르게 된 자초지종을 단순한 말로 설명했다. 의자에 앉은 채로 깜빡 잠들었다가, 잠이란 영 적당한 단어가 아니지만 여하간, 그다음 순간 심장 발작을 일으킨 것이다. 평소에는 침대에 든 와중에 발작이 일기 마련인데 이를 진정시키려 몸부림치다가도 열에 아홉은 바닥에 고꾸라지기 십상이었으니, 그 점을 고려하면 애초 손발이 결박됐던 이번에는 몸부림 끝에 신체 기계가 아예 통째로 전복하고 만 것이 그리 놀랍지도 않았다.

"아니, 그런데 누가 당신을 묶어 둔 건데?" 실리아가 물었다.

실리아는 머피의 취미에 대해 아는 바가 없었고 머피로서도 실리아가 옆에 있을 땐 이 취미를 좇을 필요를 못 느꼈다. 이제 그는 실리아에게 이 오락의 남다른 특징을 진술하게 빠짐없이 털어놓았다.

"당신이 전화했을 때 막 시작하던 참이었어." 그가 말했다.

실리아는 그의 심장 발작에 대해서도 아는 바가 없었고 머피로서도 실리아가 옆에 있을 땐 발작을 겪을 일이 없었다. 이제 그는 자신의 질환에 대해 실리아가 놀랄 만한 사실도 생략하지 않고 모조리 털어놓았다.

"그러니 당신이 내 옆에 있고 없고가 얼마나 큰 차이를 낳는지 알겠지." 그가 말했다.

실리아는 창문으로 얼굴을 돌렸다. 구름이 빠르게 하늘을 지나고 있었다. 켈리 씨는 지금쯤 환성을 내지르고 있을 터였다.

"그쪽 바닥에 내 가방이 있을 거야." 실리아가 말했다.

계단참에 떨어지면서 가방 안쪽에 붙은 거울에 금이 간 모양이었다. 실리아는 터져 나오는 탄성을 삼키며 알록달록한 글자가 새겨진 커다란 검은색 봉투를—시선을 외면하며—머피에게 건넸다.

"당신이 부탁한 그거." 실리아가 말했다.

그가 봉투를 채 가는 걸 느꼈다. 어느 정도 막간이 흐르고도 그가 아무 말 않고 기척도 내지 않자 그녀는 뭐가 잘못됐나 싶어 고개를 돌려 보았다. 머피의 얼굴이 낯빛(노란색)이 썰물에 쓸린 듯 싸그리 빠져 잿빛으로 변해 있었다. 턱에 희미한 금을 남긴 핏가닥이 안면의 조수 간만 차가 최소치로 접어들었음을 알렸다. 그는 한참 더 뜸을 들인 후에야 그녀에게 낯선 목소리로 말했다.

"내 인생 선고서구나. 고마워."

실리아는 마음을 단호히 다잡으며 머리핀을 건넸다. 머피는 이번 빚 독촉장마저도 과거 수입이랄 게 있던 시절 빗발치던 독촉장처럼 취급하려는 본능적인 충동에 따라, 뜨거운 김으로 봉투만 살짝 열어 그 안에 기록된 낭비벽에 경탄하고는 미배송인 채로 반송하려 들 터였다. 하지만 과거의 그는 빚쟁이와 잠자리를 나눈 사이가 아니었지.

"왜 봉투는 까맣고 글자만 알록달록해?" 실리아가 물었다.

"그야 메르쿠리우스 때문이지." 머피가 말했다.
"도둑의 신이요 행성 중의 행성이자 내 행성이기도 한 수성 메르쿠리우스에는 고정된 색이 없거든." 그는 열여섯 번 접힌 종이를 펼쳤다. "그리고 이건 액운을 막기 위한 우편물인 소위 블랙메일이니까."[7]

# 테마 코엘라이

작도 및 해석
## 라마스와미 크리슈나스와미 나라야나스와미 수크

문명 세계와 아일랜드 자유국 두루두루 명성을 떨친
탄생 천궁도
"그렇다면 내 너희 별들을 거역하노라."

## 염소좌

염소좌가 $4°$ 상승궁으로 떠오르고 있던 때 출생한 본 출생인의
상위 속성은 영혼, 감정, 투청력(透聽力), 침묵이다. 본 출생인의
정신보다 우수하게 조합된 정신도 드물다.

달이 뱀자리로부터 $23°$에 있으니 시각 능력이 비상한
수준으로 증진되며, 이에 광인은 쉬이 굴할 수 있다. 언설로
기운을 다하지 않도록 하라. 사랑에 있어서는 열정적인 기질이
두드러지는 반면 해악을 경계하는 일이 드물며 순수에 치우치는
경향을 보인다. 육욕이 지배할 경우 발작의 위험이 있다.

화성이 동쪽으로 막 저문 것은 무언가를 추구하고픈 원대한
소망과 동시에 그 반대를 나타낸다. 이러한 성향의 인물 중 동시에
두 장소에 있고자 하는 바람을 표명한 이들이 있어 왔다.

건강이 저조할 때는 후회에 젖을 수 있다. 특출한 외모와
준법정신을 지닌 이라 할 수 있다. 약물을 피하고 조화로움을
추구하라. 출판인, 네발짐승, 열대 습지를 상대했다가는 무익하게
끝날 수 있으므로 이들과의 거래에 큰 신중을 기할 필요가 있다.

수성과 아나레테의 삼배팔분위각은 지극히 유해하며 성공이
영예의 정점서 중절될 가능성이 크니, 이로써 출생인의 전망에
타격을 가할 가능성이 있다.

달의 사분위각과 태양의 범위가 힐렉에 악영향을 미친다.
물병좌에 천왕성이 들어 물의 속성을 막으니 출생인은 이를
경계할 것이다. 황소좌에 해왕성과 금성이 들었으니 여성과

교유함에 있어 그 유기적 수준이 중간 정도로 발달했거나 저급한 상대와 거래한다. 동반자 혹은 혼인 상대로는 불의 원소에 속하는 삼궁 아래 태어난 이가 권장되니, 이때는 궁수가 소가족을 꾸리는 일을 허용할 것이다.

일에 있어 출생인은 중매자, 주창자, 탐정, 관리·보호인, 개척자, 또는 가능할 경우 탐험가로서 사람들을 고무하고 선도하도록 하며, 사업 기획에 있어서는 고수익과 빠른 회전율을 좌우명으로 삼을 것이다.

출생인은 신장염과 갑상선 질환을 경계할 것이며 목과 발의 통증을 주의하라.

행운석. 자수정과 다이아몬드. 출생인은 이의 착석으로 성공을 보장하라.

행운의 색. 레몬. 의류에 한두 방울, 실내에도 넉넉히 뿌려 화를 피하라.

행운의 날. 일요일. 새로운 기획에 착수해 최대한의 성공을 유인하라.

행운의 수. 4. 새로운 기획을 개시하라, 그로써 성공과 화가 갈릴 것이다.

행운의 해. 1936년과 1990년. 성공과 번영을 누릴 터이나 화와 차질이 없지는 않을 것이다.

"정녕 그렇단 말인가."[8] 이 예언들에 힘입어 얼굴의 노란빛을 모두 회복한 머피가 말했다. "판디트 수크가 이번에 유난히 용썼는데."

"그럼 이제 일할 수 있는 거야?" 실리아가 물었다.

"그렇고말고." 머피가 말했다. "1936년의 어느 달이고 나흘날이 일요일에 떨어지는 날 일을 시작하겠어. 행운석을 착석하고 나서야지, 상황이 요하는 대로 관리하거나 탐정하고 모험하거나 개척하거나 주창하거나 중매질하러."

"그때까지는 어쩌고?" 실리아가 말했다.

"그때까지는 다만 발작과 출판인을 경계하는 한편 네발짐승과 돌과 신장염을 주의—"

실리아가 절망에 찬 비명을 내질렀다. 내지를 동안은 강렬하나

끝날 때는 뒤끝 없이 뚝 그치는 유아의 울음에 비견할 소리였다.

"이런 머저리에 짐승이." 그녀는 운만 떼고 애써 문장을 끝내지도 않았다.

"설마 내가 천궁도를 거역하길 바라는 건 아니겠지." 그가 말했다. "설마하니."

"머저리에 짐승." 그녀가 말했다.

"조금 가혹한데." 그가 말했다.

"나보고 이… 이…."

"방지책." 그가 말했다.

"이걸 받아 오랄 땐 그게 우리가 같이 지닐 길이라더니, 막상 가져오니 이런 식으로 배배 꼬아 무슨 그… 그 무슨…."

"별거 명령처럼." 그가 말했다. 이 출생인의 정신보다 우수하게 조합된 정신도 드물었다.

실리아는 계속할 듯이 입을 열었다가 아무 말 없이 다시 다물었다. 대신 두 손을 니어리가 드와이어 양을 떠올리며 그리도 보기 좋게 망치고 말았던 손짓의 궤도로 파견했고, 머피가 보기에는 꽤나 타당한 방식으로, 즉 원위치로 떨어뜨림으로써 매듭을 지었다. 이제 실리아에겐 아무도 없었다, 어쩌면 켈리 씨 말고는. 그녀는 입을 재차 떼었다 다물더니 서서히 떠날 채비를 했다.

"어딜 가려고." 머피가 말했다.

"쫓겨나기 전에 가야지." 실리아가 말했다.

"몸만 간들 무슨 소용이라고?" 머피가 말했고 그로써 대화가 옆으로 비틀리며 실리아가 가타부타 할 수 있는 범위로 되돌아왔다.

"어찌나 겸손하신지." 그녀가 말했다.

"어허, 말 돌리지 말자, 우리." 머피가 말했다. "적어도 말을 돌려 했다는 기록은 남지 않도록 하자고."

"준비되는 대로 가겠어." 실리아가 말했다. "지난번처럼."

보아하니 진짜로 갈 태세이기는 했다. 매무새를 바로잡는 속도로 보아 20-30분 내로 박차고 나갈지도 몰랐다. 그새 벌써 얼굴 단장까지 하고 있었다.

"이번엔 안 돌아와." 그녀가 말했다. "편지를 보내도 안 뜯어 볼 거야. 목도 옮겨 버려야지."

실리아는 머피가 마음을 독하게 먹고 자기를 만류하려 들지 않으리라 믿은 만큼 딱히 서두를 기미를 보이지 않았다.

"당신을 만난 걸 후회할 테야." 그녀가 말했다.

"만나!" 그가 말했다. "만났다라니, 대단한데."

그는 실리아가 항복하지 않을 게 확실해 보이기 전에는 먼저 항복하지 않는 편이 현명하리라 생각했다. 차라리 이 쯤을 타 작게나마 감정을 분출해 보이면 어떨까 싶었다. 그런들 손해 볼 것도 없는 데다 잘만 소화해 내면 오히려 득이 될지 모를 일이었다. 사실 썩 내키는 일은 아니었지만, 더욱이 끝에 다다르기도 전에 괜한 짓을 했다고, 아예 시작을 말걸 하고 후회하리라는 것도 모르는 바는 아니었지만 말이다. 그래도 아무 말 없이 이대로 누워 있느니, 실리아가 입술을 핥을 동안 바라만 보며 기다리느니 그 편이 낫지 않겠어. 그는 배를 띄웠다.

"기능만 따지는 사랑에 뒷골이 다 당기네—."

"발이 아픈 게 아니라?" 실리아가 말했다.

"당신이 사랑하는 게 뭐지?" 머피가 말했다. "있는 그대로의 나잖아. 존재하지 않는 걸 원할 수는 있어도 그걸 사랑할 수는 없는 법이야." 머피가 픽도 할 말이었다. "그런데 왜 날 바꾸겠다고 성화냐? 날 사랑하지 않아도 되길 바라서지." 이 지점에서는 자기에게 유리한 가락으로 목소리를 높였다. "날 사랑해야만 하는 형을 당하고 싶지 않아서, 날 사랑해야만 하는 형을 유예받고 싶어서." 제 말뜻을 명료히 해야겠다는 조바심이 났다. "여자들이란 죄다 똑같아서 사랑할 줄을 모르지, 진득이 버틸 줄을 몰라. 상대방이 저한테 느끼는 감정 말고는 감정을 견디질 못하지. 사랑이래 봤자 한순간의 감정일 뿐, 5분도 안 지나 애새끼며 빌어먹을 가정부 노릇에 밟혀 사라지길 바라지. 부엌데기 여신과 소시지와 계란으로 떡치는 관계라면 딱 질색인데."

실리아가 땅에 발을 디뎠다.

"언설로 기운을 다하지 않도록 하라." 그녀가 말했다.

"내가 당신을 바꾸려 든 적 있어? 당신한테 안 맞는 일을 시작하라거나 맞는 일을 관두라고 언제 닦달한 적 있어? 당신이 하는 일에 내가 어떻게 마음 쓸 수나 있다고?"

"내가 하는 일이 곧 내가 누군지 말해 주는걸." 실리아가 말했다.

"아니." 머피가 말했다. "누구인지가 무얼 하느냐를 결정하지. 그것도 당신을 당신이게 만드는 극히 일부만 하는 셈이야, 한다는 명목으로 제 존재를 맥없이 분비해 버리기나 하면서." 그는 보채는 어린애 목소리를 흉내 냈다. "'나도 어쩔 수가 없었다고, 엄마아아.' 그런 유의 '함'이지. 피할 길도 없고 따분하기 짝이 없는."

실리아는 이제 침대 가장자리에 등을 돌리고 앉아 뱃줄을 잡아매듯 스타킹을 당겨 신고 있었다.

"헛소리라면 여럿 들어 봤지만." 그녀는 운만 떼고 굳이 말을 끝내지 않았다.

"좀 더 들어 봐." 머피가 말했다. "나도 곧 숨 거둘 테니. 내가 당신이 벌이 삼아 하는 일로 당신을 파악해야 하는 입장이었다면 지금 여기서 날 버리고 간대도 행운을 빌었을 거야. 우상이 밝힌 조건을 뺴곤 당신이 내세운 조건만 일방적으로 받아들이게 만들더니, 그것도 사람을 굶겨 가면서 말이야, 그래 놓고서 정작 당신은 그 조건을 따르지 않잖아. 내가 수크 교수가 하늘로부터 받아 낸 처방에 따라 내 발로 취업의 아가미에 순순히 들어가는 데 합의할 때는 언제고, 이제 와 그 처방을 거스르지 않겠다는 말에 날 내팽개치겠다니. 당신은 합의를 그딴 식으로 지켜? 이러니 내가 뭘 더 할 수 있겠어?"

그는 눈을 감고 몸을 누였다. 자기변호라면 영 익숙지 않았다. 무신론자가 신을 깎아내리고 나선들 머피가 제 갖은 무위를 변호하고 나서는 것만큼 허무맹랑하지는 않을 터, 이야 머피도 굳이 듣지 않아도 아는 사실이었다. 다만 실리아에 대한 제 열정에 이끌려, 또 겉시늉으로라도 전전긍긍하는 태도를 취해 보이지 않고 그저 무참히 무너질 수만은 없다는 묘한 기분에 휩쓸려 이리 된 것이었다. 공기놀이며 공놀이, 참새 사냥을 일삼던 시절에나 부리던 혐오스러운 오기의 이토록 끈진 잔재에 기가 찼다. 싸우다 죽기란 그의 온 실천과 신념과 의도를 완벽히 부정하는 안티테제건만.

실리아가 일어나 창가로 향하더니 이내 침대 발치로 돌아오는 기척이 들렸다. 머피는 눈을 뜨기는커녕 두 볼이 홀쭉해지게 숨을 들이쉬었다. 실리아가 설마하니 연민의 감정에 붙들려 동요하는 것이려나?

"뭘 할 수 있는지 내가 말해 줄게." 그녀가 말했다. "침대에서 그만 일어나 매무새 가다듬고 거리에 나가 일자리를 찾아봐."

온유한 열정이여. 머피는 다시금 노란빛을 모두 잃었다.

"거리라니!" 그가 중얼거렸다. "아버지, 저이를 용서하소서."

그녀가 문으로 향하는 소리가 들렸다.

"자기가 무슨 말을 하는 건지도 모르지." 그가 중얼거렸다. "의미도 모르는 채 욕설을 흉내 내는 앵무새만큼이나 제 말뜻을 의식 못 하고 있어."

당분간은 저리 혼잣말이나 중얼대며 홀로 탄식할 것으로 보였기에 실리아는 작별 인사를 건네고 문을 열었다.

"당신은 자기가 무슨 말을 하는지조차 모르고 있어." 머피가 말했다. "내가 설명해 줄 테니 그 문 닫아 봐."

실리아는 문을 닫았으나 손잡이를 놓지는 않았다.

"이리 와 앉아." 머피가 말했다.

"아니." 실리아가 말했다.

"허공에 대고 얘기할 수는 없다고." 머피가 말했다. "내 상위 속성 중 하나가 침묵이라잖아. 이리 와 앉아 봐."

과시욕 강한 이들이 마지막 유언을 남길 때 으레 취하는 언사였다. 실리아는 침대에 앉았다. 머피가 차갑고 갈매기만큼이나 동요 없는 눈을 뜨더니 예의 비상한 시력으로 그 비수를, 그가 본 어느 때보다도 짙푸르고 그가 본 어느 누구의 눈보다도 희망이 결여된 그녀 두 눈 깊숙이 박아 넣었다.

"이제 내게 남은 게 뭐지?" 그가 말했다. "구별해 보자. 당신, 그리고 내 몸과 내 마음." 이 괴물 같은 명제가 용인되길 기다리며 그는 잠시 말을 중단했다. 실리아는 주저하지 않았다. 용인할 기회조차 다시는 오지 않을 수 있음을 알았다. "그중 하나 또는 둘이, 또는 전부가 상업주의의 게헨나로 가게 생겼지, 당신의 말이 날 그리로 초대했으니까. 그런데 내 몸이 간다면 당신 또한 갈

것이고 내 정신이 간다면 죄다 가게 되는 거야. 그렇다면?"

그녀는 속수무책으로 그를 바라보았다. 보기에는 진지해
보였다. 하기야 행운석 두르고 레몬 어쩌고 할 때도 진지해
보이기는 했다. 머피와 상종할 때면 종종 드는, 발성되는 즉시
죽어 버리는 것만 같은 낱말들을 한바탕 뒤집어쓴 기분이
다시금 덮쳤다. 단어 하나하나가 오롯한 의미를 띠기도 전에
뒤따르는 단어로 말소되고 마는 노릇이니 실지로 무슨 말을 들은
것인지 끝내 파악할 길이 없었다. 난해한 음악을 처음 들을 때와
비슷했다.

"당신은 뭐든 배배 꼬아 버리지." 그녀가 말했다. "일에 그런
의미까지 부여할 필요는 없다고."

"그럼 입장이 그대로야?" 머피가 말했다. "내가 당신 원대로
하지 않거든 떠나겠다 그거야?"

그녀가 일어날 듯이 몸을 움직이는데 그가 두 손목을 붙들어
맸다.

"놔." 실리아가 말했다.

"그렇냐고?"

"놔." 실리아가 말했다.

그는 놓았다. 그녀는 일어나 창가로 갔다. 밝고 서늘하게
생동하는 하늘이 두 눈에 성유를 발라 주는 듯했고 그녀는
아일랜드를 떠올렸다.

"그래, 안 그래?" 머피가 말했다. 그 영원한 동어반복.

"그래." 실리아가 말했다. "이제 날 질색할 테지."

"아니." 머피가 말했다. "어디 깨끗한 셔츠 하나 없나 찾아봐."

# 4

그로부터 일주일 후인 9월 19일에 수염을 민 니어리가 더블린 중앙우체국의 쿠 훌린 동상 뒤편에서 사색에 잠겨 있는데, 한때 그의 제자였던 와일리라는 이가 그를 알아보았다. 니어리는 이 성지[9]가 저에게 특별한 의미를 갖는 양 머리를 훤히 드러내고 있었다. 별안간 모자를 옆으로 내던지며 앞으로 달음박질치더니만 죽어 가는 영웅의 허벅지를 붙들고 그 볼기짝에, 아쉬운 대로 볼기짝이라 부르자면, 제 머리를 들이박기 시작한 것이다. 구내 순찰 근무 중이던 민간 경찰이 그 소리에 여린 꿈결에서 깨어나 여유작작하게 상황을 파악하고는 몽둥이를 풀어 쥐며 차근히 전진했다. 딴에는 기물 파손 현장을 포착했다고 생각한 것이었다. 다행히도 와일리가 요령 좋은 거간꾼답게 그새 얼룩말 뺨칠 순발력으로 니어리를 허리째 부둥켜 제물로부터 뜯어내 출구로 부리나케 빼돌리고 있었다.

"어딜 도망가겠다고들." 민경이 말했다.

이에 와일리가 돌아서서 제 이마를 톡톡 쳐 보이며 머리 멀쩡한 이가 다른 머리 멀쩡한 이에게 이르듯 이리 말했다.

"존 오 갓스 정신병원 환자예요. 절대 해롭지 않습니다."

"이리 냉큼 데려오지 못할까." 민경이 말했다.

체구 작은 와일리는 어쩔 줄 모르는 채 발길을 멈췄다. 한편 체구는 근사하나 민경만큼 신체 비율이 기품 있지는 못한 니어리는 제 구조자의 오른팔에 안긴 채 지복 속에 몸을 앞뒤로 흔들고만 있었다. 이 민경은 언쟁을 일삼는 이가 아닐뿐더러 여태 받은 훈련의 어느 갈래에서도 언쟁이라곤 접해 본 적이 없는 이였다. 그는 다시 차근히 전진했다.

"스틸로건 말입니다." 와일리가 말했다. "던드럼 병원이 아니라."

민경이 와일리 왼팔에 무시무시한 손을 얹고 머릿속에 구상한 방향대로 힘껏 당겼다. 그리하여 세 사람 모두 그가 희망한 쪽으로 이동됐고, 니어리의 발은 마멀레이드에 빠진 양 질질 끌렸다.

"존 오 갓스 환자라니까요." 와일리가 말했다. "어린애처럼 순해요."

그들은 동상 뒤에 다다랐다. 그들 뒤로 무리가 모여들었다. 민경이 몸을 숙여 받침대며 옷감을 면밀히 살폈다.

"깃털 하나 안 흐트러뜨린걸요." 와일리가 말했다. "피 한 방울, 머릿고기 한 점 없이 멀쩡하네요."

민경이 허리를 펴고 와일리의 팔을 놓았다.

"갈 길들 가요." 그가 무리 지은 사람들에게 말했다. "내 손에 떠밀리기 전에."

무리는 순순히 지시에 따랐다. 단 한 차례 심장의 이완과 수축이면 준법을 강제할 수 있다. 이로써 민경은 굳이 명령을 내리는 애를 쓰고 위험을 감수한 자신의 선택을 보완하고도 남을 만치 충분한 보상을 받았다 느끼며 이번에는 와일리에게로 시선을 굽혀 한층 자상한 목소리로 이리 말했다.

"내 조언을 듣도록 해요, 여보—." 그는 멈췄다. 조언이라 부를 말을 고안해 내려거든 그의 능력을 최대치로, 그 한도까지 밀어붙여야 할 터였다. 빠져나올 길도 모르면서 의견이라는 미궁으로 기꺼이 제 몸을 던지는 이 버릇은 대체 언제쯤 떨치려나? 그것도 적대적인 상대를 앞에 둔 마당에! 더욱이 그의 창피함은 와일리의 얼굴에 깃든 표정, 조언을 약속하는 말에 면면에 급히 고정된 경직된 주의력으로 인해 배가될 지경이었다.

"예, 경사님." 와일리가 대답하고서 숨을 죽였다.

"스틸로건으로 도로 데려가시오." 민경이 말했다. 해냈다!

와일리의 낯이 흡족감으로 홀홀 흩어졌다.

"염려 마십시오, 경사님." 니어리를 출구 쪽으로 몰며 그가 말했다. "당장 병실로 데려가 정상 체온으로 돌려놓겠습니다. 애초 태어나지를 않는 것 빼고는 그 다음가게 좋은 방도고말고요, 영웅도 국고도 일절 없는 그곳에서—."

내내 차근히 기운을 회복하고 있던 니어리가 다짜고짜 와일리의 팔을 당기는 바람에 이 체구 작은 가여운 남자는 하마터면 땅으로 고꾸라질 뻔했다.

"여기가 어디야?" 니어리가 말했다. "이승이긴 하며 대체 언제인고."

와일리는 서둘러 그를 거리로 몰고 나가 정류장에 막 들어선

달키행 전차에 태웠다. 무리는 다른 곳에서 집결하기 위해 일단 해산했다. 민경은 심장 깊이 품은 주제를 다시금 되씹고자 이 부정 탈 소동을 가슴에서 떨어냈다.

"여긴 주점인가, 공병 가겐가?" 니어리가 말했다.

그러곤 그사이 손수건에 물기를 묻혀 헤집힌 살갗을 닦으려 드는 와일리의 봉사의 손길을 내치며 처음으로 자기를 구해 준 이를 바라보았다. 그러자 긴장감이, 지금껏 그를 지탱하던 분노의 자잘한 귀퉁이들이 남긴 흠집들 사이로, 사르르 새어 나갔다. 와일리의 작고 각진 어깨에 무너지듯 몸을 기대고서 그는 폭풍우 같은 눈물을 흘렸다.

"자자, 니들이 여기 있잖아요." 와일리가 들썩대는 너른 등짝을 두드리며 말했다.

눈물을 억누르며 온 정열이 말끔히 배출된 얼굴을 들어 보인 니어리가 와일리를 어깨째 붙들고는 팔을 멀찌감치 뻗으며 찬찬히 살핀 끝에 외쳤다.

"설마 니들 와일리라고! 내 한때 제자 아닌가. 한잔할 텐가?"

"이제 좀 괜찮으세요?" 와일리가 물었다.

니어리는 그제야 자기가 제 예상과 다른 곳에 있음을 깨달았다. 그는 몸을 일으켰다.

"유럽에서 손꼽히는 전차면 뭘 해? 술로 목을 축이기 전엔 그게 다 무슨 소용이라고?" 그는 제 발로 길에 내려섰다. 와일리가 그 뒤에 바싹 따라붙었다.

"아니, 무니네 시계가 이리도 슬픈 소식을 전하다니." 와일리가 말했다. "2시 33분이라."

니어리는 넬슨 기념비 철책에 몸을 기대고 욕설을 퍼붓기 시작했다. 자기가 태어난 날을 저주하는 욕으로 시작해 과감히 시간을 역류해 자기가 잉태된 날을 욕하였다.

"자자," 와일리가 말했다. "니들은 성시(聖時)¹⁰ 따위 안 지킨다고요."

그는 그 근방의 지하 카페로 니어리를 안내해 벽감 자리에 앉히고는 캐슬린을 찾았다. 캐슬린이 나타났다.

"내 친구인 니어리 교수시네." 와일리가 말했다. "제 친구

캐슬린 나 헤네시 양입니다."

"그러세요." 캐슬린이 말했다.

"앞길 가려진 사람한테 빛을 던지는 게 대체 뭔 ×××
순리인지." 니어리가 말했다.

"뭐래요." 캐슬린이 말했다.

"커피, 큰 거 두 잔." 와일리가 말했다. "스리 스타 위스키랑
말아서."

이를 한 모금 쭉 들이켜고 나니 니어리의 앞길이 즉각 더
명료해졌다.

"이제 말해 보세요." 와일리가 말했다. "다 털어놓아 보세요."

"코크 사람의 천부적인 지구력에 두 손 들어 버렸네."
니어리가 말했다. "'붉은 가지' 용사를 자처하는 저 한량이 마지막
결정타였어."

"한 모금 더 드세요." 와일리가 말했다.

니어리는 커피를 한 모금 더 들이켰다.

"이쪽 유곽에는 웬일이십니까?" 와일리가 물었다. "왜 코크에
계시질 않고요."

"그랜드 퍼레이드 로에 있던 내 숲이 몽땅 쓸려 없어졌네.
사내가 제 앞에 놓인 접시를 싹쓸이하듯 말이야."

"수염은 어찌 됐고요?" 와일리가 말했다.

"냉정하게 처분해 버렸네." 니어리가 말했다. "숙명이 점지해
준 내 정력의 배출 경로가 차단됐으니, 그런 이상은 다른 어떤
경로로도 그걸 환기하려 들지 않겠다는 나 자신과의 서약을
이행하는 과정에서 그리하게 됐어."

"참으로 암담한 이야기로군요." 와일리가 말했다.

니어리가 커피 잔을 엎었다.

"니들, 육신의 사랑에 있어서 그러하듯 정신의 우정에
있어서도 말일세." 그가 말했다. "가장 구석진 속곳에 접근하는
게 허용된 경우에만 온전한 상태에 이르는 법이지. 여기 늘어놓은
이것들은 내 정신의 외음부와 다름없네."

"캐슬린." 와일리가 불렀다.

"나를 배신했다가는 히파소스 꼴이 날 거야."

"스승의 가르침 앞에서 침묵을 지켜야만 했던 피타고라스의 제자들 말씀인가요." 와일리가 말했다. "침묵을 깨는 경우 어떤 응징이 따랐는지 당장 기억나질 않네요."

"고인 물에 익사했네." 니어리가 말했다. "변과 대각선을 같은 표준으로 잴 수 없다는 사실을 발설한 이유로."

"멋대로 입을 놀리는 자들은 그리 소멸하기 마련이죠." 와일리가 말했다.

"정십이면, 딸꾹, 정십이면체의 구조도 누설했고 말이야." 니어리가 말했다. "실례했네."

니어리가 자기가 코크 사람의 천부적인 지구력에 두 손 들게 되고 만 자초지종을 일부 삭제, 가속, 개정 및 축약해 전한 이야기는 다음과 같다.

드와이어 양은 엘리먼 공군 대위 눈에 들 마땅한 방도를 찾지 못하고 절망하고 있던 참에 니어리에게 뭇 남성이 바랄 수 있는 최대 행복을 가져다주었고, 그러자 그때껏 그리도 예쁘장하게 전경으로 드러나 있던 그녀조차 당장 배경으로 녹아들고 말았다. 니어리는 게슈탈트학파의 쿠르트 코프카 씨에게 편지를 보내 이를 즉각 해명하라고 요구했다. 그러나 아직 답장을 받지 못한 터였다.

그런고로 문제의 초점은 어떡하면 혼돈에서 불거진 이 하찮은 부스럼과 그녀의 감정에 상처 입히지 않으면서 관계를 끊을 수 있을 것인가로 이동했다. 머피에게는 사회 접촉의 근본적 이유라 할 저 '내치는 낙'이 니어리에게는 도무지 생경했다. 그는 언행을 모두 동원해 자기가 그녀보다 한참 못난 사람이라 우겼고, 이 상투적인 수법이 그가 의도한 효과를 냈다. 그로부터 오래지 않아 드와이어 양은 링서키디의 페렌 양 눈에 들지 못하여 절망하던 엘리먼 공군 대위에게 뭇 공군 대위가 바랄 수 있는 최대 행복을 가져다주게 되었다.

3월 들어 니어리는 카우니핸 양을 맞닥뜨렸고, 그 이래 그녀를 부자가 사후 세계에서 거지 나자로를 취급했듯이 취급했는데, 다만 저에게 유리한 한마디 속삭여 줄 아버지 아브라함에 비견할 이가 그에게는 없다는 점에서 전적으로 태도가 같을 수는 없었다.

카우니핸 양은 유감을 표했으니 아쉽게도 그녀의 가슴은 현재 다른 이가 선점한 터였다. 니어리의 관심에 마음이 동하고 몸 둘 바를 모르겠다마는 그녀의 애정은 이미 가치장에 거치된 상태였다. 그 행복한 사내가 누군가 하면, 니어리가 그리도 가시에 찔릴 용으로 가슴을 바짝 들이대며 추궁하니 털어놓자면, 과거 그의 제자였던 머피 씨였다.

"아뿔싸!" 와일리가 말했다.

"무기력에 빠져 공기도 들이마시질 않고 실타래처럼 늘어져만 지내는 디오게네스과(科)의 그 위인 말이네." 니어리가 탄식했다. "그 조현병 걸린 발작꾼이 천사 카우니핸의 가슴을 차지하다니. 오호통재라!"

"꽤나 하잘것없는 인물이던데요." 와일리가 말했다. "한번 저한테 말을 걸어온 적이 있어요."

"내가 마지막으로 봤을 때만 해도 드링커 인공호흡기를 장만하겠다고 돈을 모으고 있었네. 숨 쉬기조차 싫증 나거든 그리 기어들어 가겠다고." 니어리가 말했다.

"그때 저더러 자기의 원이랍시고 그런 말을 했어요." 와일리가 말했다. "제 기억이 맞는다면, 누군가 자기를 찾기 전에 무사히 건초 더미로 돌아갈 수 있기를 바란다고요."

니어리의 심장은 (일시로 멎은 상태가 아닐 때면) 카우니핸 양을 향해 헐떡이다 못해 덤으로 피까지 흘릴 지경에 이르렀으니 이는 그의 눈엔 그녀가 버림받은 게 분명했기 때문이었다. 머피가 본인의 숱한 애정 행각을 거들먹대며 플레처의 '볼멘 양치기' 펍 근처의 선로를 그 배경으로 언급했던 것도 기억했다. 카우니핸 양을 입에 올리며 머피가 사용했던 단어에서도 그가 그녀를 특별 대우를 요하는 이로 지정했다는 암시라곤 읽어 낼 수 없었다.

머피가 김나지움을 떠난 것이 지난 2월이었으니 니어리가 카우니핸 양을 만나기 한 달여 전의 일이었다. 그 후로 전해진 소식이라고는 오로지 런던에서 그를 목격했다는 말, 성목요일 늦은 오후에 하이드 파크의 콕피트 잔디밭에 홀로 등 대고 드러누워 있던 그를 깊은 무기력에서 헤어나게끔 하고자 다방면으로 노력했으나 모두 소용없었다는 전갈이 전부였다.

니어리는 카우니핸 양에게 온갖 관심을 쏟으며 망고와 난초와 쿠바산 연초, 온 열정을 담아 서명을 남긴 자기 논문 「한계의 교리」 등으로 공세를 퍼부었다. 이를 무사히 받았노라는 기별은 전혀 없었지만 그렇다고 무엇 하나 반송되지도 않았기에 니어리는 계속해 희망을 품었다. 마침내 카우니핸 양이 프라우트 신부(F. S. 마호니)의 무덤에서 오전 시간에 만나자는 전갈을 보내왔는데, 이는 그녀가 아는 한 샌던 교회 묘지는 신선한 공기와 더불어 남의 눈에 비껴 있으면서도 원치 않는 기습 공격을 피할 수 있는 사생활의 보장과 안전성이 조화로이 어우러진, 코크에서 유일한 장소인 까닭이었다.

니어리는 고운 카틀레야 난초를 손에 들고 약속 장소에 도착했고, 두 시간 뒤에 도착한 카우니핸 양은 이를 마다하지 않고 석판에 올려놓았다. 그러곤 이 처량한 남자가 제 일신을 향해 품고 있을지 모를 여타 의중을 일소하고자 미리 준비해 온 자신의 입장을 밝혔다.

그녀는 머피 차지요, 따라서 제쳐진 상태다. 머피는 제 공주인 그녀를 바라지하겠다고 이곳보다 덜 황량한 지구 어느 한 귀퉁이에 합당한 보금자리를 마련하러 떠난 것이고, 그 결과 당장은 불가피하게 곁을 떠나 있지만 마음먹은 바를 달성하는 대로 그녀 옆자리로 날아 돌아와 제 몫을 차지할 터이다. 그가 떠난 뒤로는 소식을 듣지 못해 그가 어디 있으며 정확히 무엇을 하고 있는지는 알 길이 없다. 그렇다고 염려할 이유는 없으니 떠나기 전에 그가 설명해 주었듯이, 자신의 목적하는 바와 사랑을 동시에 수행하는 것은, 후자의 경우 편지의 형태로써라 한들, 그가 감당할 수 있는 범위를 넘어섰다. 따라서 그는 이렇다 할 성공을 보고할 수 있기 전에는 편지를 보내지 않을 것이다. 그녀로서는 머피 씨를 향한 자신의 감정이 어떠한지를 상술함으로써 니어리에게 필요 이상의 고통을 부과할 마음일랑 전혀 없으며, 이 정도로도 그녀가 그의 접근을 받아들일 수 없음이 명백히 전달됐으리라 생각한다. 만에 하나 니어리가 혼자 힘으로 초지를 굽힐 만치 신사가 되지 못한다면, 그녀는 법적으로 그를 저지하리라.

이 지점에서 니어리는 말을 멈추고 두 손에 얼굴을 파묻었다.

"저런 저런." 와일리가 말했다.

니어리가 대리석 상판 너머로 내민 두 손을 와일리가 연민의 흥분에 달떠 부둥켜 주무르기 시작했다. 니어리는 눈을 감았다. 허사였다. 인간의 눈꺼풀은 눈물을 봉하지 못하기에(인간 눈에는 다행한 일이다.) 와일리는 이 절절한 애통함을 마주하며 두 번째 성찬식 이래로는 느껴 본 적 없는 순결함에 도취됐다.

"더 말씀하시지 않아도 돼요." 그가 말했다. "이리도 고통스러운 이야기라면요."

"곤경을 나누면 슬픔도 그만큼 줄게 마련이지 않은가." 니어리가 말했다.

동정 어린 악력으로부터 손을 빼내려면 격렬할 만치 섬세한 수완을 발휘해야 하므로 니어리는 아예 시도하지 않는 편이 낫겠다고 결론을 내렸다. 와일리가 마음의 상처를 입지 않도록 그는 담배 한 대만 달라 간청하는 꾀를 썼다. 물론 그에 이어 제 잔을 다시 채우는 손길을 굳이 마다하지도 않았다.

준비해 온 입장을 표명한 카우니핸 양은 그대로 떠나려는 듯 니어리에게서 돌아섰다. 그러나 니어리가 무릎을 하나 그리고 둘 꿇으며 부디 제 말을 듣고 가라고 어찌나 고뇌에 찬 쉰 목소리로 빌던지, 그녀는 마지못해 다시 몸을 돌렸다.

"니어리 씨." 그녀가 자상하기까지 한 목소리로 말했다. "매정하게 들렸다면 미안해요. 니어리 씨에게 개인적인 반감이 있는 건 정말 아니에요. 제가 이미 이리, 음, 처분된 입장이 아니었다면 니어리 씨에게 호감을 느꼈을지도 모를 일이죠. 하지만 제가 니어리 씨의, 음, 구애를 공평하게 받아들일 수 있는 자유의 몸이 아니라는 점을 양해해 줘요. 저를 잊도록 노력해 보세요, 니어리 씨."

와일리는 손을 비벼 댔다.

"진전이 있는 것 같은데요." 그가 말했다.

다시금 돌아서는 카우니핸 양, 다시금 멈춰 세우는 니어리, 그리고 이번에 니어리는 본인이 아니라 머피에 관해 전할 말이 있노라 선언함으로써 목표한 바를 이뤘다. 그는 편력 기사 머피가 근래 목격된 자리를 밝혔다.

"런던이라!" 카우니핸 양이 외쳤다. "그야말로 금전적 출세를 바라는 포부 넘치는 뭇 젊은이들의 성지 아니겠어요."

니어리는 가차 없이 이 망상을 깨뜨리며 런던을 찾은 포부 넘치는 젊은이가 자칭 지긋한 늙은이가 되기까지 거쳐야 하는 단계들을 빠르게 묘사해 보였다. 그러고는 평생의 경력을 통틀어 자신이 저지른 최대의 실수로 두고두고 통탄하게 될 일을 범하고 말았다. 머피를 흠뜯기 시작했던 것이다.

그날 오후 니어리는 수염을 싹 밀었다.

그 후로 넉 달이 지나도록 그녀를 보지 못하다가, 어느 날 사우스 몰 대로에서 능숙한 솜씨로 그에게 몸을 부딪쳐 온 그녀와 다시 대면했다. 카우니핸 양은 아파 보였다(실제로도 아팠다). 그때가 8월이었는데 그때껏 머피에게서 소식을 듣지 못했다고 했다. 그와 연락할 길이 어떻게 없을까. 이미 이 질문을 깊이 곱씹은 바 있던 니어리는 아무 방도도 떠오르지 않는다고 답했다. 그에게 딸린 사람이라고는 딱 한 사람, 암스테르담과 셰페닝엔을 오가며 시간 때우는 정신 나간 숙부밖에 없는 듯하다. 카우니핸 양은 젊은 남자를, 그리도 준수한 젊은 남자를 포기할 수는 없다고, 더욱이 지금까지 알게 된 사실과 반대로 어쩌면 지금 이 순간에도 자기가 평소에 누리며 사는 작은 사치들을 계속해서 누리고 살 수 있게끔 해 주고자 차근히 큰돈을 모으고 있을 수도 있는 남자를, 그리고 당연히 자기가 더없이 애틋이 사랑하는 남자를, 절대적인 이유가 있지 않은 이상, 예컨대 그가 숨을 다했다는 법적 증명서라든가 자필로 작성하고 인장을 찍은 자신을 내치는 문서, 혹은 불륜과 경제적 실패에 대한 압도적인 증거로부터나 기인할 터인 그러한 절대적인 이유가 있기 전에는 그를 포기할 수가 없었다. 그녀로서는 이러한 사정과 그에 대한 자기의 다소, 음, 수정된 입장을 이러한 행복한 우연으로 말미암아 니어리 씨에게, 수염을 깎으니 훨씬, 음, 젊어 보이는 그에게 이리 전달할 수 있게 되어 기뻤고, 다음 날 바로 더블린으로 떠날 예정이니 그곳의 윈스 호텔에 자기 이름을 대고 문의하면 언제고 연락이 닿을 거라 했다.

다음 날 아침 니어리는 김나지움 문을 닫고 숲에도 자물쇠를 채워 차깔했고, 두 열쇠를 리 강물에 던져 버리고는 망한 영혼이요 잡역부인 쿠퍼를 동반해 더블린행 첫차에 몸을 실었다.

쿠퍼란 자에게는 인간미를 찾아볼 법한 특성이랄 게 딱 하나 있었는데, 알코올성 강하제를 밝히는 병적인 입맛이 그것이었다. 술독 근처에 얼씬 못 하게만 하면 만금을 주고도 못 바꿀 하인이었다. 키는 나지막하고 뺨은 면도됐으며, 안색은 잿빛에 눈은 외눈이고, 고환은 셋 달린 비흡연가였다. 누군가에게 뒤쫓기고 있는 듯 보이는 희한한 걸음걸이는 낯선 도시를 거니는 빈털터리 당뇨 환자의 걸음을 닮았다. 결코 앉는 법이 없고 모자도 벗지 않았다.

이 가차 없는 잡부가 이제, 콕피트에서 무기력하게 뒹굴고 있었다는 유일한 단서만 손에 쥔 채 머피 추적에 나섰다. 하나 그보다도 못한 실마리만 갖고도 한심한 작자 여럿을 잡아낸 이가 쿠퍼였다. 쿠퍼가 평소대로 유곽에 머물며 런던을 이 잡듯 뒤질 동안 니어리는 더블린에서 저 나름의 실마리를 좇고 있을 터이니, 그곳의 윈스 호텔에 문의하면 언제고 연락이 닿을 것이었다. 머피를 찾거든 쿠퍼는 니어리에게 전보로 알리기만 하면 됐다.

카우니핸 양이 니어리를 대하는 태도는 규칙적으로 변모하는 양상을 보였다. 쌀쌀맞았다가 살가웠다가 쌀쌀맞았다가 살가웠다가를 반복하던 참에 니어리가 제 호텔에 나타났다고 돌연 그를 반길 수는 없는 노릇이었으니 이는 신호등 불이 녹색, 노란색, 녹색으로 변할 수 없는 것과 같은 이치였다.

그가 호텔을 떠나거나 그녀가 떠나거나 둘 중 한 길밖에 없었다. 그가 자진해 떠났고, 그로써 최소한 이 도시의 행복한 숙식처가 누구 차지인지 조사해 볼 수 있을 터였다. 카우니핸 양은 니어리에게, 앞서 말한 대로 자신을, 음, 내치는 문서를 확보하지 않은 채 다시 자기에게 말을 걸거든 당장 경찰을 부르겠노라고 일렀다.

니어리는 제일 가까운 거리에 있는 역전 여인숙으로 기어들어 갔다. 이제 만사는 쿠퍼의 손에 달려 있었다. 쿠퍼가 그의 기대에 부응하지 못할 경우에는 새벽같이 카우니핸 양의 호텔 앞에 찾아가 진을 치고 기다리다가 그녀가 계단을 내려오는 즉시 레몬 소금(수산칼슘염)을 들이켤 작정이었다.

그때까지는 달리 할 수 있는 게 없었다. 니어리는 머피에게로
저를 인도해 줄까 싶어 동명의 귀족과 상인, 신사 양반 가운데서
실마리를 찾아보았으나, 진저리가 나 곧 관뒀다. 윈스 호텔의
짐꾼에게 런던서 전보가 오거든 언제고 자기에게 전갈이 닿을 길
건너 무니네로 보내라고 지시했다. 그러고는 온종일 이 의자에서
저 의자로 꾸물꾸물 몸을 옮겨 가며 술청을 한 바퀴 쭉 돌았고 한
바퀴를 다 돌고 나면 다시 그 역방향으로 원을 그려 가며 시간을
보냈다. 술집의 일꾼인 '사제'들과 말을 섞지도 않고 끝없이
주문해야만 하는 반 파인트짜리 포터 맥주를 마시지도 않았으며
오로지 술청의 둥근 고리 둘레를 이 방향으로, 다시 저 방향으로
서서히 옮겨 가며 카우니핸 양만을 떠올렸다. 밤늦게 술집이
닫으면 여인숙에 돌아가 숙했고, 술집이 문을 열기 전에는 아예
일어나지도 않았다. 두 시 반부터 세 시 반 사이의 성시는 솜털도
안 남기고 싹 다 면도해 버리는 데 바쳤다. 일요일에는 윈스 호텔
짐꾼이 익히 아는 여인숙에 종일 머물며 카우니핸 양을 생각했다.
심장을 멎게 하는 능력은 그새 그를 버렸다.

"저런 저런." 와일리가 말했다.

"오늘 아침까지만 해도 그런 상황이었네." 니어리가 말했다.
입술이 떨리는 걸 깨닫고 그는 손으로 입을 가렸다. 허사였다.
얼굴이란 조직된 전체이므로. "아니, 실은 오늘 오후였지." 다시
말을 이을 수 있게 됐을 때 그가 덧붙였다.

그가 회전 지점에 이르러 이제 그만 방향을 돌려
저물어야겠다고 생각하고 있는데 윈스 호텔의 구두닦이가 술집에
들어서 전보를 건넸던 것이다. **찾았음. 서둘러. 쿠퍼**. 그는 눈물을
흘리며 소리 내어 웃었고, 허구한 날 술청에 들러붙어 죽치던
니어리의 경직된 얼굴이 지긋지긋하고 두렵던 참인 사제들이
그 모습에 크게 안도하던 차에 구두닦이가, 니어리가 웃음을 채
멈추기도 전에, 다시 전보를 들고 돌아왔다. **놓쳤음. 그대로 정지.
쿠퍼**.

"그 뒤의 기억이 가물가물해." 니어리가 말했다. "여하간 그
길로 내쫓겼던 것 같아."

"그게 술집 사제들의 사고방식입죠." 와일리가 말했다.

"그 뒤로는 영 깜깜해." 니어리가 말했다. "그 죽지도 않는 궁둥짝과 눈겨룸을 하던 순간까지는 말이야."

"궁둥짝이라니요." 와일리가 말했다. "그 동상에 궁둥짝이 있을 리가 있나요, 중앙우체국 한가운데 볼기짝을 들였다가 무슨 변을 당하려고?"

"내가 봤대도." 니어리가 말했다. "내 면전에서 들이댔어."

와일리는 그 후에 벌어진 일을 니어리에게 설명해 줬다.

"뭘 사소하게 따져." 니어리가 나무랐다. "자네가 내 목숨을 구한걸. 그러니 이제 완화할 길을 줘 봐."

"불행히도 인생이란 증후군은 워낙 분산된 터라 웬만해선 완화가 안 되는걸요. 증상 하나가 완화되는가 싶으면 다른 증상이 더 악화될 테죠. 거머리의 딸[11]은 닫힌계예요. 여기 젖을 물리면 저기서 젖을 보채죠."

"예쁘게도 표현하는군." 니어리가 말했다.

"일례로 그저 트리니티 칼리지의 젊은 펠로만 보더라도—."

"그저라니, 훌륭하군." 니어리가 말했다.

"그이는 인슐린을 위안 삼았고, 그 결과 당뇨병을 치료할 수가 있었어요." 와일리가 말했다.

"딱한 경우군." 니어리가 말했다. "애초 왜 위안이 필요했는데?"

"한직의 과중한 업무 탓에요." 와일리가 말했다.

"그러고 보면 버클리[12]도 납득이 가네." 니어리가 말했다. "그로선 대안이 없었던 게야. 방어기제일 따름이지. 비물질화하거나 죽거나. 순전한 공포의 수면(睡眠)이지. 위험 앞에서 죽은 체하는 주머니쥐와 비교해 보게."

"이런 관점의 장점이란 말입니다," 와일리가 말했다. "사정이 눈곱만큼이라도 나아지리라 기대하진 못해도 보다 악화되리란 두려움에서만큼은 자유로워진다, 이겁니다. 언제고 예전 그대로 머무를 테니까요."

"체제를 무너뜨리기 전에는." 니어리가 말했다.

"그게 허용된다는 가정하에요." 와일리가 말했다.

"이 모두로부터 추론하건대, 내 말이 틀렸다면 자네가 바로잡아 주게, 천사 카우니핸을 차지하게 된들—신이 허락하사!—그에 견줄 만치 쓰라린 공허가 생긴다는 거군." 니어리가 말했다.

"인류란 물동이가 두 개 달린 우물이지요." 와일리가 말했다. "채우기 위해 내려가는 것과 비우기 위해 올라오는 물동이가 따로 있어요."

"자네 말을 제대로 이해한 거라면 내가 카우니핸 양이라는 그네에 올라탐으로써 얻는 바를 카우니핸 양 이외의 회전목마에서 잃는다는 걸 텐데."

"예쁘게도 표현하시네요." 와일리가 말했다.

"카우니핸 양 이외의 사람이란 없네." 니어리가 말했다.

"나타날 겁니다." 와일리가 말했다.

"그럼 부디 손 좀 써 보게." 니어리가 두 손을 맞잡으며 외쳤다. "니어리라는 이 코니 이스턴 아일랜드 대공원에 카우니핸 양 이외의 탈것을 좀 들여 주게나."

"이제야 말다운 말을 하시는군요." 와일리가 말했다. "만병통치약을 요구할 때와 달리요. 이렇게 한 가지로 추려 그를 대체할 안을 요청해야 저도 바른말로 인정할 수 있을 것 아닙니까."

"증상이라곤 하나뿐이야." 니어리가 말했다. "카우니핸 양 하나."

"글쎄, 그 대체물이야 어렵지 않게 찾을 수 있을 겁니다."

"내가 믿는 신에게 맹세코, 자네도 간혹은 머피만큼 같잖은 소리를 늘어놓는다니까."

"일정한 수준의 통찰력에 도달한 이상, 말을 해야만 하는 상황에서는 누구나 같잖은 말을 남발하기 마련이잖습니까."

"하이고. 그래, 그럼 언제고 일반적인 모독에서 세부적인 모독으로 선회해야겠다 싶거든, 내가 여기 정신 바짝 차리고 있다는 걸 기억하게나."

"선생님께 드리고픈 조언은 이겁니다." 와일리가 말했다. "오늘 밤 바로 저 혹 중의 혹, 종양 중의 종양인 런던에 가셔서—"

"또 웬 헛소린가?" 니어리가 말했다.

"우선 카우니핸 양에게 편지를 보내세요. 카우니핸 성 입성을 허락하는 여권이니 신임장이니 모두 확보했다는 소식을 전할 수 있어 얼마나 기쁜지 모르겠다고 하세요. 그녀 원대로, 음, 뒤를 닦아도 좋을 서류를 다 마련했다고요. 그 말만 하세요. 런던에 왔다든가 선생님의 열정이 드러날 말은 일절 삼가시고요. 그러면 카우니핸 양은 어여쁘게 앉아—"

"어여쁘고말고." 니어리가 말했다.

"하루 이틀 속 졸이며 고민하다가, 우연을 가장해 선생님과 길에서 맞닥뜨리려고 갖은 수를 쓸 테죠. 다만 이번에는 제가 그녀와 맞부닥치는 거예요."

"무슨 엉뚱한 소린가?" 니어리가 말했다. "자네는 그녀와 안면도 없잖은가."

"안면도 없다니요." 와일리가 말했다. "그녀의 자연적 신체 부위 중에 낯익지 않은 부위가 하나도 없는걸요."

"그게 무슨 소린가?" 니어리가 말했다.

"멀찌감치서 그녀를 숭앙해 왔거든요." 와일리가 말했다.

"얼마나 멀찌감치서?" 니어리가 말했다.

"그래요." 와일리가 생각에 잠겨 말했다. "지난 6월 내내 차이스 망원경으로 지켜봤습니다, 약수터에서요." 그는 공상에 빠졌다. 그러나 니어리는 이조차 존중해 줄 만치 통이 큰 사나이였다. "그 가슴!" 와일리가 침묵을 지키다 말고 외쳤다. 사색의 와중에 이 지점에 이르러 문득 고무된 모양이었다. "둘레랄 것 없이 죄 중앙이더군요!"

"아무렴." 니어리가 말했다. "하지만 그게 지금 이 얘기와 무슨 상관이라고? 길에서 맞닥뜨린다 치게. 그다음엔?"

"정해진 몇 마디 주고받고 나거든 그녀가 태연한 척하며 선생님을 봤느냐고 묻겠죠. 그 순간 그녀가 지는 거예요."

"내가 방해가 될까 싶어 단순히 날 멀리 보내려는 속셈이면, 자네가 카우니핸 양에게 수작을 부릴 동안에 말이야, 그렇다면 왜 하필 런던이지? 브레이는 왜 안 돼?" 니어리가 말했다.

니어리가 런던행을 불쾌하게 여기는 데는 몇 가지 이유가 있었는데, 그중에서도 결코 설득력이 떨어진다고 할 수 없을 까닭 하나는 그가 두 번째로 버린 아내가 런던에 산다는 사실이었다. 처녀명이 콕스인 이이는 엄밀히 따지자면 니어리의 아내가 아니고 그러므로 그에겐 그녀에 대한 의무가 전혀 없긴 했지만 말이다. 그가 첫 번째로 버린 아내가 여전히 잘 살아 캘커타에서 잘 지내고 있었으므로. 하지만 런던에 있는 여인과 그녀의 법적 조언자들은 사태를 이리 보지 않았다. 그리고 이런 형편에 대해서라면 와일리도 얼마간은 알고 있었다.

"쿠퍼를 통제하기 위해서죠." 와일리가 말했다. "지금쯤 술독에 빠졌거나 덜미를 잡혔거나, 혹은 둘 다일 가능성이 농후하잖아요."

"하지만 이런 가능성도 있지 않은가?" 니어리가 말했다. "자네의 귀하다 못해 값조차 못 매길 조력에 힘입어 우리가 여기서 합세해 공세를 펼치고 그렇게 머피를 아예 떨쳐 버리는 방법도?"

"제가 우려하는 건 머피가 가능성으로 남아 있는 한은, 그 가능성이 아무리 희박한들, 카우니핸 양이 협상하려 들지 않으리란 점이에요." 와일리가 말했다. "제가 할 수 있는 일이라곤 그녀가 대타 후보들 가운데서도 선생님을 첫째로 꼽게끔 선생님의 입지를 굳건히 다지는 일이죠."

니어리가 다시 고개를 손에 파묻었다.

"캐슬린, 교수님께 비보를 전할 때가 온 것 같은데." 와일리가 말했다.

"육 팔에 사십팔에 십육 곱하기 이로 총 1파운드네요." 캐슬린이 말했다.

길에 나선 뒤 니어리가 말했다.

"와일리, 어째서 이리도 자상하게 신경 써 주는 건가?"

"글쎄 그게, 이런 곤경만 마주하면 저도 모르게 그리되더라고요." 와일리가 말했다.

"내가 감사함을 모른다고 생각하진 않으리라 믿네." 니어리가 말했다.

그들은 얼마간 침묵 속에 걸었다. 그러다 니어리가 말했다.

"여자들이 머피에게서 뭘 보는 건지 모르겠어."

그러나 와일리는 저만의 수수께끼에 몰두해 있었으니, 니어리 같은 남자들이 겪는 곤경과 마주했을 때 무엇이 저로 하여금 이리도 본인의 소관을 벗어나게 만드는지에 대한 고민이었다.

"자네는 알겠나?" 니어리가 물었다.

와일리는 잠시 생각했다. 그러고는 말했다.

"그게 다 머피의—." 알맞은 단어가 떠오르지 않았다. 이번만큼은 알맞은 단어가 있을 듯한데.

"머피의 뭐?" 니어리가 말했다.

그들은 침묵하며 몇 걸음 나아갔다. 니어리는 대답이리란 기대를 버리고 얼굴을 들어 하늘을 바라봤다. 보슬비가 떨어지지 않으려 기를 쓰고 있었다.

"머피의 집도의다운 면모 때문이에요." 와일리가 말했다.

썩 알맞은 단어가 아니었다.

## 5

실리아가 찾아낸 방은 펜턴빌 교도소와 메트로폴리탄 가축
시장 중간께 브루어리 로에 위치해 있었다. 웨스트브롬프턴은
옛이야기가 됐다. 방은 컸고 그 안에 든 몇 점 안 되는 가구 또한
컸다. 침대, 가스스토브, 탁자, 하나뿐인 서랍장 모두 정말이지
어마어마하게 컸다. 수직 등받이에 겉천도 대지 않은 거대한
안락의자가 한 쌍 있었고, 발자크가 제 체중으로 살해해 버린
조잡한 가구를 닮은 이 의자들 덕에 그나마 앉아서 식사할 수
있었다. 머피의 흔들의자는 창가를 바라보는 난롯가 자리에서
흔들댔다. 널따란 바닥엔 공들인 디자인의 리놀륨이 깔려 있어
파란색과 회색과 갈색으로 이루어진 희미한 기하학 무늬를 보고
머피는 브라크를 떠올리며 좋아했고 실리아는 머피가 좋아하는
것을 보며 좋아했다. 머피는 선민에 속했고 그런 만큼 세상만사가
다른 무언가를 연상시켜야만 한다고 여겼다. 방의 사벽은 선명한
레몬 빛깔로 도색되어 있었는데 이는 머피의 행운의 색이었다.
다만 수크가 처방한 '넉넉한 양'을 한참 웃도는 건 아닐지
걱정이었다. 천장은 그늘에 잠겨 있었다. 그렇다, 말 그대로
그늘에 잠겨 아예 보이지도 않았다.

　　두 사람은 이 방에서 실리아가 새 삶이라 명명한 것에
착수했다. 머피는 새 삶이 실제로 도래한들 나중에 도래할 테고
그조차도 둘 중 한 사람에게만 닥치리라고 생각하는 편이었다.
다만 실리아가 저희의 이슬람력 원년부터 이슬링턴 꼭대기까지
안 가리고 어디서건 새 삶을 산출해 내려고 단단히 작정한 것을
보고는 그대로 두었다. 더는 그녀에게 반박하고 싶지 않았다.

　　새 삶에 착수하자마자 허점으로 드러난 것이 있었으니 바로
집주인 아주머니로, 작고 마른 체구에 온갖 근심 걱정을 달고
사는 캐리지 양이라는 이 부인은 어찌나 빈틈없이 곧고 강직한
성품을 지녔던지 퀴글리 씨에게 보낼 청구서를 요리할 수 없다고
거부하는 건 물론이요, 그런 유혹을 애초 제시했다는 사실마저 그
가여운 신사분에게 알려야 마땅하다고 으름장을 놓을 정도였다.

　　"집주인이 아니라 고상한 숙녀를 모시게 생겼군." 머피가

쓸쓸히 말했다. "입술은 얄팍하고 골반은 도리아식 기둥을 닮은 아씨를. 우린 돈 내는 유숙객이고."

"그러니 더더욱 일거리를 구해야지." 실리아가 말했다.

실리아는 무슨 일이 벌어지건 이를 머피가 일자리를 구해야 하는 근거로 삼았다. 그런 면에서는 아주 병적일 정도로 기발한 재주를 보였다. 펜턴빌 교도소에 죄수가 새로 들어오고 가축 시장에서 우리 하나가 동이 나는 상극의 사건에서도 동일한 텍스트를 끌어냈다. 비혼인 사랑의 이율배반이 이보다 유리하게 비치는 경우도 드물 테다. 그리해 머피는 자기가 아무리 적은 급여를 받는 일자리를 찾는다 한들, 그로써 자기 연인의 눈에 비친 가시적 우주가 한시적으로나마 전멸하고 말 수밖에 없으리란 걸 깨달았다. 그리하여 그녀는 우주가 상징하는 바가 무엇인지를 몽땅 다시 배워야 할 것이었다. 그런데 이런 어마어마한 재적응을 되풀이하기에는 그녀의 나이가 이제 어지간하다 봐야 하지 않을까?

이러한 불길한 예감을 그는 혼자 간직했다. 아니, 오히려 억누르려 했으니 그만큼 이제부터는 실리아 이외에는 누구와도 하느냐 마느냐를 놓고 오락가락할 일이 없어야 한다는, 설사 있대도 최소한이 되어야 한다는 진실한 열망을 품은 까닭이었다. 더욱이 그녀가 어떻게 쏘아붙일지 그는 이미 알고 있었다. "그럼 내가 눈을 딴 데 돌리지 못할 것도 없지." 이런 유의 식상한 농담이야말로 되풀이될 동안 가만히 듣고만 있을 수 없는 농담이었다. 애초 그럴싸한 농담도 아니었다.

머피의 수없이 많은 경험의 갈래 중에는 농담을 그럴싸한 농담과 처음부터 그럴싸한 축에도 못 드는 농담으로 분류하는 범상하다고는 말할 수 없을 버릇이 한때 있었다. 따지고 보면 혼돈을 이리도 죽 쑤고 만 주범도 불완전한 유머 감각 아니었던가. 태초에 말장난이 있었다. 기타 등등.

실리아는 자기가 이리도 완강한 태도로 나오는 데는 똑같이 중요한 두 가지 이유가 있음을 의식했다. 머피를 남자로 만들고 말리라는 자신의 소망이 그 첫째였다! 그래, 6월부터 10월까지 출항 정지기를 포함해 다섯 달 가까이 머피를 겪어 왔음에도 사회에 순탄히 적응한 그의 모습이 여전히 눈앞에서 아른대며 그녀의 기대를 부추겼다. 둘째는 자신의 생업으로 돌아가기가 꺼려진다는 점이었는데, 출항 정지기 동안 그러모은 돈을 소진하기 전에 머피가 일을 구하지 못하거든 복귀는 불가피했다. 실리아가 그로부터 슬그머니 역항하고자 하는 까닭은 그 일이 지루하다거나 노상 따분하게 여겨 온 직종이어서만이 아니라 (그 생활이 그녀에겐 천직이나 다름없다는 켈리 씨 생각은 헛짚은 거였다.) 벌이를 다시 시작하는 것이 머피와 자기 관계에 어김없이 미칠 영향 때문이기도 했다.

두 가닥으로 나뉜 이 생각의 끈은 최종적으로는 머피에게로 이어졌는데(모든 것이 머피로 귀결됐다.), 다만 그 과정에서 각기 다른 길을 거쳤다. 한편으로는 애벌레만큼이나 미숙한 경험을 바탕으로 이상적인 사람을 떠올렸다면 다른 한편으로는 완전한 경험을 바탕으로 극히 현실적인 사람을 떠올렸고, 그렇다면 오직 여자만이, 개중에서도 실리아만큼이나… 무구한 여자만이 그 양 갈래에 동등한 가치를 부여할 수 있으리라.

머피가 외출한 동안 실리아는 대개 흔들의자에 앉아 빛을 마주한 채로 시간을 보냈다. 빛이 얼마 들지도 않을뿐더러 그조차도 방이 급히 집어삼키기 마련이었지만 실리아는 그나마 남은 잔여분으로 얼굴을 돌렸다. 반쯤 감긴 눈이 색조의 미세한 값을 더욱 잘 파악하기 마련이듯 이 하나밖에 없는 작은 창을 통해 빛의 변동이 농축되다 보니, 방 안은 한시도 고요할 틈 없이 온 나절 지속되는 느리지만 넉넉한 깜박임 속에 환해졌다 어두워지기를 반복하며 제 끝이 될 어둠에 맞서 빛을 들었다. 어둠의 품으로 꿈틀대며 파고드는 빛의 연동운동.

의자에 앉은 채로 빛의 희미한 출렁임에 잠기다 보면 내적 불안감 주위로 양막이 형성되었는데, 실리아는 이 편이 길에 나가 걷는 것보다 좋았고 (특유의 걸음걸이를 숨길 방도가 없었기에) 가축 시장을 거니는 것보다도 좋았다. 가축 시장에서 접하는 소란스러움, 삶을 수단을 위한 목적으로서 정당화해 버리고 마는 그 산란함이 머피가 그녀에게 한 예견—살길에 나서는 순간 그가 지닌 도합 세 가지 삶의 재화 중에서 하나 내지 두 개가 거덜 나고 말리라는 말—을 이해하는 실마리를 주었다. 그 말을 그녀는 항상 가당찮게 여겨 왔고 앞으로도 가당찮다고 계속해서 고집하고 싶었지만, 머피와 캘리도니언 시장 양쪽을 종합해 검토해 본 결과 어쩌면 그 말이 애초 간주한 만큼 부조리한 의견이 아닐 수도 있겠다는 생각이 들었다.

이리하여 실리아는, 제 의지와는 반대로, 머피가 설명을 포기한 즉시 그를 납득하기 시작했다. 생계를 위한 벌이가 펼쳐지는 곳에 가면 생계를 좇는 와중에 생이 허비되고 있다는 느낌이 그녀를 사로잡았다. 의자에 앉아 있다 보면 오래지 않아, 황홀한 타락에 대한 충동인 양, 옷가지에서 벗어나 의자에 동여매이고 싶은 충동이 그녀를 붙들었다. 그녀는 켈리 씨를, 되돌릴 수 없는 나날을, 닿지 못할 날들을 생각하려 애썼으나 그러한들 어느 시점에 이르면 어김없이 그 어떤 생각의 시도로도 빛의 마멀레이드에 박힌 감각을 압도할 수도, 옭아매이고 싶은 충동으로 전율하는 몸을 진정시킬 수도 없는 때가 닥쳤다.

캐리지 양의 하루 일과 중 핵심은 오후에 드는 진한 차 한잔이었다. 돈이 되는 일을 빠짐없이 다 처리했으며 돈이 안 되는 일에는 손끝 하나 까딱하지 않았다는 확신 속에 이 영약을 마시러 자리에 앉을 때도 혹간 있었다. 그런 날이면 캐리지 양은 실리아에게도 차를 주러 까치발로 계단을 올랐다. 캐리지 양은 세입자 방에 들어갈 때 문지방을 넘은 뒤에야 팔을 뒤로 뻗어 문 안쪽에서 문 바깥쪽을 소심하게 두드리는 습관이 있었다. 한 손에 김이 모락모락 나는 찻잔을 들고도 시간과 공간을 다스리는 예사로운 원칙에 예속되는 법이 없었다. 공범이라도 있는 건지 몰랐다.

"차 한잔하려나 싶어서—." 캐리지 양이 말했다.

"들어오세요." 실리아가 말했다.

"따끈하게 한잔 갖고 왔지." 캐리지 양이 말했다. "우유가 엉기기 전에 마셔요."

그런데 캐리지 양에게서는 가장 가깝고 절친한 이들도 어지간해서는 익숙해지기 힘든 냄새가 났다. 이 냄새를 내뿜으며 그녀는 방 한가운데 서서 자기가 가져온 차가 들이켜지는 광경을 들뜬 마음으로 지켜보았다. 아이러니하게도 캐리지 양이 참을 필요도 없는 숨을 참으며 실리아를 바라볼 때조차 실리아는 옆에서 서성대는 캐리지 양의 체취에 맞서 참아야 하는 숨조차 참을 수가 없었다.

"향이 마음에 들려나 몰라." 캐리지 양이 말했다. "랍상소우총 중에서도 최상급이라는데."

캐리지 양이 빈 잔을 받아 물러설 동안 실리아는 제 가슴팍의 향기를 재빨리 한 모금 들이켰다. 그리하길 천만다행이지, 다음 순간 캐리지 양이 문으로 향하던 발길을 멈추었다.

"봐요." 천장을 가리키며 그녀가 말했다.

가볍게 오가는 발걸음 소리가 들렸다.

"위층 영감." 캐리지 양이 말했다. "가만있지를 못한다니까."

다행히 캐리지 양은 말이 많은 여자가 아니었다. 악취와 수다스러움이 만나면 구제할 길이 없는 법이다.

위층 영감은 은퇴한 집사인 듯했다. 결코 방에서 나오는 일이 없었고—반드시 나와야만 하는 때 외에는—누구도 방에 들인 적이 없었다. 캐리지 양이 하루에 두 번 방문 앞에 쟁반을 두면 쟁반만 조용히 들였다가 식사를 마치고 제자리에 도로 내놓을 따름이었다. 캐리지 양의 "가만있지를 못한다니까."는 다소 과장된 말이었지만, 영감이 방 안을 이리저리 서성거리는 때가 많은 건 사실이었다.

캐리지 양이 랍상소우총 한 잔을 거저 가져다줄 정도로 가계(家計)에 도취해 사리 분별을 잃는 일은 물론 흔치 않았다. 평소에 실리아는 아무런 방해도 받지 않고 흔들의자에 몸을 맡긴 채, 머피의 귀가를 배경으로, 식사 준비를 시작해야 하는 때까지 길고 긴 가수면을 지속할 수 있었다.

머피는 놀라우리만치 귀가 시간을 엄수했다. 어느 날이고 정해진 귀가 시간에서 말 그대로 몇 초 이상 벗어난 적이 없었다. 시간에 관한 한 평소 그리도 모호한 태도를 유지하는 사람이 이 경우만은 어쩜 그리도 비인간적이게 규칙적일 수 있는 건지, 실리아는 감탄이 절로 나왔다. 머피에게 묻자 그는 그게 다 사랑의 결과라면서, 사랑이 의무와 양립해야 하는 때를 제외하고는 웃도는 시간의 단 1초라도 그녀 곁에서 떨어져 보내는 걸 금하기 때문이라고 말했고, 그에 더해 실업계에서 그리도 높이 산다는 시간을 곧 돈으로 여기는 감각을 계발해야겠다는 조급함도 실은 한몫한다고 덧붙였다.

사실 머피는 정시보다 일찌감치 동네에 돌아오는 정도가 아니라 아예 몇 시간씩 남겨 두고 도착했다. 실리를 따지자면 집 근처 브루어리 로에서 죽치는 것과 예컨대 롬바드 가에서 죽치는 것 사이에 별 차이가 없었다. 고용 가능성이란 둘 중 어느 장소에도, 실은 모든 장소에 동일하게 존재했다. 단, 정서적으로 따지자면 둘 사이에 현저한 차이가 있었다. 브루어리 로는 실리아의 앞마당이요, 기분에 따라서는 안방이나 마찬가지였으니까.

고용길에 오른 머피는 가히 이목을 끌었다. 블레이크 연맹 회원들 사이에선 수아 사람 빌닷에 대한 스승의 가르침이 육신을 띠고 나타나 녹색 양복 차림을 하고는 위안할 치들을 찾고자 런던을 쏘다니는 중이라는 소문이 돌았다.

그러나 빌닷도 결국 욥의 일부가 아니고 뭐겠는가. 소발과 그 이하들[13]이 욥의 일부이듯이. 머피가 찾는 한 가지는 목 졸림을 당해 가며 최초로 호흡하는 상태에 이른 이래 그가 한순간도 수색하기를 포기한 적 없는 대상, 곧 자기 자신의 최상의 모습이었다. 머피가 "세상에 태어난 이상 누군들 때 묻지 않을 수 있으리." 따위의 산파술에 버금갈 상투적인 격언에 위안받을 만치 비참한 치들을 찾아 나섰으리라는 블레이크 연맹의 추측은 전적으로 착각이었다. 전적으로. 머피는 저 자신 말고는 동정할 대상이 필요치 않았다.

머피의 고생길은 일찍이 시작되었다. 굳이 고고지성의 순간 이전까지 거슬러 갈 것도 없이, 그가 처음 터뜨린 울음소리는 국제 표준음에 부합하는 A음 진동수의 정석, 즉 435헤르츠라는 기준에 못 미치는 겹내림음에 해당했다. 그에 유수의 더블린 오케스트라협회의 독실한 회원이요 실력을 얼마간 갖춘 아마추어 플루트 주자인 저 정직한 산과 의사의 미간이 어찌나 주름 잡혔던지. 그리고 그 순간에 저주의 함성을 제창한 수백만 개의 작디작은 후두 중에서도 하필 갓난 머피의 후두만이 유일하게 틀린 음정을 내뱉었다는 사실을 어찌나 애석해하며 기록했던지. 고고성의 순간까지만 거슬러 가도 이러했다.

아기 딸랑이와 단말마가 이를 보상해 줄 터였다.

머피의 양복은 녹색이 아니라 녹청색이었다. 이 또한 블레이크 연맹이 잘못 짚은 점으로 충분히 강조되지 않을 수 없다. 곳곳은 처음 샀던 날만큼이나 검었고 몇몇 다른 부위는 강한 조명 없이는 검푸른 광택을 제대로 내비치지도 않았지만, 그 이외 부분만큼은 틀림없이 녹청색이었다. 더욱이 머피가 신학을 공부하던 시절에 부비에 주교의『수플레멘툼 아드 트락타툼 데 마트리모니오』, 곧『혼인 논고 부록』을 베개 아래 괴고 매일 밤을 뜬눈으로 지새우던 혈기 왕성하던 시절의 자취마저 찾아볼 수 있었다. 그런데 그 저서가 참으로 명서였다! 음란한 라틴어로 작성한 블루필름 각본과 다름없었고말고. 또는, 그리스도의 마지막 일갈을 염두에 두건대, 다 끝났느니라.

양복은 색깔 못잖게 마름질로도 이목을 끌었다. 상의는 품이 넉넉한 통짜로 허벅지 중간까지 드리우다가 아랫자락에 이르러 종의 테두리처럼 바깥으로 말아 올려졌는데, 그 모습이 한 번만 들춰 달라고 소리 없이 호소하는 치마를 연상시켜 차마 사절하지 못하는 이도 있었다. 전성기에는 양복 바지가 내리뻗는 모양새에서도 만만찮게 굳센 긍지와 신축성이라곤 모르는 자율성이 엿보이곤 했다. 그새 긴긴 계단의 쓸쓸하고 까마득한 거리에 쏠리고 닳다 못한 옷감은 이제 허벅지며 종아리에 맥없이 들러붙거나 다리를 나선형으로 감으며 누적된 고단함을 내비쳤다.

머피는 조끼를 결코 입지 않았다. 조끼만 입으면 옆구리가 결리는 게 꼭 여자가 된 기분이었다.

양복 원단으로 말할 것 같으면 절대로 구멍 나거나 좀먹지 않을 소재라는 게 제조업자들의 뻔뻔한 주장이었다. 통기성이 형편없다는 점에서 틀린 말은 아니었다. 외부 세계로부터 공기를 일절 들이지 않으며 머피가 뿜어내는 가스조차 결코 밖으로 내주지 않았으니. 촉은 일반 원단보다 펠트에 가까운 걸 보면 제작에 상당한 면적이 들었을 터였다.

머피는 한때 기본은 갔던 복장의 이러한 잔재에 더없이
평범한 레몬 빛깔의 가짜 나비넥타이로 화사함을 더했는데,
조소하듯 셀룰로이드 한 장에서 오려 낸 이 이음매 없는 옷깃
겸 나비넥타이의 조합은 양복과 동시대의 것이자 그 이후로는
찾으려야 찾을 수도 없게 된 액세서리였다.

머피는 모자를 결코 쓰지 않았는데 모자는 특히나 벗을
때마다 양막의 기억이 사무치는 까닭이었다.

이런 차림으로 후퇴하려면 상당한 시간이 걸리는 만큼,
점심시간 조금 지난 시점에 오늘은 글렀다고 그만 체념하고
집으로 이어지는 긴 오르막길로 도로 향하는 게 현명했다.
돌아가는 길의 정점은 킹스 크로스에서 캘리도니언 로로
오르는 몹시 수고로운 지점으로, 여기서 머피는 생라자르에서
뤼 담스테르담을 오르던 수난을 떠올리곤 했다. 브루어리 로야
불바르 드 클리시에 비할 바도 아니요 데 바티뇰에 견줄 길도 실은
아니었고, 막상 언덕 끄트머리에 이르면 그 둘 중 어느 쪽보다
훨씬 나았지만 말이다. 어느 시점을 거치고 나면 망명이 추방보다
낫듯이.

꼭대기에 다다르면 자그마한 대피소가 나왔는데 그게
하필 곱창 공장을 마주 보고 있는 마켓 로드 가든스다 보니,
여드름의 화농부 격이었다. 이곳에서 머피는 곧장 남쪽에 있는
밀턴 하우스에서 풍기는 소독약 향기와 곧장 서쪽 우사에서
피어오르는 사육 소의 악취 한가운데 자리 잡고 앉기를 즐겼다.
곱창은 냄새가 나지 않았다.

그러나 어느새 다시 겨울이었고 밤의 음침한 사념들도 다시
한 시간 늦춰진 만큼, 마켓 로드 가든스가 선사하는 물티스
라테브라 오포르투나, 저 다수의 편리한 은신처들 모두 머피가
실리아에게 돌아가기로 되어 있는 시간보다도 먼저 문을 닫았다.
그렇다면 펜턴빌 교도소 둘레나 빙빙 돌며 형기를 채울밖에. 한때
들어가기에 너무 늦어 버린 성당들 주변을 그리 맴돌던 시절도
있었다.

그는 정한 시각에 브루어리 로 어귀의 지정한 목에 다다랐고,
교도소 탑에 붙은 시계가 6시 45분을 알리는 즉시 출발할 수

있었다. 그렇게 찬찬한 걸음으로 마지막 경계들을 하나씩 지났다. '감내와 절제의 마당', '생명의 기운 브레드 컴퍼니', '마르크스 코르크 욕실 매트 제조소'를 거쳐 문간에 이르러서는 열쇠를 붙들고 시장 탑의 시계가 정시를 알리기만을 기다렸다.

실리아의 의무란 첫째로, 퇴근한 머피가 양복 벗는 것 돕기, 둘째로, 그가 "캐리지 양이 이런 원단으로 지은 드레스라도 입었더라면 어쩔 뻔했어."라고 말할 때 미소 지어 보이기, 셋째로, 그가 불가에 쪼그리고 앉아 몸을 녹일 동안 얼굴을 살피며 일체의 질문 삼가기였다. 이어 그에게 밥을 먹여야 했다. 그러곤 아침이 밝아 다시 밖으로 떠밀 시간이 올 때까지 그에게 세레나데를, 야상곡을, 아침의 노래를 불러 줘야 했다. 그렇다, 6월부터 10월에 이르기까지(출항 정지기를 제외하곤) 두 사람의 밤은 여전히 그로 이루어졌기에—세레나데, 녹턴, 그리고 알바다.

머피의 별점이 담긴 수크의 천궁도는 이 불운의 출생인이 가는 곳이라면 어디든 동행했다. 그새 천궁도의 내용을 몽땅 외운 머피는 길을 가면서도 점괘를 속으로 읊었다. 적의 손에 들어갈까 두려워 아예 파기할 각오로 주머니에서 꺼낸 것만 수차례였다. 그러나 제 기억력이 얼마나 못 미더운지 잘 알기에 감히 실행에 옮기지는 못했다. 그는 제 능력 닿는 데까지 천궁도의 지침을 따랐다. 레몬 한 줌을 의복에 뿌리지 않는 날이 없었다. 자신의 힐렉과 신체 일체를 위협하는 모든 것에 항시 경계 태세를 유지했다. 발의 통증을 크게 겪었으며 목 또한 통증에서 완전히 자유롭지는 못했다. 이에 그는 만족감을 느꼈다. 그로써 천궁도가 확증되었고 그에 상응하는 확률로 신장염과 갑상선 질환, 배뇨 곤란과 발작의 위험성은 감소할 터였다.

그렇기는 해도 그가 실행에 옮길 수 없는 몇 가지 항목이 있기는 했다. 성공을 보장해 준다는 특정한 보석이 수중에 없다는 점이 하나인데, 사실 그에겐 어떤 종류의 보석도 없었다. 이 결핍으로 말미암아 자기를 해코지하려는 기운이 득세할지도 모르리란 생각에 그는 몸을 떨었다. 더욱이 행운의 수가 일요일과 겹치려면 아직 만 1년도 더 남아 있었다. 머피의 새로운 기획이

성공할 확률이 최대치에 들려면 1936년 10월 4일 일요일까지 기다려야 했다. 그러나 머피는 이리 지정된 날이 도래하기도 전에 자기의 소박한 예언, 즉 그가 천체로 이루어진 체계 이외에 일말이나마 신뢰하는 유일한 체계인 저 자신의 예측이 그보다 현격히 앞선 시점에 실현될 게 불 보듯 뻔하다고 느꼈고, 그러므로 이 항목은 그에게 또 하나의 꾸준한 걱정거리였다.

한편 별들이 진로에 관해서는 간명히 끝낼 이야기를 괜스레 중복한다는 의구심이 강하게 들었으니, 중매자라 명명한 이상 추가적인 부연은 사실상 불필요하다는 게 그의 입장이었다. 따지고 보면 생계를 위한 일이란 하나같이 다 돈주머니들 좋으라고 하는 포주 노릇이요 중매며 뚜쟁이질이나 다름없지 않던가. 저 호색가 폭군 돈주머니들의 번식을 거들고 가능케 한답시고.

머피가 일말이나마 신뢰할 수 있는 규율이라곤 이 두 개뿐인데 둘 간에 이렇듯 조화되지 않는 부분이 있는 것으로 보였다. 고로 그의 처지도 그만큼 불리할밖에.

실리아는 그가 당장 일을 못 구하면 자기가 원래 일자리로 돌아가는 수밖에 없다고 말했다. 머피는 그 의미를 알았다. 음악이 중단되리란 뜻이었다.

이 문장은 속 시커먼 검열관들이 일련의 단어에서 속 시커먼 뜻을 읽어 내는 문란함을 범할 기회를 혹시라도 놓칠까 싶어 최대한 신중을 기해 선정한 문장임을 밝힌다.

머피는 실리아를 잃을지도 모른다는 생각에—설령 하룻밤뿐일지라도(그를 '떠나지는' 않겠다고 실리아가 약속했으므로)—자극받아 그레이스 인 로의 잡화상을 찾아갔고, 긴장한 손으로 레몬색 나비넥타이를 매만지며 '스마트 보이—용모 단정한 청년' 자리에 지원했다. 이리도 확실한 자리에 후보로 자신을 내세워 본 건 처음이었다. 그때껏은 신체 건강한 이의 갖은 자세를 취해 가며 붐비는 노예시장 가장자리에서 모호한 태도로 자신을 노출해 보이거나 직업소를 전전하는 데 만족했던 그였다. 개가 누리는 특권 없이 개에 견줄 인생을 산 셈이다.

상인들이 용모 단정한 청년을 구경하겠다고 달려 나왔다.

"어딜 봐 스마트하다고." 상인 하나가 말했다. "어림도 없구먼."

"청년도 아니고 말이야." 잡화상의 반쯤 열린 변소에서 누군가 말했다. "내 보기엔 영 아니야."

"사람이긴 한 거야." 잡화상의 최고령 퇴물이 말했다. "내 눈엔 그조차 의심스러운데."

이런 혐오 깃든 조롱이라면 워낙 익숙했기에 머피는 이를 무마하려 드는 추가적인 실수는 범하지 않았다. 이런 태도는 경우에 따라 보다 세련되거나 덜 세련된 방식으로 표현되기 마련이었다. 그 형태란 상인들 사고방식의 등급만큼 다양했는데 그 내용만은 하나로 일치했다. "너 무리수여!"

머피는 앉을 자리를 찾아 두리번거렸다. 앉을 곳이 어디에도 없었다. 한때 왕립 자선병원 남쪽에 있던 자그마한 공원은 그새 도시라는 조직에 붙어 악성으로 증식하는 이른바 서비스 아파트들 아래 부분적으로 매장되고, 나머지는 세균의 몫으로 지정된 터였다.

이 순간 흔들의자에 5분이라도 앉을 기회가 주어진다면 머피는 기꺼이 하(下)연옥에 대한 기대를 포기할 것이요, 벨라콰처럼 바람이 미치지 않는 바위 면에 기대어 태아처럼 웅크리는 자세도 단념할 터, 그리하여 새벽녘에 갈대 너머로 전율하는 남쪽 바다와 상승하며 북으로 기우는 해를 바라보는 일도, 그 전부를 갓난아이가 꿈꾸듯 정자터에서 화장터에 이르기까지 죄다 다시 꿈꾸기 전에는 속죄로부터 면역되는 일도 단념할 것이었거늘. 이러한 사후의 상태를 그는 굉장히 중시했고 그 여러 이점이 마음속에 워낙 상세히 그려졌기에 실제로도 자신이 노년기까지 살 수 있기를 바랐다. 그에 이르거든 아주 오랜 시간 꿈에 젖어, 또 동틀 녘이 제 황도대를 통과해 지나는 모습을 바라보며 누워 지낼 것이요, 그런 뒤에야 낙원에 이르는 수고로운 오르막길을 오를 것이다. 일대일에도 못 미치는 어처구니없는 경사도를 지나. 그러니 신실한 상인의 선의의 기도가 머피의 명을 단축하지 않기를 신에게 간곡히 바랄밖에.

이것이 그의 벨라콰 환상이요, 어쩌면 그의 여러 환상 중에서도 가장 체계가 잡힌 환상에 속할지 몰랐다. 또한 고난의 경계 바로 너머에 놓인 환상 중 하나이자 자유의 첫 풍경이기도 했다.

머피는 힘없이 왕립 자선병원 난간에 몸을 기대며, 시온의 대척지에 해당하는 자신의 이 환영을 레퍼토리에서 영원히 지워 버리고 말리라—이 순간 흔들의자로 순간 이동해 단 5분 동안이라도 의자에 몸을 맡기고 흔들댈 수만 있다면—다시금 맹세했다. 이젠 앉는 것만으론 부족했다. 이젠 눕겠다고 고집해야 했다. 익히 알려진 잉글랜드 토양의 어느 흙더미건 상관없었다, 몸만 누일 수 있다면. 주변에 신경 쓸 필요 없이, 잡상인도 없고 특권층 주거 시설이라는 악성 조직도 없는 풍경 가운데 앞에서 탈피한 머피만 남아 그 풍경으로 녹아들 수 있다면.

그가 떠올린 풍경 중 가장 근거리에 있는 건 링컨스 인 필즈였다.[14] 대기에서 악취가 나는 곳, 온갖 법질서의 독기가 피어오르는 그곳. 사기 치는 치들의 법인 눈속임과 야바위와 삥줄과 모가지와 뒤꽁무니 협박과 사기당하는 치들의 법인 조롱대와 교수대가 판치는 곳이었다. 그렇대도 그곳엔 잔디가 있고 플라타너스가 있었다.

비빌 언덕이 아주 없는 편보다는 그런 무릎베개라도 있어 감지덕지할 일이었다. 그리로 몇 걸음 떼다 말고 머피는 다시 난간에 몸을 기댔다. 이 상태로 링컨스 인 필즈까지 무사히 걸어갈 확률이 하이드 파크의 콕피트에 무사히 닿을 확률과 근사하다 싶은 데다, 전자의 경우에는 굳이 그래야 할 동기조차 떠오르지 않았다. 누울 수 있기 전에 먼저 앉아야 했다. 달리기에 앞서 걷고, 눕기에 앞서 앉는 게 순리지. 머피는 점심 식사비로 스스로에게 허용한 4펜스짜리 은화를 자신의 지친 몸을 브루어리 로로 단숨에 실어날라 줄 운송 수단에 날리는 상상을 1초간 해 봤다. 하지만 그랬다가는 그가 실리아의 약속—다시 일하러 나가되 그를 떠나지는 않겠다던 약속—만 믿고 시도도 않고 포기해 버린 것으로 실리아가 오해할 테지. 그렇다면 해결책은 단 하나, 침이 분비되려면 아직 한 시간도 더 남은 지금 당장 점심 식사를 할밖에.

머피의 4펜스어치 점심 식사는 영양 섭취라는 저열한 명분 따위로는 그 의미가 퇴색될 수 없는, 하나의 의례였다. 머피는 난간에 기대어 가며 쉬엄쉬엄 전진해 원하는 요식업소 지점 앞에

이르렀다. 기운 빠진 둔부와 뒷부위가 의자 좌석과 비로소 하나
되는 감각이 어쩌나 달콤하던지 그는 앉자마자 몸을 일으켜 다시
한 번, 몸의 감각에 집중하며, 느리게 착석을 반복했다. 이런
살가운 손길을 만나는 일이 흔치 않다 보니 무심코 지나칠 형편이
못 됐다. 두 번째 착석은 그러나 굉장히 실망스러웠다.

　　종업원이 그의 앞에 와 섰으나 정신이 온통 딴 데 쏠려 있는
게 너무나 확연했기에 머피는 스스로를 그녀의 일자리와 직무를
구성하는 한 요소로 여길 권리조차 없다는 기분이 들었다.
종업원이 꿈쩍도 않는 것을 보고야 그는 마침내 입을 열었다.

　　"주문하지요." 그는 학교 소풍을 앞두고 주방장 특선 메뉴를
주문하기로 마음먹은 보조 교사와 같은 목소리로 운을 뗐다.
이 예비 신호를 쏘아올리고서 잠시 침묵했다. 그로써 반응의
전기(前期)가 무르익게끔 하려는 의도였다. 퀼페학파[15]에 따르면
대응이라고도 불리는 격통은 크게 세 가지의 주요 반응 단계를
거쳐 발현하기 마련으로, 그중 첫 단계를 전기라 불렀다. 이어
그는 본격적인 자극을 가했다.

　　"차 한 잔, 그리고 종합 과자 한 팩요." 차 2펜스, 과자 2펜스,
완벽히 균형 잡힌 식사였다.

　　종업원이 그의 비상한 능력을, 아니, 어쩌면 집도의다운
면모를 불현듯 자각한 듯이 "베라라고 불러요."라고 중얼거리더니
반응의 중기(中期)를 이루는 소용돌이에 쏠려 사라졌다. 이 말에
살가움은 없었다.

　　머피는 퀼페학파의 이론을 신봉하는 편이었다. 마르베와
뷜러야 잘못 짚었다 치고 와트도 결국은 인간일 뿐이었지만,
아흐가 어떻게 틀릴 수 있단 말인가?

　　베라의 연기는, 베라 본인이 생각건대, 시작보다는
끝마무리가 훨씬 그럴듯했다. 쟁반을 내려놓는 품새만 봐도 좀
전의 고분고분한 하녀가 맞나 의아해하고도 남을 터였다. 심지어
자의로 그 자리에서 당장 계산서마저 작성해 내밀었다.

　　머피는 쟁반을 밀치고 의자를 뒤로 기울이며 공경심과
흡족함 속에 자신의 점심 식사를 고찰했다. 공경심을 느낀
건 기욤 드샹포의 극단적인 테오파니, 곧 신의 현현 주장을

(간헐적으로나마) 지지하는 사람으로서 자기 자신의 작지만
완강한 식욕에 바쳐질 제물 앞에 겸허해질 수밖에 없어서였고,
그렇기에 소리 없는 감사 기도 또한 아니 올릴 수 없었다.
내가 섭취하되 소화하지 못할 주님 몸의 이 일부분에 신이여
자비를 베푸소서. 흡족감이 드는 건 자신이 이로써 신세 전락의
절정에 다다랐기에, 다시 말해 원조의 손길 없이 혼자서 기득권
세력을 사기횡령할 순간이 닥친 까닭이었다. 액수야 (소매가로)
1-2펜스 정도에 불과하니 아주 소액이었다. 하지만 그에겐 갖고
놀 자신감이 4펜스어치밖에 없는 것을. 머피의 입장은 다만,
지출의 25-50퍼센트에 해당하는 금액을 빼돌리는 얍삽함을
그것도 기다리는 가운데 실행에 옮기는 데 성공한다면 이야말로
수크가 명시한 고수익과 빠른 회전율에 해당하는 사업 기획이
아니겠느냐는 것이었고, 만일 그렇지 않다면 그의 사기 이론
자체에 심각한 결함이 있다고 봐야 했다. 그러나 이 거래를
경제적인 관점에서 어떻게 판단한들, 지독히도 승산 없는 판에서
순전히 전략만으로 승리를 거두었다는 업적만큼은 그 무엇으로도
깎아내릴 수 없었다. 교전자들만 비교해 봐도 명백하지 않은가.
한편에는 재물에 눈이 먼 요식업자들의 거대한 동맹이 버티고
있으니 이들은 제정신이고 온정신인 이들답게 천부적이요
거침없는 교활함으로 무장했으며 전후 회복기의 가장 치명적인
무기들을 마음껏 이용할 수 있는 반면, 다른 한편에는 유아론에
갇힌 궁상스러운 이가 고작 4펜스를 손에 쥐고 버티고 섰을
따름이었다.
    침묵 속에 감사 기도를 올리며 자기에게 따라붙을 악명을
미리 맛본 궁상스러운 유아론주의자가 이제 식탁 의자를 바투
끌어당겼고, 찻잔을 집더니 단번에 내용물의 절반을 들이켰다.
그러고선 찻물이 목적지에 다다랐다 싶은 즉시 캑캑거리며
내뿜더니 유리 분말이라도 탄 용액을 들이켠 사람처럼 요란하게
불평을 토로하는 것이었다. 그리하여 그는 특실 내 온 고객의
눈길을 끌었음은 물론이거니와 무엇보다 종업원 베라의 이목을
끌었고, 그녀는 이 사고—그녀 눈에는 그렇게 비쳤으므로—를 좀
더 가까이서 파악하겠다고 서둘러 달려왔다. 머피는 수명을 다한

수세식 수조 같은 소리를 몇 초간 더 발성하더니, 그제야 달걀을 달랬다 전갈을 받은 사람처럼 볼멘소리로 말했다.

"중국 차를 시켰는데 인도 차를 내왔잖아요."

더 흥미로운 사태를 기대했던 베라에게겐 다소 김새는 결말이었으나 그녀는 주저하는 기색 없이 실수를 만회했다. 과연 착취 노동에 자원한 자발적 노예다웠다. 저를 부리는 이들의 슬로건조차 차마 배반 못 하다니. 고객이, 그러니까 속고 싶어 안달인 아무개가 자기 주머니를 비워 가면서까지 기어이 복통을 앓겠다고 제조비의 열 배요 그걸 그 면전에 들이대는 비용의 다섯 배에 달하는 금액을 당사에 쥐여 줄 용의가 있는 한, 고객에게서 사취할 액수의 50퍼센트에 해당하는 선까지는, 그리고 그를 초과하지는 않는 한도 내에서는 그의 불평을 수용하고 그에 양보하는 편이 합리적인 선택이었다.

베라가 찻잔을 새로 내온 뒤에 머피는 그때껏 써 본 적 없는 수법을 썼다. 차를 3분의 1만 마시고 베라가 다시 지나치기를 기다렸다.

"저기요, 베라." 그가 말했다. "번거롭게 해 미안하지만 여기 뜨거운 차 좀 더 부어 줄래요?"

베라가 굴레를 벗을 조짐을 보이기에 머피는 알랑대며 마법의 단어를 날렸다.

"알아요, 내가 성가시게 하는 거. 베라가 소젖을 워낙 후하게 타 줬어야죠."

여기서 핵심이 되는 단어는 '후하게'와 '소젖'이었다. 어느 종업원이고 인심 좋다는 말과 젖샘 운운하는 사탕발림에는 무장해제될 수밖에 없는 법. 더욱이 베라는 천생 종업원이었다.

이상으로 머피가 어떻게 매일같이 점심 식사를 겸해 차 한 잔 값을 치르고 약 1.83잔에 해당하는 차를 마시는 명예로운 수준의 기득권층 등치기를 일삼았는지를 살펴보았다.

언제 한번 시도해 보시라, 소소한 횡령꾼이여.

어느새 몸 상태가 급격히 호전됐다고 느낀 머피는 그 김에 또 다른 과감한 구상에 이르렀다. 과자를 오후까지 아껴 뒀다 섭취하기로 작정한 것이다. 차를 마저 비우거든 우유와 설탕을 거저 얻어 마실 수 있을 만큼 얻어 마시며 버티다가, 그 뒤에 콕피트까지 슬슬 걸어가서는 포근한 풀밭에 앉아 과자를 먹는 거다. 그 길에 옥스퍼드 가를 지나다가 막대한 신뢰를 요하는 주요 보직을 제안받을지도 모르잖는가. 지금 위치에서 토트넘 코트 로까지 정확히 어떻게 이동할 것이며 일자리를 제안하는 거물에게는 어떤 신랄한 한마디로 응수하고 때가 되어 과자를 취식하게 되거든 어느 순서대로 먹을지를 계획하고자 그는 좀 더 편안한 자세를 취했다. 그러나 그리 멀리 가지도 못해, 그러니까 고작 대영박물관에 이르러 고대 미술 전시실의 하르피이아이 무덤 앞에서 스스로를 영입하려 드는 찰나, 코끝에 날카로운 표면이 와닿는 느낌에 눈을 떴다. 면전에 들이밀린 것의 정체는 명함으로, 그가 눈을 뜨자 글귀가 눈에 들어올 만한 거리로 곧장 물렸다.

오스틴 티클페니
음주 시인
더블린주(州) 출신

이치는 굳이 생김새를 묘사할 가치도 없는 인물이다. 머피가 자기 별들을 상대로 두고 있는 한판 승부의 한낱 졸로, 미미하게 한 수 두어 갈등을 촉발하곤 그 길로 판에서 휩쓸릴 인물인지라. 이 오스틴 티클페니에게서 굳이 그 이상의 쓰임새를 찾아보려 한다면야 어린이 장기나 서평가용 뱀과 사다리 게임에 투입하는 상상을 해 볼 수 있을 테지만, 체스 이력은 이로써 끝이었다. 사내와 그의 별들 간에 설욕전이란 있을 수 없기에.

"당신 주의를 끈답시고 영혼에서 흘러나와 입술 사이로 분출하는 음성의 물줄기라고 아리스톤의 신성한 아들인 저 플라톤 스승께서 한때 일컬은 바 있는 방법도 써 봤건만, 영 효력이 없기에 감히 이렇게 실례를 무릅썼습니다."

머피는 잔을 비우고 일어날 듯 시늉했다. 그러나 티클페니가 식탁 아래로 다리를 붙잡으며 이리 말했다.

"두려워 마십쇼, 저 나발은 이제 안 불어요."

강간이라면 경멸하는 머피이기에 그 응용의 첫 조짐이 보이자마자 흐늘대며 늘어지는 것쯤은 대수도 아니었다. 지금도 그는 그리했다.

"그래요." 티클페니가 말했다. "눌라 리네아 시네 디에. 법 없이는 처벌도 없다고들 하듯 나절 없이는 한 행도 쓸 수 없는 법입죠. 술을 끊지 않았다면 내가 여기 왔겠어요? 어림없죠."

그러더니 식탁 밑으로 제 각반을 어찌나 요란히 주물럭대는지 머피의 기억마저 덩달아 덜렁거렸다.

"더블린에서 이미 이런 봉변을 당한 적이 한 번 있었던 듯한데?" 머피가 말했다. "게이트 극장에서였던가?"

"「로미에트와 줄리오」요." 티클페니가 말했다. "'그이를 데려가 별 모양으로 오려 주련….' 싫은데요!"

약제상이라는 이와 적기에 맞닥뜨렸던 기억이 머피에게 어렴풋이 떠올랐다.

"그날 난 취한 척 시늉만 했죠." 티클페니가 말했다. "당신은 죽은 듯이 뻗었고요."

그러나 슬프게도 머피는, 사실대로 밝히자면, 그쪽에는 손도 대지 않았다. 언제든 기어코 나왔어야 할 얘기다만.

"여경을 부르기 전에 당장 그 어설픈 무릎 강간을 관두지 못할까." 머피가 말했다.

여기서 핵심 단어는 '여경'이었다.

"간을 축일 방도가 없어 수금 켜는 일도 관둬야 했어요." 티클페니가 말했다.

"그러면서 자제력마저 상실한 모양이군." 머피가 말했다.

"멜포메네 씨, 칼리오페 씨, 에라토 씨와 탈리아 씨가, 비극과 서사, 서정과 희극의 정확히 그 순서로, 구애를 영 그치질 않으니 말이죠. 갱년기도 다 지난 내게 구애해 봤자 부질없건만."

"그럼 지금 내 기분이 어떤지 잘 알겠군." 머피가 말했다.

"글쎄, 기억하고 싶지도 않을 정도로 오랜 세월을 지나새나 마시고 읊던 과거의 그 티클페니가 말입니다, 파인트 한 잔마다 오보격 시행을 줄기차게 토해 내던 그 티클페니가요, 글쎄, 저보다 나은 계층의 정신 질환자들만 모아 둔 병원에서 남자 간호사로

일하는 신세로 전락했지 뭡니까. 티클페니야 같은 티클페니건만, 하늘이 내 영혼을 축복하사 콴툼 무타투스—어찌나 변했는지."

"아브 일라—예전 그녀의 모습은 간데없고." 머피가 말했다.

"식사를 거부하는 환자가 있거든 그이를 올라타는 건 기본이고, 입벌리개로 턱을 벌리고 혀누르개와 깔때기를 동원해 약이 한 방울도 안 남고 다 흡수될 때까지 기다려야 해요. 그뿐이냐, 부삽과 양동이를 들고 방방이 돌아가며 내 손으로—."

티클페니는 신경이 쇠약해졌는지 탄산음료를 벌컥벌컥 들이켜더니 식탁 밑의 구애도 중단했다. 머피는 상대가 처한 난국을 기회로 삼을 수도 있었겠으나 이 순간을 틈타 자리를 뜨는 데 실패했다. 수크가 작도한 내용 중 지금껏 별도로 여기던 두 가지 모티프, 즉 두 번째 문단의 광인과 일곱 번째 문단의 보호·관리인 모티프가 난데없이 충돌한 데에 어안이 벙벙해진 탓이었다.

"못 견디겠어요." 티클페니가 신음했다. "아주 돌아 버릴 지경이에요."

티클페니의 결함을 정확히 짚어 내기란 쉽지 않다. 그러나 영혼과 물줄기와 입술 중 그의 결함이 어디에 자리하는지 가늠하기가 여간 만만찮다 해도 한 가지만은 확신할 수 있었으니 그건 바로 그가 말주변이 처절할 정도로 부재하는 사람이란 사실이었다. 앞서 실리아가 켈리 씨에게 비밀리에 토로하고 니어리가 와일리에게 마찬가지로 토로했던 내용의 대부분은 완곡하게 에둘러 전해야 마땅했다. 티클페니가 머피에게 털어놓은 내용의 경우, 그래야만 하는 이유가 한층 더 명확하다. 오래 걸리지는 않을 것이다.

한참 우물쭈물한 끝에 티클페니는 더블린에서 의사를 찾아가 상담을 받았노라고 고백했다. 의학보다는 철학에 박사며, 독일계 부친을 둔 피스트 박사라는 이였다. 이 피스트 박사 왈, "술을 끈든가 카푸트, 숨을 끈든가, 택일해요." 티클페니는 술을 끊겠노라 답했다. 피스트 박사가 껄껄 웃으며 왈, "킬리크라앙키 씨한테 이 메모 줘요." 앵거스 킬리크랭키 박사는 런던 외곽에 있는 매그댈런 멘털 머시시트라는 기관의 상주 의무부장이었다.

피스트 박사가 건넨 메모에는 아일랜드의 출중한 빈털터리 음주 시인인 티클페니 씨가 가벼운 음주 요법적 수련의 대가로 그 기관에 노동력을 제공하면 어떻겠냐고 제안하는 내용이 담겨 있었다.

티클페니가 이리 주선된 치료법에 어찌나 신속히 반응을 보였던지 매메머 내부에서 오진의 가능성을 수군대는 흉악한 소문이 슬그머니 머리를 들기 시작하던 참에, 피스트 박사가 더블린에서 편지를 보내 이 환자의 사례가 흥미로운 건 그의 치유가 음주 요법이나 빈 병을 부시는 설거지 당번이 된 덕이 아니라 전자와 후자로 인해 환자가 시 작문에서 해방된 덕에 가능했다고 밝히며, 이는 그의 신경쇠약 증상이 음주보다도 운문에서 기인했던 까닭이라고 상술했다.

티클페니가 조국 에린, 곧 아일랜드에 대한 의무라 여기며 작시한 오보격 운문이 어떠한지 익히 알고 있는 이들에게는 이 소견이 그리 유난하게만 들리지는 않을 터로, 강약 오보격의 다섯째 음보에 이르러 카나리아만큼 자유로이 날아가는 운율이 (다만 이는 잔인한 제물을 요하는지라 티클페니는 마지막 압운에서 딸꾹질을 하기 십상이었다.) 중간 휴지기 동안은 그의 신성한 배 속 가스만큼이나 한결같은 음을 냈고, 그 이외의 행들은 흑맥주 한 잔에서 최대한으로 빨아낼 수 있는 게일어권 운율학의 토양이 배출한 소소한 아름다움들로 가득 불거졌다. 그러니 그가 빈 병을 부시고 저보다 나은 계급에 속한 정신 질환자들의 환자복을 빨며 새사람이 된 기분이 들었다 한들 놀라우랴.

그러나 세상 아무리 좋은 것도 끝을 맞는 법이므로 티클페니는 성당 직원급 수준의 대가인 숙식 포함 월 5파운드 급여를 조건으로 병동 내 일자리를 제안받기에 이르렀다. 그는 수락했다. 사절할 취기가, 아니, 기운이 더는 남아 있지 않았다. 신처럼 위엄 있던 술고래가 절제하는 잡부로 돌아간 것이었다.

그래 놓고는 불과 일주일 만에 이대로 계속할 수 없다고 느낀 것이다. 측은한 마음이 자극되고 심지어 두려움마저 유발되는 것쯤이야 적당한 한도에서는 크게 괘념할 바가 아니었지만, 연민과 불안으로 말미암아 급기야 속을 게우고 싶을 지경에까지

이르렀다면 진정한 카타르시스와 모순되는 경우라고밖에 볼
수 없지 않겠냐는 생각이 든 것이다. 뭐든 토해 낼 건더기를
끌어올리지 못하는 사실도 물론 한몫하긴 했다.

티클페니는 모든 면에서 니어리에 비해 측정할 수 없을
정도로 열등했지만, 그럼에도 그와 공유하는 공통점이 있다면
바로 머피와 대조되는 특정한 지점들을 지녔다는 사실이었다.
본인이 이성을 잃을지도 모른다는, 허세 섞인 두려움을 지닌 것이
그중 하나였다. 또 하나는 어떤 광경이건 주시하고 관찰할 줄
모르는 무능력이었다. 그리고 이 두 특징은 고통스러운 상황이란
언제고 응시의 한 가지 또는 다른 형태로 축소할 수 있다는 점에서
서로 연결돼 있었다. 다만 이 점에서도 니어리가 티클페니보다
월등했다. 경쟁자 기질을 장사치 기질보다 높이 순위 매기고,
자신이 가질 수 없는 것을 아쉬워하는 이를 자기가 이해하지
못하는 것을 보고 비아냥대는 이에 비해 높이 치는 전통에
따른다면 말이다. 니어리는 그의 출중한 스승이 명시한 삶의 세
가지 양태에 대해 익히 아는 반면에 티클페니는 이에 대해 아예
무지한 까닭이었다.

그에 비해 와일리는 머피에 더 근접한 편이었지만, 그와
머피 각자의 안력이란 관음증이 있는 사람과 투시력을 지닌
사람만큼이나 달랐다. 와일리의 관음이 불건전하지만은 않듯이
머피의 투시력도 초건전하지만은 않았지만 말이다. 이 용어들을
거론하는 이유는 단지 빛과 대상, 관점 등등에 의지하는 시각과
이것들이 부끄럽게 만드는 시각을 구별하기 위해서다. 머피가
카우니핸 양을 관찰하는 일에 집중하던 시절, 그는 제 목적을
이루기 위해 눈을 감아야만 했다. 그리고 이제 와서도 그가
눈을 감았을 때 카우니핸 양이 나타나지 않으리라는 보장이
없었다. 그녀야말로 머피의 망막상에 자리한 진정한 황반이었다.
마찬가지로 그가 실리아를 처음 본 건 켈리 씨가 그토록 유쾌히
여긴 대로 그녀가 길에서 빙그르르 회전을 해 보였을 때가
아니라 그녀가 강물에 조언을 구하러 간 동안이었다. 그가 그녀의
장점들을 명확히 알아볼 수 있는 전망에 이르기 전까지는 그녀가
평소의 양식대로 그에게 말을 걸지 않게끔 어떤 본능이 그녀를

만류하는 동시에, 그게 가능하려면 먼저 주위가 어두워지는
것은 물론이요 머피 자신의 어둠이 깃들어야 하리라고 그녀에게
주의를 주기라도 한 듯했다. 머피는 저 자신의 어둠에 필적할
어둠은 없다고 믿는 이였다.

실성한 사람들이 이루는 광경을 꾸준히 목도하다간 본인마저
이성을 잃고 말리라는 티클페니의 허세 섞인 공포가 매그댈런
멘털 머시시트의 남자 간호사 자리를 온 마음 다해 토해 내고픈
그의 갈망을 부추겼다. 하나 그는 애초 한 달 수습 기간을
조건으로 입원했고, 그러므로 한 달에 못 미치는 복무로는 급여의
일부도 손에 쥐지 못할 터였다. 그사이 1-2주가 지났건 얼마가
지났건, 명시된 수습 기간에 못 미치는 일수 만에 일자리를
토해 낸다면 그간 감내한 것에 대한 보상도 일절 받지 못한다는
뜻이었다. 더욱이 티클페니의 입장에서는 본인이 미쳐 버리는
쪽이나 무보수로 일주일치 노동을 했던 기억으로 여생을
오염시키는 쪽이나 이렇다 할 차이가 없어 보였다.

매메머라고 해서 다른 정신병원보다 수월하게 간호
인력을 조달할 수 있는 건 아니었다. 이 점이 정신 질환자를
취급할 자격이라곤 음주 시인의 덩치, 그리고 남용에서 비롯된
경화(硬化)가 전부인 티클페니를 애초 징모한 이유 중 하나이기도
했다. 매메머라고 해서 저희 한가운데 침입한 티클페니의 존재를
분간하고는 호통치지 못할 만치 현실로부터 격리된 환자만
넘치는 건 아니었으니 말이다.

남으면 미치고 말리라는 필연적 사실의 잔인함과 급여 없이
떠나는 불가능한 선택의 잔인함을 번갈아 칭얼대던 티클페니의
신세 한탄이 마무리되는 조짐을 눈치채고 머피가 말했다.

"만에 하나 당신이 나 정도의 지성과" (미간에 골을 지어
보이며) "체격" (둥근 어깨의 각을 세우며) "을 가진 이를 대타로
내세운다면, 그땐 어찌 되겠나?"

이 몇 마디에 티클페니의 전신이 감정의 도가니에
사로잡혔고, 여러 부위 중에서도 무릎이 가장 격렬히 도취된바
다시금 식탁 아래에서 진대를 붙이기 시작했다. 이렇듯 기쁨에
취한 개는 때로 실례를 하고 마는 법이다.

흥분이 가라앉자 티클페니는 머피에게 한순간도 더 지체 말고 당장 자기랑 매메머에 동행해 인수인계를 하자고, 병원 관계자들이 이런 인사상의 날벼락에 반대할 가능성일랑 굳이 고려할 필요도 없다는 듯이 빌었다. 머피 본인도 속전속결한 일 처리가 당장 지지를 사리라 생각하는 쪽이었다. 티클페니가 본인의 처지에 관한 한 여하의 물리적인 요소, 예컨대 보다 상위직에 있는, 예컨대 남자 수간호사와의 애정 행각이라든가, 뭐 그런 사실을 일절 숨기지 않았다는 가정하에는 말이다. 머피 본인이 그러한 인물의 똘마니가 되는 일만 제외하곤 자기라고 티클페니가 하던 바를 더 잘 해내지 못할 리 없어 보였고, 정신 질환자들이 모여 있는 사회에서라면 더더욱 그럴 테니, 티클페니와 그가 해당 관계자들 앞에 그저 같이 나타나기만 하면 이 점이 명백해지리라는 것이 그의 견해였다.

무엇보다도 머피는 이로써 수크가 천궁도 두 번째 문단과 일곱 번째 문단에서 언급했던 광인 그리고 관리·보호인이 합삭이나 보름달 때 일직선을 이루는 천체처럼 돌연 일렬을 이룬 사실에서 자신감을 얻었다. 지금껏은 이 두 가지 요소를 별도로 고려해 왔고, 그 결과 전자는 한 달에 한 번 예언자가 되는 이를 가리키는 상투어에 불과한 딱지를 달이 뱀자리에 듦으로써 부추긴 것으로, 후자는 머피의 별들이 내비친 자명한 사실로 파악해 왔던 터였다. 그런데 이제 그 둘이 이렇듯 연결되고 나니 수크의 천궁도에 포함된 부분적으로 보이던 모든 요소들이 실은 그 출처로 주장하는 저 천체들의 체계만큼이나 섬세히 연관돼 있음이 밝혀지기에 이른 셈이었다.

이리하여 6펜스어치 하늘, 머피가 자신의 인생 선고서요 임명 대칙서이자 방지책이라고 일컬은 저 황당한 인쇄물이 살아 있는 자 중 오로지 그 자신의 손으로만 작시할 수 있는 한 편의 시로 탈바꿈하였다. 머피는 흑색 봉투를 꺼내 가로로 찢을 듯이 움켜쥐었다가, 제 기억력의 한계와 당장 옆에 누가 있다는 사실을 상기하며 도로 주머니에 집어넣었다. 그는 티클페니에게 돌아오는 일요일, 그게 정확히 언제건 그날 아침에 매메머에 나타나겠다고 말하면서 그 정도면 티클페니가 기반을 다져 둘 시간이 충분할

터라고 했다. 머피에게 요행한 휴일이 그날이고, 그때까지
기다린다고 해서 티클페니가 돌아 버릴 리는 없다. 실성할 것을
두려워하는 사람에게 이성은 밤송이처럼 들차게 들러붙는 법.
그럼 실성을 희망하는 이에겐…?

"이제 오스틴이라고 부르세요." 티클페니가 말했다. "아예
오거스틴이라고 불러도 좋아요." 그렇다고 아예 '거시'나
'거스'라는 스스럼없는 별칭으로 부르라고 하기에는 아직 관계가
채 무르익지 않았다는 생각이 들었다.

어느덧 한 시간도 더 지나 있었고 그간 머피로선 아무
부작용도 못 느낀 채 앉은 자세를 유지하며 날마다의 사기
수작을 완수하는 것은 물론이요 그에 더해 음주 시인의 쓸모마저
발견한 셈이었으므로, 이로써 자연이 제공하는 무릎베개
중에서도 단연 가장 쾌적하다 할 하이드 파크의 저 콕피트
풀밭에 대자로 드러누워 긴긴 황홀에 젖어들 자격을 충분히
벌고도 남았지 싶었다. 그리해야만 하는 욕구가 꾸준히 커져 가고
있던 참이었기에, 절박감에서 비롯된 최후의 경련이 이제 그를
티클페니에게서 떼어 그레이스 인 로로 밀쳤다. 식탁 아래 홀로
남은 한 쌍의 다리가 빈자리와 공허에 대고 계속해서 아양을
부렸다. 머리를 잃고도 한참 동안 몸을 비틀대는 날짐승처럼.

베라는 머피가 계산대도 거치지 않고 나갔다면서, 계산서가
아까 자기가 내려놓은 자리에 있는 것으로 보아 결제의 부담이
친구분에게 떨어진 모양이라고 말했다. 그러곤 그 부담이 혹여나
본인에게 전가되지 않게끔 두 번째 계산서를 작성해 먼저
것과 합치는 것을 잊지 않았다. 모두 머피가 예견한 대로였다.
티클페니를 위로해 준 대가가 고작 4펜스라니, 싸도 더럽게 썼다.

그렇게 아낀 더러운 돈의 절반은 마블 아치행 버스 요금에
쓰였다. 머피는 버스에 탄 동안 눈을 감을 요량으로 그리고 감은
채로 있을 요량으로 운전기사에게 목적지에 닿거든 알려 달라고
말했다. 이로써 옥스퍼드 가에서 거물과 마주칠 가능성은 무화된
셈이지만, 이제 앞날이 보장된 사내에게 거물이 뭐 대수인가?
하르피아이 무덤이야 눈만 딱 감으면 볼 수 있을뿐더러,
눈을 감으면 대영박물관에 전시된 어느 유물보다 부패가 덜한

고대 세계 한가운데에도 당도할 수 있는걸. 덜컹거리는 버스에 몸을 맡기고 그 진동에 덩달아 흔들거리면서 머피는 일자리를 찾았다는 소식을 전해 듣는 순간 실리아가 어떤 얼굴을 보일지 떠올려 보고 새 일자리도 상상해 보려 했지만 두개골이 젤라틴에 절여진 느낌이라 아무 생각도 할 수 없었다.

머피도 사족을 못 쓰는 게 많았으므로 그를 딱하거나 매정하다고 여기는 건 부당한 판정 내지는 과분한 영광이리라. 예컨대 그는 교통 체증이 최고조에 이르렀을 때 신형 육륜 차량에 올라탈 기회라면 사족을 못 썼다. 용수철이 과하게 솟은 깊숙한 좌석들이 어찌나 영악하고 유난히도 스스럼없이 들이대는지. 실리아가 나타나기 전까지만 해도 윌럼 그린 정류장에서 잘 빠진 11번 차를 기다렸다가 저녁 러시아워의 와중에 잡아타고 리버풀가까지 갔다가 돌아오는 것이 그에게는 주요한 취미였다. 이때 자리는 아래층 자리 중에서도 운전기사 뒤쪽의 안쪽 자리를 선호했다. 요즘이야 실리아를 뒷바라지하느라, 그리고 캐리지 양이 머피 숙부의 수지 타산을 대리하려 드는 통에 이러한 낙도 더는 즐길 수 없는 실정이었다.

콕피트 근처에서 한 무리의 사람들이 방대한 양의 붉은 과망가니즈산염을 뒤집어쓴 리마 부조상[16]을 청소하는 모습을 낄낄대며 구경하고 있었다. 머피는 북쪽으로 물러나 점심 식사를 마무리할 준비를 했다. 포장지에서 과자를 하나씩 꺼내 앞면이 위로 오도록 하여 잔디에 먹음직스러운 순서대로 늘어놓았다. 여느 종합 과자와 마찬가지로 진저와 오스본, 다이제스티브, 프티 뵈르 그리고 이름 없는 과자가 각각 하나였다. 그는 처음으로 이름을 밝힌 과자를 늘 맨 마지막에 먹는 버릇이 있었는데, 이는 그가 진저를 가장 선호해서이기도 했고 한편으론 이름 없는 과자가 개중 제일 입에 덜 맞으리라 짐작해 이를 제일 먼저 먹었기 때문이었다. 대신 나머지 과자 셋은 순서에 상관없이 먹었고 그래서 매일 그 순서가 무규칙하게 바뀌었다. 지금 과자 다섯 개 앞에 무릎을 꿇고 앉은 그에게 문득, 이러한 선입관으로 인해 자신이 이 한 끼 식사를 어떤 순서로 마무리하느냐는 경우의 수가 빈약하기 짝이 없는 6으로 확 줄고 만다는 사실이 떠올랐다. 그러나 이는 종합의 본질 그 자체를 훼손하는 격이요, 다양성이라는 리마 상에 붉은색 과망가니즈산염을 끼얹는 격이었다. 그가 설령 무명 과자에 대한 자기의 편견을 이겨 낸다 한들, 과자를 먹을 수 있는 경우의 수는 그래도 24에 불과할 것이다. 그렇지만 그가 급기야 최종 단계에 이르러 진저를 향한 열띤 사랑마저 떨치는 데 성공하거든, 그때는 과자 네 개가 일제히 생명을 얻은 듯 자리에서 일어나 가능한 총 순열의 수를 선보이는 눈부신 춤을 출 테지, 총 120가지에 달하는 가능성의 춤을!

머피는 이리도 허다한 관점에 압도당하다 못해 그대로 풀밭에 고꾸라지더니, 하늘의 별들만큼이나 개성이 제각각인 과자 옆에 얼굴부터 엎어졌다. 하나하나 그리도 다를 수 없는 개체들이었건만 그로서는 개중 하나만 선호하지 않는 법을 배우기 전에는 그 충만함을 섭취할 수 없을 터. 그리하여 잔디에 과자들과 나란히 고개를 댄 채, 얼굴은 반대 방향으로 돌렸지만, 진저브레드의 악귀와 씨름을 하고 있던 찰나에, 귓가에 말소리가 들려왔다.

"저, 혹시, 방해해 미안한데, 강아지 좀 잠깐 맡아 줄 수 있어요?"

머피도 위에서 내려다보면, 그것도 뒷모습부터 마주하게 되면 살가운 축에 낄 사람처럼 보이기는 해서, 그에게 이런 부탁을 해도 강아지가 크게 반발하거나 마음 쓰지는 않을 거라고 오인할 만도 했다. 몸을 일으켜 앉다가 머피는 자기가 자그마한 키에 체격 좋고 중년쯤 돼 보이며 극심한 오리다리증에 시달리고 있는 여자의 발치에 앉아 있음을 발견했다.

오리다리증은 넙다리의 성장이 저하돼 둔부가 무릎 뒤부터 시작하는 고생스러운 병리학적 질환으로, 슈타이스의 질병학에서는 이를 판피곱토시스, 곧 범둔부처짐증이라는 아주 적절한 명칭으로 이른다. 다행히 발병률이 낮은 편이고 그 대중적인 명칭에서 짐작이 가능하듯 상대적으로 연약한 그릇, 곧 여성들에 한해 발병하는데, 이러한 자연의 편향에 대해서는 저명한 버스비 박사와 그보다는 덜 학자연한 명사들이 앞서 개탄한 바 있다. 비전염성 질환이자 (이에 반대 의견을 제시한 일부 관찰자들도 있지만) 비감염성이요 비유전적이며 무통성이자 난치성인 질환이다. 그 병인은 정신병리학적 완전주의자가 아닌 이상은 이해하기 어려우나, 이들은 이 질환이 단순히 논 메 레부스 세드 미히 레스, 곧 내가 세상을 좌우하는 게 아니라 세상이 나를 좌우한다는 신경증적인 믿음의 또 다른 체현임을 입증했다.

이 인물이 다음 동작을 이어 갈 수 있도록 임시로나마 오리라고 칭하겠다. 오리는 한 손에 크고 겉이 불룩한 가방을, 다른 손에는 개 목줄을 쥐고 있었다. 목줄이 오리 본인의 성향을 연장하는 양 한끝에는 오리가, 그리고 다른 한끝에는 생긴 모양이 워낙 낮고 길쭉해 수캐인지 암캐인지 분간하기 어려운 닥스훈트가 매달려 있었다. 성별은 머피가 자기 앞에 나타나는 모든 소위 개라는 동물에 대해 최우선적으로 파악하려 드는 요소이거늘. 다만 개가 고전적인 암캐의 눈—내 각막에 키스해 줘, 당신 홍채에 나를 간직해 줘, 하늘이 당신을 돕기를 등등을 호소하는 눈—을 가진 것만큼은 명확해 보였다. 하기야, 더러는 수캐들도 그런 눈을 가졌다.

머피의 앞모습은 그의 뒷모습이 시사하던 조짐을 확증하지 않았다. 그러나 오리로선 이미 물러설 수 없을 만치 앞질러 간 참이었다.

"넬리는 지금 발정기예요." 가식이라곤 없는 목소리로 대견하고도 슬프다는 듯이 말하고서 오리는 머피가 자기 내면의 빛에 비추어 축하 또는 조의를 표하기를 기다리는 눈치였다. 그가 어느 쪽으로도 입장을 밝히지 않자 그녀는 순박하게 패를 펼쳐 보였다.

"전 위자보드로 점치는 게 생업인 사람인데요, 저 딱하고 사랑스러운 양들에게 먹이를 주려고 패딩턴에서 일부러 내려왔거든요, 그런데 애 목줄을 풀 엄두가 나야 말이죠, 제 명함 하나 받으세요, 웜우드의 걸 경과 약정 관계에 있는 독신 여성 로지 듀라고 해요, 걸 경을 아시려나 모르겠는데 멋진 분이세요, 저한테 이런저런 물건을 보내 주시곤 하죠, 그분이 참 말 못 할 고통이 많으시거든요, 전통 있는 서러브레드 부계 혈통을 타고난 거세마로 저세상에서 유언의 자취를 찾고자 하시는데, 어휴,

애가 가만있지를 못하네요, 그런데 유산 집행인이 철의 의지를
지닌 분이라 좀처럼 융통성을 보이질 않고 있다나 봐요, 차라리
서펜타인이나 롱 워터에 풍덩 빠뜨리면 달뜬 피가 좀 식으려나요,
셸리의 첫 부인도 그랬다죠, 이름이 해리엇이었던가요, 아니,
넬리, 넬리가 아니라 셸리 얘기였어, 넬리, 오 넬리, 우리 예쁜
넬리, 사랑스럽기도 하지."

오리는 목줄을 받게 잡아 잽싼 손놀림으로 넬리를 집어 들곤
황야 같은 가슴팍에 바싹 끌어안으며 개의 주둥이에 키스 세례를
퍼부었다. 긴긴 밤사이 넬리가 가르쳐 준 키스일 테다. 그러더니
바들거리는 짐승을 머피에게 건네주고서 가방에서 양상추 두
통을 꺼내 들고 조심스럽게 옆걸음질 치며 양 떼에게 다가갔다.

양 떼는 왜소하고 우중충한 데다 털은 바싹 깎이고
전체적으로 들쑥날쑥하게 생긴 것이 참으로 미련한 꼴들을 하고
있었다. 그렇다고 양답게 풀을 뜯거나 새김질을 하고 있는 것
같지도 않고, 편히 휴식을 취하고 있는 것 같지도 않았다. 그저
그 자리에 하염없이 서 있을 뿐이었다. 낙담한 듯 고개를 푹
수그린 채 몸만 넋 나간 듯 좌우로 살살 흔들며. 머피는 그리도
이상한 양들은 본 적이 없었다. 하나같이 곧 주저앉을 태세였다.
그런 양들을 본 이상은 워즈워스가 남긴 "잠(Sleep)이 누비는
들판"이라는 저 아름다운 표현이 사실은 실수에서 비롯됐다는
주장, 원래 "양 떼(Sheep) 누비는 들판"이었는데 조판공이 이를
오인해 "잠이 누비는 들판"이 됐다는 폭로가 위대한 시인에 대한
모독이라는 의견조차 수정해야 하는 것 아닐까 싶을 정도였다.
양들은 양상추를 들고 다가오는 듀 양을 피해 뒤로 물러설
기운조차 안 남은 눈치였다.

머피는 가슴을 뭉클하게 만드는 이 아르고선의 선원을
바라보느라, 그리고 뭣보다도 양 떼의 비몽사몽인 몸가짐에 푹
빠져서 넬리에게는 전혀 주의를 두지 않고 있었다. 뒤늦게야
그는 넬리가 그사이 풀밭에 놓인 과자를 진저만 제외하고 전부
먹어 치운 사실을 알아차렸다. 진저는 고작해야 I-2초간 입에
물었다 뱉은 모양이었다. 넬리는 이제 식사를 마치고 앉아 있었다.
지평선과 등골이 극미한 각도로 어긋나 있는 걸로 보아 앉은

자세를 취하고 있는 듯했다. 넬리와 같이 생김새가 길고 낮은 닥스훈트종에 대해 확실히 말할 수 있는 게 한 가지 있다면, 섰을 때나 앉았을 때나 누웠을 때나 외양상 별 차이가 없다는 사실이다. 파르미자니노가 개를 초상화 모델로 삼았더라면 전부 다 넬리의 닮은꼴로 그렸을 텐데.

듀 양은 그새 새로운 기법을 실험해 보고 있었다. 공물을 땅에 내려놓은 뒤 몇 걸음 물러서서 거리를 두는 전략으로, 이로써 양들이―그리 마음이 내키거든―저희 머릿속에서 선물과 그걸 선사한 이를 두 개의 분리된 개념으로 여길 수 있도록 하려는 거였다. 듀 양은 곧 사랑인가 하면 그렇지는 않아서 자기 자신과 자기가 준 것을 한몸으로 여기지 않았고, 양들도 딴에는 이를 어렴풋이나마 의식할 수 있어서 듀 양이 양상추와 하나가 아니며 따라서 삼라만상의 토대 또한 아니라는 점을 인지했는지도 모르겠다. 그러나 양의 심리란 듀 양이 파악할 수 있는 것보다 훨씬 복잡해서, 공원에 자생하는 척 행세하는 양상추가 외래종임을 솔직히 내세우며 공양하는 양상추에 비해 더 성공적인 건 아니었다.

듀 양은 급기야 패배를 인정할 수밖에 없었는데, 이는 전혀 모르는 사람이 보는 앞에서 삼키기에 유난히 더 쓴 약이었다. 그녀는 양상추 두 통을 도로 챙겨 머피가 손실을 비통해하며 쪼그리고 앉아 있는 자리로 짧고 당찬 두 다리를 놀려 다가왔다. 겸연쩍어서 그에게 차마 말도 못 붙이고 가만히 옆에 섰는데, 그와 달리 머피는 억울하다 못해 잠자코 있을 수가 없었다.

"양들이 당신 양배추를 거들떠보지도 않을 동안―."

"양상추예요!" 듀 양이 말했다. "싱싱하고 희고 깨끗한 게 보기에도 어여쁘고 때깔도 좋은 데다 아삭아삭 맛도 좋은 양상추요!"

"당신의 저 달뜬 소시지가 내 점심 끼니를 싹 먹어 치웠지 뭡니까." 머피가 말했다. "감당하지 못하겠다 싶은 것만 빼고."

듀 양이 보통 사람과 다를 바 없는 자세로 무릎을 꿇더니 넬리의 머리를 두 손에 보듬었다. 그렇게 아씨와 암캐 사이에 지적인 눈길이 장장히 오갔다.

"당신의 암캐 녀석 식욕이 아무리 타락했다 한들 생강을 먹을 정도로까지 타락하진 않은 걸 기뻐할 일인지도 모르겠군요. 내 식욕이 아무리 바닥을 쳤다 한들 발정 난 똥개가 먹다 버린 걸 주워 먹을 정도로 타락하진 않았듯이요."

무릎을 꿇은 듀 양은 아까보다도 더 오리 같아 보이는 한편 발육이 덜 된 펭귄을 닮은 듯도 했다. 가슴이 오르내리고 안색의 밀물과 썰물이 차고 빠지는 건 머피가 자기 넬리에 대해 한 말 때문이었는데, 넬리와 걸 경은 이 삭막한 이승에서 그녀가 가진 전부였기에 넬리를 발정 난 똥개라고 부른 사실에 부아가 치밀었다. 애완견으로 인해 그녀의 본성이 왜곡되고 말 난처한 입장에 놓인 것이다.

와일리가 머피의 자리에 있었더라면 이 대목에서 하이드 파크가 닫힌계이며 고로 식욕의 손실이 있을 수 없다는 생각으로 스스로를 위안했을 터, 니어리였다면 입세 딕시트, 곧 스승께서 그리 말씀하셨다라는 번지르르한 말로, 티클페니였다면 앙갚음으로 위안을 찾았을 터다. 그러나 머피는 위로가 불가능했으니, 과자가 그의 마음속에 점화한 양초가 넬리에 의해 소화되어 까맣게 탄 심지만이 그 악취를 여실히 풍기고 있었던 것이다.

"오, 나의 아메리카여." 그가 외쳤다. "발견하자마자 아틀란티스의 운명을 맞고 만 나의 뉴펀들랜드여."

듀 양은 자기 후원자라면 이 상황에서 어떻게 반응할지 상상해 보았다.

"얼마를 잃었죠?" 그녀가 물었다.

머피는 이 단어들을 이해할 수가 없어서 그녀 손에 들린 지갑을 보고야 비로소 그 의미를 납득했다.

"2펜스요." 그가 말했다. "그리고 순수 사랑 비판도 잃었죠."

"3펜스 받으세요." 듀 양이 말했다.

이로써 머피 수중의 더러운 돈이 5펜스로 늘었다.

듀 양은 인사도 없이 자리를 떴다. 집을 나설 때의 기뻤던 마음보다 돌아가는 길의 슬픈 마음이 더 컸다. 자주 밟는 전철이었다. 빅토리아 게이트 쪽으로 터덜터덜 향하는 동안

넬리가 그녀를 앞장서 기어갔다. 듀 양은 괜한 외출을 했다고
생각했다. 양상추는 거절당했지, 애완견이 모욕당하는 건 곧
그 안에 깃든 자기마저 덩달아 모욕당하는 셈인데 그 굴욕마저
겪었지, 게다가 마일드 맥주 한 잔 값으로 아껴 뒀던 3펜스마저
날렸다. 그녀는 달리아 꽃밭과 개들 묘지를 지나 갑작스러운
잿빛에 눈이 다 부신 베이스워터 로로 나섰다. 그러곤 앞지른
넬리를 따라잡아 굳이 품에 안고서 패딩턴 역까지 짧지 않은
거리를 걸어갔다. 걸 경이 보낸 장화 한 짝이 집에서 기다리고
있었다. 그이 아버지 장롱에 들어 있던 장화였다. 집에 도착하는
대로 듀 양은 넬리를 무릎에 보듬고 앉아 한 손은 장화에, 한
손은 위자보드에 두고 유언 집행자가—불행히도 이이 본인이
계승권자이기도 했다.—몰인정한 한사 상속의 제한을 해제할
만한 그럴싸한 이유를 저 에테르로부터 쥐어짜려 할 터다.

　듀 양의 몸주신은 범둔부처짐증을 앓던 4세기 마니교도로
그 이름은 레나요, 행실이 엄정하고 인상은 해쓱했으며
히에로니무스가 로마를 거쳐 칼키스 사막에서 베들레헴으로 향할
동안 동반하며 그를 접대했던 이로, 본인 스스로 말한 바대로라면
영적인 육신이 아직 온전히 발달하지 않아 자연적 육신을 지녔을
때보다 편히 앉기가 어렵다고 했다. 그래도 세기가 바뀔 때마다
점차 나아지고 있는 게 확실하니 듀 양도 용기를 가지라고
격려했다. 1천 년쯤 지나고 나면 다른 사람들과 다를 바 없는
허벅지를 갖게 되리라 기대해도 좋다고, 그것도 일반적인 허벅지가
아니라 천상의 허벅지를 기대해도 좋다고 덧붙이기도 했다.

　듀 양은 여느 야바위 영매와 달리 그 술법이 독창적이고
절충적이었다. 심령체의 물살을 빗발처럼 내린다거나 겨드랑이로
말미잘을 증식시키지는 못할지언정, 충성을 잃은 장화 한 짝을 한
손에 쥐고 다른 손은 위자보드에 둔 채로, 넬리가 무릎에 오르고
레나의 영이 내릴 동안 훼방 놓지 않고 가만히만 두면 죽은 이가
산 자에게 일곱 개 언어로 아첨하게 만들 수도 있었다.

　머피는 쪼그리고 앉은 채로 5펜스를 만지작대며 듀 양을
이래저래 대중하다가 선뜻 공감이 가는 양 떼에 대해 생각해
보았고, 이어 이러저러한 편견을 차례로 자조하다가 실리아에

대한 자신의 사랑을 소환 조사했다. 무심함이라는 자유, 자유라는 무심함, 의지는 대상의 먼지 가운데 먼지로 분하고, 행위는 손에서 흘린 한 줌의 모래—이것이 그가 수일 끝에 해 질 녘 육지에 닿으며 본 형태의 일부였다. 그러나 지금은 죄다 몽롱하고 어두워 불꽃 하나 사고로부터 당겨 내는 게 불가능한 음울한 언짢음만 남은 터였다. 그러므로 그는 그 반대 극단으로 치우쳤다. 감각과 성찰의 비대한 간청에서 정신을 분리해 지난 다섯 시간 동안 간절히 바라 왔던 무감각한 상태에 들고자 우묵한 등허리를 대고 자세를 잡았다. 그간은 불가피하게도 티클페니와 듀 양에게 붙들리고 넬리가 진화한 불을 되살리려는 저 자신의 노력에 붙들려 지체해야 했지만, 이제는 그를 만류할 게 없어 보였다. 이젠 무엇도 날 막지 못해, 이것이 의식으로 빠져들기 전 그의 마지막 생각이었다. 막지도 않을 거고, 까지가. 실제로도 그를 만류하려 드는 무엇도 나타나지 않았고 그리하여 머피는 그대로 미끄러져 벌칙과 상으로부터, 실리아와 상인들과 공공 도로 등등으로부터, 그리고 실리아와 버스와 공공 정원 등등으로부터 벌도 상도 없는 곳으로, 오직 머피 자신만이 모든 앎으로부터 벗어난 개선된 모습으로 존재하는 곳으로 잦아들었다.

정신을 차리고 보니, 또는 그곳으로부터 돌아와 보니—어떻게 돌아온 건지는 알 길이 없었지만—그새 밤이 깃들어 하늘엔 보름달이 걸리고 주변엔 양 떼가 모여들어 있었다. 희붐하니 부유하는 뒤숭숭한 양들을 보고 있자니 무엇이 그를 깨운 걸지 짐작이 갔다. 양들은 그사이 상태가 나아진 모습이었다. 워즈워스의 그 분위기는 줄고, 어느새 휴식을 취하거나 새김질 중이었고 심지어 풀을 뜯고도 있었다. 그렇다면 양들이 거부한 건 듀 양도 듀 양의 양배추도 아니요, 다만 시간대였던 것이리. 머피는 배터시 공원의 새장에 사는 부엉이 네 마리를 떠올렸다. 그 부엉이들의 기쁨과 슬픔도 땅거미가 지고 나서야 시작했다.

그는 달을 향해 두 눈을 드러내 보였다가 손가락으로 눈꺼풀을 도로 내렸고, 그러자 노란빛이 그 밑으로 스며들며 두개골을 가득 채우더니, 풋내 시절의 묵은 트림이 축축한 악취를 뿜으며 북받쳤다.

돋을 때부터 저물 때까지 나를 바라보는 눈이
심란한 눈이 아니고야 어디 있던가요—,[17]

그는 침을 뱉으며 자리에서 일어나 5펜스로 명령할 수 있는
전속력으로 실리아에게 돌아갔다. 그가 전할 소식이 실리아의
신이 보기에도 좋은 소식이리라는 점이 분명하기도 하거니와,
머피에게는 신체적으로 고된 하루였기에 한시라도 빨리 음악이
시작되기를 바라는 갈급함에 평소보다도 목이 탔던 것이다.
그리하여 평소의 귀가 시간을 한참 지나 도착했을 때 그를 맞이한
건, 그가 기대하고 또 우려했던 대로 쉬어 가는 저녁상이 아니라,
대자로 침대에 엎어진 실리아의 모습이었다.

충격적인 일이 벌어진 것이다.

6

지적인 사랑으로 머피는 자기 자신을 사랑하니.[18]

불행히도 이리하여 '머피의 정신'이란 표현을 해명해 봐야
할 이야기의 지점에 이르렀다. 기쁘게도 우리는 정신이라는
기관의 실체에는 신경 쓸 필요가 없고—그리하는 건 사치이자
무례일 테니—오로지 그 기관이 무엇을 느끼며 스스로를 어찌
상상하는지만을 살펴보고자 한다. 머피의 정신이 결국은 이
정보들의 골자이니 말이다. 이쯤에서 이에 짤막하게나마 한 장
할애함으로써, 이후 머피의 정신을 변명할 필요에서 아예 벗어날
수 있다.

　　머피의 정신은 속이 빈 커다란 구체, 외부 우주에 단단히 닫혀
있는 하나의 공으로서 스스로를 상상했다. 우주에 닫혀 있다고
해서 결핍이 있는 건 아니었으니, 그로써 배제된 것치고 저 내부에
자체적으로 갖추지 않은 게 전혀 없었다. 그 바깥에 자리한 우주
가운데 한때 존재했거나 현재하거나 앞으로 존재할 것들 중에서
이미 그 내부에, 가상으로 혹은 실제로, 혹은 가상에서 실상으로
부상하거나 실상에서 가상으로 낙하하여, 현재해 있지 않은
것이라곤 없었다.

　　그렇다고 머피가 이상주의자과(科)에 속하는 건 아니다.
정신의 사실이 있고 육신의 사실이 있는바, 이 둘은 그 유쾌함의
정도는 다를지언정 실재한다는 점에서는 동일했다.

　　머피는 자기 정신의 실상과 가상을 건류함에 있어 이들을
형태에 대한 갈망과 형태 없는 것의 형태에 대한 갈망으로 각기
분별하는 대신, 하나는 본인이 정신적으로도 물리적으로도 경험한
것으로, 그리고 다른 하나는 오직 정신적으로만 경험한 것으로
나누어 생각했다. 고로 발길질의 형태는 실상, 손길의 형태는
가상이었다.

　　머피의 정신이 감지하기에 저의 실상은 상부에 자리하며
밝은 빛을 품은 반면 가상은 하부에 자리해 어둠으로 저무는
중이었는데, 그렇다고 이 둘이 윤리적인 의미에서 상하를 오가며

요요질을 하는 건 아니었다. 정신적 경험은 물리적 경험으로부터 차단돼 있으니 그 규준이 물리적 경험의 규준과 다르고, 그 일부를 이루는 내용이 물리적 사실과 일치한다고 해서 그의 정신이 상부에 가치를 부여하지는 않았다. 그의 정신은 가치라는 원칙을 따라 기능하지도 않았고, 그에 따라 처분될 수도 없었다. 어둠으로 사그라드는 빛으로 이루어졌으며 상부와 하부로 이루어졌으되, 선과 악으로 이루어지지는 않았다. 다른 양태와의 유사성을 찾아볼 수 있는 형태와 찾아볼 수 없는 형태를 담고 있으되, 바른 형태와 틀린 형태를 담고 있지는 않았다. 저 안의 빛과 어둠 사이에서 논쟁할 필요를 찾지 못했고, 빛으로 어둠을 잠식할 필요를 느끼지 못했다. 다만 더러는 빛 가운데, 더러는 어스름 가운데, 더러는 어둠 가운데 있고픈 욕구를 지녔을 따름이었다.

고로 머피는 자기가 몸과 마음으로 분리되어 있다고 느꼈다. 보아하니 둘 사이에 교류가 아예 없지는 않은 듯했는데, 그렇지 않고서야 둘 사이에 공유하는 지점이 있다는 것을 애당초 알지도 못했을 것이다. 그래도 왠지 자기 정신이 육신의 침투에 철저히 방수돼 있다고 느꼈고 그렇기에 심신이 어떤 경로로 서로 교신하는 것이며 각각의 경험이 어떻게 중첩되는 건지 납득할 수 없었다. 어쨌거나 하나가 다른 하나를 뒤따라 성립하는 게 아니란 점에서는 만족스러웠다. 발길질을 느꼈기에 발길질을 생각하는 것도, 발길질을 생각해서 발길질을 느끼는 것도 아니었다. 앎으로서의 발길질과 사실로서의 발길질이란 빛의 밝기로 치자면 2 대 3분의 1 광도에 해당하는 관계인 건지도 몰랐다. 시간과 공간 외부에 비정신적이고 비물리적인, 영원무궁으로부터의 '발길질'이 존재하고, 이것이 그에 대응하는 의식상의 양태 및 연장선상의 양태, 곧 정신적인 발길질과 물리적인 발길질로서 머피에게 어렴풋이 모습을 드러내고 있는 건지도 몰랐다. 그런데 만일 이게 사실이라면, 으뜸가는 '손길'은 왜 없는 걸까?

여하간 머피는 자기의 정신세계와 신체세계가 이렇게 부분적인 합치를 이루는 것이 그러한 모종의 초자연적인 판정 과정에 의해서라는 사실을 선뜻 받아들였다. 이는 그다지 흥미로운 논쟁이 아니었다. 어느 해결책이고 그가 나이를

먹을수록 점차 강력해지는 느낌과 충돌하지만 않으면 충분히
만족스러웠다. 자기 정신이 닫힌계이며 자체적인 원칙 말고는
그 어떤 변화의 원칙에도 영향받지 않고 자급자족할 수 있으며
몸의 어떤 부침도 침투하지 않는다는 느낌과 충돌하는 해결책만
아니라면. 어떻게 이렇게 되기에 이르렀는가보다는 이러한 특성을
어떻게 활용할 것인가가 그에겐 훨씬 흥미로운 지점이었다.

　　그는 둘로 분리됐으며 그의 일부분은 어둠으로 사그라드는,
빛으로 충만한 구체로서 스스로를 상상하는 정신의 방을
결코 떠나는 일이 없었는데, 이는 밖으로 이어지는 길이 없기
때문이었다. 그런 반면 이 세계의 운동은 바깥에 존재하는 세계의
휴지기에 달려 있었다. 한 남자가 침대에 누워 잠들고자 한다.
그의 머리 뒤편 벽 안에서는 쥐 한 마리가 움직이고자 한다.
남자는 쥐가 꼼지락거리는 소리에 잠들지 못하고, 쥐는 남자가
꼼지락거리는 소리에 움직일 엄두를 못 낸다. 꼼지락대는 하나와
기다리는 하나 양쪽 다 불행하거나, 움직이는 쥐와 잠든 남자 양쪽
다 행복하다.

　　머피는 그의 몸이 일어나 (말하자면) 이리저리 움직이는
와중에도 어느 선까지는 생각을 하고 또한 알 수가 있었는데,
이는 그가 합리적인 행동을 시늉해 보일 수 있을 정도로 그
수준이 비교적 미미한, 정신적인 삼차신경통의 일종에 불과할
따름이었다. 그가 이해하는 의식과는 전혀 무관했다.

　　그의 몸은 갈수록 수면보다는 덜 위태로운 휴지기에
깃들었는데, 이는 스스로의 편의를 위해서인 동시에 정신이
움직이는 것을 허용하기 위해서이기도 했다. 그의 몸을 통틀어
그의 정신이 속속들이 파악하고 있지 않은 부분이란 얼마
남지 않은 듯했고 그 얼마 안 되는 부분조차 대개 자체적으로
피로해하기 마련이었다. 서로 이토록 낯설어 하는 둘 사이의
결탁으로 보이는 것이 피어나는 이 과정이 머피에게는 염력이나
축전기의 원리 못잖게 불가해했으며, 그런 만큼 그의 흥미도 끌지
못했다. 다만 그러한 공모가 존재한다는 사실에, 자기의 신체적
욕구가 정신적 욕구와 더욱더 어우러진다는 사실에 흡족해하며
주목할 따름이었다.

몸이 잦아들수록 마음이 점점 활기를 띠는 것을 그 스스로 느꼈고, 그로써 그 안에 깃든 보물들 사이를 누빌 자유를 얻었다. 몸은 몸의 비축물을 쟁이고 마음은 마음만의 보물을 품기 마련이다.

빛과 절반의 빛과 어둠이라는 세 가지 영역이 존재하며, 각각은 저만의 전문 분야를 갖추었다.

첫 번째 영역에는 대응점을 지닌 형태들이 존재했다. 개개의 삶에서 뽑아낸 찬란한 추상, 물리적 경험의 요소들이 새로이 조합되고 배치되기만을 기다렸다. 이 영역에서 쾌락은 앙갚음, 곧 물리적 경험을 뒤집는 쾌락이었다. 이 영역에서 물리적 머피가 당하는 발길질이란 정신적 머피가 가한 발길질이었다. 동일한 발길질이되 그 방향이 정정된 발길질. 이 영역에서는 상인들을 데려다가 시간을 들여 가며 천천히 털을 뽑을 수 있으며 티클페니가 캐리지 양을 강간할 수 있는 등등이었다. 이 영역에서는 물리적 수라장 자체가 대대적인 흥행을 거두었다.

두 번째 영역은 유사성이 없는 형태들을 아울렀다. 여기에서 쾌락은 곧 관조였다. 이 체계에는 버그러질 여타의 양태랄 게 없었고 그러므로 현 양태가 바로잡힐 필요도 없었다. 이 영역이 벨라콰의 지복과 그에 못잖게 정교한 것들의 영역이었다.

머피는 이 사사로운 두 영역 모두에서 자신이 최고 통치자요 자유롭다고 느꼈는데, 한쪽에서는 자기에게 보답할 수 있다는 점에서, 그리고 다른 한쪽에서는 비할 데 없는 하나의 지복과 다른 지복 사이를 자기 좋을 대로 옮겨 갈 수 있다는 점에서 그러했다. 그와 맞서 겨룰 주도권이라곤 일절 존재하지 않았다.

세 번째 영역인 어둠은 유동하는 형태, 끊임없이 다붙고 산산이 부서지는 형태들을 아울렀다. 빛이 새로운 다기관(多岐管)의 고분고분한 요소들을 함유한, 장난감 조각들로 나뉜 몸의 세계라면, 절반의 빛은 평화의 상태들로 이루어져 있었다. 반면에 어둠은 요소로도 상태로도 이루어지지 않은, 형태가 되어 가는 형태와 새로운 발원의 파편들로 부스러지는, 사랑도 증오도 이해 가능한 어떤 변화의 원칙도 없는 형태들만을 아울렀다. 여기에는 오직 소란과 소란의 순수한 형태뿐이었다.

여기에서 그는 자유가 아니었다. 여기에서 그는 절대적인 자유의 칠흑 속 티끌이었다. 하염없는 무조건 발생과 계보의 종식 가운데 부동하는 하나의 점에 불과할 따름이었다.

무리수의 행렬.

티클페니며 캐리지 양과 같은 부류가 서로 망측한 사랑의 행위를 나누게끔, 이들에게 동시에 발길질을 가하는 데서 오는 낙이 있었다. 벨라콰 옆의 지층에 누워 꿈을 꾸고 새벽이 구붓하게 동트는 모습을 지켜보는 것 또한 낙이었다. 그러나 그보다도 몇 배 더 유쾌한 건 발원도 표적도 없는 발사체가 된 느낌, 비뉴턴적 운동의 격동에 휩쓸린 느낌이었다. 이는 즐겁다 못해 즐거움이라는 단어로 설명되지조차 않았다.

그리하여 몸이 정신 안에서 자유로워질수록 세계를 망가뜨리는 자들에게 침을 뱉으며 빛 가운데서 보내는 시간도 점점 줄었고, 지복이라는 선택지가 수고의 요소를 불러오는 절반의 빛 가운데서 보내는 시간 또한 줄었으며, 그 대신 어둠 가운데서, 의지-없음 가운데서, 그 절대 자유 속의 한낱 티끌로서 점점 더 많은 시간을 보내기에 이르렀다.

이로써 괴로운 의무를 다했으니, 이상의 추가 고시는 없을 것이다.

## 7

실리아가 머피와 겨루어 이긴 시점은 할아버지에게 속내를
털어놓은 이후인 9월 중순경으로, 굳이 세세하게 따져 말하자면
목요일이자 열두 번째 되는 날이요 사계재일에 조금 못 미친 날로
태양이 아직 처녀자리에 들어 있던 때였다. 와일리가 니어리를
구제해 위로하고 조언한 건 그로부터 일주일 뒤의 일로, 태양이
안도의 한숨을 내쉬며 천칭자리로 넘어가던 무렵이었다. 그리고
만사가 걷잡을 수 없이 흐트러지는 계기가 될 머피와 티클페니의
대면은 금요일인 10월 11일에 발생했으니(비록 머피는 이 사실을
인지하지 못했지만), 이날 달은 다시금 찼으나 지난번 보름 때만큼
지구에 근접하지는 않았다.

그럼 이제 시간이라는 저 간음자 영감의 맨숭맨숭한
뒤꽁무니를 몇 되지도 않는 털 끄덩이째 붙잡아 월요일인
10월 7일, 그러니까 이 노인네가 저 고혹적인 그리니치 양에게
손해배상을 시작하는 첫날로 되돌려 보자.

덕망 있는 사람들은 잠자리에 들 시간이었다.

윌러비 켈리 씨는 뒤로 몸을 누였다. 진홍빛 실크로 된 연
머리가 잦은 노출로 해지고 바래 있었다. 이를 실과 바늘로 수선해
가던 참이었으나 기운이 달려 그조차 계속할 수가 없었던 터에
연의 크고 붉은 육각형 몸체는 그새 별 모양 살대에서 해방돼
이불에 널브러져 있었다. 켈리 씨 본인은 아흔 살에서 하루도 더
먹어 보이지 않았다. 침대맡에 놓인 등빛 물결이 번번한 두개골의
궁륭과 돋새김된 장식들을 비추고 피폐한 그의 얼굴 위로
그늘을 각인시켰다. 켈리 씨는 생각을 하기가 어렵다고 느꼈고,
몸뚱이로 말할 것 같으면 드넓은 지대에 걸쳐 아주 방만하게
퍼져 있는 듯한 게 방심했다가는 자칫 이 부위 저 부위가 저희
마음대로 어슬렁거리며 돌아다니다 아예 길을 잃겠거니 싶었다.
달아나겠다고 아주 안달들인 게 느껴졌다. 그는 경계와 불안감을
늦추지 않았으나 경계하는 와중에도 마음이 꾸준히 동요하며
몸의 이 부위 저 부위를 붙잡으러 달려들었다. 생각을 하기가
어렵다고 그는 느꼈고 서글픈 말장난을 이어 가는 것도(그는

프랑스어 실력이 남달랐기에) 불가능해 보였다. 다만 '실리아, 실 이 아(있다면), 실리아, 실 이 아(있다면)'¹⁹만이 후렴구처럼 그의 눈 뒤에서 꾸준한 속도로 지근거릴 뿐. 그 애 이름으로 말장난을 하고 있다는 사실이 그나마 위안이 되었으나 아주 작은 위안일 뿐이었다. 내가 뭘 어찌했다고 이젠 날 보러 오지도 않는 걸까? 이제 내 곁엔 아무도 안 남았구나, 실리아조차 없으니. 켈리 씨는 말했다. 인간의 눈꺼풀은 눈물을 봉하지 못하므로 코와 광대뼈 사이 분화구에 그 귀한 액체가 괴니, 굳이 묘까지 동행할 눈물 단지를 장만할 것도 없었다.

곁에 아무도 없기는 니어리도 마찬가지로, 심지어 쿠퍼조차 그의 곁을 떠나 버렸다. 니어리는 글래스하우스 가에 담쟁이덩굴 속 부엉이처럼 시름의 똬리를 틀고 앉아 제비집 수프와 찹 수이, 국수, 상어 지느러미, 리치 시럽으로 불린 배에 녹차를 퍼붓고 있었다. 그는 담즙질 사내의 격앙된 슬픔에 사로잡혀 있었다. 손가락 사이에 뼈대처럼 쥔 젓가락으로 그는 조용히 분노와 박자를 맞추었다.

니어리는 머피를 어떻게 찾을 것인가 하는 문제뿐 아니라 어떻게 아리아드니(처녀적 이름은 콕스)에게 발각되지 않고 머피를 찾아낼 것인가 하는 문제에 당면해 있었다. 이는 흡사 독사가 들끓는 건초 더미에서 바늘을 찾는 꼴이었다. 런던 시내가 콕스의 염탐꾼들로, 그녀의 무수히 많은 자아로 우글거리는 반면에, 니어리 본인은 혼자였다. 분노가 북받친 한순간 그는 쿠퍼를 해고하고 말았는데, 이제 와 그를 되찾고자 하니 어디서도 찾을 수가 없었다. 그는 와일리에게 부디 런던으로 와 그의 자원과 그의 실용에 능한 수완으로, 그의 사부아르 페르와 사부아르 느 파 페르, 곧 무엇을 하고 무엇을 피해야 좋을지 분간해 내는 안목으로, 즉 니어리 자신은 지니지 못한 여러 여우 같은 자질을 동원해 자기를 지원해 달라고 비는 편지를 써 보냈다. 그에 와일리는 진실대로 회신하길, 카우니핸 양 일만 해도 꼬박 매달려 있어야 하는 일인 데다 니어리의 길을 바로잡아 상궤로 돌려놓기가 애초 예상했던 것보다 만만찮은 과제라고 알렸다. 이 편지를 읽고 니어리는 새로운 의구심에 사로잡혔다. 직접 겪어 본 바를 토대로 신뢰할 만한 하인이라 여기던 쿠퍼마저 기대를 저버리지 않았던가. 그러니 실상 잘 아는 사이도 아닌 와일리가 그러할 가능성은 얼마나 더 크겠나. 여기에 생각이 미치자 문득 그의 사냥감인 머피야말로 지인은 물론 지금껏 알아 온 모든 사내를 통틀어 유일하게, 그가 여자들을 아무리 막 대하는 것으로 보일지언정, 다른 사내의 신의를 저버리지는 않을 이로 보이기 시작했다. 이리하여 니어리의 머피에 대한 필요가 변하기에 이르렀다. 어느 때보다 더 절실해졌으며, 친구 삼겠다는 욕구가 커지는 만큼 적수 삼겠다는 욕구를 덜어야 함이 분명해졌다. 거머리의 딸은 닫힌계이므로.

그는 계속 자리를 지키고 앉아 속이 확실히 비었는지 확인하려 병을 흔들어 보듯 머리를 흔들어 대며 젓가락의 씁쓸한 중얼거림을 이어 갔고, 그런 그에게 자기 아내나 심지어 첩의 부재보다도, 그게 설사 양귀비 본인일지라도, 제 옆구리를 기댈 정신의 부재가 훨씬 사무치게 다가왔다. 이러한 이상 현상도 그가 오리엔탈들의 와중에 있다는 데서 기인한 것이리라. 그새 3인분을 해치운 리치 열매가 그의 시름 뒤로 퍼지는 류트 음악의 황혼을 배경으로 그 이름 없는 향기를 계속해서 퍼뜨렸다.

카우니핸 양은 와일리의 무릎에 앉아 있었고—혹여나 명예훼손 소송에서 허위 사실이 주장될까 싶어 밝히건대, 이들이 앉아 있는 장소는 윈스 호텔이 결코 아니었다.—두 사람은 연체동물의 키스를 나누는 중이었다. 와일리는 자주 입을 맞추지 않았으나 기왕 맞출 때는 아주 진지하게 임했다. 와일리는 정열의 종에서 추를 제거해야 한다고 주장하는 우울한 부류가 아니었다. 와일리에게 키스 받는 건 붙임줄로 이어진 겹온음표가 그에 맞먹는 32분음표와 소절의 수를 아우르며 지속하는 길고 느린 연정의 악구와 같았다. 열정의 침이 이리도 서서히 삼투하는 과정을 카우니핸 양은 그때껏 이 정도로 만끽한 바가 없었다.

위 문단은 교양 있는 독자를 타락시킬 의도로 심혈을 다해 고안해 낸 것이다.

카우니핸 양은 아일랜드 여자치곤 이례적으로 유인원 축에
들었다. 다만 입이 워낙 커서 와일리로선 과연 이 점이 마음에
든다고 해야 할지 애매했다. 두 입술이 맞닿는 부분만 해도 장미
봉오리보다 면적이 크면서 탄력은 그보다 덜했다. 어쨌든 이 점만
빼면 신기할 정도로 유인원을 닮았다. 구체적인 모습을 묘사할
필요야 없고 어쨌든 여느 아일랜드 미인과 한 과였다고 말할 수
있을 텐데, 다만 이미 언급했듯이 유난히 유인원에 근접해 있었다.
이를 어느 선까지 장점으로 파악해야 좋을지야 사내들이 각기
판단할 일이다.

쿠퍼 등장. 이에 와일리는 암석에서 뜯긴 연체동물처럼
자세를 바로했다. 카우니핸 양은 지혈하듯 입을 틀어막았다.
와일리는 동물 앞에서나 마찬가지로 쿠퍼 앞이라고 연애질을
중단할 필요를 굳이 못 느끼는 편이나 이 경우에는 혹시나
니어리가 뒤따를까 봐 조마조마했던 거였다.

"잘렸어요." 쿠퍼가 말했다.

와일리는 번개같이 상황을 파악했다. 아직 가쁜 숨을 쉬고
있는 카우니핸 양을 안심시키려는 듯 돌아서며 그가 말했다.

"놀랄 것 없어요, 내 사랑. 이이는 쿠퍼라고, 니어리의
조수예요. 절대 방에 들어서기 전에 손 기척을 한다거나 자리에
앉거나 모자를 벗는 법이 없지. 아마도 머피에 관한 소식을 전하러
온 모양이에요."

"오, 그게 사실이라면, 제 사랑하는 그이의 신상에 관하여
전갈할 게 있거든 속히 말씀하세요, 부디 지체 말고요." 카우니핸
양이 외쳤다. 과연 아무 책이나 닥치는 대로 읽는 카우니핸
양다웠다.

쿠퍼가 절대 앉는 법이 없다는 건 사실로, 정좌 불능 증세가
그만큼 깊게 뿌리박혀 있었다. 서든 눕든 그에게는 매한가지였으나
앉는 것만큼은 불가능했다. 유스턴에서 홀리헤드까지 그는 서서
왔고 홀리헤드에서 던 리어리까지는 누워 왔다. 그리고 지금은
다시 서 있었다, 방 한가운데 그대로 꽂힌 듯 빳빳한 자세로,
머리에 보울러 모자를 쓰고 붉은 목 스카프는 단단히 매듭져 묶은
채, 의안은 충혈되고 가운뎃손가락을 펑퍼짐한 몰스킨 바지의

양쪽 무릎 위 솔기에 집어넣었다 뺐다 하며, "잘렸어요, 잘려 버렸어요."라고 반복해 말하며.

"글쎄, 내 보기엔 멀쩡히 붙어 있는데." 와일리는 머피와 달리 농담을 안 하니 궁색한 농이라도 치는 게 낫다고 생각하는 편이었는데 단, 자기가 치는 농담일 때나 그랬다.

그는 위스키 한 잔을 넉넉하게 따라 쿠퍼에게 건넸다.

"이거라도 마시면 바늘이 좀 원만히 돌아갈 걸세."

넉넉하게 한 잔 따른 위스키라도 쿠퍼에게는 코르크 마개에 밴 향에 불과할 따름이었지만, 그렇다고 해서 그에 콧방귀를 뀐 건 아니었다. 그가 건네받는 코르크 마개는 대개 무향무취였으므로.

쿠퍼가 자기가 해고당하고 만 자초지종을 일부 삭제, 가속, 개정 및 축약해 전한 이야기는 다음과 같다.

수일간의 수색 끝에 어느 날 오후 느지막이 콕피트에서 머피를 발견하기에 이르렀고 그 길로 웨스트브롬프턴의 말간 골목집까지 추적했다. 골목 모퉁이에는 해도 달도 무용하게 만들 만치 호화롭고 번듯한 음주의 궁궐이 서 있었다. 쿠퍼가 머피 발뒤꿈치에 붙어 이 현란한 술집 앞을 지나는데 창살이 갈리고 셔터가 둘둘 말아올려지더니 쌍문이 휭하니 열렸다. 쿠퍼는 가던 길을, 그러니까 머피가 가는 길을 계속 갔지만 그 길은 머피가 들어선 현관문 앞에서 끝났다. 직접 문을 열고 들어선 것으로 보아 그 집에 사는 게 분명했다. 쿠퍼는 집의 번지수를 머리에 입력하고는 황급히 돌아서 온 길을 되밟으며 니어리에게 보낼 전보를 머릿속에 작성해 봤다.

모퉁이에 다다라 그는 지금껏 본 여느 술집을 능가하는 그곳을 감상하러 잠시 발길을 멈췄다. 그때 한 남자가 현관에 나타났다. 셔츠 바람에 고운 베이즈 천 앞주머니를 두른 눈부신 모습이었고 손에는 위스키 한 병이 꼭 붙들려 있었다. 그가 천사의 얼굴을 하고 쿠퍼에게 손을 내밀었다.

결국 쿠퍼는 장장 다섯 시간이 지나서야 펍에서 나왔고, 이로써 그가 느낀 갈증이 얼마나 컸던지를 철저히 입증해 보인 셈이다. 문이 닫히고 셔터가 드르륵 내려오고 창살 날개가 포개졌다. 웨스트브롬프턴이 만든 웨스트브롬프턴의 수비 진영은 이로써 웨스트브롬프턴 주민들에 대비한 만반의 수비 태세를 갖추었다.

쿠퍼는 분개했다. 팡타그뤼엘[20]에게 목을 낚이다니. 달이 기찬 우연으로 마침 만월이자 근지점에 든 까닭에 저 탄탈로스에 견줄 궁궐이 아이러니한 광휘로 빛나고 있었다. 쿠퍼는 이를 갈며 헐거운 바지 무릎을 불끈 쥐었다. 장난기가 발동할 참이었다. 자신의 사냥감이요 그러므로 곧 원수나 다름없는 머피를 생각했다. 집 앞 현관문이 살포시 열려 있음을 확인하고 쿠퍼는 등 뒤로 문을 닫으며 어두운 현관에 섰다. 딱성냥을 꺼내 불을 당겼다. 현관에서 이어지는 방이라곤 문도 안 달린 방 하나뿐이었고 지하에선 기척도 안 들리고 빛도 보이지 않았다. 그는 계단을 올랐다. 중이층에 난 문을 열어 봤으나 으스스하게 깜박대는 성냥불이 비춘 건 재래식 화장실뿐이었다. 2층 계단참은 두 개의 방으로 이어졌는데 이 중 하나는 문이 없었고, 다른 하나에선 절망에 찬 탄식이 새어 나왔다. 방에 들어선 쿠퍼는 3장에 상술된 대로 머피가 간담을 서늘케 하는 자세로 널브러진 걸 발견하고는 누군가가 살해를 시도했다 낭패를 본 현장이려니 추정하곤 머리부터 내밀며 황급히 철수했다. 문밖으로 부리나케 뛰쳐 나가는데 그가 지금껏 본 어느 누구보다 빼어난 미모의 젊은 여자가 현관으로 들어섰다.

"아아, 거짓되고 잔인한 사람 같으니라고!" 카우니핸 양이 외쳤다.

쿠퍼는 지하철에 몸을 싣고 와핑으로 향해—와핑은 자기 내부의 적을 철천지원수로 여겨 그로부터 자기방어를 하려는 의지가 웨스트브롬프턴만치 강경하지는 않았으므로—일주일 내리 술을 마셨다. 타던 갈증이 주머니에 든 돈과 보조를 맞춰 일시에 끊긴 건 자비로운 우연으로 봐야 마땅했다. 쿠퍼는 자선함들을 돌며 몇 실링을 긁어모았다. 그러곤 니어리에게 전보를 쳐 머피를 찾았다는 희보를 전하려고 잠시 우회한 것만 빼고는 황급히 웨스트브롬프턴으로 발길을 되돌렸다. 그새 말간 골목은 돌무더기로 변해 운반되는 중이었다. 모퉁이의 음주 궁궐과 보다 잘 어우러질 건축물이 들어설 공간을 확보한다는 명목이었다. 쿠퍼는 니어리에게 전보를 쳐 머피를 놓쳤다는 비보를 전하려고 잠시 우회한 것만 빼고는 황급히 묵고 있던 유곽으로 돌아갔다.

니어리가 그다음 날 아침에 도착했다. 쿠퍼는 그 앞에 몸을 던지며 자비를 빌고 사실을 축약 없이 곧이곧대로 전했으나 그러고도 모욕적으로 해고되고 말았다.

며칠 후 그는 노래도 안 하면서 구걸한 죄로 붙잡혀 열흘간 수감됐다. 갇혀 지내는 동안은 그 여분의 한갓진 시간을 월 정기 왕복권의 돌아가는 일자를 실제 날짜에 맞춰 갱신하는 데 할애했고―그러지 않고는 할 일 없어진 두 손이 어쩔 줄 몰라 했을 터였다.―그로써 자유의 몸이 되는 즉시 지체 않고 자기가 태어난 그리운 고향 땅으로 돌아갈 수 있었다. 그리하여 더블린에 돌아온 지 이제 불과 며칠째였고, 그간 윈스 호텔에 주소를 남기지 않아 행방이 묘연하던 카우니핸 양을 찾아 돌아다니던 차였다. 그런데 이렇게 마침내 찾게 되다니, 그것도 기쁘고 놀랍게도 와일리 씨 품 안에서, 와일리 씨야 그랜드 퍼레이드 로 시절부터 안면이 있어 기억하고말고, 한데 그 행복했던 시절도 어느덧 다 과거지사가 되었으니. 쿠퍼는 눈물 한 방울을 훔쳤다.

이 책에 등장하는 손 인형들 모두 언젠가는 징징대고 마는데, 머피만은 예외다. 머피는 손 인형이 아니다.

와일리가 윽박질렀다.

"머피를 다시 찾을 수 있겠나?"

"어쩌면요." 쿠퍼가 말했다.

"니어리는?"

"손쉽게요." 쿠퍼가 말했다.

"니어리가 부인을 버린 사실을 알고 있었나?"

"그런데요." 쿠퍼가 말했다.

"부인이 런던에 있다는 것도?"

"그런데요." 쿠퍼가 말했다.

"그럼 니어리한테 잘렸을 때 왜 부인을 찾아가지 않았지?"

쿠퍼는 이 질문이 영 마음에 들지 않았다. 자기를 달달 볶는 고문자에게 그는 제 옆모습을 다각도로 빠르게 연달아 드러내 보였는데, 이 각각의 옆모습에서 유사성은 딱히 찾아볼 수 없었다.

"왜 아니냐니까?" 와일리가 말했다.

"니어리 씨를 제가 얼마나 아끼는데요." 쿠퍼가 말했다.

"거짓말." 와일리가 말했다.

이건 질문이 아니었다. 쿠퍼는 다음 질문을 기다렸다.

"니어리는 너무 많은 걸 알고 있어." 와일리가 말했다. 쿠퍼는 기다렸다.

"자네가 고자질했지, 그래서 니어리가 자네를 고자질한 거고. 그런 거 아니야?" 와일리가 말했다.

쿠퍼는 아무것도 시인하지 않았다.

"자네한테 필요한 건 친절이야." 와일리가 말했다. "누구든 자네를 조금이라도 친절히 대하거든 자네도 얼마 안 가 의자에도 앉고 모자도 벗고, 당장은 하지 못하는 것들을 죄다 하게 될 텐데. 카우니핸 양과 내가 자네 친구라는 걸 알아주게."

쿠퍼의 낯을 메운 흡족감은 자신이 프랑켄슈타인의 악령이요 와일리가 드레이시였대도 그보다 더할 수 없었을 터.

"자, 이제 말이네, 쿠퍼." 와일리가 말했다. "친절히도 잠깐 밖으로 나가 내가 다시 안에 들라고 정중히 부를 때까지 기다려 주겠나?"

쿠퍼가 방을 나가자 와일리는 카우니핸 양이 흘린 눈물에 입을 맞추는 데 우선 주의를 기울였다. 이러한 목적에 적합한 키스가 별도로 존재했다. 이발기와도 같은 놀림을 수반하는 수렴제와도 같은 키스였다. 카우니핸 양은 바닥에 뒤엎어진 채로 피를 흘렸을 머피 생각보다도 미모의 여자 방문객 생각에 더 속이 상한 것이었다. 와일리는 니어리가 프라우트 신부(F. S. 마호니)의 무덤가에서 범한 실수를 염두에 두어, 쿠퍼가 건물을 나서며 봤다는 젊은 여성을 머피와 연관 지을 단서가 전혀 없지 않느냐고 카우니핸 양에게 말했다. 하지만 이 말이 암시하는 바에 카우니핸 양은 누그러지기는커녕 와일리가 머피를 폄하하는 걸로 알고 언짢아 했다. 머피 주변에 아름다움이 알짱대고 있다면 그야 의심의 여지 없이 머피와 연관된 까닭일 테지 달리 무슨 일로 알짱거릴 수 있단 말인가? 여기서 카우니핸 양은 강수량을 늘렸다. 그만큼 비위가 거슬리는 말이었음을 보여 주기 위해서이기도

했지만, 한편으로는 와일리의 키스 세례가 그녀로선 처음 겪어
보는 신선한 경험이어서이기도 했다.

눈물을 흘리는 데 드는 수고가 눈물을 훔치는 와일리의
입맞춤에서 얻는 쾌락보다 커지자 카우니핸 양은 수고를
거두었다. 와일리는 강장제 삼아 위스키를 조금 따라 마시며 깊은
생각에 빠지는 듯 보이더니, 숙고 끝에 이른 의견이라며—이는
사실이었다.—다음과 같이 주장을 펼쳤다.

바야흐로 카우니핸 양이 당면한 불확실성을—이는 카우니핸
양의 안위를 바라는 사람들, 곧 그 자신에게도 불확실성으로
작용할 수밖에 없는데—어떤 방도로건 뿌리 뽑을 때가 왔다.
쿠퍼가 없는 한 니어리는 머피를 결단코 못 찾을 터였다. 설사
찾는대도, 그런다고 카우니핸 양의 마음이 놓일까? 정반대지.
머피가 제 자발적인 몽매함 탓에 그새 벌써 카우니핸 양을 속으로
마다한 게 아닌 이상은 니어리가 그를 매수해서라도 그가 거절
의사를 여지없이 명확히 밝히도록 설득하거나, 그 방도가 통하지
않거든 머피를 아예 제거해 버릴 것이다. 카우니핸 양에게 중혼의
속셈을 품고도 남을 남자란 뭐든 하고도 남을 사람이므로.

와일리 본인조차 첫 번째 니어리 부인의 존재에 대해서
몰랐건만, 이분이 캘커타에서 공식적으로는 쇠약하다지만
실제로는 건재히 살아 있다지 않나.

"니어리 씨를 변호하고 나설 생각은 없지만 당신이 말한 만큼
비열한 사람이라고 생각하고 싶지도 않아요." 카우니핸 양이
말했다. "설사 그분이 당신 말대로 부인을 버렸다면—당신이 무슨
근거로 그런 주장을 하는 건진 묻지 않겠지만—그럴 만한 타당한
이유가 있었을 테죠."

카우니핸 양은 그녀 자신의 매력 탓에 중혼 직전까지
갈 뻔했던 남자를, 이 점도 확실하진 않았지만, 가혹히
평가할 수가 없었다. 더욱이 와일리가 자기보다 경제력 있는
구혼자—개성으로 치자면야 음, 덜 흥미롭긴 하더라도—를
헐뜯는 데 동참해서 얻을 것도 없고 말이다. 본인의 목적(곧
머피)을 달성하기 위해 필요한 선, 그리고 본인 입맛에 맞는
선까지야 와일리와 견해를 같이할 수 있지만 그 선을 넘는

일은 없을 것이다. 그녀가 니어리에 비해 와일리에게 덜
가혹하다면 그건 전자가 그녀를 입맛 떨어지게 만든다는 단순한
이유에서였다. 그래도 그녀는 양쪽 모두에게, 자기가 머피를
향해 희망을 품고 있는 이상은 자기의 애정이 묶여 있는 것으로
여겨야 한다는 점을 여지없이 분명히 했다. 와일리는 선선히 이를
받아들였다. 카우니핸 양의 속박된 애정이 워낙 그를 자극했기에
그로선 그 상태가 지속된다 한들 크게 개의할 이유가 없었다.

와일리는 자기 지능이 더 뛰어나지 않다는 걸 하늘의 별에
감사히 여길 정도의 지능은 갖췄고 그렇기에 자기가 머피를
두둔하고 니어리를 비난함으로써 무슨 실수를 저지른 건지
알았다. 감상에 빠진 애욕이라는 영역에 여자가 진을 친 이상,
남자가 그걸 꺾는다는 건 남자가 개보다도 심한 체취를 풍기는
것만큼이나 불가능한 일이다. 그러나 카우니핸 양의 본능이 만월
아래서만 효력을 띤다는 용매로 작용하며 이제 와일리의 모든
몸동작을, 수고 하나 안 들이고 즉각적으로 녹여, 제 허영심과
사사로운 이익을 위한 함의로 바꿔 놓았다. 그녀의 유일한
취약점은 성감대, 그리고 머피에 대한 욕구였다. 와일리는 이 중
전자와 짧고 신속한 접전을 벌인 뒤 이렇게 말했다.

"니어리에 대해 내가 한참 잘못 짚은 걸 수도 있어요. 아마
그럴 테지요. 알고 보면 세상 누구보다 의지할 만한 사람인지도
몰라요. 그렇대도 쿠퍼 없이는 머피를 결코 못 찾을 겁니다. 그가
가진 재능이란 그 방면과는 무관하니까. 그런데 머피를 찾아내기
전엔 할 수 있는 일이 없잖습니까."

카우니핸 양은 머피를 찾아낸 뒤에 오히려 할 수 있는 일이
더더욱 없으리라는 서글픈 감상이 들었다. 그녀가 말했다.

"그럼 어쩌면 좋을지 제안해 봐요."

와일리로서는 제안을 하기에 앞서, 카우니핸 양의 머피에
대한 욕구보다는 머피의 카우니핸 양에 대한 욕구가 틀림없이
더 클 것이라는 점부터 먼저 짚고 넘어가고 싶다. 머피가 어느
지경에 이를 정도로 괴로워하고 있는지야 카우니핸 양도 쿠퍼의
이야기를 통해 가늠할 수 있었을 터, 쿠퍼가 머피를 어떤 상태로
발견했는지, 무자비한 폭행의 피해자가 되었던 듯싶은데 아마도

사업 경쟁자에게 당했을 확률이 높고, 그것도 사람 살 곳도 못 되는 건 물론이요 행정 조치에 따라 사용 금지된 거처에서 발견한 것만 봐도 충분히 미루어 짐작할 수 있으리라. 더욱이 지금쯤은 템스 강변에서 노숙하고 있거나 세인트 제임스 공원에서 밤새 이리저리 내쫓기며 새우잠이나 겨우 취하고 있을 터였다. 아니면 세인트 마틴 인 더 필즈 교회 지하실에서 저주받은 망자들의 고난에 찬 비명에 시달리고 있거나. 그러므로 지체 않고 머피를 찾아내야만 한다. 카우니핸 양을 대하는 자신의 태도가 예전과 다를 바 없이 긍정적임을 머피가 확증해 보일 수 있도록뿐만 아니라, 물론 이 점이 여전히 가장 우선적인 이유이기는 하다만, 머피 본인을 아일랜드인 특유의 그 어리석은 자부심에서 구제하기 위해서도 당장 찾아내야만 한다. 머피가 기사 정신이니 의협심에 대한 착각에 빠져 사회를 누리지 못하는 카우니핸 양의 작금의 곤궁한 상태를 지속하도록 두는 이상, 그가 들이는 모든 수고는 좌절되고 말 터다. 그러나 카우니핸 양이 곁에서 그를 자극하고 격려하고 위안하고 포상하는 이상, 머피가 도달하지 못할 고지요 차지하지 못할 영예란 없다.

"그래서 제안을 해 보라니까요." 카우니핸 양이 말했다.

와일리는 다 함께 런던에 가자고 제안하는 바다. 카우니핸 양과 자기 자신, 그리고 쿠퍼까지 다 함께. 카우니핸 양은 이 원정의 심장이요 영혼, 본인은 머리, 쿠퍼는 발톱이 될 것이다. 이리 힘을 합치면 카우니핸 양은 머피를 찾는 즉시 그간 억눌렸던 애정을 거침없이 끌러 낼 수 있을 테고 그때까지는 와일리 자신이 그 억눌린 애정을 매일같이 운동해 줄 의향이 있으니, 니어리와 상대하고 쿠퍼를 술병 근처에 가지 못하도록 감시하는 소소한 역할에 더해 이 또한 기꺼이 그리고 영광으로 알고 임할 테니 맡겨 주어도 좋다. 와일리의 소소한 역할 중에는 저 두 가지 외에도 결혼 전에는 콕스란 성을 썼던 아리아드니의 삶에 희망을 불어넣는 일도 포함된다고 덧붙일 수도 있었을 테지만 그는 이 말은 생략했다.

"그런데 이 대습격은 누구 돈으로 진행하나요?" 카우니핸 양이 말했다.

"최종적으로는 니어리가 비용을 치러야죠." 와일리가 말했다.

그는 니어리가 보낸 편지를 증거로 제시했다. 쿠퍼에게 지나치게 성급하게 굴었던 점을 반성하며 와일리의 도움을 간청하고 카우니핸 양의 모피 코트 자락을 향한 숨 가쁜 갈망을 표한 이 편지가 신용장이나 다름없다는 주장이었다. 당장의 지출은 카우니핸 양에게 부탁해야 할 수도 있지만 그녀가 이를 단순히 선금으로 볼 게 아니라 투자로 생각하고, 그로 인해 얻을 이익배당금에 머피도 포함되는 것으로 여기길 바란다고 했다.

"토요일 전에는 못 떠나요." 카우니핸 양이 말했다. 마침 옷을 한 벌 맞추는 중이었다.

"뭐, 휴일에 벌인 사업일수록 잘 풀린다니…" 와일리가 말했다. "이 나라를 뜨는 건 언제나 반가운 일이지만 영국-아일랜드 왕복 증기선의 토요일 밤배 편으로 떠나는 것만큼 반가운 일도 없죠. 연극계 신사 숙녀 분들과 망망대해의 자유와 선상에서의 하룻밤을 십분 만끽하면서요."

"그러니 니어리 씨에게 우리의 계획을 미리 알릴 수 있겠다는 말이었어요." 카우니핸 양이 말했다. "일의 기반을 단순히, 음, 공상에만 두는 대신요."

"니어리와 연락하는 것엔 전적으로 반대합니다." 와일리가 말했다. "머피를 찾기 전까지는요. 이 시점에서 보조를 청했다간, 아직 미정으로 남아 있는 요소가 원체 많은 만큼, 자기 앞길을 막는 장애물만 내려놓고 마는 어리석은 일을 할지도 몰라요. 대신 그가 의기소침해져 있을 때 그의 벗과 연인이 전경으로 나타나거든, 그것도 머피를 찾는 데 성공했단 확증을 배경 삼아서 말이죠, 글쎄, 그때는 보나 마나 갖은 혜택을 내리려 들 것 같아 말입니다."

최악의 경우로 머피를 찾는 데 실패하고 니어리가 고약하게 나온다 해도 콕스 여자가 있으니까, 라고 와일리는 속으로 생각했다.

최악의 경우로 내 사랑을 찾는 데 실패하고 와일리가 고약하게 나온다 해도 니어리가 있으니까, 라고 카우니핸 양은 속으로 생각했다.

"그래요, 그럼." 그녀가 말했다.

와일리는 절대 후회하지 않을 거라고 말했다. 어느 누구도 이 선택을 결코 후회하게 되지 않을 것이다. 카우니핸 양, 머피, 니어리, 아무 가치 없는 자기까지도, 모두에게 새로운 삶의 시작이요 어둠의 끝이 될 일이었다. 그는 문으로 향했다.

"후회하건 아니건, 새 삶이 시작하건 아니건, 당신의 자상함은 결코 잊지 않겠어요." 카우니핸 양이 말했다.

문 앞에 이른 와일리가 방을 향해 돌아서며 등 뒤로 문손잡이를 쥐더니, 다른 한 손으로 말만으론 감정을 숨기기 어려울 때면 그가 해 보이는 손짓을 했다. 카우니핸 양도 수순을 따르듯 딱 적당하다 싶은 만큼, 언제고 손쉽게 돌이킬 수 있을 만큼의 이해심을 얼굴에 내비쳤다. 이조차 그녀로선 자주 감수하지 않으려 드는 모험이었다.

"자상하기야 제가 아니라 당신이 자상하지요." 와일리가 말했다.

혼자 남겨진 후 카우니핸 양은 난롯불을 쑤셔 봤지만 별 효과를 보지 못했다. 이 토탄은 자유에 대한 열망이 어찌나 강한지, 빗장 뒤에서는 결코 불에 타지 않기로 작정이라도 한 듯했다. 진정 아일랜드의 흙에서 온 토탄다웠다. 그녀는 조명을 끄고 창문을 열어 밖으로 몸을 내밀었다. 달이 지구를 향해 돌린다는 게, 그래서 우리 눈에는 보이지 않는다는 게 달의 뒷모습이었던가, 얼굴이었던가? 과연 어느 쪽이 더 불행하다고 봐야 할까, 사랑하는 사람을 영영 섬기지 못하는 쪽과 결코 싫다고 할 수 없는 사람들만 한 사람씩 차례대로, 그리고 영영토록 섬기는 쪽 중에서? 복잡하게 꼬인 문제들임에 분명했다. 와일리와 쿠퍼가 인도로 걸어 나가는 모습이 보였다. 어깨라는 형틀에 갇힌 한 쌍의 머리통(이는 머피의 입버릇이었다). 쿠퍼가 갑작스레 앞으로 달려 나갔다. 사지가 안 따라 주는 특유의 답답한 자세로 어기적거리며 돌진해 나가더니 멀어지면서 점차 제 길이를 되찾았다. 시계나 다름없는 현관문이 요란히 닫혔지만 카우니핸 양은 그 소리를 귀담아듣지 않았다. 유의해 들었더라면 와일리의 갑작스러운 등장에 걸맞은 자세를 미리 취할 수 있었을 텐데 그러는 대신 그녀는 몸을 창밖으로 한참, 키의 절반에 불과한 하체만이 그마저 바닥에 닿지도 않은 채 방에 남을 때까지, 내밀었다. 현관과 잿빛 인도를 잇는 회색 계단의 좌우로 어둠이 고랑을 매며 깊고 검은 영역의 윤곽을 드러냈다. 뾰족한 난간 끝이 촘촘한 톱날처럼 빛을 뿜었다. 카우니핸 양은 어리석게도 눈을 감았고, 그대로 방에서 미끄러져 나갈 듯이 보이는 순간, 와일리가 숙련된 손짓으로 두 젖가슴을 보듬으며 그녀를 좀 더 사회적인 현기증의 영역으로 끌어당겼다.

# 8

그 충격적인 일은 잡화상들이 머피를 조롱하고 있던 때 벌어진 모양이었다.

그날, 그러니까 10월 11일 금요일에 캐리지 양은 여러 날 끝에 자기 몫의 빵을 되찾았는데,[21] 이는 갖가지 무료 상품 견본의 형태로, 예컨대 면도 비누, 향수, 화장비누, 족욕용 소금, 고체형 목욕 비누, 가루 치약, 체취 탈취제, 심지어 탈모제로서 그녀에게 둥둥 떠 당도했다. 개인적인 청결을 사람들은 너무도 쉽사리 잃기 마련이다. 그나마 캐리지 양은 여성 종족 대부분을 능가하는 막대한 이점을 지녔는데, 노환이 와도 잃을 리 없는 액취가 그것이었다. 캐리지 양에게서 아무리 냄새가 난들 그에 기를 써서 맞서려는 노력을—물론 비용이 과하지 않다는 전제하에서지만—기울이지 않았다는 말만큼은 들을 일이 없어야 했다.

그리하여 캐리지 양은 구석구석 쓸고 닦고 향유를 찍어 발라 가며 본인 기준의 '청결함'에 이르렀다는 생각에 극도로 고양된 채로, 무모할 정도로 고양된 채로, 앞서 말한 찻잔을 들고 실리아를 찾아갔다. 실리아는 그녀치고는 상당히 생소한 자세로 창가에 서서 밖을 보고 있었다.

"들어오세요." 실리아가 말했다.

"엉기기 전에 마셔요." 캐리지 양이 말했다.

실리아가 빙그르 돌아서며 외쳤다.

"오, 캐리지 양이시군요. 저 지금 위층 영감 때문에 걱정이 이만저만이 아니에요, 오늘 온종일 움직임도 발기척도 한 번 없었어요." 불안감에 격앙됐는지 실리아가 캐리지 양에게 다가와 팔을 잡았다.

"무슨 소리예요." 캐리지 양이 말했다. "평소와 같이 식사 쟁반을 들였다가 도로 내놨던데."

"그야 벌써 몇 시간 전 일이잖아요." 실리아가 말했다. "그 뒤로 아무 기척이 없었다니까요."

"글쎄, 미안하지만 난 영감이 평소대로 방을 오가는 소리를 분명히 들었는데요."

"어떻게 캐리지 양에게만 들리고 저한텐 안 들릴 수가
있겠어요?" 실리아가 말했다.

"그야 당연하다고 봐야죠, 당신이 나는 아니니까요."
캐리지 양이 말했다. 그러곤 이 인상적인 주격의 응용에 상대가
감탄하길 기다렸다. "요전날만 해도 어찌나 쿵쾅대던지 당신
머리 위로 회반죽 가루가 다 날려서 내가 말해 줬잖아요. 벌써
잊어버렸어요?"

"그새 익숙해져서요." 실리아가 말했다. "오히려 제가 먼저
발소리를 들으려 귀 기울이게 됐는데, 아무 소리도 안 들린 건
이번이 처음이에요."

"얼토당토않기는." 캐리지 양이 말했다. "이럴 땐 아무래도—."

"아니, 아니요." 실리아가 말했다. "우선 알아야겠어요."

캐리지 양이 무심하게 어깨를 으쓱여 보이며 나갈 듯이
돌아서는데 실리아가 팔을 붙잡았다. 캐리지 양은 이러한
친근함을 가능케 해 준 연고들에 축복과 감사의 땀을 흩뿌렸다.
흡족감이 온몸을 타고 방울져 흘러내렸다. 가히 비극적인 이러한
기질을 일컬어 로마인들은—특히 이러한 기질이 액취로 발현될
경우에는—숫염소를 닮았다는 의미로 카페르라 불렀다.

"가여운 것." 동정녀 캐리지 양이 말했다. "내가 어떻게 해
주면 마음이 놓이겠어요?"

"올라가서 한번 들여다봐 주세요." 실리아가 말했다.

"절대 자기를 방해해서는 안 된다고 엄명을 내린걸요." 캐리지
양이 말했다. "하지만 당신이 이 지경으로까지 속 태우는 걸 가만
보고 있지도 못하겠네요."

실리아는 실제로 심란함에 몸을 떨고 있었고 안색이 하얗게
질려 있었다. 위층에서 들리는 발소리가 그녀에게는 어느새
흔들의자 그리고 지렁이처럼 연동하여 이지러지는 빛과 더불어,
오후 시간대를 이루는 주요한 요소로 자리한 것이다. 에게해의
일몰이 브루어리 로에 갑작스레 내리닥친대도 실리아는 저
발소리가 중단된 사실에 동요한 것만큼 동요하지는 않을 터였다.

실리아는 계단 아래 서서 캐리지 양이 조용히 계단을 올라

문에 귀를 댔다가 손 기척을 하고, 좀 더 세게 문을 두드리고, 주먹으로 문을 내리치며 손잡이를 위아래로 흔들어 보고, 복사해 둔 열쇠를 꺼내 문을 열고, 그렇게 방으로 몇 걸음 들어가 우뚝 멈춰 설 동안 잠자코 바라만 보았다. 위층 영감이 캐리지 양의 비싼 리놀륨 바닥에 굽이굽이 줄기를 이루며 퍼져 나간 핏물 가운데 움츠린 자세로 쓰러져 있었다. 손에는 목을 베고도 남을 살벌한 면도날이 쥐여 있고, 목은 실제로 베어 있었다. 스스로도 놀랄 만치 차분한 태도로 캐리지 양은 눈앞에 펼쳐진 광경을 훑어보았다. 예상에서 한 치도 빗나가지 않는 장면이어서 언젠가 이런 상황을 상상한 적이 있는 모양이라고밖에는 볼 수 없었는데, 그럼에도 한편으로는 아무런 충격도, 아니, 거의 아무런 충격도 느낄 수가 없었다. 실리아가 "뭔데요?" 하고 외치는 소리가 들렸다. 캐리지 양은 속으로 생각했다. 의사를 부르면 그 비용을 내가 치러야 할 테지만 경찰을 부르면…. 면도기는 접혀 있고 손가락 하나는 거의 절단된 상태, 그 순간 갑작스레 입을 메우는 검은 기포. 이러한 세부 사항들까지는 상상했을 리 없었고 그렇기에 속이 울렁거렸다. 저 요소들뿐 아니라 기록하기엔 너무 고통스러운 요소들까지 합세한 탓에 캐리지 양은 그 자리에서 먹은 걸 게우고 말았다. 그녀는 재빨리 계단을 하나씩 밟아 아래로 내려갔고, 두 발이 어찌나 빨리 움직이던지 캐터필러 바퀴라도 달린 듯했는데, 그러는 동시에 실리아를 염두에 두고 집게손가락으로 제 모이주머니를 톱질하듯 끔찍한 손짓을 해 보이며 아래로 냅뛰었다. 현관 계단에 미끄러지듯 이르러서는 경찰을 부르라고 새된 목소리로 울부짖었다. 그러곤 화들짝 놀란 타조처럼 이리저리 돌진하며 비극의 현장에서 부끄러울 정도로 등거리인 요크 로와 캘리도니언 로를 오르락내리락거렸고, 두 팔을 번쩍 들고 경찰을 소리쳐 부르며 상품 견본들의 효과를 죄다 무효화시켰다. 그 와중에도 속이 어찌나 차분한지, 이런 차분한 기색을 내비치는 게 얼마나 부적절할지 충분히 간파하고 있었다. 이웃 사람이며 보행자가 충분히 모여들었다 싶자 그녀는 허둥지둥 집으로 들어가 사람들이 쳐들어오지 못하게 문을 굳게 닫았다.

경찰이 도착해 의사를 불렀다. 의사가 도착해 구급차를
불렀다. 구급차가 도착했고 영감이 그때껏 계단참에 얼어붙어
있던 실리아를 지나쳐 아래층으로 운반돼 구급차에 실렸다.
이로써 그가 아직 살아 있음이 증명된 셈인데, 아무리 갓 시신이
되고 만 경우라도 시신을 구급차에 싣는 건 경범죄에 해당하는
까닭이다. 반대로 구급차에서 시신을 꺼내는 건 그 어떤 법률,
조항, 조례도 위반하지 않으며 따라서 영감이 병원으로 가는 길에
저의 중죄를 기수한 건 전적으로 준법 행위였다.

캐리지 양은 I페니도 부담할 필요가 없었다. 의사를 부른 건
캐리지 양이 아니라 경찰이었으므로 그에 대한 비용도 경찰이
해결할 몫이었다. 아름다운 리놀륨 바닥이 피로 훼손되고
말았으나 바로 전날 영감이 선불했던 월세가 그 피해를 충분히
보상하고도 남았다. 캐리지 양으로서는 처음부터 끝까지 아주
훌륭히 일을 처리한 셈이었다.

머피는 그날 밤과 그다음 낮과 밤 대부분을 실리아에게,
그녀를 위안한답시고, 그리 사망함으로써 영감에게 이자가 붙듯
붙게 될, 이미 누적하고 있을 말 못 할 혜택들을 간헐적으로,
분개하며, 상세히 설명하며 보냈다. 이건 요지에서 벗어난
얘기였는데 그도 그럴 것이 실리아는, 여타의 정직한 생존자답게,
솔직히 자기 자신을 애도하고 있었다. 그러나 일요일 새벽이
될 때까지도 머피는 자기 행동이 헛발질에 불과하며 더욱이
가식적이라는 사실을 깨닫지 못했다. 실리아에게 맞추기는커녕,
그는 그녀를 발언의 대상으로 삼고 있지조차 않았다.

실리아가 이 일로 말미암아 왜 그토록 절절한 비탄에
빠졌으며 계속 괴로워했는지를 가늠하기란 쉽지 않다. 이 사건이
그녀가 소중히 여기게 된 오후 시간대—그녀에게 낚이기 전에는
머피 본인도 그리 소중하게 여기던 시간대—에 타격을 미친
것은 사실이나 그것만으로는 충분히 설명이 되지 않는다. 사건이
벌어진 윗방을 살피러 올라가고 싶은 마음이 자꾸 치솟았지만
그때마다 그럴 엄두가 나질 않았다. 계단 발치까지 겨우 갔다가
되돌아오기를 반복했다. 이런 실리아의 행동 전반에 대해 머피는
짜증을 냈는데 실리아는 그런 머피의 존재조차 뒤늦게 생각난

듯 이따금씩만 의식하는 눈치였고, 더더욱 머피의 입장에서
기꺼울 리 없는 철저하게 무관심한 황홀경 속에서나 그를 의식할
따름이었다.

견디다 못한 그가 자부심에서 언뜻 생각났다는 듯이, 드디어
일자리를 확보했다거나 어쨌든 거의 확보한 거나 마찬가지라는
말을 넌지시 던져도 실리아는 고작 "아" 한 마디로 반응하며 별반
흥미를 보이지 않았다. 그게 다였다. "아 정말" 정도도 없었다.
머피는 화를 내며 실리아의 어깨를 붙들고 자기 얼굴을 마주
보도록 했다. 실리아는 유산하는 염소처럼 홀랑 뒤집힌 눈을
두리번거렸고, 맑은 초록색의 와중에 노란기가 침적해 있었다.

"날 봐 봐." 그가 말했다.

실리아의 시선이 그를 곧장 꿰뚫었다. 혹은 곧장 반사되어
나왔다.

"6월부터 일, 일, 일을 입에 달고 지냈잖아. 세상만사가 나를
일자리에 앉히기 위해 일어나는 듯이 굴더니. 내가 말했지, 일이
우리 둘을 끝장내거나 최소한 나를 끝장낼 거라고. 하지만 당신은
아니라고, 일이 곧 시작이랬잖아. 난 새 남자가 될 거고 당신은 새
여자가 될 거라고, 달 아래 온 배설물이 사향액으로 분할 거라고,
일밖에는 가져 본 게 없는 수십 억에 달하는 저 뺀질 궁뎅이들을
제치고 머피가 일자리를 구하거든 천상이 다 기꺼워할 것처럼
굴더니만. 난 당신이 필요하고 당신은 나만을 원하니 채찍은 결국
당신 손에 있어, 당신이 이겼다고."

그를 사로잡던 감정이 이 지점에서 홀연 그를 떠난 탓에
머피는 중심을 잃고 입을 다물었다. 발언의 동력이던 분노가 반도
못 버티고 사그라들었다. 고작 단어 몇 개로 축났다. 하기야 늘
그랬지, 꼭 분노가 아니더라도, 꼭 단어가 아니더라도.

실리아는 어딜 봐도 승자의 모습이 아니었다. 그의 두 손에
붙들린 몸은 힘없이 늘어져 있고 입술 새로는 고통에 찬 숨이
뿜어져 나왔으며 오염된 두 눈은 사납게 희번덕거렸다.

"기운을 다하지 않도록 하라." 수크의 말을 토막 내 인용하며
그녀가 지친 듯이 중얼거렸다.

"허구한 날 지친 몸을 끌고 이 사육장을 샅샅이 돌지." 머피가

그나마 남은 원망의 찌꺼기를 그러모아 말했다. "매일없이 우박, 비, 진눈깨비, 반개, 아니 안개, 검댕, 맑은 날 안 가리고 4펜스 식비에 무릎 반바지가 흘러내리도록, 당신이 주장하는 그 일자리를 구한다고 돌아다녔건만. 그러다 막상 찾았어, 일이 나를 찾아왔고, 그래 그 길로 당신에게 축하받으러 허다한 수모와 노출로 반쯤 죽어 가고 소모증에 걸릴 지경인 몸을 끌고 이렇게 기어 돌아왔건만. 그런데 한다는 말이 '아'? 하기야 '어'보다는 낫다만."

"그런 게 아니라고." 머피가 하는 말을 귀담아듣지도 않은 실리아가 말했다.

"통 모르겠어." 머피가 말했다. "쇠약한 시종이 결국 동아줄을 끊었다고 그자가 당신의 열네 자녀라도 됐던 양 니오베[22]처럼 비참해하다니. 모르겠어. 통 모르겠다고."

"시종 아니야." 실리아가 말했다. "집사였지. 한때의, 엑스 집사."

"XX 집사? XX 버틀러?" 머피가 말했다. "흑맥주잖아."

짧은 장면은 이로써 끝이 났다. 이를 장면이라고 부를 수 있다면 말이다. 긴 침묵이 이어지는 사이 실리아는 머피의 거친 발언을 용서했고 카우니핸 양과 와일리와 쿠퍼는 리버풀-런던 급행열차에서 밤사이의 단식을 종료했다. 머피가 자리에서 일어나 신경 써 옷을 입기 시작했다.

"술집 여급이 왜 샴페인을 외쳤게?" 그가 말했다. "기권해?"

"그래." 실리아가 말했다.

"스타우트 포터에 한 입 물리고 거품 맛을 들였거든." 머피가 말했다.

이 농담은 실리아가 재밌게 여기는 농담이 아니었다. 최선의 때와 장소라도 그녀가 재밌게 여길 농담이 아니었다. 하지만 상관없었다. 실리아에게 맞춤한 농담이기는커녕 애초 그녀를 대상으로 한 농담도 아니었으니까. 머피 본인에게는 재밌는 농담이었고, 결국 이 사실만이 중요했다. 이 농담은 언제고 그를 폭소하게 만들었고, 아니, 폭소도 아니고 아예 간헐적인 경련을 일으켰다. 스타우트 병맥주와 카드 파티가 소재인 또 다른 농담과 더불어서. 그리고 이를 소인국 릴리펏에서 마시는 와인의 이름을 빌려 길미그림 농담이라 불렀다. 이 단순한 농담의 독성을 주체 못 하고 머피는 아마추어 신학생 시절에 입던 셔츠와 탈부착 가슴받이, 레몬색 나비넥타이 차림에 맨발로 방 안을 이리저리 휘청댔다. 농담 속 장면을 그려 보며 기관지선충증에 걸린 닭처럼 캑캑대고 몸부림치다, 꿈만 같은 데카르트 리놀륨의 기하학 무늬 위로 고꾸라졌다. 한편에는 시골에서 갓 올라온 여급이 달콤한 통증을 예상하며 눈을 감은 채 선술집 쪽문 사이로 몸을 내밀고 있으니, 소 몸통에 말 머리를 부착한 그 몸의 상반신에 둘린 크레이프 코르셋은 V 자보다는 W 자에, 다리는 O 자보다는 X 자에 가깝다. 다른 한편에는 거품 묻은 구레나룻 뒤로 송곳니를 번쩍이며 가로대에 올라타는 스타우트 포터, 덩치 좋은 짐꾼이여. 이어 한 입, 오 틴토레토. 희뿌연 「은하수의 기원」.

머피가 웃음을 못 참아서가 아니라 발작이라도 일으킨 양 심하게 경기하는 모습에 실리아는 속이 조마조마했다. 하나뿐인 멀쩡한 셔츠와 가슴받이 차림으로 바닥을 뒹구는 걸 바라만 보고 있을 수는 없었기에 상황이 요하는 대로 태도를 바꾸고는 막다른 말간 집에서 맞닥뜨렸던 장면을 떠올리며 그를 거들러 다가갔다. 불필요한 일이었다. 그새 경련이 잦아들더니 그 자리에 격한 밤이 지나고 찾아오는 침울감이 깃들었다.

머피는 실리아가 옷을 입혀 줄 동안 말없이 견뎠다. 다 끝나자 그가 의자에 앉으며 말했다.

"이번에 가면 언제 돌아올지는 신만이 알 거야."

그 즉시 실리아는 모든 걸 알고 싶어 했다. 머피가 의자에 앉은 것도 실리아의 뒤늦은 우려를 빌미 삼아 편안한 자세로 고문을 가하려는 속셈에서였다. 간간이 실리아의 애간장을 말리면서 기쁨을 얻을 만치는 그녀를 사랑하는 마음이 아직 남아 있었기에. 어느 정도 마음이 풀리자, 그러기까지는 얼마 걸리지 않았는데, 그는 의자를 흔들다 말고 한쪽 손을 들어 보이며 말했다.

"이 일자리도 결국은 당신 때문이라고. 떨어지면 오늘 밤에 돌아올 거야. 잘 풀리면 언제 돌아올지 모르고. 그래서 신만이 안다고 한 거야. 혹시나 오늘부터 당장 시작하라거든 그게 더 골치 아플 일인데."

"누가?" 실리아가 말했다. "누가 시작하라고 하는데? 뭘?"

"오늘 저녁이면 다 알게 될 거야." 머피가 말했다. "오늘 저녁 아니면 내일 저녁에. 내일 저녁 아니면 모레 저녁에. 기타 등등." 그는 몸을 일으켰다. "외투 뒤쪽 좀 조여 줄래." 그가 말했다. "외풍이 너무 심해."

실리아는 외투 등허리에 세로로 골을 잡았다. 부질없게도. 공을 바늘로 찔러 봤자 자국도 남지 않듯이 주름을 잡았다 싶으면 바람으로 다시 팽팽해졌다.

"자꾸 풀리는데." 그녀가 말했다.

머피는 한숨지었다.

"두 번째 유아기라니까." 그가 말했다. "내복 입을 날도 머지않았어."

그는 리디아선법의 애절함을 담아 그녀에게 키스하고 문으로 향했다.

"어쩐지 날 떠나는 사람 분위기네." 실리아가 말했다.

"당신이 그리 강요했으니 얼마간은 떠나야 할지도." 머피가 말했다.

"아주 영영인 것 같은데."

"에이, 설마." 그가 말했다. "길어 봤자 잠깐이야. 영영 떠날 거였으면 의자를 챙겼겠지." 그는 수크를 챙겼는지 주머니를 더듬어 확인했다. 있다. 그는 떠났다.

실리아는 문 앞까지 따라가 작별 인사를 하기엔 옷을 다 갖춘 상태가 아니어서 의자에 올라 창밖으로 머리만 내미는 데 만족해야 했다. 왜 머피가 안 보일까 슬슬 궁금해지던 차에 그가 돌아왔다.

"오늘 아침에 공개 처형이 있다고 하지 않았어?" 그가 물었다.

"일요일은 쉬는 날이잖아." 실리아가 말했다.

머피는 절망한 듯이 머리를 한 대 치곤 고갯짓하며 다시 밖으로 나섰다. 일요일이라는 걸 뻔히 알면서, 필히 일요일이어야만 하는 마당인데도 자꾸 오늘이 금요일이라고, 사형 집행과 사랑, 그리고 단식의 날이라고 착각하게 됐다.

실리아는 쪽문 앞에서 우유부단하게 머뭇대는 머피의 모습을 창밖으로 바라봤다. 머리를 어깨 형틀 깊숙이 틀어박고 외투의 앞허리와 뒷허리를 움켜쥔 채 혼파이프 춤을 추다가 돌로 변해 버리기라도 한 듯한 모습이었다. 한동안 그렇게 정지해 있더니 마침내 요크 로를 향해 발을 떼기 시작하나 싶다가 몇 발짝 만에 다시 멈춰 섰고, 난간에 몸을 기대며 지팡이에 의지하듯 머리 높이에 솟은 난간의 뾰족한 창끝을 붙들었다.

머피가 떠나가던 이날의 여타 정황이 마음에서 무뎌진 뒤에도, 실리아는 뜻밖의 순간들에, 더욱이 본인의 의사와 무관하게, 난간 끝을 붙잡은 저 손의 모습, 검은 머리보다 높은 지점에서 스르륵 풀렸다 도로 감기는 손가락을 보게 될 터였다.

머피가 바람 새는 소리를 내며 온 길을 되밟았다. 실리아는 그가 깜빡한 물건을 챙기러 돌아오나 보다고 생각했지만 아니었다. 현관문을 지나 펜턴빌 방면으로 향하는 그에게 그녀는 잘 가라고 인사를 건넸다. 머피는 쉭쉭대는 통에 그 말을 듣지 못했다.

거리에 나와 축구를 하던 소년들이 머피를 보더니 조롱과 야유의 유혹을 이기지 못하고 아예 경기를 중단했다. 실리아는 머피를 눈으로 더 이상 좇을 수 없게 된 뒤로도 소년들의 익살극을 통해 곱셈되는 그의 모습을 한동안 지켜볼 수 있었다.

그날 밤 머피는 돌아오지 않았고 그다음 날 밤도, 그다음 날 밤에도 돌아오지 않았다. 월요일에 캐리지 양이 머피는 어디 갔느냐고 물었다. "출장 갔어요." 실리아는 말했다. 화요일에 캐리지 양은 머피가 언제쯤 돌아올 걸로 예상하느냐고 물었다. "이제나저제나 하고 있어요." 실리아가 말했다. 수요일에 견본품 한 무더기를 새로 받은 캐리지 양이 차를 한 잔 갖고 올라왔다. "앉으시겠어요?" 실리아가 말했다. "기꺼이요." 캐리지 양이 말했다. 암, 오죽할까.

"무슨 걱정거리라도 생겼어요?" 기부금을 요구하지만 않는다면 무궁무진한 자선심을 베풀 준비가 된 캐리지 양이 물었다. "물론 알아서 어련히 잘하겠지만 요즘 들어 오후에 방을 서성거리는 소리가 오죽 영감 때와 같아야 말이죠, 이제야 하늘에서 영면을 취하고 있기를 기도하지마는, 우리 품에서 앗기기 전이 생각나서요."

이 인상적인 수동태의 사용은 캐리지 양 내면의 이렇다 할 운명론적 생각에서 비롯된 게 아니라, 영감이 목을 벤 게 실은 사고였다는 확신을 갖고 또 최대한 자주 그 확신을 밝히는 게 집주인으로서의 의무라는 믿음에서 기인했다.

"아, 아니요. 딱히 그런 건 없어요." 실리아가 말했다.

"그래요, 뭐, 우리 중 누군들 문제가 없겠어요." 캐리지 양이 한숨지으며 말했다. 자기를 괴롭히는 문제들의 침투력이 조금이나마 덜 강력했으면 좋겠다고 속으로 생각하면서.

"영감에 대해 얘기해 주세요." 실리아가 말했다.

캐리지 양이 해 줄 수 있는 이야기란 꽤나 한심하고 지루했다. 그래도 마지막 죽음의 장면을 재구성한 대목만은 그녀의 탐욕스러움이 상상력에 날개를 달아 준 덕에 활기를 띠었다.

"면도하겠다고 날을 꺼냈죠, 정오 즈음이면 늘 규칙적으로 해 왔듯이." 거짓말이다. 영감은 일주일에 한 번, 그것도 밤중에 맨 마지막 수순으로 면도를 했다. "그것만큼은 내가 알지요, 서랍장에 놓인 면도솔에 면도 약을 짜 놓은 걸 봤거든." 거짓말이다. "거품을 내 바르기 전에 튜브를 제자리에 돌려놓는다고 면도날을 한 손에 쥔 채로 방을 가로질러 간 거예요. 튜브 뚜껑을 돌려 닫으면서. 그러다 뚜껑을 떨어뜨리고 말았고, 그래 튜브를 침대로 내던지고 바닥에 엎드린 거예요. 튜브는 침대 위에, 뚜껑은 침대 아래 있는 걸 내가 봤거든." 거짓말이다. "그렇게 면도날을 펼친 채 바닥을 기다가 갑자기 발작을 일으킨 거죠." 비옥한 퇴비로부터 유추한 발언이다. "이 집에 처음 왔을 때 영감이 그랬어요. 언제고 경련을 일으킬지 모른다고, 올해만도 두 번이나 발작이 있었어요, 사순절 전날에 한 번, 그리고 더비 경마 날에 한 번. 내가 알아요." 죄다 거짓말이다. "그렇게 면도날 위로 얼굴이 폭삭 엎어지고 말았고 그대로 찌이익!" 여기서 캐리지 양은 의성어를 강조하는 몸동작을 해 보였다. "또 궁금한 거 있어요?"

실리아는 이런 얘기를 들으려고 캐리지 양에게 영감에 대해 물은 게 아니었다. 그녀는 나긋나긋해 보이는 표정을 유지한 채 잠자코 기다렸다.

"내 말은 이거예요." 캐리지 양이 말했다. "검시관한테도 내가 말했죠. 한 달치 방세를 선불로 지급하고서 그다음 날 목숨을 끊는 사람이 어디 있느냐고. 그럴 사람은 없어, 정상이 아니라고." 캐리지 양은 본인의 이 주장에 자기부터 진심으로 설득되었다. "체납금이라도 있었다면야 또 모르지만 말이에요."

월세라도 밀려 캐리지 양에게 빚을 져야 한다면 몹시 끔찍하리라는 데에는 실리아도 동의했다.

"경찰 조사에선 뭐라고 하던가요?" 실리아가 말했다.

"'펠로 데 세'래요, 자기 몸을 해한 중죄." 캐리지 양이 분한 듯 냉소하며 말했다. "이슬링턴 전역에 걸쳐 내 하숙방 평판이 아주 나빠졌어. 언제 회복할지 어떻게 알겠어요. '펠로 데 세'! 내 궁둥이나 펠로 데 하라 그러지." 켈리 씨와 꼭 같았다.

실리아가 기다리던 틈이 비로소 열린 것이다. 이 틈이 실리아가 아니라 캐리지 양 본인에게서 기인했다는 사실이 실리아가 건네는 제안에 자선에 가까운 기운을 불어넣었다.

머피와 실리아가 이 방을 비우고 위층 방으로 옮기면 불길한 기운이 전혀 깃들지 않은 이 방을 세놓을 수 있지 않겠는가.

"오, 고맙기도 해라!" 캐리지 양이 내뿜으며 숨은 의도가 밝혀지길 기다렸다.

영감이 방세와 식대로 지불하던 금액을 저희는 방세로만 지불할 의사가 있고 이를 셈하면 두 사람이 지금 내고 있는 월세보다 매달 10실링 적게 내는 셈이 되었다, 캐리지 양이 쓸데없이 입을 놀리게 된 순간에 어리석게도 밝혔듯이. 위층 방은 두 사람이 쓰기에는 작은 편이었지만 머피 씨가 예전보다 집을 비우는 때가 잦을 것으로 보이는 만큼 저희로서도 저축을 하면 좋으리라.

"하!" 캐리지 양이 말했다. "저축? 그러니까 퀴글리 씨에게는 계속 같은 금액으로 청구서를 보내고, 남는 10실링을 당신한테 건네라는 말이에요, 지금?"

"늘 떼시던 수수료를 제하고요." 실리아가 말했다.

"이렇게 무례한 경우를 봤나." 캐리지 양이 자기에게 덜 모욕적인 방안을 찾아보려고 머리를 쥐어짜며 말했다.

"어째서요?" 실리아가 말했다. "퀴글리 씨야 그런다고 쪼들릴 일 없으세요. 캐리지 양께선 순전히 상황 탓에 피해를 본 입장이고요. 그래도 사셔야죠. 저희가 캐리지 양을 돕고, 캐리지 양은 저흴 도와가며요."

설득력은 실리아의 직업 능력이었으나 그간 머피와의 교제로 인해 무뎌진 터였다. 이 순간에 그 능력을 되살린 건 머피가 실패한 지점에서 캐리지 양을 상대로 성공하고픈 욕망이라기보다는 영감의 방에 들어가 보고 싶은 강한 갈망이었다.

"그렇다곤 해도 원칙이란 게 있죠, 원칙이란 게." 캐리지 양이 말했다. 고통스러울 정도로 격한 집중력을 발휘한 표정이었다. 지금 제안된 거래의 원칙이 자기의 옳고 그름에 대한 감각과 화해하기까지는 얼마간의 시간이 더 요구될 터였고 어쩌면 얼마간의 기도와 심지어 명상마저 요구될 수도 있겠다 싶었다.

"어째야 좋을지 자문을 구하러 가야겠어요." 그녀가 말했다.

철저한 자기반성을 할 만치의 적당한 간극이 지난 뒤에—이 동안에 실리아는 짐을 챙겼다.—캐리지 양이 고요한 얼굴로 돌아왔다. 이제 상호 원조의 과정을 시작하기에 앞서 한 가지 자그마한 사항에 대한 합의만이 남은 셈이었는데, 이는 곧 '늘 떼던 수수료'의 정확한 의미를 가늠하는 것이었다.

"10퍼센트요." 실리아가 말했다.

"12.5." 캐리지 양이 말했다.

"그러세요." 실리아가 말했다. "전 흥정엔 영 소질이 없어서요."

"나도 그래요." 캐리지 양이 말했다.

"거기 가방 두 개만 들어 주시면 의자는 제가 옮길 수 있어요." 실리아가 말했다.

"가진 게 이게 다예요?" 캐리지 양이 빈정대며 말했다. 실리아가 신성한 면죄부를 당연하다는 듯 받아들이는 태도에 분한 마음이 들었던 것이다.

"다예요." 실리아가 말했다.

영감이 쓰던 방은 두 사람의 방보다 절반가량 작았고 절반 정도만 높았으며 두 배는 더 밝았다. 벽과 리놀륨 바닥은 똑같았다. 침대는 조막만 했다. 캐리지 양은 두 사람이 어떻게 저 좁은 데를 나눠 쓴다는 건지 도무지 상상이 되지 않았다. 캐리지 양의 상상력은 탐욕에 힘입어 분발하는 때가 아니고는 지극히 빈약했다.

"여기에 두 사람을 재우자니 마음이 영 좋지 않네요." 그녀가
말했다.

실리아는 창문을 열었다.

"머피 씨가 자리를 비우는 때가 많을 거예요." 그녀가 말했다.

"그래, 뭐." 캐리지 양이 말했다. "누군들 걱정거리가 없겠어요."

실리아는 자기 짐만 풀고 머피의 짐은 그대로 뒀다. 늦은
오후였다. 그대로 옷을 벗고 그녀는 흔들의자에 앉았다. 머리 위로
침묵이 들렸지만 기존과는 다르게 더 이상 목 졸린 듯한 침묵이
아니었다. 부재의 침묵이 아니라 충만함의 침묵이요, 숨이 앗긴
침묵이 아니라 고요한 공기의 침묵이었다. 하늘. 실리아는 눈을
감았고 그렇게 마음속에서 머피와 켈리 씨, 고객들, 부모, 그 외의
이들, 그리고 소녀 때의 자신, 어린아이이자 유아기의 자신과
함께 있게 되었다. 정신의 독방 속에서 자기 역사의 낡은 밧줄을
풀어 뱃밥을 만들었다. 이윽고 그도 끝이 나 여러 나날과 장소와
일과 사물과 사람들이 매끄럽게 풀려 홀홀 흩어졌고, 이제 그녀는
아무런 역사도 없이 다만 누워 있을 따름이었다.

이리도 쾌적할 수가 없었다. 머피가 돌아와 그 기분을
단축시키지도 않았다.

이렇듯 페넬로페의 교과가 역전되어 다음 날도 그다음
날도 이를 거듭 되풀이하며 그녀 삶의 동아줄을 다시금
낱낱의 가닥으로 빗질해 낸 후에야 나날과 장소와 일과 사물과
사람들로부터 풀려나 낙원의 순수 가운데 몸을 누일 수 있었다.
머피가 돌아와 그녀를 추방하지도 않았다.

그다음 날은 토요일로 (우리의 계산이 맞는다면) 캐리지
양은 파출부가 큰 방을 치우러 올 거라면서 그 김에 영감이 쓰던
방도 청소하면 좋겠다고 했다. 두 사람 다 꼭대기 층 방을 여전히
영감의 방으로 생각하고 또 그리 불렀다. 파출부가 방을 청소할
동안 실리아는 아래층 큰 방에서 기다리면 될 테다. "아니면
내려와서 나랑 같이 있어도 되고요, 그 편을 선호한다면요."
캐리지 양이 측은할 정도로 수줍어하며 말했다.

"친절한 말씀이네요." 실리아가 말했다.

"기꺼운 일이죠." 캐리지 양이 말했다.

"근데 아무래도 바람을 좀 쐬는 게 좋겠어요." 실리아가
말했다. 그간 두 주 이상을 문밖에 나가지 않았던 터였다.

"좋을 대로 해요." 캐리지 양이 말했다.

떠나는 참이던 실리아와 도착하던 참이던 파출부가 집 앞
계단에서 마주쳤다. 실리아는 도무지 숨길 수 없는 걸음걸이로
펜턴빌로 향했다. 파출부가 그런 그녀의 뒷모습을 한참
바라보다가 팔로 코를 닦으며 자기 말을 들을 사람이 딱히
없는데도 이렇게 말했다.

"괜찮은 벌이지, 구할 수만 있다면."

실리아의 항로야 명백했다. 라운드 못. 웨스트브롬프턴으로
돌아가 날 밝을 때 제 구역을 다시금 디뎌 보고 크리모니 로와
스테디움 가가 만나는 갈림길에 서서 폐지를 실은 바지선이 강을
따라 흐르는 모습과 선박 연통이 배터시 다리를 향해 모자를
들어 보이는 모습을 다시금 바라보고 싶은 강한 유혹도 일었지만
일단은 제쳤다. 그럴 시간은 앞으로도 충분했다. 서풍이 솔솔 불고
있기에 켈리 씨가 연 날리는 걸 구경하러 갈 참이었다.

캘리도니언 로에서 피카딜리 선을 타고 하이드 파크 코너에서
내린 뒤 그녀는 서펜타인 호수 북쪽의 풀밭을 따라 걸었다.
낙하의 순간 새 생명이라도 얻은 듯이 지는 낙엽마다 땅에 닿기가
바쁘게 돌연 자유로 광란했고, 그러고 나서야 다른 낙엽들 옆에
몸을 누였다. 레니스 다리를 건너 동쪽 경계에 난 쪽문으로
켄싱턴 가든스에 진입하려던 실리아는 빅토리아 게이트 부근의
달리아 꽃을 떠올리며 마음을 바꿔 오른쪽으로 항로를 틀고 왕립
인도주의협회 사건 사고 본부를 둘러 북쪽으로 향했다.

쿠퍼가 콕피트의 어느 나무 아래 서 있었다. 와일리와
카우니핸 양과 함께 런던으로 돌아온 이래 종일 그리고 매일같이
이렇듯 나무 아래 서거나 간혹은 누워서 시간을 보내 오던 차였다.
실룩대며 지나치는 실리아를 그가 알아봤다. 실리아가 한참 앞설
때까지 기다렸다가 그 뒤를 밟았는데, 억지로 거리를 유지해야
하는 탓에 걸음걸이에서 욕구 좌절의 기색이 평소보다도 강하게
드러났다. 자기도 모르게 실리아와의 거리가 자꾸 좁혀지는
터에 아예 발길을 멈추고 그녀가 앞서갈 동안 기다려야 할 때도

간간이 있었다. 실리아는 달리아 꽃밭 앞에 이르러 한참 서 있다가 분수대가 있는 쪽으로 켄싱턴 가든스에 들어섰다. 공원 길을 따라 라운드 못으로 곧장 가로질러 못가를 시계 방향으로 한 바퀴 돈 뒤에는 켄싱턴 궁과 바람을 뒤로하고 서쪽 벤치에 앉았다. 연 날리는 사람들 무리에서 가깝지만 그렇다고 지나치게 가깝지도 않은 거리였다. 켈리 씨가 보고 싶긴 해도 자기가 그의 눈에 띄는 건 원치 않았다. 적어도 아직은.

연을 날리러 나온 사람 대부분은 실리아가 토요일 오후마다 켈리 씨와 함께 오던 시절에 얼굴을 익힌 노인들이었고, 그 틈에 아이도 하나 껴 있었다. 켈리 씨는 늦는 모양이었다.

비가 내리기 시작해 실리아는 몸을 피할 곳을 찾았다. 젊은 남자가 그녀를 따라왔다. 그는 호감 가는 말투로 관심을 표현했다. 탓할 수는 없는 노릇이었다, 자연스러운 실수였으니. 실리아는 그가 안쓰러운 나머지 부드럽게 그의 오해를 풀어 주었다.

못 언저리로 빗물이 튀고 가까이 있던 연들이 뒤틀리며 곤두박질쳤다. 가까운 연일수록 더 난폭하게 비틀리고 흔들렸다. 하나가 결국 못에 빠져 버렸다. 또 하나는 오랜 발작 끝에 공로 훈장 수훈자이자 왕립 미술원 회원인 G. F. 와츠의 '신체 에너지' 동상 뒤로 추락했다. 두 개의 연만이 순조로이 기류를 타며 상승해 행복한 예인선과 바지선처럼 나란히 짝을 이뤄 날았다. 쌍권양기를 이용해 아이가 날리는 연이었다. 저 높이 우듬지에 함께 떠 있는 모습을 겨우 분간할 수 있었는데, 벌써 어두워지고 있는 동쪽 하늘에 작은 두 점으로 떠 있었다. 실리아가 지켜보는 가운데 그 뒤의 구름이 열렸고, 이에 초록빛이 감도는 푸른 하늘의 탁 트인 공간을 배경으로 쌍연이 잠시 부동의 검은 윤곽을 드러냈다.

연날리기 실력을 뽐내기 좋은 여건이 아예 쇠하기 전에 어서 켈리 씨가 나타나기를 실리아는 갈수록 조급해지는 마음으로 기다렸다. 주변이 어둑어둑해지고 아이만 제외하고 연을 날리던 사람들이 모두 자리를 뜰 때까지 실리아는 앉아 있었다. 마침내 아이도 연줄을 얼레에 되감기 시작했고 실리아는 아이가 날리던 쌍연이 모습을 나타내길 기다렸다. 막상 연들이 시야에 들어왔을 때 실리아는 그 비틀대는 곡예에 놀랐다. 연줄이 최대한 풀렸을

때는 그리도 차분히 기류를 타던 연들이었건만. 아이는 숙련된
솜씨로 켈리 씨에 버금가는 수완을 발휘해 연들을 조종했다.
끝내 두 연이 조용히 내려앉으며 어둠 속을 낮게 감돌다가
부드럽게 땅에 연착했다. 아이는 빗속에서 무릎을 꿇고 나란히
얽인 연을 해체해 연 꼬리와 살을 연 머리에 각기 개어 넣었고,
노래를 흥얼대며 자리를 떴다. 실리아는 자기가 피신해 있는 곳을
지나치는 아이에게 잘 가라고 인사를 건넸다. 아이는 노래를
부르느라 그 말을 듣지 못했다.

　　곧 공원 출입구도 봉쇄될 터였다. 관리원들이 공원
여기저기서 전원 퇴장을 외쳐 댔다. 실리아는 브로드 워크
산책로를 따라 천천히 발길을 떼기 시작하며, 죽을 듯이 고요한
날을 제외하곤 웬만한 기상 상태에 둔감한 켈리 씨에게 무슨
일이라도 생긴 건 아닐지 자문해 봤다. 딱히 실리아에게 휠체어를
맡겨야 하는 것도 아니고, 오히려 스스로 의자를 몰겠다고
고집하는 그였다. 조작 레버를 놀리는 게 재밌다며 맥주 펌프의
손잡이를 당기는 것 같다고 말하는 그였다. 아무래도 무슨 일인가
생긴 듯했다.

　　실리아는 노팅 힐 게이트에서 디스트릭트 철도를 잡아타고
킹스 크로스로 갔다. 쿠퍼도 그리했다. 간만의 외출에 지친 그녀는
힘겹게 캘리도니언 로를 올랐다. 피곤하고 비도 맞은 데다가 켈리
씨는 저버렸고 연을 날리던 아이는 그녀가 건넨 인사를 무시했다.
돌아가도 반겨 줄 것도 없었지만 막상 도착하니 기뻤다. 쿠퍼도
마찬가지였다. 실리아가 직접 문을 열고 들어갔으므로 저곳이
그녀가 사는 곳이리라. 쿠퍼는 이번에는 지시받은 내용에서
벗어나 월권하는 대신, 번지수를 머리에 새긴 즉시 그곳을 떠났다.
쿠퍼가 정보를 머리에 새기는 경우는 드물었으나 한번 새긴
이상 웬만해선 지워지지 않았다. 실리아가 어둠에 잠긴 계단을
오르는데 캐리지 양이 방에서 나와 불을 켰다. 실리아는 두 발로
각기 다른 단을 디디고 손을 난간에 얹은 자세로 옆얼굴을 보이며
그 자리에서 멈췄다.

　　"당신이 나간 사이 머피 씨가 왔어요." 캐리지 양이 말했다.
"나간 지 불과 5분 만이었는데."

실리아는 이 말을 머피가 돌아왔다는 뜻으로 근 I초간
오해했다.

"가방이랑 의자를 챙겨 갔어요." 캐리지 양이 말했다. "기다릴
틈이 없다면서요."

평소와 같은 침묵이 흐를 동안 캐리지 양은 실리아의
표정에서 무엇 하나 놓치지 않았는데, 실리아는 난간에 올린 손을
찬찬히 살피는 듯이 보였다.

"남긴 말은요." 실리아가 마침내 말했다.

"안 들려요." 캐리지 양이 말했다.

"머피 씨가 아무 말도 안 남기던가요?" 실리아가 몸을 돌려
위로 한 발 디디며 말했다.

"잠깐만요. 어디 보자." 캐리지 양이 말했다. 실리아는
기다렸다.

"아, 그래요." 캐리지 양이 말했다. "물어보니까 생각나는데
머피 씨가 자긴 잘 지내고 있고 편지하겠다는 말을 전해 달라긴
했어요." 거짓말이었다. 캐리지 양의 연민에는 자선금이라는 선을
제외하고는 경계가 없었다.

이게 머피가 남긴 말의 전부라는 게 확실해지자 실리아는
느리게 계단을 오르기 시작했다. 캐리지 양은 조명 스위치에
손가락을 대고 실리아를 눈으로 좇았다. 계단 굽이가 이내
실리아의 몸을 시야에서 앗아 갔지만 캐리지 양의 눈에는 난간을
쥐었다가 미끄러지고 쥐었다가 미끄러지는 손놀림이 아직 선했다
그 손마저 사라지고 나서야 캐리지 양은 조명을 끄고 불을 밝히는
것에 비해 훨씬 덜 사치스러우나 음향적 속성만큼은 훨씬 더
풍부한 어둠 속에서 자리를 지킨 채 기다렸다.

큰 방 문이 열리는 소리에 이어 놀랍게도 곧장 닫히는
소리가 들렸다. 잠시 침묵이 흘렀고, 이어 발걸음이 계단을 다시
올랐다. 그새 딱히 느려지진 않았어도 자신감은 조금 잃은 듯한
발소리였다. 위층 영감의 방문이 요란하지도 조용하지도 않게
닫히는 소리가 들려올 때까지 기다린 끝에야 캐리지 양은 읽고
있던 책으로 돌아갔다. 조지 러셀(A. E.)의 『비전의 촛불』[23]이었다

# 9

세상의 밖에 살면서 동류를 찾고픈 마음을 떨치기란 쉽지
않기에.
―앙드레 말로

매그댈런 멘털 머시시트는 시내에서 조금 벗어나, 두 개 주(州)가
만나는 경계이자 단독 부지가 딸린 이상적인 곳에 위치해 있었다.
둘 중 한쪽 주 법원의 관할 아래 죽고자 하는 경우, 일부 환자들은
그저 침상에서 몸을 조금 일으키거나 다른 사람에게 의지해
일으키면 됐다. 이 점이 몹시 편리할 때가 종종 있었다.

　　남자 수간호사인 토머스 ('빔') 클린치 씨는 덩치와 혈색이
좋고 머리가 벗겨지고 수염을 기른 사내로, 부서 내에서 능력과
권위를 앞세워 거들먹거리길 좋아했고 티클페니에게는 사랑에
비적하는 호감을 품고 있었다. 티클페니가 애초 고용된 것도
대체로 그의 덕택이었다. 티클페니를 대신하여 이제 머피가 그
자리에 고용된 것도 대체로 그의 덕택이었다. 티클페니가 머피를
자기 후임으로 고용해 병동의 고난으로부터 자기를 풀어 주지
않거든 급여를 못 받는 한이 있어도 맹세코 자기는 떠나겠노라고
빔에게 선언한 것이었다. 반대로 빔이 머피를 고용하거든 자기도
병원에 남아 예전처럼 병 설거지며 빨래를 맡겠다고, 그리하여
빔이 자기에게 품고 있는 사랑에 비적하는 호감의 대상으로
남겠노라고 했다.

　　사내와 남자 수간호사 간의 날 선 담판 끝에 빔은 자신의
쾌락과 의무를 깔끔하게 조화시키기에 이르렀다. 수습 기간 한
달 동안 머피를 써 보고, 티클페니는 고용계약에서 놓아 주겠다.
머피가 한 달을 다 채우거든, 대신 하루도 빠짐없이 한 달을 꼭
채우는 경우에 한해, 티클페니가 앞선 열흘치 임금을 받을 수 있을
것이다. 이리하여 티클페니는 머피의 인적담보로 지정됐으며 빔은
물리도록 애착할 시간을 한 달 더 벌었다.

　　티클페니는 빔에게, 머피가 머피 본인이 채워야 하는 한 달을
채우는 시점에 자기의 열흘치 임금을 지급받는 대신, 자기가

미처 못 채운 기간을 머피가 채우는 그 시점에 당장 해당 임금을 지급받는 방안을 제안했다.

"자기야, 머피가 내 성에 차게 한 달을 채우기 전에는 자기도 I파운드 6실링 8펜스를 볼 일이 없거든." 빔이 말했다.

"그럼 I파운드 IO실링을 주든가요." 티클페니가 말했다. "인정 좀 베풀어요."

"그야 전적으로 자기가 하기에 달렸지." 빔이 말했다.

그렇게 해서 머피는—무슨 중책을 맡았다고—애초 당락이 정해져 있던 임용 과정을 거쳐 선발되기에 이르렀다. 머피 본인의 특장점이란 워낙 깊숙이 감춰진 터라, 그가 제아무리 비상한 시선을 지녔대도, 그에 기반해 머피를 임용할 수야 없고 오로지 티클페니의 단점 내지는 부수적인 장점에 기초한 임용만이 가능했다. 사태가 이러했기에 머피는 도착한 지 불과 몇 분 만에 덜컥 고용되어 어느새 그의 생긴 모양이 영 성에 안 차는 눈치인 빔에게서 훈계를 받기에 이르렀다.

그가 할 일이란 침상을 정리하고 쟁반을 나르고 일반적인 오물을 치우고 무심코 저지른 오물을 치우고 체온계를 읽고 환자 차트를 작성하고 자리보전하는 환자들을 씻기고 약을 나눠 주고 약효를 추적하고 환자 요강을 데우고 열을 식히고 재갈을 삶고 그러고도 께름할 때는 소독하고 남자 '자매'들을 받들고 따르며 의사가 회진 오거든 손발과 입을 사리지 않고 시중하며 늘 보기에 좋은 얼굴을 유지하는 것이었다.

그는 본인이 스스로의 언행을 책임질 능력이 없는 환자들을 상대하고 있다는 사실을 한시도 망각하지 말아야 한다.

그는 한시도 그리고 무슨 이유에서도 그에게 퍼부어질 모욕과 폭행에, 그 모욕과 폭행이 제아무리 험하고 부당하다 해도, 결코 영향받지 말아야 한다. 주야장천 간호사들 얼굴만 보고 의사 얼굴은 워낙 드물게 보다 보니 환자들로선 자연스레 전자를 학대자로, 후자를 구원자로 볼 수밖에 없다.

그는 한시도 그리고 무슨 이유에서도 환자를 결코 거칠게 다루지 말아야 한다. 결박과 강압이 때로 불가피할 때도 있으니 그런 때에는 반드시 부드러운 손길로 시행해야 한다. 어쨌든 이곳은 '머시시트(Mercyseat)', 곧 자비의 자리가 아닌가. 혼자 힘으로는 해를 입히지 않고 환자를 다룰 수가 없다 싶거든 다른 간호사의 도움을 요청해야 한다.

그는 본인이 주도권이라곤 일절 없는 존재임을 한시도 망각하지 말아야 한다. 혼자서 사실을 파악할 능력이 그에게는 전혀 없다. 매메머에는 의사가 인가한 사실 외에는 사실이 존재하지 않는다. 그러므로 간단한 예를 들어 환자가 급작스럽고 노골적으로 사망에 이른다 해도, 이는 매메머와 같은 곳에서도 이따금씩 벌어지기 마련인 일인데, 의사를 호출하면서 어떤 판단도 추정도 하지 말아야 한다. 어느 환자고 의사의 진단이 있기 전에는 사망하지 않는다.

그는 한시도 그리고 무슨 이유에서도 결코 입을 열지 말아야 한다. 머시시트에서 일어나는 모든 자비는 극비로 외부에 공개되지 않는다.

이 정도가 항시 염두에 두어야 하는 주요 내용이다. 나머지 일상적인 세부 사항에 대해서는 차차 듣게 될 것이다.

그는 스키너 하우스의 남자 병동 1층에 배정됐다. 근무시간은 8시에서 12시, 2시에서 8시까지다. 다음 날 아침부터 출근하면 된다. 첫 주는 주간 근무를, 둘째 주는 야간 근무를 설 것이다. 야간 근무 특유의 특징에 대해서는 때가 되거든 설명할 것이다.

지금의 차림보다는 눈에 덜 띄는 의상이 지급될 것이다.

티클페니에게 넘기기 전에 궁금한 사항이 있는가?

침묵이 흐르는 사이 빔은 머피의 생김새에 점점 더 비호감을 느꼈고 머피는 그럴듯한 궁금증을 찾겠다고 머리를 짜냈다.

"없는 것 같으니—." 빔이 말했다.

"다들 질환 판정을 받은 경운가요?" 머피가 말했다.

"그건 당신 소관이 아니야." 빔이 말했다. "환자들에게 관심을 가지라고 돈을 주는 게 아니야, 환자들 수발 들고 뒷정리해 주라고 주는 게지. 그러니 환자들에겐 신경 끄고 환자들이 던져 주는 일감에나 집중해. 괜한 착각 말고."

머피가 차후에 알게 된 바로는 이곳 입원 환자들의 15퍼센트 정도가 정신 질환 판정을 받았는데, 이 소수 그룹은 이름만 특수지

정작 처우에 있어서는 나머지 85퍼센트의 환자들과 전적으로 동일한 취급을, 그러니까 세세한 부분까지 미치는 꼼꼼한 관심을 받았다. 그도 그럴 것이 매메머는 요양원이지 정신병원도, 결함 있는 이들을 모아 둔 수용 시설도 아니었고 그런 만큼 가망이 아주 없어 보이지 않는 환자만 입원시켰다. 치료 결과 가망이 아주 없다는 게 명백해지거든, 이런 일은 매메머에서라도 때때로 발생하기 마련이었으므로, 그때 해당 환자는 참작할 만한 특별 사유가 있는 경우를 제외하곤 퇴원당했다. 그렇기에 만성 환자가 (애초 가벼운 질환이 인정되어 입원했을 경우) 아주 호감 가는 사내요 조용하고 깨끗하고 말 잘 듣고 지급 능력도 있는 경우라면 천수를 다할 때까지 매메머에 머무는 것이 허용될 수도 있었다. 그러한 운 좋은 사례가—판정받은 경우와 아닌 경우 모두—실제로 몇몇 있었고, 이들은 파라알데히드 진정제부터 당구대까지, 정신병원이 제공하는 비품을 모두 누리되 성가신 치료의 과정에서는 자유로울 수 있었다.

안도감으로 굽실대며 티클페니가 머피를 그의 숙소로 데려갔다가 이어 스키너 동으로 안내했다.

본동에서 한참 떨어지고 남자와 여자로 각각 격리된 두 동 간 거리도 상당한 커다란 건물 두 채가 간호 직원과 그 외 단순직들의 숙소였다. 혼인한 간호사들은 남자고 여자고 구외에 살았다. 여자 간호사가 남자 간호사를 남편으로 삼은 경우라고는, 부득불 그리해야만 하는 지경 직전까지 간 이가 딱 한 명 있긴 했지만 그 이외에는 한 번도 없었고, 설사 그런 경우가 있었대도 기억할 사람이 더는 생존해 있길 않았다.

머피는 티클페니와 한방을 쓰거나 혼자 다락방을 쓸 수 있었다. 둘은 사다리를 타고 후자로 올라가 봤고, 머피가 방을 보곤 여기로 하겠다고 딱 잘라 말하는 터에 티클페니는 평소답지 않게 다소 무시당한 기분마저 들었다. 티클페니가 조금이라도 무시당했다고 느끼는 것부터 일반적이지 않은 데다 이번처럼 딱히 이유도 없이 그렇게 느끼는 건 유례없는 일이었다. 티클페니가 설령 클레오파트라였대도, 심지어 부친이 집권 막바지로 들어선 때의 클레오파트라였대도, 머피는 같은 선택을 했을 것이기에.

이런 유난을 부릴 만한 이유가 있는 것도 아니었다. 얼마나 최근의 일인지 딱히 기억하고 싶지 않은 그의 풋내기 청색증 시절, 머피는 하노버의 어느 다락방에서 오랜 기간은 아니었어도 다락방의 장점을 골고루 경험할 수 있을 만치 지낸 적이 있었다. 그 이후로 그는 예전 그 다락방의 절반 수준에라도 미치는 다락방을 찾겠다고 높낮이 층하 없이 두루두루 돌아다녔다. 부질없게도. 그레이트브리튼과 아일랜드에서 개럿 다락으로 통하는 방이란 사실상 기껏해야 애틱 다락에 불과했다. 애틱 다락! 그리도 두 가지를 혼동할 수 있단 말인가? 애틱 다락에 비하면 차라리 지하실이 천만번 낫지. 애틱 좋아하시네!

그런데 이번 다락방은 애틱 다락도 아니요, 그렇다고 망사르드 다락도 아닌 진정한 개럿 다락으로, 하노버의 개럿 다락방 절반 수준이 아니라 그보다 두 배는 더 좋았으니 이는 규모가 그곳의 절반인 까닭이었다. 천장과 외벽이 하나 되어 최원거리의 궤적에 이르러 완벽한 경사도로 치솟는 근사한 흰 물결을 이루고, 낮에는 해를 막아 내고 밤에는 별들을 들이기에 알맞춤한 작고 불투명한 유리 천창이 이를 꿰뚫었다. 침대는 어찌나 나지막하게 주저앉은 상태인지 하중을 싣지 않아도 가운데가 바닥을 스쳤고, 바닥과 천장 틈새에 가로로 길게 박힌 덕에 머피가 굳이 그걸 돌리려 힘을 쏠 필요조차 없었다. 방에는 침대 이외에도 의자 하나와, 서랍장은 아니고 장이 하나 있었다. 바닥에는 거대하다 싶은 양초 한 자루가 촛농 가운데 박혀 침대 머리맡의 천상을 향해 검게 탄 심지를 겨누고 있었다. 이 초가 방 안의 유일한 광원인 셈이었는데 철저한 비독서가인 머피로선 조명이라면 이로도 차고 넘쳤다. 단, 열원이 없다는 데에는 강력히 항의했다.

"불은 꼭 있어야 해." 그가 티클페니에게 말했다. "난 불 없이는 못 산다고."

티클페니는 미안하지만 자기 의견으로는 개럿 방에 불을 놓는 게 허용될 가능성 자체가 매우 낮아 보인다고 했다. 이 외딴 둥지까지 갖다 댈 배관이며 전선이 없었다. 화로가 유일한 해결책이 아닐까 싶은데 빔이 그조차 허락할 리 만무했다. 이렇게 한정된 공간에서는 난방기가 딱히 필요하지도 않다는 걸 머피도 차차 알게 될 것이다. 건물 내부의 온기가 순식간에 아주 후끈하게 공기를 덥혀 줄 테니.

"난 자네를 생각해 여기 왔고 여전히 자네를 도울 생각이 있지만, 불 없이는 불가능하네."

이어 그는 배관이며 전선에 대해 논했다. 관과 선의 미덕이란 무엇보다 그 확장 가능성에 있지 않던가? 하물며 얼마나 쉽사리 확장할 수 있느냐가 그것들의 주된 특징이 아니던가? 거리낄 것 없이 필요에 따라 언제고 확장할 게 아니면 굳이 관과 선을 고집할 이유도 없잖은가? 오히려 부디 확장해 달라고 저희가 나서서 외치고 있다고 봐야 하지 않나? 티클페니는 머피의 이 질문 세례가, 실상 흥분에 차서 똑같은 말을 미묘하게 바꿔 내뱉는 변주에 불과한 이 동어반복이 영영 끝나지 않을 것만 같았다.

"제 방엔 불이 있는데." 티클페니가 말했다.

이에 머피는 격노했다. 지난 수년간 뒤져 오다가 희망의 끈마저 놓으려던 차에 드디어 개럿 방을 찾아냈건만, 애틱 다락도 아니요 망사르드 다락도 아닌 진짜 개럿 다락을 찾았건만 배관이니 전선이 몇 야드 부족하다는 이유로 찾은 즉시 잃으란 말인가? 그는 식은땀을 흘리기 시작했고 안색의 노란기가 싹 가시면서 심장이 격동하고 개럿 방이 빙글빙글 돌아 더 이상 말을 이을 수가 없었다. 다시 말을 할 수 있게 되자 그는 티클페니가 처음 들어 보는 목소리로 말했다.

"밤이 되기 전에 이 방에 불을 들여놓게나. 안 그러면—"

더 이상 말을 이을 수가 없어 그는 말을 중단했다. 돈절법의 더없이 순수한 사례였다. 이에 티클페니는 생략된 구절과 그 단어들이 약속하는 가능한 결과들을 상상해 대입해 보았고 그로 인해 머피가 상술했을 그 어떤 경우보다도 더 고통스러운 가능성들을 낳았으니 그 누적된 결과란 실로 무시무시했다. 수크가 침묵을 머피의 으뜸가는 속성 중 하나로 꼽은 게 얼마나 정당했는지가 이로써 극명하게 증명된 셈이다.

둘 중 어느 한쪽도 기름 난로, 예컨대 자그마한 밸러 퍼펙션이라든가 그와 비슷한 기기를 들이는 가능성을 떠올리지 않은 건 뜻밖이다. 빔도 기름 난로라면 굳이 반대하지 않았을 테고 관이며 전선에 대한 고민도 모두 피할 수 있었을 텐데 말이다. 어쨌거나 그 순간에는 두 사람 중 어느 누구도 기름 난로를 생각지 못한 것이 사실이다. 그로부터 한참 뒤에야 티클페니에게 비로소 이 생각이 들긴 했지만.

"그럼 이제 병동을 돌아보죠." 티클페니가 말했다.

"내 말을 조금이라도 듣기는 한 건가?" 머피가 말했다.

"최대한 손써 볼게요." 티클페니가 말했다.

"나로선 여기 남든 말든 아무런 차이가 없다고." 머피가 말했다. 이는 그의 착오였다.

스키너 동으로 향하는 길에 두 사람은 잔디와 화단이 앞마당을 장식하는 아늑한 분위기의 작고 예쁜 벽돌 건물 앞을 지났다. 참으아리와 개머루덩굴이 정면 외벽을 뒤덮고 짧게 전지된 주목들이 건물을 빙 둘렀다.

"저긴 탁아소인가?" 머피가 말했다.

"아니요, 영안실이에요." 티클페니가 말했다.

스키너 동은 길쭉한 2층 높이의 회색 건물로, 양끝에 이르러 폭이 확장되는 이중 오벨리스크 모양이었다. 여자들은 서쪽 끝에, 남자들은 동쪽 끝에 각기 몰려 있기에 이를 근거 삼아 남녀 공용이라 불리는 동으로, 도리에 맞게 남녀를 격리한 두 회복기 병동과는 구별됐다. 이와 비슷한 예로 공중목욕탕 중에도 목욕을 같이하는 게 아닌데도 남녀 공용이라고 불리는 곳들이 있는 걸 들 수 있을 테다.

스키너 병동은 매메머의 조종실로서, 정신의학의 관점과 정신병학의 관점 간에 가장 격렬한 교전은—교전이 애초 가능한 경우라면—모두 이곳에서 벌어졌다. 상태가 호전되거나 죽거나 만성에 다다라 스키너 동을 떠나게 된 환자들은 경우에 따라 회복기 병동이나 영안실이나 출구로 옮겨졌다.

두 사람은 곧장 병동 2층으로 향했고, 그곳에서 머피는 남자 자매인 티머시 ('봄') 클린치 씨에게 정식으로 소개됐다. 클린치 씨는 빔의 쌍둥이 동생으로 그를 쏙 빼닮았다. 봄은 빔에게 이미 보고받은 만큼 머피에게 아무런 기대도 하지 않았고 머피는 본인의 가설에 따라 봄에게 아무런 기대가 없었기에, 그 결과 양쪽 중 어느 한쪽도 실망하지 않았다.

빔 클린치는 직계와 방계를 아울러 무려 일곱 명의 남자 친척을 수하에 두고 있었는데, 이 중에서 가장 우두머리 격이 봄이라면 가장 손발 격에 해당하는 이는 아마도 붕대 감기 부서의 연로한 삼촌('범')이었을 것이며, 이에 더해 여자 친척으로는 누이 하나와 조카딸 둘, 그리고 사생아가 하나 있었다. 빔 클린치의 족벌주의는 구태의연하지도 건성에 불과하지도 않았고, 오히려 잉글랜드 남부에 있는 가족을 대표하기에 그보다 결연하고 성공적이며 따라서 적합한 교황도 없다고 봐야 했고 심지어 아일랜드 남부에도 그를 연구하면 크게 득 볼 사람들이 여전히 몇몇 남아 있었다.

"이쪽으로요." 봄이 말했다.

병동은 두 개의 기다란 복도와 이 복도가 T 자형으로 교차하는—더 정확히 말하자면 머리가 잘려 나간 T 자 십자 모양으로 만나는—지점과, 이 세 개의 길쭉한 팔다리 끝마다 목발-머리처럼 하나씩 붙은 널찍한 공간으로 이루어져 있었다. 각기 독서실, 집필실, 오락실이라 불리는 이 공간 중 마지막은 '오락가락실'이란 별칭 외에도 자비의 목자들 중 좀 더 재치 있는 이들 사이에서 통용되는 '승화실'이란 이름으로도 불렸다. 이곳에서 환자들은 당구와 다트, 탁구, 피아노를 비롯하여 비교적 소모가 덜한 오락을 즐기거나, 아무것도 하지 않고 그저 배회할 것을 독려받았다. 환자 대다수가 아무것도 하지 않은 채 배회하는 편을 선호했다.

순전히 묘사의 편의를 위해 교회 건축의 용어와 방향을 잠시 빌려 보자면, 병동 내 병실의 배치는 중앙의 신랑과 좌우 익랑의 배치를 그대로 따르되 교차부를 끝으로 동쪽으로는 무엇도 존재하지 않는 꼴이었다. 통상적인 의미에서의 개방 병실은 없고, 대신 1인실, 혹은 일각에서 쓰는 표현대로라면 독방, 혹은 보스웰의 표현대로라면 '맨션'이 신랑의 남쪽과 익랑의 동서 방향으로 맞붙어 있었다. 신랑의 북쪽에는 조리실과 환자 식당, 간호사 식당, 약물 무기고, 환자 화장실, 간호사 화장실, 방문객

화장실 등등이 있었다. 병상에서 움직이지 못하거나 유난히
난치성인 환자는 최대한 멀찍이 떨어진 남쪽 익랑에 몰려 있었다.
그리고 이 너머로 재치 있는 사람들 사이에서는 '안정실', '고무방',
혹은 인상적인 된소리 현상을 동원해 '안전빵'이라고 불리기도
하는 완충재를 벽에 댄 독방들이 놓여 있었다. 전반적으로 공기가
과열된 편이고 파라알데히드와 태만한 괄약근에 기인한 냄새가
사방에 배어 있었다.

　머피가 봄을 뒤따라 병동을 돌아볼 동안에는 환자가 별로
눈에 안 띄었다. 일부는 아침기도 중이고 일부는 정원에 나가 있고
일부는 좀처럼 일어나질 못하고 일부는 일어나길 거부하고 일부는
아예 일어날 생각이 없었다. 그래도 그나마 그의 눈에 띈 환자들은
티클페니의 이야기를 전해 듣고 상상했을 법한 무시무시한
괴물과는 거리가 멀었다. 꼼짝 않고 생각에 잠겨 유형에 따라
머리 또는 복부를 쥐고 있는 우울증 환자들. 치료에 대한 불만을
토로하거나 내면의 목소리가 하는 말을 그대로 옮겨 적으며 열띠게
수장의 지면을 채워 가는 망상 장애 환자들. 골똘히 피아노를 치고
있는 파과병 환자. 코르사코프 증후군 환자에게 당구를 가르치고
있는 경조증 환자. 영원토록 활인화를 연출해야 하는 저주라도
받았는지 고꾸라질 듯한 자세대로 굳어 버린 수척한 조현병 환자.
반쯤 피운 담배를 쥔 이이의 왼손은 설득하려는 듯이 뻗어 있고
경직된 오른손은 하늘하늘 떨며 위를 가리키고 있었다.

　이들 중 누구도 머피에게 공포감을 안겨 주지 않았다.
그가 이들에 대해 즉각적으로 느낀 감정 중 가장 쉽사리
정체가 가늠되는 감정은 존경심, 그리고 스스로가 가치
없다는 느낌이었다. 조증 환자를 제외하고는—이이는 빈
주머니와 청렴결백함에 맞서 승승장구한 모든 자수성가형
황금만능주의자의 전형에 가까웠다.—환자 전원이 자기 몰두에
빠져 우발적인 세계의 여러 우발적인 일들에 관해 철저한
무관심을 보인다는 인상이었는데, 이 무심함은 머피 본인이
선택했으나 그리도 드물게 달성해 온 바로 그 무심함이었다.

　병동을 돌며 빔이 지시한 수칙의 실례를 선보인 끝에, 봄이
교차부로 길을 도로 안내하며 말했다.

"오늘은 이만하면 됐어요. 내일 아침 여덟 시에 출근해 보고해요."

그는 문을 열기 전에 감사하다는 말을 들으려 기다렸다. 티클페니가 머피를 슬쩍 찔렀다.

"대단히 감사합니다." 머피가 말했다.

"나한테 감사할 건 없어요." 봄이 말했다. "질문 있어요?"

그에 속을 머피가 아니었지만 짐짓 생각에 잠기는 시늉을 해 보였다.

"오늘 당장 시작했으면 한대요." 티클페니가 말했다.

"그야 톰 씨가 정할 사항이고." 팀 씨가 말했다.

"아, 톰 씨도 좋다고 하셨어요." 티클페니가 말했다.

"내일 아침부터 시작하라는 게 내가 받은 지시예요." 봄이 말했다.

티클페니가 다시 한 번 머피를 찔렀는데 이번만큼은 그럴 필요가 없었다. 머피는 그간 영영 찾지 못하리라 절망하고 지내던 인종을 급기야 이곳에서 찾았을지도 모른다는 강렬한 인상을 한시라도 빨리 증험해 보고 싶어 조바심이 나 있었으니 말이다. 자기 방에 둘 난방기를 마련하기 위해서라도 티클페니가 짬을 낼 수 있기를 바라는 마음도 물론 있었다. 그러므로 프롬프터가 없었대도 자기 배역에 충실했을 터였다.

"제 한 달 수습기가 내일부로 시작한다는 건 저도 물론 알고 있어요." 그가 말했다. "하지만 클린치 씨가 무척 자상하게도 제가 원한다면 오늘 바로 일을 시작하는 것에 대해선 반대하질 않으셨어요."

"원한단 말인가요?" 티클페니가 머피를 (두 번째로) 찌르는 걸 본 봄이 믿기 어렵다는 목소리로 말했다.

"머피가 원하는 건—." 티클페니가 말했다.

"자네," 봄이 머피 심장의 허점을 드러내는 포악한 음성으로 티클페니의 말을 잘랐다. "자넨 그놈의 주둥이 좀 다물어, 자네가 뭘 원하는지야 다들 잘 아니까." 이어 그는 티클페니가 가장 간절히 바라는 것을 한두 가지 언급했다. 티클페니는 얼굴을 문질렀다. 그에게 익숙한 핀잔은 두 가지로 분류할 수 있었는데,

하나는 얼굴을 문질러야만 하는 종류요 다른 하나는 그렇지 않은 종류였다. 그는 그 이외에는 어떤 분별의 원칙도 적용하지 않았다.

"네." 머피가 말했다. "괜찮다면 당장 시작했으면 합니다."

봄은 단념했다. 어릿광대가 정직하지 못한 잭을 지지할 때 선량한 이는 패를 접어도 좋은 법. 스스로에 반하여 잭과 결속한 어릿광대야말로 어느 누구도 이겨 내지 못할 강력한 조합이다. 아, 인류와 계몽의 괴물이여, 자연적 동맹이라고는 어릿광대와 악인들뿐인 세상에 좌절하고 자기 공모로 불임에 다다른 인간에 절망한 그대가 그리도 자주, 그리도 절실히 느끼는 그것, 빌라도가 누 손 내밀어 정신을 뒤적거리는 듯한 느낌을 봄이 이번 한 번만큼이라도 막연하게나마 느껴 보는 것에 감탄하라.

그리하여 봄은 티클페니를 놓아주는 동시에 머피를 머피 본인의 어리석음에 넘겨 버렸다.

규정된 셔츠와 양복을 입고도 여느 때처럼 구리 동전에 불과한 기분을 느끼며—이는 그가 레몬색 나비넥타이를 끝까지 고집해서일 수도 있을 테다.—머피는 오후 두 시에 봄을 찾아가 보고하고는 벌써부터 점차 나아지리라 기대되는, 다만 그런 기대를 하는 이유와 정확히 무엇이 그리고 어떤 방식으로 나아지길 기대하는 건지는 알지 못한 채, 새로운 경험에 착수했다.

여덟 시가 되어 근무가 끝났을 때는 아쉬움마저 들었는데, 그만 가 보라는 말에 앞서 봄은 그가 물건(쟁반, 침상, 체온계, 주사기, 요강, 곤봉, 혀누르개, 나사 등등)을 다루는 솜씨가 영 서투르다고 크게 질타하는 한편 환자를 다루는 솜씨는 침묵으로써 칭찬했는데, 이는 머피가 여섯 시간 만에 환자들의 이름은 물론이요 그보다 더 노골적인 특성들을 비롯해 환자들에게서 예상할 수 있는 것과 결코 기대해서는 안 되는 것까지 완벽히 파악해 낸 까닭이었다.

티클페니는 개럿 다락방 바닥에 엎어진 채로 촛불 조명 아래 점화 총을 절박하게 쏘아 대며 조막만 한 구식 가스 난방기와 씨름하고 있었다. 그는 어쩌다가 이러한 정신 나간 장치를 설치하게 된 건지, 당찮은 비전부터 기능하지 않는 현실에 이르기까지 여러모로 전형적인 과정을 단계별로 설명했다.

그가 상상하는 비전을 완벽한 수준으로 끌어올리기까지
한 시간이 걸렸다. 그러고는 이 진기한 장치의 핵심 부품이 될
난방기를 발굴해 내는 데 또 한 시간이 걸렸는데, 얄궂게도 점화
총이 난방기에 부착돼 있었다.

"내 생각에 난방기는 가스보다 부차적인 요소지 싶은데."
머피가 말했다.

티클페니는 그렇게 난방기를 이곳 다락방까지 운반해 와
바닥에 내려놓고는 한 발 물러서서 불이 켜진 난방기의 모습을
상상했다. 그런데 녹슬고 먼지 뒤덮이고 석면 코일은 부스러져
떨어지는 폐기된 난방기가 도통 불붙을 기미를 안 보였다.
그리하여 우울한 마음으로 하는 수 없이 가스를 찾으러 가야 했다.

얼추 용도에 맞겠다 싶은 부품, 정확히는 사용되지 않는
분출기를 찾아내는 데 다시 한 시간이 걸렸고, 지금은 아래층
화장실의 전원에 연결돼 있었다.

이리하여 양극단을 설정했으니 남은 일이라곤 둘이 만나게
하는 것뿐이었다. 이게 까다로운 동시에 굉장히 흥미로운
과정이란 건 과거 음주 시인이던 시절에 오보격 시행의 마지막
음보들을 서로 잇고자 기나긴 시간과 정성스러운 공을 들였던
경험 덕에 익히 알고 있었다. 그리고 불과 두 시간여 만에 폐기된
음식물 투입관 몇 개와 그 사이사이를 (시행과 시행을 이어 주는
중간 휴지처럼) 이어 연장해 주는 유리를 일렬로 연결해 문제를
해결하기에 이르렀고, 그 덕택에 이제 난방기에 가스가 공급되고
있었다. 그런데도 석면이, 그가 아무리 불꽃을 쏘아 댄들, 점화할
기색을 안 보이는 게 탈이었다.

"자꾸 가스 얘기를 하는데 가스 냄새라곤 통 안 나는걸."
머피가 말했다.

그 점에서는 머피가 불리한 입장이라고밖에 볼 수 없는데,
왜냐하면 티클페니에게는 가스 냄새가 희미하기는 하지만
분명하게 감지됐기 때문이다. 그는 화장실에서 가스를 틀고는
그와 앞뒤를 다투듯 다락방까지 달려온 과정을 묘사했다. 또
난방기 바닥에 꼭지가 달려 있지 않으며 꼭지를 염두에 둔
틈마저 존재하지 않으므로 가스의 흐름은 화장실에서만 조절할

수 있다고 설명했다. 그가 고안해 낸 기계의 주된 불편 요소일지
모르는 것이 바로 여기 있었다. 아래층에서 조수가 가스를 틀 동안
위에서는 머피가 점화 총을 들고 대기하는 단순한 방식보다는
위엄 있게 난방기에 불을 붙이려거든, 이쪽 끝에 석면 노즐을
설치하고 이를 들고 공급원이 있는 곳으로 내려가 화장실에서
점화를 한 후 느긋하게 불을 난방기로 운반해 오는 방법이 있을
터이다. 또는 선호에 따라 특별한 노즐 따위에 신경 쓰느니
난방기를 아예 통째로 화장실까지 들고 내려가는 방법도 있을
테고. 그러나 이건 다 세부 사항에 불과하다. 이 장황한 이야기의
요지는 그가, 그러니까 티클페니가, 벌써 10분 전에 가스를 틀고
올라와서는 내내 불을 붙이려 해 봤건만 아무런 성과를 못 냈다는
데 있었다. 이는 사실이었다.

"가스가 꺼졌거나 연결이 끊어진 걸 테지." 머피가 말했다.

"이렇게 애쓰고 있는데요?" 티클페니가 말했다. 거짓말이었다.
티클페니는 기진해 있었다.

"다시 해 보게." 머피가 말했다. "점화 총은 이리 주고."

티클페니는 사다리를 기어 내려갔다. 머피는 난방기 앞에
쪼그리고 앉았다. 얼마 후 희미하게 쉭쉭대는 소리가 들리더니
어렴풋이 무슨 냄새가 났다. 머피는 얼굴을 옆으로 돌리고
방아쇠를 당겼다. 난방기가 한숨을 내쉬며 점화하면서 아직 채
마모되지 않은 석면에 걸쳐 발그레한 기운이 돌았다.

"효과가 있어요?" 티클페니가 사다리 아래서 외쳤다.

머피는 당장의 쓸모가 소진된 듯 보이는 티클페니가 방으로
올라오는 걸 막고 가스 꼭지의 위치도 확인할 겸 본인이 아래로
향했다.

"켜졌어요?" 티클페니가 말했다.

"그래." 머피가 말했다. "꼭지가 어디 있다고?"

"허, 이런 황당한 경우가." 티클페니가 말했다.

황당한 경우란 티클페니가 정말로 돌려 연 가스 꼭지가 그새
어떻게 다시 잠겼느냐를 두고 한 말이었다.

분해된 분출구가 화장실 벽면 저 높이 돌출해 있고,
티클페니가 꼭지라고 이른 것은 사실 난쟁이들의 편의를 위해

설계된 이중 체인과 고리로 이루어진 장치임이 밝혀졌다.

"내 구원을 걸고 맹세코, 분명 이 망— 꼭지를 틀었다니까요." 티클페니가 말했다.

"새라도 하나 날아들어 건드렸나 보지." 머피가 말했다.

"창문이 닫혔는데 어떻게 그래요?" 티클페니가 말했다.

"새가 나가면서 닫고 나갔나 보지." 머피가 말했다.

그들은 사다리 아래로 돌아갔다.

"대단히 고맙네." 머피가 말했다.

"거참, 황당하기 짝이 없네요." 티클페니가 말했다.

머피는 사다리를 오른 후 위로 끌어올리려고 했다. 하지만 저 아래 고정돼 있었다.

"클럽에 잠깐 내려오시지 않고요?" 티클페니가 말했다.

머피는 구멍문을 닫았다.

"허, 황당하군그래." 티클페니가 주춤대는 발길로 멀어지며 말했다.

머피는 난방기를 최대한 침대 가까이 끌어다 놓고는 매트리스의 생김새를 따라 그 중앙에 기꺼이 몸을 늘어뜨리며 정신에서 벗어나 보려 했다. 그러나 몸이 피로감으로 인해 지나치게 활기를 띤 상태라 이조차 당장은 가능하지 않을 듯해 순순히 잠의 뜻을 따랐다. 암흑계와 밤의 아들이요 복수의 세 자매의 이복형제인 잠에 굴복했다.

잠에서 깨 보니 공기가 몹시 탁했다. 머피는 침대에서 일어나 어느 별이 보이려나 싶어 천창을 열었지만 별이 하나도 없는 걸 보곤 곧장 창을 닫았다. 난방기 불로 길고 굵직한 양초를 켜 들고서 가스를 끄러 화장실로 내려갔다. 가스의 어원이 뭐려나? 돌아오는 길에 그는 사다리 아래쪽을 살펴보았다. 나사로 가볍게 고정해 놓았을 따름이라 티클페니에게 맡기면 금세 시정될 테다. 머피는 규정된 셔츠 빼고는 옷을 모두 벗었고 촛농을 떨어뜨려 초를 침대 머리맡 바닥에 고정시키고서 자리에 누워 정신에서 벗어나 보려 했다. 하지만 몸이 여전히 피로감으로 지나치게 분주한 상태였다. 그런데 가스의 어원은? 카오스와 같은 단어려나? 그럴 리가. 카오스의 어원은 하품인걸, 벌어진 입하기야 백치를 뜻하는 크레틴의 어원도 크리스천이잖아. 그래, 카오스라 쳐, 사실이 아니더라도 어딘가 맞아떨어지는 듯한 게 영 흡족하잖아. 좋아, 오늘부로 나한테 가스는 곧 카오스고 카오스는 곧 가스야. 하품을 유발하고 몸을 덥혀 주고 웃고 또 울게 만들고 통증이 멎게도 해 주고 수명을 조금씩 연장하기도 단축하기도 하는 것. 만능인가? 가스. 그럼 신경증 환자를 정신증 환자로 만들어 놓을 수도 있나? 아니. 그야 신만이 할 수 있는 일. 바다 가운데 천국 있으라, 그리하여 바다를 물과 물로 나누리니. 카오스 및 정수 시설 관리법. 카오스, 빛과 해탄 연료 컴퍼니. 지옥. 천국. 헬. 헤븐. 헬레네. 실리아.

아침이 되어 꿈은 흔적도 없이 사라지고 재난의 후감만이, 양초가 있던 자리에는 둥글게 똬리를 튼 수지의 흔적만이 남았다.

*

이제 그가 보고 싶은 것을 보는 일밖에는 남지 않았다. 어느 멍청이고 눈을 돌려 외면할 수야 있지만 타조가 모래 속에서 뭘 보는지 누가 알랴?

그에게 형제단이 필요하다는 사실을 머피 본인은 인정하지 않았을 것이다. 그러나 필요했다. 그가 등을 돌려 버린 삶, 그리고 이제 갓 도입기에 접어들어 내면의 희망으로서 존재하는 경험 이외에는 아직은 경험치가 전무하다 할 삶 사이에서 이 논쟁(정신의학-정신병학 논쟁)에 직면한 이상, 그로서는 후자의 편에 서지 않을 수 없었다. 그가 받은 첫인상들(그에게 첫인상은 항상 최상의 인상에 속했다.), 보다 나은 것에 대한 희망, 저와 동류인 이들을 만난 느낌 등등 모두 그런 의미에서 비롯됐다. 그러므로 유일하게 남은 일은 이 인상과 느낌들을 입증하고 이들의 모순을 드러낼 듯 보이는 위협을 곡해하는 것뿐이었다. 고군분투가 따로 없었지만 한편으론 지극히 유쾌한 일이었다.

그러므로 병동에서 보내는 매시간 환자에 대한 그의 존중과 더불어 환자들을 교과서적으로 취급하는 태도에 대한 그의 혐오, 외부 현실과의 접촉을 정신적 안녕의 지표로 삼는 현실 안주적인 과학적 개념론에 대한 질색 또한 증가해야 마땅했다. 그리고 실제로 매시간 그러했다.

외부 현실의 본질이란 여전히 불분명했다. 과학에 종사하는 남성, 여성, 그리고 아이들이 본인들의 사실 앞에 무릎 꿇는 방식이란 여느 일루미나티 단체 못잖게 다양했다. 외부 현실, 혹은 간단명료하게 현실이란 것의 의미가 정의 내리는 자의 감수성에 따라 달라졌다. 그럼에도 외부 현실과의 접촉이, 비록 문외한의 흐리멍덩한 접촉일지라도, 귀한 특혜에 해당한다는 점에는 모두 동의하는 듯 보였다.

나아가 이러한 전제를 토대로 환자들을 현실로부터 '단절된' 이들로 묘사했다. 환자들은 문외한의 현실이라는 기초적인 축복으로부터 동떨어져 있는 것이요 심한 경우에는, 아니, 굳이 심한 경우가 아니어도 현실의 근본적인 측면들로부터 고립돼 있다는 것이었다. 치료의 기능이란 따라서 이 간극을 이을 다리를 놓는 것이요 자신만의 사적이고 치명적인 작은 똥 더미에 갇힌 피해자를 개별 입자들로 이루어진 영광스러운 세계로 번역해 옮기는 것이고, 그리하여 피해자가 그 세계에서 다시금 경탄하고 사랑하고 증오하고 욕망하고 환희하고 울부짖을 저 가량없는 특권을 적당히 균형 잡힌 방식으로 누리며 자기와 같은 처지에 있는 사람들로 이루어진 사회에서 스스로를 위안할 수 있도록 하는 것이었다.

이 모든 것에 머피는 예상대로 반감이 들었고, 신체적이고 합리적인 존재로서 그 자신이 겪은 바가 있는 만큼 정신의학자들이 격리라고 부르는 것을 본인은 안식처라고 이를 수밖에 없다 느꼈으며, 또한 환자들이 혜택의 체계에서 추방된 것이 아니라 대참패로부터 탈주한 것으로 볼 수밖에 없었다. 그의 정신이 올바른 계산대를 찾아 줄을 설 줄 알았더라면, 그러니까 유행하는 사실들을 소액 삼아 셈하는 지칠 줄 모르는 기관(器官)이었더라면 의심의 여지 없이 이 사실들의 진압을 박탈로 간주했을 테다. 그러나 그의 정신이 그렇지 아니하니, 다시 말해 도구가 아니라 장소로서 기능하며, 그 결과 시류에 영합하는 이런 사실들 자체가 그로 하여금 정신이 선사하는 고유의 낙을 누리지 못하게끔 하고 있으니, 그가 이의 진압을 족쇄의 진압만큼이나 환영하는 것이 그야말로 당연하지 않은가?

　따라서 논쟁의 핵심은, 머피가 정성 들여 단순화하고 곡해한 바에 의하면, 큰 세계와 작은 세계라는 더 이상 근본적일 수 없는 극단 간에 있다고 봐야 했으며, 이때 환자들이 후자의 손을 들어주어 논쟁을 완료할라치면 정신의학자들은 전자의 손을 들어주며 논쟁을 되살렸고 머피 본인의 경우에는 미정으로 남았다. 단, 실질적인 미정일 뿐이었다. 그의 표는 던져졌다. "나는 큰 세계 소속이 아니야, 작은 세계 소속이지."는 머피가 오래전부터 반복해 온 후렴구이자 그의 생활신조, 정확히는 부정문이 우선하는 두 가지 생활신조를 구성하는 신념이었다. 그러니 낭패의 기회원인들을 어떻게 조성은커녕 용인할 수 있겠는가? 자기만의 동굴 벽에 비친 지복에 찬 우상들[24]을 한때 바라보았던 그가 어떻게? 아르놀트 횔링크스[25]의 아름다운 벨기에-라틴어를 인용하자면, 우비 니힐 발레스, 이비 니힐 벨리스. 네가 가치 없이 존재하는 그곳에서 너는 무엇도 원치 않으리.

　하지만 그것만으로는 충분치 않았다. 자신이 가치 없이 존재하는 곳에 원하는 것 하나 없이 있는 것만으로도 불충분하고, 그에 더해 자기 스스로를 사랑할 수 있는 유일한 장소인 지적인 사랑(자기 안에서만 그는 사랑스러웠기에)의 외부에 존재하는 모든 걸 단념하는 추가적인 조치를 취하는 것으로도 불충분했다. 과거에도 충분치 않았고 앞으로도 충분할 것처럼 보이지 않았다. 자기의 이러한 기질이며 그 부수적 성향들이 이용 가능한 모든 수단을 (예컨대 흔들의자를) 저희 목적에 가져다 쓴들, 이 논쟁을 원하는 방향으로 움직일 수는 있다 해도 그에 종지부를 찍지는 못했다. 논쟁은 계속해서 그를 분열시켰고 이는 그가 실리아와 진저 과자와 기타 등등에 얼마나 쉽사리—개탄할 만치—흔들리느냐만 봐도 알 수 있었다. 논쟁을 매듭지을 방도가 모자랐다. 그런데 여기서 클린치 일가를 위해 종사하면서 결말을 내기에 이르기라도 한다면, 논쟁을 '클린치'하기에 이른다면! 운이 얼마나 예쁘게 맞아떨어지겠는가.

　환자들 중 일부가 토로하기 마련인 고통과 분노와 절망을 비롯한 여타의 통상적인 감정, 그리고 그러한 감정의 빈번한 표현,

이 모두가 소우주라는 연고(軟膏) 어딘가에 파리 한 마리가 옥의
티처럼 깃들어 있다고 암시하고 있었으나, 머피는 이러한 암시를
묵살하거나 소음을 제거한 후 자신이 원하는 쪽으로 해석해
들었다. 환자들의 감정 분출이 메이페어나 클래펌, 곧 사회의
상하류를 막론하고 시류에 영합하는 분출의 형태와 외향상 닮아
있다고 해서 그를 유발한 계기 또한 동일하다고 볼 수는 없었는데,
이는 우울증이라는 검은 갑옷투구로부터 간장이니 쓸개를 논증할
수 없는 것과 매한가지였다. 하지만 이튿이나 워털루의 효과처럼
보이는 이 시뮬라크럼 뒤에 이튿과 워털루가 원인으로 자리해
있음을 설사 입증해 보일 수 있대도, 그리고 환자들이 눈에 보이는
것에 맞먹을 정도로 기분 또한 사실상 엉망일 때가 설사 있다고
해서 반드시 머피의 작은 세계—그 안에서 이들 모두가 너나없이
더없이 멋진 시간을 보내고 있다고 그가 전제하는 세계—에 대한
비방이 뒤따르는 건 아니었다. 환자들이 동요하는 까닭을 이들의
자기 격리와 그 결함 탓으로 돌리는 대신 치료자들의 이해타산
탓으로 돌리면 간단히 해결될 일이었다. 우울증 환자의 우울,
조증 환자의 격분, 편집증 환자의 절망, 이 모두는 언어장애인의
길쭉하고 투실투실한 얼굴만큼이나 자율의 범위 밖에 있을
터였다. 평화롭게 지내도록 내버려만 둔다면 래리만큼이나,
그러니까 나사로라고도 불리는 라자라수만큼이나 행복했을
이들이었건만—더욱이 라자라수를 살린 일은 메시아가 유일하게
도를 지나친 경우에 해당한다는 게 머피의 생각이었다.

머피는 이러한 해석 말고도 한층 더 가벼운 해석들을 동원해
가며 머시시트에서 유행하는 사실들의 압박에 대항했다. 정신에
감금된—이리 가정해야만 한다고 그는 고집했다.—그 많은
생애들에 고무되어 과거 어느 때보다 더 부지런히, 공중에
띄운 본인의 지하 감옥에서 노동했다. 이에 있어서 그를 특별히
격려하고 마침내 동류를 찾고 말았다는 그의 믿음 또한 부추기는
요소가 세 가지 있었다. 이들 고등 조현류가 가장 무자비한 치료
폭격 앞에서조차 보이는 절대적인 냉담이 그 첫째였다. 안정실이
둘째였다. 그리고 환자들 사이에서 그의 인기가 셋째였다.

이 중 첫째 요소야 머피 본인의 결박 취미에 대해 앞서 말한

만큼 덧붙일 말이 없으리라 본다. 큰 세계의 수렁에 빠져 자기 연민 속에서 허우적대는 이에게 작은 세계에서 실현한, 혹은 실현한 것으로 보이는, 빼앗을 수 없는 권리로서의 삶을 본보기로 들어 보이는 것만큼 강력한 딱밤이 또 있겠는가?

안정실은 그가 상상해 왔던, 상상이나 할 수 있었던 지복의 둥지(실내형)의 여러 모습을 현격히 능가했다. 약간 오목한 삼차원의 비례가 얼마나 절묘한 균형을 이루는지 네 번째 차원의 부재가 느껴지지도 않을 지경이었다. 빛을 발하는 보드라운 굴색 외피가 공기를 머금은 채 천장과 벽과 바닥과 문을 빈틈 하나 없이 뒤덮으며 인간은 누구나 공기의 포로임을 증명해 보였다. 병실 내부의 온도를 감안하면 환자는 마땅히 알몸이어야 했다. 호흡이 가능한 진공의 방이라는 환영을 불식시킬 환기 장치는 일절 눈에 띄지 않았다. 격실을 통틀어 창이 없는 것이 단자(單子)를 떠올리게 했고, 문에 난 유다 구멍을 통해서만 스물네 시간 동안 일정한 간격과 빈번한 횟수로 정신 온전한 눈이 나타나 안을 엿봤다. 혹은 그리하도록 고용됐다. 주택 건축이라는 좁은 틀 안에서는 한 번도 꿈꿔 보지 못했던 본보기, 그가 지칠 줄도 모르고 꾸준히 작은 세계라고 일컫는 것의 더없이 신빙성 있는 표상이었다.

환자들 사이에서 그가 누린 인기는 매매머 입장에선 낯부끄러울 정도였다. 교과서적으로 정의된 정신 질환자들의 특성, 곧 최소한의 공통분모를 드러내는 사물, 개념, 인물 등등을 동일한 것으로 간주해 버리는 그들의 성향을 고려하면, 환자들이 역할과 옷차림 등의 표면적인 요소에 있어 봄과 그 똘마니와 유사함을 보이는 머피를 전자와 한통속으로 간주해야 마땅했다. 그러나 대다수가 그리하는 데 실패했다. 오히려 대다수의 환자가 머피에게 여지없이 편향된 태도를 보였고, 이에 봄마저 얼굴의 혈색을 다소 잃었다. 환자들이 그때껏 봄과 그 똘마니를 위해 어찌 습관적으로 행동해 왔든, 이제는 머피를 위해 더욱 선뜻 나섰다. 그리고 봄과 그 똘마니들이 부득이하게 저희에게 위압을 행사하거나 압박을 가해 오던 부분에서는 머피가 저희를 대신해 그들을 설득하고 나서는 것마저 허락했다. 툭하면 트집을 잡는, 명확히 분류하기 어려운 한 환자는 머피가 동반하지 않는 이상은 운동하기를 거부했다.

죄책감 망상이 고도로 발달한 우울증 환자는 머피가 회유하지 않는 이상은 침상에서 일어나질 않았다. 자기 내장이 삼실과 압지로 변했다고 믿는 또 다른 우울증 환자는 머피가 숟가락을 쥐어야만 입을 벌렸다. 그러지 않고는 강제 투여가 요구됐다. 이 모든 게 지극히 불규칙적이요, 수치스럽기 그지없었다.

머피는 수크가 자신의 이 비상한 능력을 자기 생시에 달이 뱀자리에 들었다는 사실에 의거한 속성으로만 돌린 것에 반감을 느꼈다. 자체적인 체계가 그를 포위하면 할수록, 자신의 이 체계가 다른 어느 체계에든 종속되고 말리란 생각을 견디기 어려웠다. 머피와 머피의 별들 간에는 명백히 교신이 이루어지고 있었다. 다만 수크가 말한 의미로서의 교신이 아니었다. 하기야 결국 자기 별들 아닌가, 그러니 당연히 그의 체계가 선행할밖에. 그 통탄할 생시에 머피는 스크린에 영사되듯 하늘에 어둑한 잠재태로서 투사되었고, 그리해 본인만의 의미로 확대되고 밝혀진 것이다. 그러나 그 의미도 결국 자기 의미였다. 뱀자리에 든 달이란 기껏 이미지에, 영사한 파편에 불과했다.

그리하여 6펜스어치 하늘이 다시 한 번 탈바꿈하게 되니 살아 있는 자 중 오로지 그만이 작시할 수 있는 시에서, 태어난 자 중 오로지 그만이 작시할 수 있는 시로 변하기에 이른 것이다. 천체들의 예언자적 지위에 관한 한 머피는 예언한 바가 이미 도래했다고 굳게 믿는 쪽이 되었다.

고로 생애 처음으로 자기가 있는 위치에서 "시각 능력이 비상한 수준으로 증진되며, 이에 광인은 쉬이 굴할 수 있다."던 바로 그 마술적인 능력을 면밀히 살펴볼 수 있는 자유를 획득하기에 이른 머피는 이 능력이 이미 알고 있던 자기의 특질과 이리도 잘 조화한다는 사실에 크게 만족했다. 그가 환자들에게 얻은 인기는 그의 앞에 나타난 이정표나 다름없었다. 다른 길은 모두 틀렸다는 신념 외에는 그를 떠받쳐 주는 것이 전무한 와중에 그가 그 오랜 시간을, 그리도 맹목적으로, 좇아온 길에서 마침내 마주하게 된 이정표. 환자들 사이에서의 인기가 그에게 환자들 방향을 지시하고 있었다. 그리고 이는 곧 환자들이 머피 안에서 본인들의 지난 모습을 감지하고 있으며, 그 또한 환자들 안에서 앞으로의 자기 모습을 감지하고 있다는 것을 의미했다. 정신 질환의 푸짐한 상차림 없이는 필생의 파업을 관철할 수 없으리라는 의미였다. 쿠오드 에라트 엑스토르퀜둠. 비틀어 끄집어내야 하리.

머피가 보기에는 이곳 환자들 가운데 사귄 친구들을 모두 통틀어 볼 때 '딱지'만큼이나, 그러니까 머피의 '딱지'인 엔던 씨만큼 유별난 사람이 없는 듯했다. 머피가 보기에 엔던 씨와 자기는 한데 묶인 사이였다. 단순히 딱지 때문만이 아니라 가장 순수하고 또한 가능한 형태의 사랑으로, 큰 세계가 조기 사정하고 마는 생각과 말과 행위 들로부터 면제된 사랑으로 결속돼 있었다. 그와 엔던 씨는, 머피가 보기에, 가장 심오한 차원에서 영혼이 결속한 때마저도 여전히 머피 씨와 엔던 씨로 통했다.

'딱지'는 '기록된' (혹은 '주의받은') 환자를 뜻했다. 어느 환자고 심각한 자살 성향으로 여길 만한 조짐을 보이면 그때마다 기록됐다(또는 주의를 받았다). 환자가 자살을 하겠노라 위협할 때라든가 단순히 환자의 전반적인 행동 경향만 보고도 자살의 조짐으로 읽고 이리 대처할 수 있었다. 환자 명의로 딱지를 발행하고, 자살 방식에 대한 선호도가 표현된 경우에는 그 구체적인 내용을 함께 기록하는 것이었다. 예컨대 "히긴스 씨, 할복 또는 그 외 가능한 어떤 방도로든"이라든가, "오코너 씨, 독액 또는 그 외 가능한 어떤 방도로든"의 식으로. "그 외 가능한 어떤 방도로든"은 구제 조항이나 마찬가지였다. 그런 뒤에 딱지를 남자 자매에게 넘기면 그가 이를 승인한 후 동료 남자 간호사에게 다시 넘겼고 그러면 그 간호사가 또 승인을 했는데, 그 순간부로 이 간호사는 딱지에 이름이 기입된 망나니가 자연사하도록 돌볼 책임을 지게 되는 셈이었다. 이 책임에 수반하는 특무 중 어쩌면 가장 중요하다고도 할 수 있는 임무는, 아무리 길어도 20분을 초과하지 않는 간격으로 주기적으로 용의자를 통제하는 임무였다. 머시시트의 경험상, 가장 능수능란하고 결의에 찬 이들이 아니고서야 20분 안에 일을 저지르는 묘기를 완수하는 이는 없었던 것이다.

엔던 씨는 기록되었고, 그 딱지가 머피의 수중에 있었다. "엔던 씨, 무호흡 또는 그 외 가능한 어떤 방도로든."

무호흡을 통한 자살은 자주 시도되는 방법으로, 특히 사형선고를 받은 이들이 선호한다. 부질없게도. 이는 생리학적으로 불가능한 방법이다. 그러나 자비의 자리 머시시트 관계자들은 불필요한 위험을 감수하지 않는 편을 택했다. 엔던 씨는 자기가 굳이 자살을 한다면 무호흡을 택하지 다른 방도로는 자살하지 않을 거라고 주장했다. 이게 그의 목소리가 주장하는 방법이며 그 이외의 방법은 목소리가 거부한다고 했다. 그러나 조현병 환자가 호소하는 목소리에 관한 한 아우터헤브리디스제도 출신의 상주 의무부장인 킬리크랭키 박사도 일가견이 있었다. 이는 진짜 목소리와는 달리, 어느 순간 한 얘기를 하다가도 다음 순간에는 전혀 다른 이야기를 한다는 거였다. 더욱이 무호흡 자살이 생리학적으로 불가능하다는 주장이 킬리크랭키 박사로선 썩 성에 차지 않았다. 크누트 대왕의 후손이라도 되는 양 변화에 끝까지 저항하며 완고하게 선을 긋기에는 그 본인이 유기체의 임기응변에 속아 넘어간 경험이 너무 많았다.

엔던 씨는 조현병 환자 중에서도 지극히 붙임성 있는 경우였다. 적어도 머피와 같이 겸허하고 시샘에 찬 외부인의 목적에 비추어 보면 말이다. 권태에 빠져 하루하루를 보내는 그였고 때로는 그 무기력이 더욱 깊어져 몸짓을 완성하지 못하고 그대로 정지하는 매력적인 양상을 보이기도 했으나, 그럼에도 모든 동작을 진압할 만큼 심오한 지경에 이르는 일은 결코 없었다. 내면의 목소리도 그를 훈계하거나 참견하는 일이 없었고, 다만 온갖 망상들로 빚어낸 합주단의 연주를 조용히 관통하는 부드러운 통주저음을 이루었다. 그가 취하는 태도가 아무리 괴상하게 비친들, 그의 우아함을 능가할 수준에 이르지는 못했다. 요컨대 정신 질환자치고는 더없이 맑고 침착했기에 머피는 샘물에 끌리는 나르키소스처럼 엔던 씨에게 끌렸다.

그의 왜소한 신체는 모든 세부적인 면에서 완벽했으며 털도 덥수룩했다. 이목구비는 더없이 섬세하고 균등하고 매력적이었고, 안색은 수염으로 푸르께한 부위를 제하고는 올리브 빛을 띠었다. 두개골은 어느 몸에 갖다 붙여도 컸겠지만 이 몸통 위에서는 특히나 거대해 보였고, 그 끝에 올차게 솟은 뻣뻣한 검은

머리카락이 정수리에 이르러서는 눈부시게 센 한 줌의 볏으로
변했다. 엔던 씨는 평상복으로 갈아입은 적이 없었고 그 대신
검은 장식 끈이 가선에 둘린 선홍빛 비서스 재질의 고운 드레싱
가운과 검은색 비단 잠옷, 신메로빙거왕조 시대의 깊은 자줏빛
풀렌 구두를 신고 병동을 서성였다. 손가락마다 반지가 반짝였다.
굳게 쥔 작은 주먹에는 어느 시간대냐에 따라 그 길이가 달라지는
질 좋은 시가가 들려 있었다. 머피는 아침이면 이 시가에 불을
붙여 주었고 하루가 지날 동안 꾸준히 불을 붙였다. 그래도 시가는
저녁이 되도록 다 타는 법이 없었다.

　　엔던 씨가 유일하게 즐기는 가볍고 소소한 취미인 체스도
이와 다르지 않았다. 머피는 아침에 출근하자마자 체스 판을
챙겨 오락가락실의 조용한 한쪽에 판을 차리고는 첫수를 두었고
(머피는 언제나 백말 두었으므로), 잠깐 일을 하고 돌아와 엔던
씨의 응수를 확인하고 두 번째 수를 두고, 다시 일을 하러 갔다가
돌아와 다음 수를 두기를 종일 반복했다. 두 사람이 판을 앞에
두고 마주치는 경우는 지극히 드물었다. 엔던 씨는 이리저리
서성이던 발길을 I—2분 이상 멈춘 적이 없었고, 머피는 주어진
임무와 봄의 눈초리를 피해 I—2분 이상 할애할 엄두를 못 냈다.
두 사람이 이렇듯 상대 없이 각기 자기 수를 두고, 남은 시간에
기물의 위치를 확인하고는 갈 길을 갔다. 그렇게 게임이 진행되다
보면 저녁이 되도록 딱히 승부가 나지 않았다. 이는 양쪽의 실력이
막상막하라거나 게임을 진행하는 환경이 불리해서라기보다는, 두
사람 다 지구전을 펼치길 선호하는 데서 비롯한 결과였다. 실제로
교전을 벌이는 일이 얼마나 적은지는 이 게릴라전이 여덟아홉
시간 동안 지속된 시점에도 여전히 기물을 잃거나 상대의 킹을
공격조차 한 쪽이 없었다는 점으로 미루어 짐작할 수 있다. 머피는
바로 이 점을 흐뭇하게 여겼는데, 그가 보기에 이는 자기와 엔던
씨의 동질감의 표현이요, 그런 만큼 자기의 평소 성향대로 공격을
개시하는 데 있어서도 훨씬 신중해지는 듯했다.

　　여덟 시가 되어 병동과 엔던 씨, 엔던 씨를 제외한 이차적인
친구들과 그가 본보기 삼는 모범 사례들, 파라알데히드의
온기와 냄새 등등을 떠나야 할 때가 찾아오면 그는 풀이 죽을

정도로 섭섭함과 자기 연민을 느꼈고, 열두 시간 동안 만회되지
않은 분열된 자기 자신과 대면해야 함에—그리고 이것이 다른
어느 때보다 성에 차지 않음을, 그러나 이제 와 그가 할 수 있는
최선이라는 것 역시 알기에—더없이 아쉬워했다. 끝은 방도를
수단으로, 장면 없는 무료함으로 전락시킨다. 그럼에도 그는
막연히 감지되는 끝을 환영해야만 했다.

개럿 다락방, 탁한 공기, 수면, 이것들이 그나마 그가 취할 수
있는 애처로운 최선이었다. 티클페니가 그새 사다리를 고정하던
나사를 풀어 주어 이제는 다락방에 오른 뒤에 구멍문 위로
사다리를 끌어올릴 수 있었다. 사다리로 내려오지 마, 사람들이
치워 버렸으니.[26]

머피는 더는 별을 바라보지 않았다. 스키너 병동에서
돌아오는 길에 그의 시선은 늘 땅을 향했다. 그리고 다락방의
천창을 열기에 날이 너무 춥지 않은 때에도 별들은 웬일인지
노상 구름이나 안개나 연무에 가려져 있었다. 그러나 천창으로
내다보이는 전망이란 것도 실은 밤하늘 중에서도 가장 암울한
자락에 불과했으니, 은하수의 석탄 자루라고도 알려진 그
암흑성운이 머피와 같이 춥고 피곤하고 화나고 성미 급한
이에게는, 더욱이 자기 본연의 체계를 본뜬, 존재 자체가 불필요한
만화로밖에 보이지 않는 천상 체계에 싫증이 난 관측자에게는
자연히, 그리고 슬프게도, 때 묻은 밤의 흔적으로 비칠 뿐이었다.

마찬가지로 머피는 더 이상 실리아를 생각하지도 않았고,
다만 간간이 꿈에서 봤다는 점을 기억할 뿐이었다. 실리아를
떠올릴 수만 있었더라도 그녀를 꿈꿀 필요는 없었을 텐데.

그리고 이제 더는 정신 안에서 활기를 찾지 못했다. 머피는
이를 온갖 직무를 다하느라 고단해진 까탈스러운 몸 탓으로
돌렸지만, 사실은 엔던 씨와 다른 여러 대리인을 통해 아침부터
대리 만족을 누려 오던 자기 연구에 그 진짜 원인이 있다고 봐야
했다. 병동에 있는 동안은 행복에 겹고 떠날 때가 되면 섭섭한
것도 이 때문이었다. 양쪽 모두 누린다는 건 불가능했고, 심지어
그리한다는 착각조차 유지할 수 없었다.

그는 브루어리 로에 두고 온 흔들의자를 떠올렸다. 그때껏

단 한 번도 떨어져 지낸 적이 없는, 그의 정신의 삶을 보조하는 의자. 한때 그는 이 흔들의자 대신 그가 소지한 책과 그림과 엽서와 악보와 악기를 정확히 이 순서대로 차례로 처분한 적도 있었다. 주간 당번을 맡은 한 주가 마무리되고 야간 당번의 주가 가까워질수록 그는 흔들의자가 점점 더 마음에 걸렸다.

개럿 다락방, 탁한 공기, 피로감, 밤, 대리 만족을 통한 자기 연구의 시간들, 이것들이 그나마 그가 흔들의자 없이 버틸 수 있도록 해 준 터였다. 그러나 야간 근무가 시작되면 다를 것이다. 엔던 씨와 그 동류들이 모두 잠들어 있으므로 대리인을 통해 완화할 수 없을 것이다. 관찰만으로는 몸이 고단해질 수 없으므로 피로감 또한 없을 것이다. 대신 아침마다, 빛으로 충만한 시간들이 장장하게 앞에 펼쳐진 가운데, 정신은 주리고 몸은 고분고분해진 채로, 의자를 애타게 그리워하게 될 테지.

토요일은 오후 근무가 없는 날이기에 그는 급히 브루어리로로 향했다. 실리아가 외출 중이라는 사실에 그는 어떤 의미에서는, 사실 이는 유일하며 태곳적부터 이어져 온 의미지만, 아쉬움을 느꼈다. 그러나 그걸 제외한 다른 모든 의미에서는 기뻤다. 그가 그녀의 질문에 답을 하건 안 하건, 사실대로 말하건 거짓을 말하건, 그가 영영 떠났다는 사실을 실리아도 알고 있을 게 분명했기 때문이다. 그는 실리아가 그간의 애정 담긴 잔소리가 얼마만큼이나 빗나갔는지 체감하지 않기를, 적어도 그가 있는 자리에선 체감하지 않기를 바랐다. 또한 그가 그녀의 잔소리가 겨냥했던 자리—그녀가 그를 발견하고는 떠날 생각 없이 곁을 지켰을 때 그가 처해 있던 자리—에서 벗어나기는커녕 얼마나 더 굳건히 그 자리를 차지하게 되었는지, 그를 남자로 만들겠다는 그녀의 노력이 그를 예전 어느 때보다 얼마나 더 머피답게 만들어 버렸는지, 그리고 그를 변화시키기 위한 시도를 고집함으로써 그가 애초 경고했던 바대로 끝내 그를 잃고 말았음을 체감하지 않게 되기를. "당신, 내 몸, 내 정신… 그중 하나는 가야 해."

흔들의자를 챙겨 개럿 다락방으로 돌아왔을 땐 이미 밤이었다. 방으로 오르는 길에 주변에, 특히 화장실에 얼쩡거리는 사람이 없음을 확인했다. 방에 오르자마자 난방기에서 가스가,

가스 트는 걸 깜빡했음을 상기시키며, 새어 나오기 시작했다. 그러나 이런 것에 놀랄 머피가 아니었다. 시체로 끝날 물질에는 어떤 사리사욕도 품지 않고 언제나 사물의 와중에서 진정한 친구를 사귀었던 머피가 아니던가. 그저 자신이 누락한 바를 손보기 위해 사다리를 다시 내려선 안 된다는 막중한 의무감이 들었을 따름이다.

그는 난방기를 틀고 옷을 벗은 뒤 흔들의자에 앉았으나 몸을 결박하지는 않았다. 이런 일이란 원래 차근히 진행해야 마땅한 법이니 눕기 전에 먼저 앉아야지. 정신을 차렸을 때, 정확히는 정신으로부터 돌아왔을 때—어떻게 돌아왔는지는 알 길이 없었지만—가장 먼저 눈에 띈 것은 탁한 공기였고, 그다음으로 허벅지에 맺힌 땀, 그다음으로 침대에 대자로 누운 티클페니의 모습이 마치 무성영화 스크린에 투사된 D. W. 그리피스 감독의 중간 거리 연초점 장면처럼 눈에 들어왔고, 그렇다면 이 마지막이 그가 일으켜진 경위를 설명하는 단서가 될 듯했다.

"초 좀 켰어요." 티클페니가 말했다. "좀 더 제대로 감상하려고요."

머피는 움직이지 않았다. 동물을 위해 사람이 꿈쩍하지 않고 사람을 위해 동물이 꿈쩍하지 않듯이. 더욱이 본능적인 호기심이란 것들도—티클페니가 언제부터 거기 있었으며 이런 세상 죽은 듯 야심한 시각에 뭘 원해서 찾아왔는지, 사다리를 거뒀는데 대체 어떻게 침입할 길을 찾아낼 수 있었는지 등등—굳이 말로 쏟아 내기에는 너무 게을렀다.

"잠이 안 와서요." 티클페니가 말했다. "이 하숙집에 유일하게 있는 친구라곤 당신뿐이잖아요. 아래서 한참 불렀어요. 구멍문에 핸드볼을 몇 번이나 던졌는지, 정말이지 있는 힘껏 쳐 댔다고요. 그러다 겁을 먹었어요. 당장 뛰어가 내 간이 사다리를 갖고 왔죠."

"구멍문에 자물쇠라도 채우면 내 친구란 작자들은 기꺼이 천창을 타고 내려올 테지." 머피가 말했다.

"정말 신기했어요." 티클페니가 말했다. "어둠 속에서 눈을 활짝 뜬 채로 그렇게 깊게 잠들다니, 그런 건 저 부엉이들 버릇 아니던가요?"

"잠든 게 아니야." 머피가 말했다.

"허, 그럼 제가 부르는 소리를 들었단 말이네요." 티클페니가 말했다.

머피는 티클페니를 바라봤다.

"허, 그럼 깊은 생각에 잠겨 있었거나 그도 아니면 공상에라도 빠져 있었나 봐요."

"어디서 학생 취급이야?" 머피가 말했다.

"그럼 뭔데요?" 티클페니가 말했다. "무례한 질문이 아니라면요."

머피는 자기처럼 콩팥 기질을 지닌 사람이 이 질문을 했다면, 그러니까 진심으로 이해하고픈 열망이 들고 자기 또한 그로부터 이해받고 싶은, 예컨대 엔던 씨와 같은 이가 본인 또한 초기 단계에 있었을 당시에 자기에게 이 질문을 던졌더라면 어떻게 대답했을지를 떠올리며 잠시나마 씁쓸한 기쁨에 젖어 보았다. 그러나 가능한 대꾸가 불완전한 표현으로나마 떠오르기도 전에 질문이 허황됨을 자각하며 자체적으로 무너져 내리고 말았다. 애초 그러한 사람에게 가려운 곳은 긁고 보는 합리주의자의 태도를 부과하는 것과, 호기심의 대상들을 '여인류'와 대등한 수준에 위치시키는 회의주의자의 상습적 관행을 부과하는 것이 어찌나 허황한지 자각한 결과였다. 머피와 닮은꼴의 깃털을 가진 희귀조들이란 분류 아래 서길 원하는 게 아니라 홀로 나란히, 그러니까 저희의 최상급 시선 가운데 저희 홀로 서거나 그러고 남는 시선이 있다면 동종의 새들과 나란히 그 시선 가운데 서길 원하기에. 이제는 빙하 위에서도 그 모습을 볼 수 없는 큰바다쇠오리가 그 옛날 빙하 아래로 잠수해 든 것이 뒤바뀐 각도에서 해수면을 보기 위해서가 아니었듯이 말이다.

"자네가 원하는 게 정확히 뭔지 모르겠군." 머피가 말했다. "하지만 내가 자네를 위해 해 줄 만한 일 중에 나 아닌 다른 사람이 더 잘하지 못할 일이 없다는 것만은 확실하네. 그러니 남을 이유가 있나?"

"뭔지 알아요?" 티클페니가 말했다. "오해하진 않았으면 하지만 조금 전에 당신 모습이 클라크를 빼닮았다 싶었거든요."

클라크는 3주째 긴장성 혼미 상태에 빠져 있었다.

"수다스러운 것만 빼고요." 티클페니가 말했다.

클라크는 "엔던 씨는 참으로 훌륭해요."라는 말을 몇 시간씩이고 반복하곤 했다.

머피가 굳이 숨길 가치가 없다고 생각해 내비친 흡족한 표정을 보고 어찌나 경악했는지, 티클페니는 의도한 바를 단념하고 그만 가 볼 생각으로 자리에서 일어났는데 하필 이때 머피의 마음은 티클페니가 좀 더 머물러도 반대하지 않는 쪽으로 기울고 있었다. 티클페니는 간이 사다리를 타고 내려가다가 문 사이로 머리만 빼꼼 내보이며 멈춰 섰다. 그가 말했다.

"스스로를 잘 지켜보세요."

"어떻게 말인가?" 머피가 말했다.

"건강 잘 돌보시라고요." 티클페니가 말했다.

"내가 어떤 면에서 클라크와 닮아 보이던가?" 머피가 말했다.

"정신 잘 붙들어 매세요." 티클페니가 말했다. "굿 나이트."

그리고 실제로 머피는 좋은 밤 시간을 보냈는데, 어쩌면 밤이 그를 괴롭혀 온 까마득한 세월 이래로 가장 잘 보낸 밤일지도 모를 밤을 보냈다. 흔들의자를 회수해 왔기 때문이라기보다는 그가 사랑하는 자기의 일면이 문외한인 티클페니의 눈에마저 그리 비칠 정도로 실질적인 자기소외의 양상을 띠고 있다는 사실 때문이었다. 좀 더 근사하게 표현하자면, 그가 경멸해 마지않는 자기의 일면에 그러한 양상을 부여한 까닭이었다.

카우니핸 양과 와일리는 함께 살고 있지 않았다!

하이든은 노년의 피폐에 들어, 동거에 대한 의견을 묻는 말에 이렇게 응수했다. "3도 병행."[27] 그러나 카우니핸 양과 와일리가 격벽한 데에는 그보다 더 실질적인 토대가 있었다.

우선 카우니핸 양의 얘기부터 시작하자면, 우선 카우니핸 양은 생과부 디도의 신세에 걸맞은 적당한 장작 더미에 늦지 않게 당도했으면 했다. 최후의 순간까지, 그러니까 그들이 실제로 머피를 그녀 앞에 대령하는 시점까지 미뤄 뒀다가, 그제야 깨끗하고 안락하고 중심지에 위치해 있으되 터무니없이 비싸지는 않은 장작 더미를 찾겠다고 런던을 헤집고 다니고 싶지는 않았다. 그렇기에 그녀는 지체 없이 가워 가에 주소지를 장만했고, 자기가 그곳에 머물 동안은 무슨 이유에서도 연락을 취하려 들지 말라면서 와일리에게 주소를 대문자로 또박또박 적어 보냈다. 그 주소지는 「스펙테이터」 일간지 사무실 건물과 마주하다시피 했는데, 그녀는 이 사실을 손쓸 도리가 없을 정도로 뒤늦게야 알게 되었다. 이곳에서 그녀는 인도, 이집트, 키프로스, 일본, 중국, 샴 사람들과 성직자 무리 등등 이교도들 틈에서, 불행히 몸을 사리고 지냈다. 그리고 차차 카스트가 미심쩍은 박식한 힌두인 남자에게 빌붙기 시작했다. 이이는 수년에 걸쳐 '풍경화의 감상적 오류—아베르캄프부터 캄펜동크까지'라고 가제를 붙인 모노그래프를 집필해 왔으며 아직도 집필하는 중이었는데 언젠가는 반드시 마무리할 수 있으리라고, 마무리 짓기에 충분한 프라나, 곧 기(氣)를 받으리라고 굳게 믿고 있었다. 그러나 이 시점에 그는 이미 특정 감각들, 그로부터 불과 몇 주 후에 그로 하여금 우연히 노리치파 화가들을 발견하는 동시에 가스 오븐으로 향하게 만들고 말 감각을 호소하기 시작한 참이었다. "발이 바늘보다 짝은 느낌이에요." 카우니핸 양에게 그는 이렇게 얘기했다. 또 이런 말도 했다. "콩중에 떠 보고 싶어요."

다음으로 카우니핸 양은 와일리를 상대로 왼새끼를 꼴 수 있을 정도로 자유로워야 했고 아마도 이게 그와 거리를 둔 가장 좋은 이유였을 것이다. 그녀는 쿠퍼가 와일리에게 그날의 경과 보고를 하기에 앞서 먼저 자기에게 와 보고하도록 그를 매수하고 을러댔다. 또한 쿠퍼의 지시에 따라 와일리 몰래 니어리를 찾아가 자초지종을 이야기하며 흉금을 털어놓았다.

와일리는 이러한 잔인한 취급에 몹시 쓸쓸해하며 항의했으나, 사실 이러한 취급은 그의 꿍꿍이속과 더없이 잘 맞아떨어졌다. 카우니핸 양은 어쨌거나 런던에서만 누릴 수 있는 향락에는 해당하지 않았는데, 와일리는 런던에 있는 동안은 그리고 카우니핸 양의 개방성이 허락하는 최대한도까지는 그러한 환락에 깊숙이 담금질할 계획이었다. 카우니핸 양이 욕망의 대상으로서 풍류남아의 눈에 띌 만한 곳이라곤 오로지 그러한 직종이 이미 영락해 버린 더블린뿐이었다. 니어리가 런던을 거치고도 그녀로부터 완치되지 못했다면 그건 그가 사내가 못 돼서거나 성인이 되고 만 까닭일 테다. 아일랜드 자유국에서야 의무적으로 토탄을 연료 삼아야 한다지만 그렇다고 뉴캐슬까지 바리바리 싸 올 필요는 없지 않은가.

이러한 사태의 전환을 그가 달갑게 여기는 또 다른 이유는, 사태가 절로 그리되었든 카우니핸 양이 친절히도 그리 꼬아 놓은 것이든 간에, 당연히도 카우니핸 양 본인이 이를 달가워하는 까닭과 동일하니, 다시 말해 이로써 그가 완전한 편의와 평안의 가운데 그녀를 배반할 수 있기 때문이었다. 그는 쿠퍼가 카우니핸 양에게 그날의 경과 보고를 하기에 앞서 먼저 자기에게 와 보고하도록 그를 (매수하지는 않고) 을러댔다. 또한 쿠퍼의 지시에 따라 카우니핸 양 몰래 니어리를 찾아가 그녀가 이미 실토한 바를 보완하는 자초지종을 이야기하며 흉금을 털어놓았다.

이것이 이 둘이 격벽하게 된 밑바탕이었는데 그렇다고 그 기반이 아주 융통성 없기만 한 건 아니라서 이따금씩, 저녁 식사 후에, 각자의 의견과 판박이말을 나누러 중립지대에서 만날 궁리를 해 내는 것까지 막지는 못했다.

쿠퍼는 두 고용주를 두고도 두 명의 주인을 섬길 때 따르기 마련이라는 애로 사항을 전혀 겪지 않았다. 그는 두 사람에게 들붙지도, 두 사람을 경멸하지도 않았다. 그보다 덜된 사내라면 둘 중 어느 한쪽을 편들었을 테요, 그보다 된 사람이라면 양쪽을 공갈해 잇속을 차리려 했을 테다. 그러나 쿠퍼는 하인 신분에 알맞춤한 그릇을 지녔다는 점에서 완벽한 하인이었고—술병만 멀리한다면—날실 틈을 오가는 베틀의 북만큼이나 아름답고 무심하게, 자기를 타락시키려 드는 이 두 사람 사이를 강직하게 오갔다. 각각에게 충직하게 보고했고, 다른 쪽이 덧붙인 수정 사항은 못 들은 척했으며, 땅거미가 내려와 그를 놀래는 시점에 본인이 있는 지점에서 더 쉽사리 닿을 거리에 있는 사람을 먼저 찾아갔다.

그는 니어리에게 복직을 요청하려 들지 않았는데 이는 니어리가 자기를 찾을 때까지 기다리는 편이 더 현명하리라 느꼈기 때문이었다. 게다가 왼새끼를 꼬며 농간질할 궁리나 하는 이 한 쌍을 동시에 보좌하는 편이, 더욱이 자기 신상에 관해 거의 무지한 데다가 자기 못잖게 폭음의 길로 빠질 싹수가 노란 두 사람을 위해 일하는 편이, 자기를 속속들이 알아서 심지어 자기가 망각하려 애쓴 여러 쓰라린 일화마저 꿰고 있는 젠체하는 거만한 상전의 끄나풀로 지내는 편보다 아주 근소한 차이이긴 해도 그나마 기분이 덜 착잡했다. 약소한 정도지만 그만큼이라도 심란함이 줄었다는 사실이 혹시 와일리가 더블린에서 그의 면전에 대롱거렸던 보다 충만한 삶의 시작을 알리는 표지는 아닐까? "… 얼마 안 가 의자에도 앉고 모자도 벗고, 당장은 하지 못하는 것들을 죄다 하게 될 텐데."라. 쿠퍼는 현실성 없는 이야기라고 생각했다.

니어리는 크게 안도했고 한시름 놓은 참에 머피에 대한 소식을 받기 전에는 일어나지 않을 각오로 잠자리에 들었다. 그는 카우니핸 양에게 이렇게 편지를 보냈다.

"당신이 보여 준 신의를 결코 잊지 못할 겁니다. 내가 신임할 수 있는 사람이 한 명은 있군요. 저 배신자 가롯 유다 와일리를 가까이 둬요. 쿠퍼에게는 당신을 시중드는 게 곧 나를 시중드는 거라 말하고요. 머피에 대한 전갈이 있거든 그때에나 오기 바랍니다, 그전에는 너무 고통스러울 테니. 그때가 되거든 내가 배은망덕하지만은 않다는 걸 확인할 수 있을 겁니다."

와일리에게는 이렇게 썼다.

"자네의 신의를 절대 잊지 못하겠네. 자네만큼은 날 배신하지
않을 사람이지. 쿠퍼에겐 자네의 총애가 곧 내 것이라고 말하게.
저 부덕한 이세벨 카우니핸을 가까이 두고. 머피를 찾거든
그때 오게, 그전에는 너무 힘들 테니. 그때가 되거든 내가
배은망덕하지만은 않다는 걸 확인할 수 있을 거야."

니어리는 카우니핸 양으로부터 정말로 완치되었는데, 그것도
그가 소원한 대로 고개 숙여 순종했던 드와이어 양의 경우에 견줄
만큼 완전하고도 결정적으로 회복할 수 있었다. 하지만 와일리가
고안한, 그리도 신속한 효과를 본 치료법을 동원한 것은 아니었다.
와일리의 경우는 엄밀히 말하자면 치유보다는 요양의 문제였다.
카우니핸 양이 이미 와일리의 바람이라기보다는 변덕에, 고개를
숙였다기보다는 주억거리던 참이었고, 그것도 꽤 오랜 시간
그리해 왔기에 동종 요법을 더는 지속할 필요가 없었던 것이다.

와일리의 말이 그 말을 한번 수신한 이들의 마음속에 얼마나
부동으로 고정되고 마는지를 보면 참 신통하다. 말투 때문이라고
볼밖에는. 이런 방면으로는 기억력이 형편없는 쿠퍼만 해도
와일리의 보잘것없이 짧은 한마디마저 단어 하나하나 모두
되살린 바 있었다. 그리고 이제 니어리가 자리에 누워 다음과 같이
복기했다. "인생이란 증후군은 워낙 분산된 터라 웬만해선 완화가
안 되는걸요. 증상 하나가 완화되는가 싶으면 다른 증상이 더
악화될 테죠. 거머리의 딸은 닫힌계예요. 여기 젖을 물리면 저기서
젖을 보채죠."

그는 최근에 자기가 보인 볼기 돌림, 몹시 기쁘고도 괴로웠던
그 자세 바꿈이자 태도의 돌변을 떠올렸다. 카우니핸 양의 기운이
누그러졌다는 점에서는 기뻤고 머피의 기운이 악화했다는
점에서는 고통스러웠으며, 볼기 돌림이라 이르는 이유야 발길질을
하기에도 최적일뿐더러 발길질한 이를 조롱하기에도 최적인
부위가 곧 궁둥짝이라고 자연이 가론 까닭인데, 이 역설은
소크라테스가 나무에 대고 제 아볼라 겉옷의 뒷자락을 경멸조로
치켜든 사례에서 아주 인상적으로 그려진 바 있다.

카우니핸 양을 열어젖힐 열쇠였던 머피가 문득 이 지상에서

유일하게 가능할 우정과 그 우정에 수반하는 모든 것에 대한
희망으로 급변했다고 해서 니어리 본인의 욕구가 줄었다고 할 수
있을까? (니어리는 우정에 대해 아주 희한한 생각을 갖고 있었다.
그는 우정이 계속되리라 예상했다. 원수에 대해 말할 때도 결코
"한때 내 친구였던 자네"라고 말하는 법 없이, 정확함을 가장하며
"한때 내 친구로 여겼던 자네"라고 말했다.) 그의 욕구가 줄었나?
더 커진 듯이 느껴지긴 했지만 어쩌면 동일한 수준에 머물러
있는 건지도 몰랐다. "이런 관점의 장점이란 말입니다, 사정이
눈곱만큼이라도 나아지리라 기대하진 못해도 보다 악화되리란
두려움에서만큼은 자유로워진다, 이겁니다. 언제고 예전 그대로
머무를 테니까요."

　　니어리는 침대에 등을 댄 채, 그때껏 아무도 아무것도
갈망한 적 없었던 듯이 머피를 갈망하며 몸부림쳤다. 그러곤
엎드려 누우며 베개에 얼굴을 파묻고 양 베개 날개가 목덜미에서
만나도록 접었는데, 그리하고 나니 몇 시간째 배에서 엉덩이로
가해지던 하중이 뒤바뀌어 이제 엉덩이에서 배로 가해지는
무게감이 온몸에 전하는 색다른 감각이 어쩌나 쾌적한지
한마디라도 하지 않고 넘어갈 수가 없었다. 그럼에도 머리만은
여전히 파묻은 채로, 그는 탄식했다. "진드기가 죽으니 새
진드기가 창궐하누나! 비브 르 푸!"[28] 그리고 잠시 후, 거의 질식할
지경에 이르러서는 이리 말했다. "벼룩 중엔 정녕, 끝내 발견됐을
때 새끼를 남기지 않고 죽는 벼룩은 없는 건가? 자기원인으로서
존재하는 벼룩이란 없는 건가?"

　　이와 동일한 시름 때문에 머피 또한, 아직 유년기에 이르기도
전에 이미, 자기 자신을 분노가 아닌 사랑으로 붙들고자
했던 것이었다. 이는 가히 천재적인 발상으로, 뉴턴주의자인
니어리는 이러한 섬광과도 같은 일격을 스스로에게 가할 수도
없었을뿐더러 다른 이가 그에게 가하는 것도 허용하지 못했을
터다. 정말이지 니어리에게는 가망이 별로 없다고 볼 수밖에 없을
듯한 게, 끝도 없는 희망을 평생 안고 살아갈 불운한 운명이지
싶다. 그에게는 위고와 비슷한 데가 있다. 몸이 근질거릴 때마다
가려운 곳을 긁어 대처하는 방식으로 그때그때 대응하는

동안에도 그의 눈에서는 불길이 떠나질 않고 입은 머금은 물을
뱉질 않는데, 이는 그가 인간의 옴을 떨쳐 내기 전에는—이게
애초 허용된다면 말이다.—결코 바뀔 리 없는 면모일 테다.

그리하여 자기 이외에 다섯 사람이 머피를 필요로 하는
상황이다. 실리아가 필요로 하니, 이는 그를 사랑하는 까닭이다.
니어리가 필요로 하니, 이는 마침내 그를 이상적인 '친구'로 여기게
된 까닭이다. 카우니핸 양이 필요로 하니, 이는 카우니핸 양이
집도의를 원하는 까닭이다. 쿠퍼가 필요로 하니, 이는 쿠퍼가 애초
그런 목적으로 고용된 까닭이다. 와일리가 필요로 하니, 이는
와일리가 너무 머지않은 미래에 카우니핸 양의 남편이 되어 주는
영광을 그녀에게 선사하기로 감수한 까닭이다. 더블린에서 그리고
코크에서 그녀가 유독 유인원에 근접한 표본으로서 눈에 띄기도
했을뿐더러, 더욱이 그녀에게는 밑천이 있었다.

이 모든 이유 중에 사랑만이 제 끝에 이르러 이지러지지
않는다는 점에 주목하라. 이 사랑이 이상적인 사랑이어서
그런 건 아니고 끝, 곧 목적을 이루기 위해 동원할 수단이 없는
까닭이었다. 그 목적이 머피의 변화, 곧 월급이 딸려 오는 판박이
일상에 행복하게 휩쓸린 머피로의 변모였을 때는 수단이 부족하지
않았다. 이제 그 목적이 머피 자신, 비용도 모양도 형태도 안
가리고 그저 사랑이 가능한, 즉 몸소 존재하는 머피로 변하고 나니
수단이랄 게, 머피가 앞서 그녀에게 경고했던 대로, 동난 것이다.
여자들은 정말이지 유별난 것이, 고양이에게 케이크를 주고 싶어
하는 동시에 저희가 케이크를 가지려 한다. 저희가 사랑한다고
생각하는 대상을 죽이되 절대 완전히 죽이지는 않는다. 혹여나
저희의 인공호흡 본능이 무용해질 경우에 대비해 말이다.

브루어리 로로 가려면 가위 가에서 출발하는 편이 와일리가
단칸방을 구한 얼스 코트에서 출발해 가는 편보다 편리했으므로
쿠퍼는 머피의 여자가 지내는 여우 굴을 찾는 데 성공했다는
소식과 더불어, 남자의 여자가 있는 곳에 그 남자 또한 나타나는
건 시간문제에 불과하지 않느냐는 재빠른 지적을 전하러
카우니핸 양에게로 우선 향했다.

"이 여자가 그이 여자라고 누가 그래요?" 카우니핸 양이
내뱉었다. "어떻게 생긴 년인데요?"

쿠퍼는 땅거미와 긴장감과 뒤를 밟기 위해서 적정한 거리를
둬야 했던 점, 뒷모습밖에는 보지 못한 점(이거야말로 얄팍한
변명 아닌가.) 등등을 핑곗거리 삼으며 본능적으로 몸을 사렸다.
까닭인즉 머피의 여자를 향해 고안해 낼 수 있었을 혐오부터
열광까지 아우르는 무궁무진한 비평 가운데 카우니핸 양에게
고통을 주지 않을 것이 단 하나도 없어서였다. 결국 머피가
그녀보다도 매춘부를 선호하거나, 그게 아니거든 그녀 자신보다도
한 단계 더 황홀한 여자가 존재한다는 것인데, 어느 쪽이 됐건
이는 남자의 입으로 전하기에는 지나치게 괴로운 명제일 수밖에
없었다. 설사 그 남자가 쿠퍼에 불과하다 해도.

"다른 사람한텐 입도 뻥긋 마요." 카우니핸 양이 말했다.
"브루어리 로 몇 번지라고 했죠? 딱히 보고할 바가 없다고 해야
돼요. 자, 받아요, 1플로린이에요."

이렇게 말하면서 그녀는 핀을 풀고 단추를 끌렀다. 한시라도
빨리 옷을 벗고 싶은 모양이었다. 그렇다고 속단하기에 앞서
우리가 카우니핸 양에 대해 감안해야 할 점은, 그녀가 쿠퍼를,
그의 하고많은 결점에도 불구하고, 다른 남자들과 다를 바 없는
남자요 그들과 다를 바 없는 정열, 곧 그녀에게 맞춤하도록 빚어진
정열을 지니고 있음을 고려한 적이 한 번도 없다는 사실이다.

"그리고 내일은 말이죠," 속옷에서 발을 빼며 그녀가
말했다. "평소처럼 아침에 나가긴 나가는데 머피를 찾으러 갈 게
아니라—자요, 망할, 반 크라운까지 올려 줄게요.—니어리 부인을
찾도록 해요. 니어리 부인요." 그녀가 한 옥타브 높여 반복해
말했다. "빌어먹을 아리아드니 니어리, 사생아로 태어나 받은
이름은 콕스인데, 그렇다고 달달한 콕스 오렌지 피핀을 떠올리진
마요. 오렌지는커녕 능금에 가까울 테지. 물론," 한숨지으며
코르셋을 툭툭 풀어 열더니 그녀는 한층 부드러워진 목소리로
말했다. "나야 개인적으로 그 가엽고 딱한 사람한테 악감정이랄 게
없지만요, 당신이 그에 반하는 이야기를 듣기 전에는."

반면에 쿠퍼가 와일리와 면담할 때는 진땀을 뺄 일이 훨씬

적었으나 수익은 그보다 못했는데, 카우니핸 양을 다시 만나러 가기 전까지는 와일리의 주머니가 바닥난 터였다.

와일리의 정신은 카우니핸 양의 정신과 같은 과에 속했다. "머피는 버리게." 그가 말했다. "싹 잊고 콕스 뒤를 쫓아."

쿠퍼는 다른 이야기가 이어지길 기다렸으나 와일리는 모자와 외투를 걸치며 "앞장서게."라고만 말했고, 길에 나갈 때까지도 침묵을 지키다가 "쿠퍼, 자넨 어느 방향으로 가나?"라고만 물었다.

쿠퍼로선 미처 생각해 보지 못한 문제였다. 그는 되는대로 방향을 가리켰다.

"그럼 이만 인사하겠네, 쿠퍼." 와일리가 말했다. 그러나 몇 발짝 못 가서 돌연 떠오른 생각이라도 있는 듯이 멈춰 서더니, 한동안 도통 움직일 기미를 안 보이다가 쿠퍼가 안달하지도 유쾌해하지도 않으며 서서 기다리고 있는 곳으로 돌아왔다.

"깜빡 잊을 뻔했는데, 다음번에 카우니핸 양을 보거든… 이제 만나러 가는 길일 테지, 아마도?"

알파벳치(癡)들 중에서도 특히 아일랜드의 교육제도를 거친 까막눈들이 구두로 언질을 남기는 것에 대한 두려움을 모면하기 위해 발휘하는 재주란 실로 비범하다. 이제 쿠퍼의 얼굴은 근육 하나 움직이지 않는 것처럼 보이면서도 용케, 단 한 번의 우거지상으로, 망설임과 불쾌감, 개와 같은 헌신과 고양이와 같은 신중함, 피로와 허기와 갈증과 저력을 아우르는 몹시도 복잡 미묘한 음영을, 이보다 지극히 열등하다고 볼 수 있을 회피와 얼버무림에 소요됐을 시간의 반에 반도 안 될 순식간에—제아무리 우수한 웅변술을 동원했대도 마찬가지였겠지만—그리고 무엇보다도 그 임자를 자칫 잘못 인용될 위험에 노출시키지도 않으며, 일거에 한데 모았다가 이내 떨쳐 냈다.

"그 마음이야 잘 아네." 와일리가 말했다. "하여간 혹시라도 거기 가는 길이었거든 새 소식일랑 하나도 없고 보고할 것도 하나 없다는 걸 기억하게. 여자들이 여자 문제라면 어떻게 나오는지 알잖나."

이 마지막에 관한 한 쿠퍼가 무지하다 한들, 배울 계제가 없었기 때문은 아니다. 한 번의 우울한 계제가 있긴 했고, 그로

촉발된 가장 유감스럽다 할 결과는 그가 평생껏 유일하게 애틋함을 품어 본 도합 두 명의 천사 가운데—하필 동시에 그리했다는 게 불운이었다만—당시 갈색 머리였던 A 양은 이제 국왕 폐하의 낙에 복무하며 17년째 수감 생활 중이며 다른 한 명인 역시나 한때 갈색 머리였던 B 양은 그때 그 부상을 입고도 여전히 목숨을 부지하고 있다는 것이었다. 그러나 바로 말하자면 쿠퍼는 그에 관한 한 무지했고, 와일리와 니어리는 물론이요 실상 대다수 남자들이 일상에서 신중을 기하는 원인으로 삼는 이 지식이—이들의 경우에는 훨씬 적은 비용을 치르고, 경우에 따라서는 심지어 선험적으로도 확보하기 마련인 이 지식이—그에게는 없었다. 그도 그럴 것이, 자신에게 큰 타격을 입힌 이 뼈저린 사건조차 쿠퍼가 진땀 흘려 거의 망각하기에 이르렀건만 니어리가 애써 거의 복원하기에 이른, 앞서 언급한 바로 그 일화들 중 하나인 까닭이다. 쿠퍼가 회상의 고통이 없으므로 지금까지도 기억할 수 있는 사실이자 니어리가 도통 관심이 없으므로 한 번도 알아차리지 못한 다정했던 한두 장면이라고는 고작 그가 B 양을 만나기 전에 A 양과 나눈 장면, 그리고 B 양이 A 양을 만나기 전에 그가 B 양과 나눈 장면이 전부였다.

"여자들이 어떤지 알잖느냐고 했네." 와일리가 참다 못해 말했다. "아니면 자네 평생 코크에서만 살았나?"

쿠퍼의 머리가 앞으로 푹 꺼지더니 그의 작고, 희고, 마비되고, 흠뻑 젖고, 털 하나 없긴 해도 실은 꽤나 능란한 두 손이 어둠을 헤치며 버겁게 위로 움직였다. 그는 말했다.

"그야 괜찮을 겁니다."

"아니면 여자들 속성도 알아보지 못할 정도로 자네 눈을 멀게 한 매력 바구니라도 있는 건가?" 와일리가 말했다. "젊은 누군가가? 말해 보게, 쿠퍼."

쿠퍼는 두 손을 떨어뜨리고 고개를 억지로 돌려 와일리를 바라보더니, 아까처럼 생기 없는 어조로 말했다.

"그야 괜찮을 겁니다."

밤이 갓 내렸을까 싶은데 니어리가 벌써부터 잠옷을 벗어 바닥에 내던지고 아침이 영영 안 오는 걸까 자문하며 이불 아래서 이리저리 뒤척이던 참에, 카우니핸 양이 찾아왔다는 전갈을 받았다. 카우니핸 양은 니어리가 자리에서 일어나 자기를 반길 낌새가 아닌 걸 눈치채곤, 그의 시선에 아랑곳하지 않는 척 시늉하며 시골 복판의 블루벨 꽃 핀 기슭에 앉듯 침대 끄트머리에 자리를 잡았다. 니어리는 얼음장같이 찬 두 발을 이불 밑 온수 주머니 위로 가로지른 채, 발끝을 갈고리발톱처럼 둥글게 말아 온수 주머니를 꼭 붙들었다. 그리스의 유골함에 대해 그가 겉핥기식으로 아는 바에 의하면 '잠'은 늘 두 발을 교차한 모습으로 형상화되며 종종 '잠'의 어린 형제 '죽음'도 그리고 있기 마련이기에, 니어리는 잠이 오지 않을 때 재미 삼아 그 흉내를 내곤 했다. 더군다나 니어리는 자신의 양극이 그로써 연결되고, 그리하여 생명력의 누설을 예방한다는 모호한 이론을 지니고 있기도 했다. 그러나 이제 수면은 불가능해지고 카우니핸 양의 뜨뜻하니 버터에 치댄 듯한 엉덩이가 이리도 가까이 있겠다, 그는 교차했던 발을 풀고 온수 주머니를 벽을 향해 있는 침대 가장자리 밖으로 걷어찼다. 물주머니는 바닥에 닿는 즉시 소리도 없이 터졌고, 그리하여 이어지는 장면 내내 바닥의 중앙을 향해 물줄기가 흘러들고 있다.

실리아 또한 이와 제법 유사한 태도로 켈리 씨의 침대와 머피의 침대에 앉은 바 있었는데, 물론 켈리 씨는 셔츠를 입고 있었다.

이렇듯 비밀 면담이 진행된 지 얼마 안 돼서, 그리고 카우니핸 양이 굴욕감으로 목이 메는 가운데 실리아를 찾는 사람이 곧 머피도 찾지 않겠느냐는 말로 니어리를 미처 설득하기도 전에, 와일리가 도착했다는 소식이 전해졌다. 카우니핸 양이 침대에서 부리나케 일어나더니 도망칠 길 내지는 숨을 장소를 찾아 황급히 주변을 둘러보았다.

"커튼에는 먼지만 앉기 마련이라 난 절대로 커튼을 안 들이죠." 니어리가 말했다. "벽장 문의 크기로 보아 그 틈으로는 당신이 옆으로도, 아니 그보다는 앞으로도 몸을 끼워 넣을 수 있을

리 만무해 보이고. 발코니는 없어요. 침대 밑에 숨으라고도 할 수 있겠지만 막상 그러기가 망설여지네요."

카우니핸 양은 냉큼 달음질쳐 방문을 잠그고는 와일리가 문을 두드리는 가운데 아예 열쇠를 빼 버렸다.

"팔에 낄 꺾쇠라도 못 내어 주는 걸 미안해해야 할 판이군요." 니어리가 말했다.

와일리가 문손잡이를 쥐어뜯을 듯이 흔들며 소리쳤다. "저예요, 니들이라고요." 카우니핸 양은 니어리의 자비를 빌었다. 구두(口頭)로는 물론 아니고 꿇은 무릎, 가쁘게 오르내리는 가슴, 깍지 낀 손, 격정으로 검게 변한 눈빛 등등을 동원했다.

"들어오게." 니어리가 외쳤다. "카우니핸 양이 자네가 못 들어오게 문을 잠갔네."

카우니핸 양이 바닥에서 몸을 일으켰다.

"자네 창부가 문을 안 열어 주거든 거기 그대로 있게." 니어리가 외쳤다. "요강을 가져다 달라고 사람을 불렀으니."

카우니핸 양은 패배를 인정할 줄 모르거나, 설사 안다 해도 그걸 표현하는 방법이 유별났다. 그 정도의 자원과 경험을 지닌 여자인 이상, 그제야 껄껄대며 문을 열어 주면서 짓궂은 장난이었던 양 행세할 필요가 애초 없었던 것이다. 대신 그녀는 말없이 의자에 몸을 앉히고 객실 청소부가 도착해 와일리에게 문을 열어 주기를 기다렸다. 짐작건대 그렇게 해서 마지막 결전을 앞두고 몇 분이라도 숨을 돌리는 동시에 자기 전략을 수정하는 데 기운을 할애하는 편이 어차피 일시적인 완화에 불과할 애초의 전술을 고집하는 편보다 낫겠다고, 재빠른 속셈 끝에 결론 내린 것일 테다. 암, 카우니핸 양은 패배를 인정할 줄 몰랐다.

이제 통상적인 폭풍 후의 고요가 잇따랐고, 그동안 니어리는 침대에서 몸을 일으켜 앉은 자세로 카우니핸 양을 실컷 눈요기하고, 카우니핸 양은 저만의 문제에 사로잡혀 열쇠로 이를 톡톡 치며 생각에 잠기고, 와일리는 문 저편에서 마음의 정확히 절반으로 까치발을 하고 그냥 돌아갈까 고민하고, 청소부는 저 아득한 동굴의 어둠 속에서 종이 두 번째로 울리기를 기다리고 있었다. 종이 재차 울리며 애초 투숙객이 진지한 의도로 호출했고 자기가 잘못 들었던 게 아님이 입증되자, 그녀는 악의 없이 선선히 동굴을 나섰고 머지않아 방문 앞에 당도해 문을 두드리고 있었다.

"밖에 계신 신사분이 방에 들어오질 못하고 계시네." 니어리가 말했다. "방문 좀 열어 주게나."

와일리가 지나치게 대담한 걸음걸이로 방에 성큼 들어서자 카우니핸 양이 자리에서 일어났다.

"착해라." 니어리가 말했다. "이제 신사분 뒤로 문을 잠가 주게."

와일리와 카우니핸 양이 얼굴과 얼굴을 맞대고 만났으니 각각에게 그러한 고역이 없었다.

"이 똥개야." 카우니핸 양이 먼저 한 방을 휘둘렀다.

"이 암캐야." 와일리가 말했다.

이 둘은 같은 과에 속했다.

"내가 쓰려던 말투를 두 사람이 선수 치는군." 니어리가 말했다. "나야 다른 명칭으로 불렀을 테지만 말일세."

"똥개야." 카우니핸 양이 결정타를 노리며 말했다.

"계속하기 전에 내가 한마디만 하자면—." 니어리가 말했다.

1회전은 카우니핸 양의 승이요 아직까지는 타격도 없이 기력이 왕성했다. 그녀는 의자에 앉았고 와일리는 침대 가까이로 옮겨 갔다. 와일리가 천성상 상황을 감지하고 그에 자기를 맞추는 능력이 카우니핸 양보다 빨랐다면, 카우니핸 양은 시동이 그보다 빨리 걸린다는 점에서 유리했다.

"이번 출입 봉쇄 건 말일세." 니어리가 말했다. "그에 대해서만큼은 오해가 일절 없었으면 하네."

"선생님을 그 정도로 과소평가하진 않죠." 와일리가 말했다.

"그렇다면 나야말로 감사하지." 니어리가 요금을 정확하게 건네받은 런던의 버스나 전차 차장의 말투로 말했다.

카우니핸 양은 자기가 내세운 명분이 설사 정당했대도 여기 모인 이 두 남자는 이길 수 있는 상대가 결코 아님을 문득 깨달았다.

"자네가 가져온 중대한 소식이란 것도 결국 자네 창부가 전한 내용과 같은 요지일 테지." 니어리가 말했다. "머피와 함께 있는 걸 일별한 바 있는 여자를 쿠퍼가 추적했다고."

"엄밀히 말하자면 둘이 함께 있는 걸 목격한 적은 없어요."
와일리가 말했다. "당시 머피가 지내던 곳으로 알려진 집에
들어서는 걸 보았다 뿐이죠."

"그리고 자넨 그걸 일컬어 머피를 찾은 거나 다름없다고
하고." 니어리가 말했다.

"쿠퍼가 뼛속 직감으로 확신할 수 있다 했어요." 와일리가
말했다. "저도 이 미모의 여인이 그에게로 우릴 인도하리라
확신하고요."

"요산(尿酸)으로 직감했겠지." 니어리가 말했다.

"카우니핸 양도 믿는 일을 우리라고 어떻게 의심하겠어요?"
와일리가 말했다.

카우니핸 양은 이 주장을 먼저 생각해 내지 못했음에 입술을
깨물었고, 한편 같은 주장으로 인해 니어리의 입이 몇 차례 열렸다
닫혔다. 니어리가 보기에 이는 강력한 주장인 듯했고, 무엇보다도
침대에서 그만 일어나고 싶은 마음이 간절했다.

"자네, 와일리, 자네가 거기 내 잠옷을 좀 건네주고 거기
카우니핸 양은 내가 이 이불을 젖히거든 태어나던 날보다도 더
홀라당 벗은 모습을 하고 있으리란 점에만 유의해 준다면, 이제
그만 잠자리를 파해 보지." 와일리가 잠옷을 건넸고 카우니핸 양은
눈을 가렸다. "놀랄 것 없어, 와일리." 니어리가 말했다. "대부분
욕창일 뿐이네." 그는 잠옷 차림으로 침대 가장자리에 앉았다.
"굳이 일어서려 들 것도 없지." 그가 말했다. "자리에 누워 한참
쉬는 것만큼 사람을 기진하게 만드는 것도 없으니. 이제 봐도
좋아요, 카우니핸 양."

카우니핸 양이 그를 슬쩍 훔쳐보더니 순식간에 마음이 동해
심지어 그간의 불만도 다 잊은 듯한 목소리로 이렇게 말했다.

"좀 더 편히 앉을 수 있게 우리가 도와드릴게요."

여기서 핵심 단어는 '우리'로, 이는 와일리에게 건네는 화해의
새끼손가락이나 다름없었다. 이 단어가 아니고서는 그저 예의를
차리는 문장에 불과하거나, 기껏해야 자상함에서 비롯한 문장일
뿐이다. 이 점을 와일리는 놓치지 않았고, 자기가 거들 만한
일이라면 뭐든 할 준비가 돼 있음을 온몸으로 내비쳤다.

니어리가 침대를 파하고 머피를 찾아냈음을 시인한 순간부터, 다시 말해 최소한 이 한 가지에 대해서만큼은 세 사람이 견해 차이를 두지 않기로 동의했음을 시인한 순간부터 방 안의 분위기는 현격히 호전되었고, 심지어 서로를 용인하는 분위기마저 형성될 지경에 이르렀다.

"난 이젠 뭐에도 놀라는 일이 없네." 니어리가 말했다.

카우니핸 양과 와일리가 냉큼 다가서서 니어리를 도와 일으켜 세웠고, 그렇게 창가 의자까지 부축해 옮기고는 의자로 몸을 낮춰 주었다.

"침대 밑에 위스키가 있네." 니어리가 말했다.

정확히 이 순간에 세 사람은 그제야 처음으로 바닥 위로 가느다랗게 굽이치는 물줄기를 동시에 보았고, 가정교육을 잘 받은 사람들답게 셋 모두가 그에 대해 일제히 함구하는 가운데 카우니핸 양만 자기는 위스키를 마시지 않겠다고 말했다. 와일리가 잔을 들고 "부재자에게 건배"라는 한마디로 정황상 볼 때 꽤나 눈치껏 머피를 묘사했다. 카우니핸 양도 심호흡하며 이 건배사에 응했다.

"앉아요, 두 사람 다, 거기 내 앞에." 니어리가 말했다. "절망할 것 없어요. 삼각형을 이룬 이상은, 설사 둔각삼각형이라도, 원의 둘레가 그놈의 꼭짓점들을 기필코 통과하기 마련이란 걸 기억해요. 도둑 중에 한 사람은 구원을 받았다는 것 또한 기억하고."

"우리 각각의 중선(中線)인가 뭔가가 머피 안에서 만나는 셈인 거군요." 와일리가 말했다.

"우리 밖에서." 니어리가 말했다. "우리 밖에서지."

"우리 밖의 불빛 가운데서요." 카우니핸 양이 말했다.

이제 와일리가 말할 차례였는데 그는 할 말을 찾을 수가 없었다. 체면을 세워 줄 적당한 응수를 떠올리지 못하리란 사실을 자각하자마자, 그는 애써 할 말을 찾고 있지 않은 척, 아니, 아직 차례를 기다리고 있는 척 시늉했다. 급기야 니어리가 무자비하게 한마디했다.

"자네 차례야, 니들."

"마지막 한마디는 숙녀에게 양보해야 할 것 아닙니까!" 와일리가 외쳤다. "숙녀에게 마땅한 말을 찾는 수고를 반복하게 만들 심산입니까! 니 참, 나아리도!"

"괜찮은데요." 카우니헨 양이 말했다.

이제 누구든 먼저 말하는 사람의 차례였다.

"그렇다면야," 니어리가 말했다. "내가 결국 하려던 말은
말이죠, 내가 제안하려던 것도 이거였어요. 이제부터 우리
셋이서 사실에서도 문학에서도 선례를 찾아보지 못할 대화를
해 보는 겁니다. 각각 자기가 아는 한 진실인 것을 자기 능력이
허락하는 한에서 이야기하면서요. 아까 내가 두 사람이 명칭은
둘째 치더라도 말투는 나한테서 선수 쳤다고 한 것도 이런
맥락에서였어요. 이제 우리 셋도 뿔뿔이 흩어질 때가 됐지요."

"그 말투라면 앙심을 품은 말투였을 텐데요." 와일리가 말했다.
"적어도 제가 받은 인상으론 말이죠."

"굳이 목소리 음색을 염두에 둔 게 아니네." 니어리가 말했다.
"그보다는 정신의 음색이랄까, 영혼의 접근법을 뜻한 거지. 여하간
계속해 보게, 와일리, 내 말을 이어 보게. 진실을 읽어 낼 수도
있지 않겠나?"

"케케묵은 곡을 감정을 살려 연주하듯이요?" 와일리가 말했다.

"흰꽃광대나물의 냄새를 가리려 향수를 뿌리는 꼴인가요?"
카우니헨 양이 말했다.

"소독된 단두대?" 와일리가 말했다.

"자정의 태양에 투광 조명을 비추는?" 카우니헨 양이 말했다.

"우리 시선이 닿는 건 어두운 면이지요." 니어리가 말했다. "그
편이 눈에 덜 수고롭다는 건 부정할 수 없어."

"정말이지 기괴하기 짝이 없는 제안이에요." 와일리가 말했다.
"인간 본성에 대한 모독이에요."

"무슨 소리." 니어리가 말했다. "내 말을 들어 보게."

"전 이만 가 봐야 해요." 카우니헨 양이 말했다.

니어리는 말을 하기 시작했다. 혹은, 그 소리로 보아서는, 말이
그를 통해 발화하기 시작했다. 목소리에 생기가 전혀 없고 두 눈은
감겼으며 몸은 구부정하게 경직된 것이 마치 두 죄인 앞에 앉아
있는 게 아니라 사제 앞에 무릎을 꿇고 있는 듯 보였다. 전체적으로
누가가 그린 마태의 초상을 쏙 빼닮은 모습으로, 심지어 어깨에

천사가 앵무새처럼 걸터앉아 있는 모습마저 닮아 있었다.

"불과 몇 주 전만 해도 카우니핸 양에 대한 사랑으로 이성을 잃을 지경이었던 난데, 이제는 싫은 감정조차 안 남았네. 와일리에게 신의와 우정을 배신당한 난데, 그를 용서할 용의조차 짜낼 수가 없군요. 행방이 묘연한 머피는 사소한 만족을 주는 수단, 머피 본인이 쓸 법한 표현을 빌리자면 우연 중의 우연이던 그가 그 자체로 하나의 목적이요 유일한 귀결이요 나만의 고유하고 불가결한 끝이 되어 버렸지."

흐름이 그쳤다. 진실치고 수위를 조절해 주는 고무공 장치가 딸려 오지 않는 경우가 있던가?

"'자기가 아는 한'." 와일리가 말했다.

"'자기 능력이 허락하는 한에서'." 카우니핸 양이 말했다. "정당한 건 정당한 거니."

"이제 내가 쏘도록 할까요, 아니면 당신이 쏘겠소?" 와일리가 말했다.

"답은 기대하지 마요." 카우니핸 양이 말했다.

와일리는 자리에서 일어나 왼손 엄지를 조끼 겨드랑이에 걸고 오른손으로 명치를 덮으며 말했다.

"카우니핸 양을 사랑하지 않을뿐더러 니들을 더는 필요로 하지도 않는 니어리가 하루빨리 머피를 잊고 자유의 상태가 되어, 그만의 물길을 따라 유인원에게, 또는 여성 작가에게 당도하기를 바랍니다."

"이건 올드 무어의 책력에 비할 상황이지 「주간 아이리시 타임스」에 비할 상황이 아니라고요." 카우니핸 양이 말했다.

"내 태도는 이성과 자기애의 음성들, 이라기보다는 음성의 청진과 시행 그리고 균질화에서 비롯된 태도인 만큼, 변함이 없어요. 니어리를 황소 이오로 보는 입장도 견지하고요. 쏘이기 위해 태어난 자요 자연이 궁핍한 포주들에게 내린 선물로서요. 카우니핸 양은, 내가 확실히 아는 한에서는, 스물여섯 개 주를 통틀어 자기를 자기 몸과 혼동하지 않는 유일한 적령기의 아마추어이자 마찬가지로 그 수령 가운데서 찾아볼 수 있는 몇 안 되는 특출한 몸들 중 하나지요. 머피는 해충이므로 무슨 수로도 피해야 마땅하고—."

카우니핸 양과 니어리가 폭소를 터뜨렸다.

"허구한 날 조르기만 하고 말이지." 니어리가 말했다.

"허구한 날 찔러 대고 들이대고요." 카우니핸 양이 말했다.

"가증한 것이죠." 와일리가 말했다. "꿈틀대며 율법에서 기어 나오는 것. 그럼에도 저는 그를 뒤쫓지요."

"그리하라고 내가 돈을 치렀으니." 니어리가 말했다.

"또는 치를 수 있길 바라고 있거나요." 카우니핸 양이 말했다.

"그런 식으로 거지는 살기 위해 자기를 훼손하고, 비버는 자기 걸 물어뜯어 버리고 마는 것 아니겠습니까." 와일리가 말했다.

그는 자리에 앉았다 일어나더니 아까와 같은 자세를 취했다.

"한마디로 저는 늘 고수해 온 입장을 고수하고 있고—."

"천국이 자네를 에워싸던 오줌싸개 시절 이래로." 니어리가 말했다.

"또 계속 그리할 수 있길 바라며—."

"죽을 때까지는요." 카우니핸 양이 말했다.

"절반은 호시탐탐 기회를 노리고 절반은 향락에 몰두하는 바죠."

와일리가 이 말을 끝내고 자리에 도로 앉자, 카우니핸 양은 자기의 짧은 어휘력으로 큰 무리 없이 동원할 수 있는 최대한의 격렬함과 음높이와 품질과 속도를 발휘할 기회를 놓치지 않으려 서둘러 달려들었다.

"정신이 있고 몸이 있으니—."

"예끼!" 니어리가 외쳤다. "엉덩이를 쳐라! 당장 내쫓아!"

"바짝 마른 한 손에 부푸는 심장과 기진하는 간과 거품 이는 비장이, 그리고 운이 따라 준다면 한 쌍의 허파가, 관리를 잘했다면 한 쌍의 콩팥이, 그리고 기타 등등이 들었죠."

"기타 등등이라." 니어리가 한숨지으며 말했다.

"다른 손에는 작은 에고와 큰 이드가 들었고요." 와일리가 말했다.

"변소에서 무한한 재물을 만나니." 니어리가 말했다.

"형언 못 할 이 대위법, 이 상호 간의 토로, 이 유일한 만회의 요소." 카우니핸 양은 말을 가로채이기 전에 자기가 먼저 중단했다.

"계속하고 싶어도 그다음 말이 기억나지 않는 모양인데요." 와일리가 니어리에게 말했다. "그렇다면 처음부터 다시 시작하는 수밖에 없을 테죠, 다윈의 애벌레처럼요."

"머피가 그 이상은 알려 주질 않은 모양이지." 니어리가 말했다.

"어디 하나 때 묻지 않은 데가 없어요." 카우니핸 양이 말을 이었다. "조야하고 부조화적인 제창도, 몸의 수레 꽁무니에 붙은 정신도, 정신의 마차 바퀴에 붙은 몸도. 이름이야 밝히지 않겠지만."

"수신 상태가 훌륭한데요." 와일리가 말했다.

"페이딩도 전혀 없고 말일세." 니어리가 말했다.

"다만 머피가 있는 곳만은 예외예요." 카우니핸 양이 결론지었다. "그이는 그런, 음, 심신 누공이 없었죠, 내 약혼자 머피는요. 정신이자 몸 모두인 그이, 오로지 정신으로서만 혹은 몸으로서만 존재하지 않는 그이 말고 뭐가 있겠어요? 그이를 안 이상 유치한 상스러움과 망령 난 명민함 말고 뭘 더 기대할 수 있겠어요?"

"골라 보시죠." 와일리가 말했다. "마음에 드는 대로 골라잡아요."

"또 반음인가." 니어리가 말했다. "그새 우린 듣지도 않고 있었건만."

"그렇다고 장담할 수 있나요?" 와일리가 말했다. "지금 당장 어떤 음담이, 어떤 한 수 높은 지저분한 농담이, 어쩌면 우리가 여태 들어 본 적도 없는 새로운 육담이 외설 특유의 무지막지한 음으로 우리 고막을 두드리고 있지 않다고 할 수 있을까요?"

"그거야말로 내가 늘 겪는 일인걸." 니어리가 좀 전과 같은 한숨을 내쉬며 말했다. "영원이 속삭이는 외설과 음란한 암시가 밤낮없이 공기를 가득 메우지."

카우니핸 양은 자리에서 일어나 소지품을 챙겨 문으로 향했고, 잠긴 문을 열기 위해서 가슴팍으로 추방했던 열쇠를 꺼내

문을 열었다. 이글거리는 복도를 배경으로 옆모습을 보이고 선
지금, 높이 매달린 엉덩이와 낮게 매달린 가슴이 그녀에게 여왕과
같은 격조를 줄 뿐 아니라 뭐에든 열려 있다고 말하는 듯했다.
그녀는 한 발씩 천천히 내디뎠고, 한 발 디딜 때마다 뒷발에 체중을
싣는 동시에 홀라당 넘어가지 않을 정도로만 가슴을 쳐들며 두
손을 둔부의 통통하고 꾸밈없는 달덩이에 올리는 아주 단순한
방법으로 그런 인상을 한층 부각시켰다. 이 자세를 가벼우면서도
굳건히 유지하면서 제 무릎을 향해, 겨울의 어스름 가운데
자갈길을 고르는 갈퀴를 연상시키는 목소리로, 이리 말했다.

"이제 자초지종도 다 탄로 났는데──"

"애초 탄로 날 일." 와일리가 말했다.

"그래서 우리가 득 본 게 있나요?"

"와일리, 다른 사람도 좀 생각하게." 니어리가 말했다.
"카우니핸 양의 사격선을 막아 쓰나."

"통풍의 여신이 요통 약 따위로 고심하는 격인데요." 와일리가
말했다.

"자네더러 자리를 뜨라는 건 아니니 오해 말게." 니어리가
말했다. "다만 저 여자가 자네를 집에 꾀어 가겠다고 요령을
부리고 있잖나."

"쩟쩟! 제가 더블린 하류층의 적출은 못 될지언정 그렇다고
아주 형편없지만도 않거든요. 아무도 없느니보다 낫다는 말을
제가 얼마나 자주 들었는데요."

"다시 묻겠어요." 카우니핸 양이 말했다. "필요하다면 답을
얻을 때까지 계속 반복할 준비도 돼 있어요."

"수탉이 울지 않거든 암탉이 아직 알을 안 낳은 거라 보는 게
맞습니다." 와일리가 말했다.

"이제 뿔뿔이 흩어져도 좋다고 내가 이미 말하지 않았나요?
그거야말로 득 본 것 아니겠어요." 니어리가 말했다.

"지금 진심으로 우리 만남이 끝났다고 거기 앉아 나한테,
나한테 말할 심산이에요?" 카우니핸 양이 말했다.

와일리는 귀를 막으며 고개를 쳐들고 외쳤다.

"그만! 아니면 이미 너무 늦은 건가요?"

두 팔을 고개 위로 높이 던지고서 그는 재빨리 발을 끌어 카우니핸 양에게 다가갔고, 엉덩이에 올린 두 손을 부드럽게 잡아 자기 손에 쥐었다. 이제 곧 두 사람은 길을 나설 터.

"누구나 첫눈을 교환한 순간 만나지 않나요?" 카우니핸 양이 전혀 동요한 기색 없이 말했다.

"만나고 헤어지는 방도는 하나밖에 없죠." 와일리가 말했다. "사랑의 행위밖에요."

"어련할까!" 카우니핸 양이 말했다.

"그때조차 그 자신과 만나고 그 자신으로부터 헤어지는 셈이에요. 상대방과 만나고 상대로부터 헤어지는 동시에." 와일리가 말했다.

"그 또는 그녀 자신과 만나고, 그 또는 그녀 자신으로부터 헤어진다고 해야지." 니어리가 말했다. "예의 좀 차리게, 와일리. 숙녀분 앞이라는 걸 잊어 쓰나."

"언제는 배은하지 않겠다고 약속하더니요." 와일리가 씁쓸히 내뱉었다. "이 불쌍한 여자도 마찬가지고요."

"그런 약속이라면 나도 받은 적밖엔 없는데요. 니어리 씨한테서."

"셋째," 니어리가 대답을 대신해 말했다. "난 머피와 대화하길 바라는 건 아니에요. 그저 내 육신의 목전에 데려다 놓기만 하거든 당장 돈을 지불하지요."

"그이 입장에선 우리한테 한 번 속아 본 만큼 이번에도 우리가 속이려 들 거라 여길지도 몰라요." 카우니핸 양이 말했다.

"계약금 삼아 오보울 은화라도 먼저 주시죠." 와일리가 사정했다. "자선은 교화로 이어진다잖습니까."

"첫째," 니어리가 말했다. "와일리 말마따나 저녁에 들어서면서 웃고 고갯짓하고 아침에는 인상 찌푸리고 고갯짓도 않고 나서며 이웃에게 시간 인사를 건네는 데 사랑의 행위가 요구되는 줄 알아요? 그리도 찬양되건만 사실 대수롭지 않은 사랑의 행위 따위? 과연 행위 중에 사랑의 행위라는 게 있을 수나 있고, 행위되는 가운데 사랑이 사랑으로서 살아남을 수나 있다면 말예요. 더욱이 내가 정의하는 대로라면 만남과 헤어짐은

제아무리 애틋한 감정인들 그 감정의 힘을 능가하고 제아무리
전문적인 몸짓인들 신체적 운동을 능가하지요."

그렇다면 어떻게 정의하느냐는 질문이 따르기를 그는
기다렸다. 와일리가 미끼를 물었다.

"알고 있는 것의 부정일세." 니어리가 말했다. "극도로 어려운,
순전히 지적인 작동이지."

"미처 못 들으신 모양인데 헤겔은 자기 발전을 중지했는데요."

"둘째," 니어리가 말했다. "내가 여기 앉아 카우니핸 양에게
우리가 이제야 만났다고 시사하려는 바는 아니에요. 나라도
숙녀에게는 차마 하지 않는 말이 아직 있긴 하니. 그렇대도
이로써 서먹서먹하던 사이가 조금 풀렸길 바라고 이게 단순히
순진함에서 비롯된 바람은 아니라고 봐요, 전능하신 신께서
여타를 성사시켜 주시리라 기대하는 게 외람되지 않듯이."

요란한 소리와 함께 복도 조명이 나갔고, 와일리는 암흑의
심연을 배경으로 고삐를 당기듯 카우니핸 양을 붙들어 세웠다.
니어리가 단말마에 접어든 메아리의 와중으로 제 목소리를
드리웠다.

"내가 크게 잘못 짚은 게 아니라면 저기 신의 입김이 부는구나."

와일리가 카우니핸 양의 손을 붙잡는 데 진력이 난 바로 그
순간에 카우니핸 양도 그에게 손을 붙잡힌 데 진력이 났으니
그야말로 자비로운 우연의 일치였다. 와일리가 손을 놓자 어둠이
카우니핸 양을 삼켰다. 그녀는 외벽에 몸을 기대고 소리가 훤히
들려오도록 흐느껴 울었다. 고생스러운 경험이었을 터.

"그럼 내일 열 시에 뵙도록 하죠." 와일리가 말했다. "수표책
꺼내 놓으세요."

"날 이리 혼자 두지 말게나." 니어리가 말했다. "지은 죄로
바작바작 타고, 논란의 흥분 가운데 내뱉은 불경한 발언으로 아직
입술이 채 마르지도 않은 채로 두고 가지 말게."

"저리 요란하게 칭얼대는 소리를 듣고도 자기 생각만 합니까."
와일리가 말했다.

"그 눈물을 다 핥아 주고 나거든 한 방울도 헛되지 않았다고,
이 옛 애인의 말을 전해 주게나." 니어리가 말했다.

몇 마디 더 나무랐으나 답이 없자 와일리는 카우니핸 양과
자리를 떴다.

묘한 기분이 니어리를 사로잡은 터, 오늘 밤을 넘기지
못하겠다는 생각이 문득 든 것이었다. 이런 기분이라면
생소하지만도 않았지만 이렇게까지 강렬했던 적은 없었다.
무엇보다도 근육 하나라도 움직이거나 음절 하나라도
내뱉었다가는 단연코 치명적인 끝을 맞으리라는 생각이 들었다.
어둠의 긴긴 시간 동안 그는 신중에 신중을 기해 숨을 내쉬고
들이쉬었고 걷잡을 수 없이 떨리는 몸으로 양쪽 팔걸이에
매달렸다. 춥지는 않았고 오히려 그 반대에 가까웠으며 아프다거나
통증이 느껴지지는 않았다. 다만 매 초마다 이게 지상에서 그가
보낼 마지막 10분 또는 15분이 되리라는 공포스러운 확신이
그를 붙들었다. 캄캄한 하룻밤을 꼬박 지새우는 데 몇 초가
소요되는지야 호기심 많은 독자라면 손쉽게 계산해 볼 수 있을 터.

다음 날 오후에 와일리가 예정보다 네다섯 시간 뒤늦게 나타났을
때, 니어리는 그새 모발이 백설처럼 세긴 했어도 한층 회복된
모습이었다.

"아주 묘한 기분에 사로잡혔네." 그가 말했다. "자네들이
떠나는데 갑자기 아, 이제 나도 죽기 시작하겠구나, 싶었어."

"실제로도 그런 모양이네요." 와일리가 말했다. "대학에서
주니어 펠로 자리쯤 꿰찬 분의 풍모인걸요."

"지금쯤 외출해 우민들 틈에서 부대껴 보면 도움이 되지
않을까 싶은데." 니어리가 말했다.

"뭐, 블룸즈버리야 어차피 가는 길이니까요." 와일리가 말했다.
"수표책도 챙기세요."

가워 가에서 와일리가 말했다.

"이제 좀 어떠세요?"

"나야말로 고맙지." 니어리가 말했다. "막상 나와 보니 삶이
그렇게 귀해만 보이진 않는군."

카우니핸 양이 물 흐르듯 거침없는 말씨로 힌두인을
닦달하고 있었다. 그는 꽤나 풀이 죽은 태도로 그녀 앞에

서서 두 손바닥으로 양쪽 눈을 압박하고 있었다. 니어리와 와일리가 다가오자 그는 형이상학적인 청산을 뜻하는 듯한 거친 몸짓을 해 보이고는 마침 지나가던—혹은, 그가 굳게 믿은 바대로라면, 파악할 길 없는 근무 일정을 마치고 영영 퇴근하는 참이던—택시로 뛰어 들어갔다.

"불쌍한 사람." 카우니핸 양이 말했다. "밀뱅크에 그림 구경 간대요."

"그래, 오늘 아침엔 좀 어떻고요? 평안하고요?" 니어리가 와일리에게 음흉한 곁눈질을 보내며 끔찍한 배려의 목소리로 물었다. "저희가 너무 진을 뺀 건 아닌지요?"

와일리는 주책없이 헤헤거렸다.

셋은 택시를 잡아타고 브루어리 로로 향했다. 1분이 지나도록 아무도 말이 없었다. 이윽고 와일리가 말했다.

"하기야 따지고 보면 죽은 듯한 정적에 비할 게 있나요. 저는 혹여나 어젯밤의 대화가 우리가 이렇게 재회한 틈을 타 재개되는 건 아닐지 두려웠는데."

이례적인 소리에 캐리지 양이 창가로 달음질쳤다. 택시가 선의를 품고 그녀의 현관 앞에 멈춰 선 적은 지금껏 한 번도 없었다. 다만 실수로 한 번 멈춰 선 경우와 사람을 우롱할 의도로 한 번 멈춰 선 경우가 전부였다. 그녀는 한 손엔 성경, 다른 손에는 부지깽이를 들고 문지방에 섰다.

"머피 씨라는 분이 이곳에 묵고 있나요?" 와일리가 물었다.

"저흰 코크에서 왔습니다." 니어리가 말했다. "그를 회유하려는 목적 하나로 감언이설의 숲이라고도 불리는 저 블라니 숲에 기어이 등을 돌리고 이 먼 길을 왔지요."

"우리 모두 그이의 각별한 친구들이에요." 카우니핸 양이 말했다. "게다가 우리가 전할 소식이 그이에겐 희소식이나 다름없을 거고요."

"머피 씨, 난다 긴다 하는 사내의 뼈를 우리고 남은 그 잔해의 잔해." 와일리가 말했다.

"머피 씨는 출장 가고 없는데요." 캐리지 양이 말했다.

와일리가 손수건을 꺼내 입에 쑤셔 넣었다.

"너무 주의 깊게 보지만 않으면 저 손수건이 귀에서 나오는 걸 곧 볼 수 있을 겁니다." 니어리가 말했다.

"이제나저제나 기다리고 있어요." 캐리지 양이 말했다.

"내가 뭐랬어요?" 카우니핸 양이 말했다. "이스트 엔드에서 초조함에 영혼을 졸이고 있을 거랬죠, 내가 평소 누리고 살아온 소소한 사치를 다 장만해 주겠다고."

와일리는 이 말이 유발한 혼란을 틈타, 그러니까 니어리와 캐리지 양은 시선을 어디 둬야 좋을지 몰라 쩔쩔매고 카우니핸 양은 모종의 황홀경에 눈을 지그시 감은 사이, 비단 손수건을 귀에서 끄집어내 코를 한 번 풀고 눈가를 한 번 훔치고는 주머니에 다시 집어넣었다. 여기저기 참 많이도 거쳐 다녔다고 불러도 좋을 손수건이었다, 와일리의 비단 손수건은.

"그래도 잠깐 들어왔다 갈 짬이 있거든 머피 부인이 세 분을 만나려 들지 몰라요." 캐리지 양이 정정당당하게 옆으로 비켜서며 말했다. "암요, 만나려 들 테고말고요, 장담컨대."

카우니핸 양은 저 이야기를 듣기 전에 먼저 눈을 감아 버려 다행이라고 자축했다. 그래, 감는다고 손해 볼 일은 없다니까. 여전히 두 눈을 감은 채 그녀는 스스로에게 말했다. 철저히 혼자인 경우라면 다르지만. 그땐 굳이, 음, 이 속도로 눈을 깜박일 필요가 없지.

"장담할 수 있다고 장담하신다면요." 와일리가 말했다.

정확히 이 순간에 세 사람은 그제야 처음으로 캐리지 양의 남다른 특수성을 동시에 맡아 버리고 말았으나, 가정교육을 잘 받은 사람들답게 셋 모두가 그에 대해 일제히 함구했다. 그러나 돌이키기에는 너무 늦어 버린 터였다. 등 뒤로 문이 닫히는 사이 세 사람은 이를 절감했다.

이리하여 유일하게 가능한 그것을 위해 모든 요소가 절뚝대며 한데 모인다.

캐리지 양은 집에 대한 자부심을 과시하며 머피와 실리아가 그리도 자주 만나고 헤어졌던 큰 방으로 세 사람을 안내했다. 그럴 만도 한 것이, 파출부가 근래 들어 그리 쌩쌩할 수가 없었다. 덕분에 벽에 발린 레몬색은 페르메이르의 붓에서 나온 양 보는 이에게 하소연을 해 댔고, 발자크 의자에 털썩 주저앉은 카우니핸 양은 리놀륨 바닥에 비친 자기 모습에 탄식할 수밖에 없었다. 마찬가지로 트라팔가 광장에서 클로드 로랭의 나르키소스 그림과 마주할 때면, 불과 얼마 전에 얼굴을 새로이 손본 고급 매춘부들은 그 유리 위로 저주의 입김을 내뿜기 마련이다.

아무런 경고도 없이 니어리가 불현듯 외쳤다.

"최선의 경우라 봤자 아무것도 없을 테요, 최악의 경우라 봤자 이 모든 게 반복될 뿐인 것을."

캐리지 양은 적잖이 충격받은 얼굴이었다. 잉글랜드와 아일랜드의 중간 지점에 있는 맨 섬을 제외하곤 서쪽으로 한 발도 디딘 적 없는 그녀였으니 가히 그럴 만도 했다.

"작긴 해도 방이 마음에 드셨으면 해요. 게다가 당장은 주인 없는 빈방이에요, 이런 말이 적절할지 모르겠지만요."

"보다 우수한 삶에 대한 오랜 숙고 끝의 판정입죠." 와일리가 말했다. "보다 열등한 삶을 최악으로 여기고 그 이상의 최악이라곤 상상하지 못하는 사람이 내릴 만한 판정이고요. 예술가 유형과는 거리가 멀다고 하실 테죠."

"우리야 엥겔스 자매 아니겠어요, 아예 눌러살려고 온." 카우니핸 양이 말했다.

캐리지 양은 황급히 작은 방을 나섰다.

"들어라!" 와일리가 위를 가리키며 말했다.

좌우로 부드럽게 실룩이는 발소리가 들려왔다.

"M 부인일 테죠." 와일리가 말했다. "젊고 야망 넘치는 남편의 부재가 길어진 통에 마음이 들썩여 한시도 가만있질 못하는 겁니다."

발소리가 그쳤다.

"창밖을 내다보려고 멈춰 선 게죠." 와일리가 말했다. "그이가 시야에 들어오기 전에는 그 무엇도 창밖으로 몸을 던지도록 유도하지 못할 터. 모양새를 아는 여자거든요."

니어리가 떠올린 연상들이란 무료할 정도로 정상적이었다. 윈스 호텔 앞 계단에서 들이켜려 했던 레몬 소금이 떠올랐고, 오래된 이 환상의 시퍼런 기운이 그로 하여금 눈을 감게 만들었다.

웅덩이에 비친 거친 밤을 장식하는 초록과 노랑.

"엥겔스 자매가 한마디 나누었으면 한대요." 캐리지 양이
말했다.

실리아―아, 이 얼마 만에 등장한 세례명인가.―는 누더기가
된 가슴을 방으로, 그러니까 영감의 방 안으로 도로 끌어들였다.

"머피 씨의 젖먹이 시절 친구들이래요. 택시를 타고 왔어요."
캐리지 양이 말했다.

실리아가 얼굴을 들었다. 이에 캐리지 양은 혼란스러워하며
덧붙였다.

"그야 굳이 전할 필요 없는 말일 테죠. 미안해요."

"아니요, 오히려 물리적인 사실일수록 빠뜨리지 말아
달라고 말씀드리고 싶은걸요." 실리아가 말했다. "제가 그간
바빠도 너무 바빴어요, 아주 흠뻑 빠져 있었거든요, 그 왜, 제
백조 십자말풀이에 말이에요, 캐리지 양, 글쎄 운을 맞춘다고,
호흡과 운이 맞는 음절을 찾느라고 정신이 팔린 통에 길거리에서
들려오는 목소리도 못 들었으니 죽은 바나 다름없었다고 봐야죠,
캐리지 양, 저 무수한 목소리가 외쳐 댄들 귀에 닿질 않으니 죽고
저주받은 거나 다름없고말고요."

캐리지 양은 성경을 든 손과 부지깽이를 든 손 중 어느 쪽을
더 고맙게 여겨야 좋을지 종잡을 수 없었다. 하여 두 손에 든
물건을 똑같은 압력으로 움켜쥐며 말했다.

"절망에 마음을 내주면 안 돼요, 그건 죄라고요."

"내가 과거에 무엇이었는가를 생각하면 말이에요." 실리아가
말했다. "내가 누구였고 내가 무엇이었는지를 생각하다가 이제
이렇게 일요일 오후에 해가 지저귀고 새가 내리쬐는 가운데 저
**거리**의 목소리들도 귀담지 못하게 죽어 있는 걸 보면―."

"근신해요." 캐리지 양이 말했다. "끝까지 희망을 가져요. 얼굴
한번 닦고 내려와요."

실리아는 엷은 분홍빛의 가죽 비옷을 몸에 둘렀지만 얼굴을
닦지는 않았다.

"저는 부끄러울 것도 잃을 것도 없는걸요."

계단을 내려가면서 캐리지 양은 이 말을 곰곰 생각해 봤다.

실리아가 윗방 영감을 맨 처음이자 마지막으로 본 바 있는 큰 방 앞 계단참에 이르러서야 캐리지 양은 부지깽이를 치켜들며 말했다.

"대신 얻을 건 많죠."

"잃을 것 하나 없어요." 실리아가 말했다. "그러니 얻을 것도 없죠."

동류의식의 장장한 시선이 두 사람 사이의 공간을 차분히, 연민과 일말의 혐오감 속에 오갔다. 두 사람은 이 시선이 양털로 쌓은 단단한 담이라도 되는 듯이 몸을 시선에 기대고 그 너머로 서로를 바라보았다. 그러고는 각기 가던 길로 걸음을 옮겨 캐리지 양은 남은 계단을 내려가고, 실리아는 한때 그들의 것이었던 방으로 들어갔다.

동작을 송두리 빼앗긴 채, 느닷없이 소용돌이치는 고매한 감정의 앙금 가운데, 니어리와 와일리가 붙박인 자세로 뚫어져라 앞을 주시했다. 카우니핸 양은 딱 한 번 시선을 던졌다가 황급히 도로 거두어 리놀륨 바닥으로 돌렸다. 와일리가 경의로 휘청대며 의자에서 몸을 일으켰다. 문을 등진 채로 자기 모습을 이리 공식적으로 노출하고 나서 실리아는 세 사람 틈을 지나쳐 창가와 근접한 침대 자리에 앉았고, 그리하여 이어지는 장면 내내 그때껏 머피가 써 오던 침대의 빈자리가 실리아와 나머지 세 사람 사이에 놓여 있다. 니어리가 경의로 휘청대며 몸을 일으켰다.

"어쩜, 몸이 편찮으신가 봐요, 머피 부인." 카우니핸 양이 말했다.

"저를 보자고 하셨다고요." 실리아가 말했다.

니어리와 와일리는 진주를 마주한 돼지가 된 기분으로 각자의 자리에 얼어붙어 앞을 주시할 따름이었다. 카우니핸 양이 방문과 근접한 침대 자리로 향하며 머피에게서 받은 작은 편지 다발을 부채 모양으로 펼쳐 보였다. 침대 반대편 자리에 앉은 상대를 약 올리려는 속셈으로 부채 쥔 두 손을 반복해 펼쳤다 접어 보이며 말했다.

"우리가 진실로써 주고받은 징표를 이렇게 한눈에 확인할 수 있어요. 언제든 자세히 들여다보도록 하세요, 그럼 내 편지 상대가 얼마나 진심이 결여된 사람인지 알 수 있을 거예요."

실리아는 칙칙한 눈을 편지 다발에서 카우니핸 양에게로, 카우니핸 양에게서 그 동행들에게로, 그리고 돌로 변한 듯한 그 두 인물에게서 다시 편지 뭉치로 천천히 옮기더니, 이윽고 넘쳐나는 검은 육신과 단어에서 눈길을 완전히 거두어 하늘로, 이제 하늘 아래엔 잃을 것 하나 남지 않았기에, 시선을 보냈다. 이어 침대에 몸을 누였는데 극적인 의도로 그리한 건 아니고, 다만 그리하고픈 급작스러운 욕망에 순순히 복종했을 뿐이었다. 그러나 이 동작이 극적으로 비치거나 심지어 대놓고 가장한 것으로 비칠 수 있음을 설사 깨달았다 한들 그걸 염두에 둬 자제하려 들지는 않았을 것이다. 그녀는 고독 가운데, 이 와중에 자신을 바라보는 관중일랑 없는 듯이, 몸 가는 대로 편안히 사지를 뻗었다.

"구원 사업에 기여하겠다고 아우성치는 하고많은 피라미 중 하나셨군요." 카우니핸 양이 비아냥거렸다. "골고다 이래 마련된 헌금함에 오늘은 상한 자존심을 바칠 모양인가 봐요."

머피가 정신적 트림에 치를 떨지만 않았어도 이런 발언이 실리아에게 낯설지만은 않았을 것이나, 이 말은 실리아의 귀에 닿지 않았다.

카우니핸 양은 폭발음을 연상시키는 엷고도 날카로운 소리를 내며 편지 부채를 접고 제자리로 결연히 걸어갔다. 니어리가 결심이 선 남자의 몸가짐을 그럭저럭 흉내 내며 단호히 의자를 들어 침대 머리맡으로 옮겼다. 와일리는 신성한 예배 도중에 신도들이 일어설 듯이 동요하다 말고 멈춘 이유가 곧 자리에 앉을 참이어선지 아니면 무릎을 꿇을 참이어선지 갈피가 잡히지 않아 주위를 휘휘 둘러보며 회중의 거동을 살피는 수련 수사처럼 산란하게 의자에 몸을 낮췄다.

이제 네 사람 모두 제자리에 들었다. 이제 이들은 하나의 공식을 찾기 전에는, 다시 말해 모두가 흔쾌히 동의할 수 있을 만한 현재 상황의 정리에 도달하기 전에는 지금의 자리에서 이동하지 않을 것이다.

"친애하는 머피 부인." 니어리가 심려 가득하다 못해 흥건해진 목소리로 말했다.

"저한테 원하는 게 뭔지, 한 분만 나서서 단순한 말로 알려 주세요." 실리아가 말했다. "전 고상한 말은 따라가질 못해요."

니어리가 이야기를 마무리 지었을 즈음에는 방에 어둠이 깃들었다. 단순함은 영구차만큼이나 느리고 최후의 조찬만큼이나 기나긴 법이다.

"실수와 누락이 있대도 책임은 묻지 마세요." 카우니핸 양이 말했다.

와일리의 두 눈이 고통을 호소하기 시작했다.

"전 매춘부예요." 이 말로 실리아는 누운 자리에서 운을 뗴었고, 그녀의 이야기가 마침내 마무리되었을 때 방 안에 밤이 깃든 것은 물론이요 계단참에도 저 음향적 속성 풍부한 캄캄한 밤이 깃들었기에 캐리지 양은 이에 한없이 흡족해했다.

"불쌍하기도 해라." 카우니핸 양이 말했다. "그간 어지간히 속을 졸였겠어요."

"불을 켤까요?" 허기진 시선의 통증이 극에 달한 와일리가 말했다.

"그럼 난 눈을 감겠어요." 카우니핸 양이 말했다. "진정한 만남은 어둠 속에서만 가능한 법이니."

카우니핸 양만큼 심오한 도랑도 드물었으니, 동나는 법이 없는 과부의 항아리도 그보다 후하지는 않을 터였다. 그러나 정작 말이 없던 실리아가 와일리가 팔을 드는 찰나에 차분한 목소리로 다시금 그 느린 하강조를, 아까와 같이 찬찬하나 망설이는 기색이 다소 밴 투로, 이어 갔다. 와일리는 일시적일 일말의 신사도와 순결한 마음을 발휘해 손동작을 중지했다.

"처음에는 있는 그대로 받아 주지 못한 탓에 그를 잃은 거라 생각했어요. 이젠 그런 자만도 버렸지만요."

휴지.

"저는 그이에게서 떨어져 나온 일부, 그것도 없이 살지 못하는 일부라서 제가 뭘 하건 곁에 둬야 했던 거예요."

휴지.

"제가 마지막 망명지였던 거예요."

휴지.

"우리에게 운이 따라 준다면, 마지막이겠죠."

이렇듯 사랑은 조건절로 끝나기 마련이다, 사랑이 맞는다면.

와일리가 앉은 자리에서 불을 켰다. 철저한 비독자인 머피가 설치한 높고 침침한 노란 등불을 켜고 원껏 눈요기했다. 카우니핸 양은 그와 반대로, 자기는 한 말은 지키는 사람임을 과시하는 표정을 지으며 납작해진 얼굴로 두 눈을 감았다.

"당신을 버렸다니 믿을 수가 없어요." 와일리가 말했다.

"돌아올 겁니다." 니어리가 말했다.

"우리가 여기서 기다렸다가 같이 맞이할 거예요." 카우니핸 양이 말했다.

카우니핸 양의 아기 침대엔 난간이 높이 에둘려 있었다. 윌러비 켈리 씨가 술 냄새를 풍기며 다가오더니 무릎을 꿇고 앉아 난간 살을 움켜쥐고 그 사이로 그녀를 바라봤다. 그 순간 그녀는 그를, 그는 그녀를 각기 부러워했다. 가끔 그는 노래도 불렀다.

"니어리와 내가 위층을 쓰죠." 와일리가 말했다.

"내가 당신과 여기 묵고요." 카우니핸 양이 말했다.

"여자를 부르게." 니어리가 말했다. 가끔 그는 노래도 불렀다.

음녀 아가, 그만 울고 내 무릎에 앉아 웃으렴
슬퍼할 일이야 늙고도 많을 테니

등등. 다른 때는 이런 노래였다.

사랑은 후비는 것, 사랑은 찌르는 것
사랑은 어여쁘고 어여쁜 것

등등. 다른 때에는 다른 노래를 불렀다. 대개는 노래를 생략했다.

"집주인 여자라면 가까이 있습니다." 와일리가 말했다.

"한동안 서성였지 싶어요, 염소라도 키우는 게 아닌 이상은요."

이날은 일요일이자 10월 20일로, 머피의 야간 당직이 시작된 날이었다. 이리하여 유일하게 가능한 그것을 위해 모든 요소가 절름거리며 한데 모인다.

그날 오후 늦게, 몇 시간째 보람 없이 의자에 앉아 있던 참이자 실리아가 이야기의 타래를 막 풀어놓고 있을 무렵, 매메머의 M.M.M.이 실은 음악 **음악 음악**—상냥한 조판공께서 부디 친절을 베풀어 이 각각을 브릴리언트, 브레비어, 캐논 활자라든가 그와 유사한, 타이포그래피적 비명에 준하는 활자로 조판해 주십사 바라는 바인데—의 약자임이, 문득, 불 보듯 분명해졌다. 머피는 이 사태를 자기에게 유리한 쪽으로 해석했는데, 그럴 만도 한 게 그의 입장에서는 이렇게까지 격려가 필요했던 때가 한 손에 꼽을 정도로 드물었다.

그러나 스키너 동에서 밤을 지새우면서 십자 교차부의 발치를 시작점 삼아 흰 수의를 뒤집어쓴 오락 기구들 틈을 한 바퀴 돌아 병실 회진을 마무리하고 그다음 돌림에 앞서 규정된 10분간의 휴식기 동안 제자리걸음을 하던 참에, 주간 당직을 섰을 동안은 경험하지 못했던 강력한 거리감이 불현듯 그를 사로잡았다. 저이들과의 간극이 그렇게 아득하게 느껴질 수 없었고, 그 심연을 가로지르길 간절히 바라는 이들이건 그리하기를 두려워하는 이들이건 간에 영영 그 틈을 메우지 못하고 말리라는 생각이 들었다.

병동을 한 번 도는 데는, 모든 게 순조로울 경우, 10분이 소요됐다. 순조롭지 않은 경우에는, 예컨대 환자가 제 목을 베었다거나 다른 이유로 간호사의 주의를 요하는 경우에는, 그 회차에 소요된 추가 시간을 회진과 회진 사이의 휴식기에서 감해야 했다. 매메머의 완고한 규정에 따라, 더욱이 이 규정은 워낙 강도 높은 용어로 정리된 터라 폭력적인 느낌마저 줬는데, 간호사는 밤 근무를 하는 동안 기록된(혹은 주의받은) 환자뿐 아니라 원내의 모든 환자를, 20분을 초과하지 않는 일정한 간격으로 방문해야 했다. 사태가 걷잡을 수 없이 나빠 규정된 시간보다 10분이 더 걸려 회진을 마치는 경우에는 휴식을 생략해야 원상 복귀가 가능했다. 하지만 그러고도 사정이 나아지지 않아 규정된 시간보다 11분 더 걸려 회진을 마치는 경우에는, 아무리 똑똑한 간호사라도 마이너스 휴식을 취하는 건 사실상 능력 밖의 일일 것이므로, 매그댈런 멘털 머시시트조차 일은 인간이 꾸밀지언정 성패는 신이 가른다는 저 쓰라린 진리로부터 자유로울 수 없음을 새삼스레 직시할 수밖에 없었다.

유사시에 대비해 야간 조수를 한 사람만 뒀어도 이 도덕률의 발생 횟수를 줄일 수 있었을 테다. 다만 그랬다면, 적임이다 싶은 치를 찾을 수나 있다고 가정할 경우, 머시시트 측이 일주일에 I파운드에 육박하는 비용을 져야 했을 것이다.

회진을 순조로이 한 차례 도는 경우를 일컬어 '처녀 돌림'이라고도 익살스레 표현했는데, 그 과정이란 지극히 단순했다. 당직 간호사가 병실 문 앞에 달린 조명 스위치를 내린다(눈부신 빛의 홍수에 잠들어 있던 자와 잠들어 있지 않던 자는 각기 눈을 뜨거나 감는다.), 환자가 다음 20여 분간 무탈히 버틸 것으로 보이는지 유다 구멍으로 확인한다, 불을 끈다, 신호기를 누른다, 다음 병실로 이동한다.

이 신호기란 게 그리 기발할 수 없었다. 이를 통해 당직 간호사의 병실 방문 여부며 방문의 정확한 시분초가 봄의 숙소에 장착된 제어판에 기록됐다. 신호기를 아예 병실별 조명 스위치나 심지어 유다 구멍의 개폐와 연동되도록 설계했더라면 한층 더 기발했을 거다. 봄이 점검해야 하는 허다한 방문 기록 가운데 간호사가 고단하거나 게으르거나 예민하거나 신물이 났거나 악의를 품었거나 지각했거나 환자의 수면을 깨기가 꺼려진다는 이유로 병실을 방문하지도 않고 허위로 남긴 기록의 수 또한 허다했으므로.

봄은 속된 말로 사디스트라고 부르는 유형의 사람으로, 제 조수들에게도 속칭 사디즘이라 불리는 행태를 부추겼다. 이를 치료라 불리는 부두교적 주술의 일환으로 여겨 그에 순순히 응하는 환자들을 상대로도 이 기운을 낮 동안에 자유롭게 배출하지 못한다면, 이를 전체 요리쯤으로 여기는 환자들을 상대로는 그 배출이 훨씬 제약될 거였다. 그리해 후자의 경우는 '비협조적'이라거나 '병동 내 정기적 일과에 불응'했다거나, 극단적인 경우에는 '반항'을 했다는 명목으로 상주 의무부장에게 보고가 됐다. 그리고 밤에 된통 당하기 마련이었다.

　"수면과 불면은 피로의 페이디아스와 스코파스와
다름없다."[29]던 니어리의 주장이 허울에 불과한 말이었음을
머피는 첫 회진을 돌면서 깨달았다. 어린 숙녀들을 위한 아카데미
기숙사에서야 수긍할 만한 주장인지 몰라도—애초 그런 데서
영감을 받아 고안해 낸 말인지도 몰랐다.—매메머의 병동에서는
그 타당성을 찾아볼 수 없었다. 이곳에서는 잠을 이룬 이든
잠을 이루지 못한 이든 모두 동일한 조각가의 손으로 그 형상이
빚어졌음이 판연할뿐더러, 그 조각가란 우리에게 작품이 전해져
내려왔다고 할 수 없을 정도로 한참 뒤에 온, 예컨대 페르가몬
유파로 묶을 수 있는 바를라흐와 같은 조각가였을 게 분명했다.[30]
그리해 머피는 이 두 부류를 분별하려다가 말고, 해 저무는 황폐한
겨울 오후에 툴롱 시청 앞에 서서 바라본 '강인함'과 '피로'를
상징하는 퓌제의 두 여상(女像) 기둥들과, 어느 입상이 무엇을
나타낸 건지 영 분간이 안 돼 난감해하던 감정 위로 거뭇거뭇 갈기
지던 하늘을 떠올렸다.

　잠든 환자들의 굳은 자세는 용암에 매몰된 헤르쿨라네움을
연상시켰고, 천재와도 같은 신의 명령에 엄습당한 인상을 주었다.
잠들지 않은 환자들이야 단연코 신의 은혜로 그리했고 말이다.
더욱이 머피의 눈에 잠을 거역하는 환자들의 일그러진 자세는
온화한 대자연의 유모에게 간청하고 있다기보다는 그 유혹을
피해 몸을 사리는 품에 가까워 보였다. 헝클어진 실을 고르며
심려를 잠재우는 일과를 밤보다는 나절로 미루는 편이 보다
경제적임을 이들은 경험으로 알고 있었다.

　오락가락실을 감돌면서 절감하게 되는 격차감이 낮 동안에는
이렇게까지 사무치지 않았다. 낮에는 봄과 다른 직원들, 그리고
의사와 방문객들의 존재가 오히려 환자들에 대한 동질감을
자극했다. 병동 안과 바깥 마당을 오가며 공전하는 환자들의
존재도 한몫했고 말이다. 이들에게 말을 걸고 이들을 만지고
관찰하고 이들과 한데 어울리면서 자신 또한 그들 중 하나라고
상상할 수 있었다. 하지만 스키너 병동에서 보내는 밤 시간에는
이러한 버팀목들이 아예 없을뿐더러, 사랑을 가능케 하는 혐오도

자체적이지 않은 세계가 가하는 발길질도 없으며, 머피의 것이
될 수도 있는 세계가 권하는 다정한 손길의 환대도 없었다.
소우주계주의자들이 그의 출입을 원천 봉쇄한 듯이. 인접한 여자
병실들에서는 여자 입원자들이 비웃는 소리가 끝없이 변주되며
감감하게 들려왔고, 밤이 깊어지면서 이로부터 몇 가지 주제가
차츰 윤곽을 드러내긴 했지만 그 외에는 아무런 소리도 들려오지
않았다. 아래층 남자 병실에서도 마찬가지였다. 그의 영혼이
저만의 나이팅게일 없는 밤으로 폭렬하게끔 나이팅게일의
수다스러운 지저귐이나마 들려왔더라면 그리도 반가웠을진대.
그러나 철이 지난 모양이었다.

　　요컨대 머피 자신, 저 불가해한 간극, 그리고 저이들 외에는
아무것도 없었다. 이것이 전부였다. 전부. **전부**.

　　그리하여 머피는 무거운 마음으로 두 번째 회진에 나섰다.
가장 먼저 재방문할 병실은 신랑의 최남서단 구석에 위치한
독방으로, 무호흡에 집착하는 건 사실이나 그럼에도 시설을
통틀어 가장 고분고분하니 말을 잘 듣는 노망 할아범으로 정평이
난 엔던 씨가 든 방이었다. 머피는 양초 천 자루에 필적하는
조명을 켜고 유다 구멍의 덮개를 밀쳐 안을 들여다봤다. 묘한
광경이 그의 눈앞에 펼쳐졌다.

　　선홍빛 가운과 새까만 거센털 가운데 강렬한 흰색으로 솟구친
볏이 흠잡을 데 없이 기품 넘치는 엔던 씨가, 침대 머리맡에
가부좌를 틀고 앉아 오른손으로 왼발을, 왼손으로 오른발을
붙잡고 있었다. 두 발에는 자줏빛 풀렌 구두가, 손가락마다에는
반지가 끼워져 있었다. 방을 밝힌 불빛이 엔던 씨로부터 북, 남,
동, 서, 그리고 쉰여섯 개의 다른 방향으로 뿜어졌다. 그의 앞에
창창히 뻗은 침대보는 신음하는 아내의 배만큼이나 반반하고
팽팽했고, 그 위에 체스 판이 놓여 있었다. 푸르께한 올리브 빛
얼굴은 천진한 의지를 머금은 채 유다 구멍을 향해 있었다.

　　머피는 다음 병실로 발길을 옮기며 적잖이 흐뭇해했다. 엔던
씨가 자기를 향한 친구의 눈을 알아차리고는, 친구의 눈이 와닿는
느낌을 알아차리고는 그에 부응하려 준비를 한 것이다. 친구의
눈? 아니, 차라리 머피의 눈이라 하라. 엔던 씨가 자기를 향한

머피의 눈을 의식한 것이다. 엔던 씨가 친구를 둔다는 게 어떤 일인지 알 수 있는 상황이었더라면 엔던 씨는 엔던 씨에 못 미쳤을 테요, 마찬가지로 머피가 억지란 걸 알면서도 엔던 씨가 자기 감정에 일부나마 화답하기를 바라지 않았더라면 머피는 머피를 능가했으리라. 그러나 슬프게도 엔던 씨가 머피에게는 더없는 지복이나 다름없는 존재인 반면에 엔던 씨에게 머피는 단지 체스에 불과했다. 머피의 눈? 차라리 체스의 눈이라 하라. 엔던 씨가 자신을 향한 체스의 눈에 공명하고는 그에 맞춰 사전 준비를 한 것이다.

머피는 두 번째 회진을 아일랜드 처녀 돌림으로 마쳤다. (회진을 규정된 시간 내에 마치는 걸 처녀 돌림, 그에 못 미쳐 마치는 걸 아일랜드 처녀 돌림이라 불렀다.) 격한 발작을 보인 탓에 그날 오전부터 안정실에 있던 경조증 환자가 유다 구멍 사이로 자기를 들볶는 고문자를 공격하려 든 건 사실이다. 머피는 이 환자를 썩 좋아하지는 않았으나, 그럼에도 마음이 무거웠다. 그러나 그조차 그의 발길을 늦추지는 못했다. 오히려 그 반대였다.

그는 마스터키를 손에 쥐고 서둘러 신랑 서쪽으로 돌아갔다. 오락가락실 직전에 멈춰 엔던 씨의 병실 불을 켜고, 몸소 방에 발을 들였다. 엔던 씨는 여전히 같은 자세에 그새 고개만 낮춘 모습이었는데, 판을 들여다보느라 그런 건지 아예 가슴팍에 고개를 늘어뜨린 건지 종잡을 수가 없었다. 머피는 침대 발치에 팔꿈치를 대고 몸을 낮췄고, 그렇게 게임이 시작됐다.

야간 당직의 전통을 위반하는 이 행동에도 머피의 직무 수행은 별달리 영향을 받지 않았다. 단지 오락가락실에서 휴게 시간을 보내는 대신 엔던 씨와 그 시간을 보냈을 따름이었다. 10분마다 그는 변함없이 병실을 나왔고, 진심을 담아 당당히 신호기를 누르고는 다음 회진을 돌았다. 그리고 10분마다, 심지어 그보다도 빨리—머피의 처녀 항해에 해당하는 이날 밤처럼 처녀 돌림과 아일랜드 처녀 돌림이 연이어 일어난 적이 매매머 역사상 없었기에—병실로 돌아가 게임을 이어 갔다. 간혹 휴식 시간이 다 지나도록 기물의 위치에 아무런 변동이 없는 경우도 있었고, 다른 때에는 서로 수를 놓느라고 판이 들끓기도 했다.

엔던의 어펜스, 또는 츠바이슈프링어슈포트 디펜스[31]로 진행된 게임은 다음과 같았다.

| 백 (머피) | 흑 (엔던 씨) (a) |
|---|---|
| 1. P-K4 (b) | 1. Kt-KR3 |
| 2. Kt-KR3 | 2. R-KKt1 |
| 3. R-KKt1 | 3. Kt-QB3 |
| 4. Kt-QB3 | 4. Kt-K4 |
| 5. Kt-Q5 (c) | 5. R-KR1 |
| 6. R-KR1 | 6. Kt-QB3 |
| 7. Kt-QB3 | 7. Kt-KKt1 |
| 8. Kt-QKt1 | 8. Kt-QKt1 (d) |
| 9. Kt-KKt1 | 9. P-K3 |
| 10. P-KKt3 (e) | 10. Kt-K2 |
| 11. Kt-K2 | 11. Kt-KKt3 |
| 12. P-KKt4 | 12. B-K2 |
| 13. Kt-KKt3 | 13. P-Q3 |
| 14. B-K2 | 14. Q-Q2 |
| 15. P-Q3 | 15. K-Q1 (f) |
| 16. Q-Q2 | 16. Q-K1 |
| 17. K-Q1 | 17. Kt-Q2 |
| 18. Kt-QB3 (g) | 18. R-QKt1 |
| 19. R-QKt1 | 19. Kt-QKt3 |
| 20. Kt-QR4 | 20. B-Q2 |
| 21. P-QKt3 | 21. R-KKt1 |
| 22. R-KKt1 | 22. K-QB1 (h) |
| 23. B-QKt2 | 23. Q-KB1 |
| 24. K-QB1 | 24. B-K1 |
| 25. B-QB3 (i) | 25. Kt-KR1 |
| 26. P-QKt4 | 26. B-Q1 |
| 27. Q-KR6 (j) | 27. Kt-QR1 (k) |
| 28. Q-KB6 | 28. Kt-KKt3 |

| | |
|---|---|
| 29. B-K5 | 29. B-K2 |
| 30. Kt-QB5 (l) | 30. K-Q1 (m) |
| 31. Kt-KR1 (n) | 31. B-Q2 |
| 32. K-QKt2!! | 32. R-KR1 |
| 33. K-QKt3 | 33. B-QB1 |
| 34. K-QR4 | 34. Q-K1 (o) |
| 35. K-R5 | 35. Kt-QKt3 |
| 36. B-KB4 | 36. Kt-Q2 |
| 37. Q-QB3 | 37. R-QR1 |
| 38. Kt-QR6 (p) | 38. B-KB1 |
| 39. K-QKt5 | 39. Kt-K2 |
| 40. K-QR5 | 40. Kt-QKt1 |
| 41. Q-QB6 | 41. Kt-KKt1 |
| 42. K-QKt5 | 42. K-K2 (q) |
| 43. K-R5 | 43. Q-Q1 (r) |

백의 패배 인정.


(a) 엔던 씨는 언제나 흑을 두었다. 누군가 흰색 기물을 내밀면 그는 성가심이나 짜증의 기미 하나 없이 경미한 혼미 상태로 희미하게 숨어들었다.

(b) 백이 이후 겪게 될 모든 애로 사항의 주요 원인.

(c) 영 탐탁지 않으나 이보다 나은 수가 없는 모양이다.

(d) 때로 파이프 오프너(연습 경기)라고도 일컬어지는 기발하고 아름다운 첫선.

(e) 판단 착오.

(f) 카페 드 라 레장스에서는 일절 볼 기회가 없으며 심슨스 디반에서도 드물게 목격하는 수.[32]

(g) 조난 신호.

(h) 신의 한 수.

(i) 이 순간 백이 처한 입장보다 더 애처로운 상황은 상상하기가 쉽지 않다.

(j) 절망에서 비롯한 기발함.

(k) 흑은 이제 거부하기 힘든 매력적인 게임에 이르렀다.

(l) 기물을 잃고자 끈질기게 노력 중인 백에게 아낌없는 찬사를.

(m) 이 시점에서 엔딘 씨는 조정하겠다는 선언('j'adoube')도 없이 킹과 퀸의 룩을 위가 아래로 오게 뒤집었고, 게임이 끝날 때까지 두 기물은 이 상태를 유지했다.

(n) 급기야 한숨 돌릴 기회가 찾아왔다.

(o) 엔딘 씨가 "체크!"를 외치거나 다른 유사한 방식으로 본인이 적수, 라기보다는 대면자의 킹을 공격한 사실을 알아챈 기미를 보이지 않았으므로, 머피는 규칙 제18조에 따라 그에 주의할 책임을 면제받았다. 설사 주의했다 한들 이는 엔딘 씨의 외침이 우발적이었음을 인정하는 셈이었을 테다.

(p) 이리도 졸렬한 공격을 펼치기까지 백을 들들 볶았을 정신적 고뇌를 차마 형언할 길이 없다.

(q) 이로써 솔리테어의 막판을 더없이 아름답게 종료하는 엔딘 씨.

(r) 더 이상 사정하며 매달리는 건 방정맞고 성가시기만 할 터이기에 머피는 영혼의 풀스메이트 가운데 경기에서 기권한다.


엔딘 씨가 마흔세 번째 수를 놓은 뒤에 머피는 판을 한참 들여다보다가 결국 샤를 옆으로 눕혔고,[33] 그 복종의 행위 뒤에도 다시 한참 판을 들여다봤다. 그러나 차츰 시선이 엔딘 씨의 눈부신 제비 꼬리와도 같은 팔다리, 그 자주와 선홍, 검고 찬란한 빛에 매료되다 못해 다른 건 아예 볼 수도 없는 지경에 이르렀고, 그마저도 곧 눈앞을 가득 메우는 밝은 번짐으로, 니어리가 묘사했던 저 어수선히 소용돌이치는 거대한 소요 또는 배경으로 분했으며, 자비롭게도 아무런 얼굴도 그로부터 떠오르지 않았다. 이에 금세 기진하고 만 머피는 기물들의 와중에 팔베개를 하고 고개를 박아 버렸고, 그러자 와당탕거리며 흑과 백의 대원들이 사방으로 나동그라졌다. 엔딘 씨의 우아한 차림새가 원본에 비해 열등하다고 할 수도 없을 정도로 생생한 잔상으로 남아 잠시나마 머릿속에 감췄다. 이윽고 이조차 희미해지면서 머피는 아무것도 보지 못하기에 이르렀다. 출생 이후로는 이러한 무색의 상태를 볼 일이, (섬세한 구별을 남용하자면) 페르키페레가 아니라 페르키피, 곧 지각이 아니라 피지각의 부재를 볼 일이 지극히 드물기에 이는 정말 희귀한 경우에 해당했다. 나머지 감각도 평화를 찾은 듯 잠잠히 잦아들면서 예기치 못한 기쁨을 안겨 줬다. 단, 이들의 자체적인 보류로 얻은 무감각한 평온이 아니라, 이러저러한 있음이 '없음'에 양보하거나 단순히 그 누적으로써 '무'에 이를 때 얻기 마련인 적극적인 평화였다. 데모크리토스의 무심한 웃음 가운데 이 '없음'만큼 실재적인 것도 없다. 시간은 중단되지 않았으나—이는 지나친 요구일 것이다.—회진과 휴식의 바퀴는 중단됐고, 체스 대원들의 한복판에 머리를 박은 머피는 여윈 영혼의 각종 샛문들 틈으로 우연과 사고가 부재하는 저 '유일무이'를, '없음'이라는 편리한 이름으로 불리는 그것을 깊이 호흡했다. 그러다 이 또한 익숙한 각종 악취와 거친 혀의 느낌과 귀청 찢어지고 눈 감기는 자극들 가운데 종적을 감추고 말았고, 또는 그저 산산이 흩어졌고, 그제야 머피는 엔던 씨가 눈앞에서 사라졌음을 깨달았다.

엔던 씨는 벌써 상당한 시간 동안 복도를 서성거리던 참이었고, 언뜻 보기엔 무계획적이나 알고 보면 그의 체스 게임을 장관하는 패턴만큼이나 엄밀하고 정신과 아예 무관한 방식으로 이쪽 조명 스위치며 저쪽 신호기를 눌러 대고 있었다. 머피가 남쪽 익랑에서 그를 찾았을 때, 엔던 씨는 경조증 환자의 안전빵 앞에 우아하게 자리를 잡고서 신호기를 조작하고 조명을 켜고 끌 수 있는 경우의 수를 셈하고 있었다. 우선 조명이 꺼진 상태에서 시작해, 시작부터 차례대로 켜고 누르고 껐고, 켜고 끄고 눌렀으며, 누르고 켜고 껐다. 이어서 불이 켜진 상태를 시작으로 다시 시작부터 차례대로 끄고 켜고 눌렀고, 끄고 누르고 켰으며, 누르고 끄고 이제 켜야겠다고 진지하게 생각하는 찰나에 머피가 그의 손을 제지했다.

경조증 환자는 유리병에 든 청파리만큼이나 필사적으로 벽에 몸을 내던졌다.

봄의 계기반이 이듬날 아침 그에게 보고한 바에 따르면
경조증 환자는 오후 여덟 시부터 오전 네 시를 갓 지난 시점까지
10분 간격으로 정기적으로 간호사의 방문을 받았고, 이후 한 시간
가까이 방치되었다가 불과 1분 만에 여섯 차례 방문을 받았고, 그
이후로는 방문을 전혀 받지 않은 것으로 나타났다. 전례가 없는
방문 회차의 분배에 봄은 큰 타격을 받았고, 이날 이래 혼란에
빠진 그의 기지는 그가 숨을 거둘 때까지, 숨을 거둔 당일을
포함해, 곤혹감에서 벗어나지 못할 터였다. 그는 머피가 미쳤다고
공언했고, 솔직히 그리 놀라운 일도 아니라는 말마저 덧붙였다.
이는 자기 담당 부서의 신용을 보존하는 데 얼마간 기여하긴
했으나 정작 자신의 정신적 안정에는 하등 도움이 되지 않았다.
그리하여 오늘날까지도 매그댈런 멘털 머시시트는 머피에 대한
연민과 조소, 혐오와 일말의 경외감 가운데, 그를 끝까지 자기
깃발을 내세우다가 이성을 잃고 만 남자 간호사로서 기억하고
있다. 이는 머피에게 아무런 위안도 주지 못한다. 그에게 위안은
필요치 않다.

엔던 씨는 조용히 자기 병실로 돌아갔다. 샤를 칸에 돌려놓지
못하게끔, 경조증 환자의 불을 꺼진 상태에서 켜진 상태로
돌려놓지 못하게끔 자기 손이 제지됐던 사실에 그는 개의치
않았다. 다른 이의 손이 됐건 자기 손이 됐건, 어느 손에도
놀아나지 않는다는 점, 이 점이야말로 엔던 씨의 행운을 이루는
파편 중 하나였다.

머피는 기물들을 상자에 돌려 넣고, 엔던 씨의 가운과
슬리퍼를 벗긴 뒤 그를 침대에 눕히고 이불을 덮어 주었다. 뒤로
몸을 누이며 엔던 씨는 헤아릴 수 없이 아득한 거리에 있는
정체 모를 대상에 눈을 고정했다. 공기 없는 세계의 천공에 뜬
그 유명한 개미를 바라보고 있었던 건지도.[34] 머피는 침대 옆에
무릎을 꿇고—침대가 워낙 나지막했다.—엔던 씨의 머리를
두 손으로 감싸며 그의 두 눈이 공기로 이루어진 좁은 간극, 한
뼘에 불과한 그 심연을 가로질러 자기의 두 눈과 만나도록, 아니
그보다는 자기의 눈이 그의 눈과 만나도록 했다. 머피는 자주
엔던 씨의 눈을 점검해 왔으나 지금처럼 면밀하고 장장히 주의를

기울여 들여다보기는 이번이 처음이었다.

엔던 씨의 눈은 비범하게도 깊숙이 박힌 동시에 불거져 있었는데, 눈구멍 사이가 워낙 넓게 벌어진 터라 눈썹과 광대뼈가 꺼진 듯한 인상을 주는 이러한 눈매는 자연이 던지는 농담 중 하나이기도 하다. 안구의 색 또한 빛깔이랄 게 거의 없다는 점에서 이 인상을 강화했다. 윗눈꺼풀 바로 아래로 가늘게 한 오리를 드러낸 흰자는 굉장히 큰 편에 들었고, 동공은 기준치를 초과하는 빛에 항시 노출돼 있는 듯이 언제고 경이로울 정도로 확장돼 있었다. 홍채는 어란이나 개구리알과 유사한 농도를 띤, 포도처럼 표면에 흰 가루가 앉은 가느다란 테두리에 불과했고, 흰자위와 검은자위는 그 사이에 흡사 볼베어링의 내외륜이라도 끼워 넣은 듯이 보여 당장이라도 흑과 백이 각기 반대 방향으로 회전하거나 한 수 더해 같은 방향으로 회전하기 시작했대도 머피는 전혀 놀라지 않았을 것이다. 네 개의 눈꺼풀은 내벽이 바깥쪽으로 드러난 안검외반 증상으로 인해 교활하고도 문란한 느낌은 물론 비상한 주의력이 뒤섞인 강한 인상을 주었다. 좀 더 가까이 얼굴을 들이밀자 두 눈 언저리의 붉은 점액 장식, 위쪽 속눈썹 뿌리 부분의 큼직한 고름, 세선 공예처럼 정교하게 눈꺼풀을 뒤덮은 정맥(그 정교함이 발톱에 새겨진 '주의 기도'를 연상케 했다.), 그리고 각막에 비친 머피 자신의 축소되고 흐릿해지고 왜곡된 상까지도 보였다. 이리하여 머피와 엔던 씨는 눈썹 키스를 나눌 준비를 마친 셈인데 버터플라이 키스라고도 부르던 이 눈썹의 애무를 여전히 그리 이르는지는 모르겠다.

침대 옆에 꿇어앉아 이렇듯 입술과 코와 이마를 엔던 씨와 맞대다시피 한 채로, 검고 굵직한 산등성이를 이루는 머리카락이 열 손가락 사이를 간지럽히는 가운데 자기를 보지 않는 상대의 두 눈에서 자기가 낙인찍혔음을 보다 말고 머피가, 누군가 먼저 말을 걸어오기 전에는 결코, 그리고 심지어 그런 때라도 통상의 방식으로는 절대 말을 하지 않는 머피가, 말해져야만 한다고 강력히 주장하는 단어들의 외침을 듣고는 그 요구대로 엔던 씨의 얼굴에 대고 이 단어들을 발언했다.

"마침내 마지막으로 본 그의 모습
보이는 그는 보는 이를 보지 않고
그리하여 보는 이 자신의 모습"

휴지.

"머피 씨가 마지막으로 본 엔던 씨는 엔던 씨가 보지
않는 머피 씨였다. 이것은 또한 머피가 마지막으로 본 머피의
모습이다."

휴지.

"자기 말고는 무엇도 보지 않는 이의 시각적 면역에서
스스로의 모습을 본 자의 슬픔만큼 머피 씨와 엔던 씨의 관계를 잘
요약하는 것도 없다."

긴 휴지.

"머피 씨는 엔던 씨의 보지 않음 가운데 존재하는 티끌에
불과하다."

이로써 갑작스러운 영감에 차 내뿜던 방귀의 배출도 끝났다.
머피는 엔던 씨의 머리를 베개에 단호히 내려놓고는 몸을 일으켜
미련도 안도감도 없이 방을, 이어 건물을 나섰다.

동트기 전의 칠흑같이 차고 축축한 밤과는 대조적으로, 머피
본인은 활활 타오르는 느낌이었다. 달은 한 시간 전에 부득이하게
져야 했고, 해는 앞으로 한 시간 동안은 뜰 수 없었다. 머피는
별이 없는 하늘을 향해 얼굴을 들었다. 인내심 강한 버림받은
하늘과 다만 버림받았을 뿐인 얼굴. 그는 신발과 양말을 차례로
벗어던졌다. 서서히 발을 끌어 나무 사이의 긴 풀숲을 헤쳐 남자
간호사 숙소로 향했다. 걸으면서 그는 옷가지를 하나씩 벗어,
자기 소유가 아니라는 걸 까맣게 잊었는지 그대로 땅에 흘렸다.
마침내 알몸이 되자 젖은 잔디에 몸을 누이고 실리아의 상을
떠올려 보았다. 부질없었다. 그렇다면 어머니를. 부질없었다.
아버지를(머피는 사생아가 아니었기에). 부질없었다. 어머니를
떠올리려다가 실패하는 건 예삿일이었고, 여자를 떠올리려다가
실패하는 것도 그만큼 예사로운 건 아니나 여전히 다반사였다.
하지만 아버지를 떠올리려다가 실패한 건 전에 없던 일이었다.

조반니 벨리니가 그린 할례 장면과 두 주먹을 쥐고 경직된
표정으로 위를 바라보는 아이의 얼굴을 그는 봤다. 안구를
긁어내는 모습을 봤다. 처음에는 누구의 것인지 모를 안구였으나,
이어 엔던 씨의 눈구멍으로 분했다. 그는 다시금 아버지를
떠올리려 시도했고 이어 어머니, 실리아, 와일리, 니어리, 쿠퍼, 듀
양, 캐리지 양, 넬리, 양 떼, 상인들, 심지어 봄과 그 똘마니들을,
심지어 빔을, 심지어 티클페니와 카우니핸 양을, 심지어 퀴글리
씨를 두고 시도해 보았다. 그리고 이보다도 한참 더 형편없는
이야기들에 등장하는 남자와 여자, 아이들과 동물들로도 시도해
보았다. 하나같이 다 부질없었다. 동물이고 사람이고 그가 만나
본 어느 생명체의 그림도 마음에 떠올릴 수가 없었다. 몸의
부분들, 풍경의 조각들, 손과 눈, 아무것도 환기시키지 않는
선과 색깔 들이 목 높이쯤 있는 얼레로부터 서서히 풀려나가듯
그의 앞에 피어올랐다가 저 위로 이동하며 시야에서 사라져
버릴 뿐이었다. 경험상 머피는 이 사태가 계속되어 더 깊이 감긴
부분마저 재생되기 전에 최대한 기회를 틈타 상황을 중단시켜야
하리란 걸 알았다. 그는 부리나케 몸을 일으켜 개럿 방을 향해
달려갔고, 달리다가 숨이 차면 걷고, 다시 달리고, 다시 걷기를
반복했다. 사다리를 올리고 촛대 대신 촛농에 끼워 세워 둔
초에 불을 붙이고서, 그는 잠깐이나마 흔들 운동을 해야겠다는
막연한 의중에서, 그렇게 해서 기분이 조금 나아지거든 옷을
챙겨 입고 주간 근무자들이 나타나기 전에 떠나야겠다고, 음악
**음악 음악**, 그 비난과 후환은 티클페니가 알아서 감당하도록
두고 브루어리 로로, 실리아에게로, 세레나데, 녹턴, 알바다로
돌아가야겠다는 어렴풋한 생각으로 의자에 몸을 결박했다.
어렴풋한, 다만 어렴풋한. 그는 의자를 흔들기 시작했다. 수크가
적은 문장이 리듬에 합류했다. "달의 사분위각과 태양의 범위가
힐렉에 악영향을 미친다. 물병좌에 천왕성이 들어 물의 속성을
막으니…" 의자의 진동이 사점(死點)에 든 한순간, 머피는 저
아래에서 초와 방열기가 언뜻 번쩍이며 웃는 모습을 보았고, 그
반대편 사점에서는 별 없는 하늘을 향해 열린 천창을 보았다. 차츰
기분이 나아지면서 서로 충돌하지도 갈마들지도 않는 빛과 어둠,

단지 서로 교통하고자 사그라들거나 희박해지는 저 빛과 어둠의
자유 가운데 정신이, 서서히, 활기를 띠기 시작했다. 의자의
진동이 점점 빨라졌고, 진동 폭은 점점 작아졌고, 번쩍임은 아예
없어졌고, 웃는 모습도 없고, 별 없음도 없고, 머잖아 그의 몸도
침묵하리라. 달 아래 대다수 것들이 점차 속도를 늦추더니 그쳤고,
한 번의 진동이 점차 빨라지더니 그쳤다. 이제 곧 그의 몸이
침묵하리라, 이제 곧 그는 자유리라.

　　화장실에서 가스가, 극상의 가스가, 초미세한 카오스가
켜졌다.

　　곧 그의 몸이 침묵했다.

I0월 23일 수요일, 정오를 앞둔 오전. 하늘엔 구름 한 점 안 남았다.

쿠퍼는 기사 옆자리에 앉아—앉아!—있었고, 와일리는 실리아와 카우니핸 양 사이에, 니어리는 굉장히 위태로워 보이는 자세로 보조 의자에 앉아 두 다리는 맞은편 보조 의자에 올리고 등을 문에 기대고 있었다. 니어리는 그나마 자기가 와일리보다는 좋은 자리를 차지했다고 생각했는데, 이는 창밖을 향한 실리아의 얼굴을 볼 수 있어서였다. 한편 와일리 딴으로는 자기가 니어리보다 좋은 자리에 있다 여겼고 자갈 깔린 도로를 지날 때나 모퉁이를 돌 때마다 그 생각에 더욱 힘이 실렸다. 얼굴을 버팀목 삼는 데에는 몸에 기대려는 편인 와일리보다는 니어리가 좀 더 능했다.

카우니핸 양의 얼굴 또한 창밖을 향해 있었으나 이조차 부질없음을 그녀는 유리창에서 명백히 읽어 낼 수 있었다. 그러나 이에 크게 심란해하지는 않았다. 어차피 저들은 곧 받게 될 금액보다 큰 돈을 받을 일이 앞으로 결코 없을 거고, 그 금액조차 실은 대단히 큰 금액이 아니리라고 생각했다. 거액을 받으리라 예상하는 건 저 둘을 과대평가하는 셈이고 그녀는 그렇게까지 저들을 추켜세울 마음일랑 추호도 없었다. 아무렴, 저들로선 이제 곧 지불될 소액에 근접할 정도의 거액을 받을 일이 영영 없을 테다. 그러니 머잖아 새삼스레 그녀에게 덤벼들 테지.

카우니핸 양에게는 스스로를 깎아내리는 일 없이 자신의 과거, 현재, 그리고 미래의 파트너들을 헐뜯는 재주가 있었다. 이는 성적 교제의 구덩이에 발 들이는 여느 젊은 남자도 여자도 결코 불비해서는 안 될 능력이다.

정서 기제가 정지한 듯 보이는 실리아를 제외하고는 모두 용케 도주했다는 기분에 사로잡힌 터라, 그녀를 제하고는 다들 자기가 상주의 차에 올라탄 격이라고 여겼다. 뿐인가, 브루어리 로라면 이제 신물이 났다. 사랑, 용납, 무관심, 질색, 진저리로 이어지는 저 오래고 끝없는 사슬이여.

니어리가 실리아에게 내려오는 걸 실리아가 개의치만

않았어도 카우니핸 양은 와일리에게 올라가는 걸 개의치 않았을 테다. 마찬가지로 와일리도, 카우니핸 양이 니어리에게 올라가는 걸 그리 완강히 항의하지만 않았대도, 실리아가 있는 곳으로 내려가는 것에 일절 항의하지 않았을 테다. 마찬가지로 니어리도 자기가 아래로 내려가는 것에든, 둘 중 어느 쪽이든 자기에게 올라오는 것에든 흔쾌히 동의하는 것 이하의 반응을 보이지는 않았을 터이나, 정작 양측 모두가 2층에서건 3층에서건 그의 관심의 대상이 되는 데에 질색하는 것 이상의 반응을 보였다.

그런 까닭으로 실리아와 카우니핸 양은 계속해서 큰 방의 침대를 나눠 쓰고 있었으며, 후자는 전자에게 자기에게 불리한 방식으로, 그것도 전자가 이미 알고 있는 요지로 머피에 대해 미주알고주알 털어놓았고, 한편 니어리와 와일리는 영감이 쓰던 방에서 계속해 침대에 번갈아 누워 가며 각자의 기질에 따라 실리아를 떠올리고 있었다.

이리하여 니어리와 실리아는 서서히 머피에 대한 필요를 느끼지 못하기에 이른다. 니어리로선 그녀를 욕구하기 위해서라면, 실리아로선 욕구로부터 한숨 돌리기 위한 처사다.

설상가상으로 쿠퍼는 부엌에 임시로 마련된 이부자리에서 잤다. 양말과 몰스킨 바지, 셔츠와 모자 차림으로 잠자리에 들 동안 캐리지 양이 열쇠 구멍으로 그를 엿보았다. 캐리지 양에게는 따분한 유숙객이었을 터.

이틀 낮과 사흘 밤 동안 이들은 집에서 나가지 않았다. 니어리는 동료들을 개개인으로도 그리고 쌍으로도 믿을 수가 없다고 여긴 만큼 혹여나 자기가 자리를 비운 사이 머피가 나타날 게 두려워서 그리했고, 와일리와 카우니핸 양도 니어리와 같은 이유에서, 쿠퍼는 외출을 금지당했다는 이유로, 실리아는 그리할 생각조차 하지 못한 까닭에, 그리고 캐리지 양은 그럴 짬이 없어서 그리했다. 이들 중 어느 누구도 다시는 밖에 나가지 않을 것만 같던 차에, 앵거스 킬리크랭키 박사가 머피를 놓칠까 싶어 바람도 쐬러 나가지 않는 거라면 그런 불안은 그만 떨쳐도 좋다고 단언하는 전갈을 보내어 이들을 구제해 줬다.

내려가는 길에는 다들 말이 없었다. 그나마 드는 감정에

대한 그나마의 자각을 시인하는 건 이를 부인하는 것만큼이나
무례했을 테므로. 등받이에 몸을 기대고 고개를 창가로 돌린
실리아는 과거로 흘러드는 빛의 색색과 몸을 앞으로 떠미는
좌석만을 의식했다. 카우니핸 양은 자기에게 닥친 두 가지 악운
중 그나마 나은 쪽에 가슴을 밀착하며 모호한 흡족감을 느꼈다.
이렇듯 머피를 돌이킬 수 없이 영영 잃어버렸기에 망정이지,
그러지 않고는 그가 언제고 자기를 다른 아무 기별도 없이 버리고
말 거라는 괴로움, 실리아를 선호해 자기를 내치리라는 끔찍함,
혹은 여타 잡년을 선호해 그리하리라는 역시나 꽤나 고통스러운
잠재적 위험을 계속해서 감당해야 했을 것이다. 이와 유사하게
니어리 또한 사태의 전환에 기뻐할 이유가 있었으니, 그 자체로
목적이 되었던 머피가, 니어리가 실리아를 보는 순간 다시금
장애물(또는 열쇠)에 해당하는 애초의 상태로 복구됐던 것이다.
한편 와일리에게는 차의 덜컹거림과 모퉁이 회전의 사이사이
유일하게 떠오르는 문장이라곤 "내가 그랬죠, 결국엔 여자가
우리를 그에게로 인도할 거라고?"뿐이었다. 그러나 예의와 직설은
함께 가는 법이라서 둘 중 하나가 적절치 않을 때는 다른 하나도
적절치 않기 마련이다. 그럴 때는 어설픈 은폐와 어설픈 실토,
서툰 가식과 부득이한 가식 사이에 존재하는 저 취약한 가로막, 곧
침묵만이 마땅한 법이다.

머시시트에 도착하자 아우터헤브리디스제도 출신의 상주
의무부장이요 분야의 권위자로 런던 외곽에서 준명성을 얻은
바 있는 독실한 모트주의자[35]인 앵거스 킬리크랭키 박사가
친히 그들을 맞이했다. 길쭉하고 앙상한 몸에 어깨가 굽고
혈색이 좋으며 전반적으로 화통하면서도 침울한 이이는 골동품
수집가처럼 고깔 모양으로 늘어진 수염, 채소 농원에서 일하는
정원사처럼 유아적 솜털로 뒤덮인 얼룩덜룩한 손, 퇴화의 조짐을
찾느라고 혈안이 된 눈을 지니고 있었다. 그가 고깔 수염을 거두며
말했다.

"머피 부인이신가요?"

"저흰 그저 그이의 절친한 친구들일 뿐이에요." 카우니핸 양이
말했다.

킬리크랭키 박사가 주머니에서 검게 그슬린 봉투를 꺼내더니 에이스 카드를 내보이는 마술사의 태도로 공중에 들어 보였다. 봉투 겉면에는 머피 부인이란 이름과 브루어리 로의 주소가 연필로 공들여 쓴 대문자로 기입돼 있었다.

"단서라곤 이것밖에 없었습니다." 그가 말했다. "다른 이렇다 할 서류가 있었대도 전소됐어요."

니어리, 와일리, 카우니핸 양이 합심해 일제히 손을 내밀었다.

"내가 책임지고 전달하죠." 니어리가 말했다.

"기필코요." 와일리가 말했다.

"그이의 절친한 친구들이거든요." 카우니핸 양이 말했다.

킬리크랭키 박사가 봉투를 높이 쳐들며 길을 안내했다.

영안실 건물은 어느 때보다 방갈로 분위기를 물씬 풍겼다. 참으아리가 감긴 창백하고 오래된 나무는 파리한 빛을 희미하게 냈고, 벽돌은 진홍색 개머루로 목을 축였다. 빔과 티클페니가 눈이 부신 화강암 계단에 바싹 달라붙어 앉아 있었고 영안실 앞마당의 잔디밭 한복판에는 검고 줄무늬가 진 맥 빠진 차림에 키는 작지만 호리호리한 남자가, 나긋한 중산모를 정수리가 아래를 향하도록 잔디에 내려놓고서, 손에 쥔 우산으로 격한 골프 동작들을 선보이고 있었다. 겉모습에 속는다는 말도 늘 성립하는 건 아닌 게, 과연 이이는 검시관이었다.

상주 의무부장과 검시관 중 누가 두 번째로 입장할 것인가를 놓고 한차례 결투가 벌어졌으나 어느 쪽도 불명예를 입지 않고 우호적으로 사태가 종료되었고, 그제야 다음의 순서대로 전원이 건물에 입장했다. 한몸으로 엮인 의무부장과 검시관, 니어리, 카우니핸 양, 실리아, 와일리, 쿠퍼, 둥글게 화환을 이룬 티클페니와 빔. 좌우로 총 여섯 개의 거대한 2층형 냉장 보관 시설이 늘어선 짧은 복도를 지나 검시실로 들어서자, 바닥에서 천장까지 5피트에 달하는 우윳빛 통짜 유리창이 해만처럼 앞에 펼쳐지면서 흰빛과 은빛의 쓰라린 바늘침을 이들 눈에 들이댔다. 북향의 창밖으로 뿔을 닮은 주목들이 무망(無望)한 항구처럼 입을 벌리고 있었다. 기를 쓰며 서로를 향해 팔을 뻗은 두 사람처럼, 또는 혼자 간청하는 이의 두 팔처럼, 자선과 기도의 인내하고 인내하는 불능의 상태를 닮아 있었다.

빔과 티클페니가 복도에서 잠시 발길을 멈추고 머피를 챙겼다. 알루미늄판에 그를 누여 검시실로 운반한 뒤, 해만의 중앙에 위치한 석회암 판에 다시 누였다. 이 석판의 북쪽에 난 좁은 공간에서 킬리크랭키 박사와 검시관이 검증 태세를 취했다. 빔과 티클페니가 흰 천의 네 귀퉁이를 각기 나눠 들고는 알루미늄판의 머리와 발치에서 신호를 기다렸다. 그 외의 참관인들은 문 앞에 초승달 모양으로 늘어섰다. 실리아는 다리미가 흰 수의에 남긴 갈색 얼룩을 주시하고 있었다. 와일리는 "눈을 떠도 된다 싶을 때 얘기해 줘요."라고 중얼거리며 눈을 감는, 단계별로 기절하는 데 달통한 카우니핸 양을 부축하고 있었다. 니어리는 경악한 목소리로 쿠퍼가 모자를 벗었으며 막상 두상을 보니 그 생김새가 멀쩡해 보인다고, 다만 쿠퍼 또래 평균 남자들에 비해 머리숱이 보통 이상은 간다는 점과 과도하게 엉켜 있다는 점은 이례적이라고 말하던 중에 불현듯 쿠퍼가 브루어리 로에서 여기까지 내내 앉아서 왔음을 깨달았다.

"유골이 하필 제 관할구역에, 제 관할구역에 침착하고 말았어요, 너무나 아쉽게도 말입니다." 검시관이 여자 같은 목소리로 말했다. "롱 퍼트 하나만치만 더 갔어도 지금쯤 한창 골프를 치고 있었을 텐데."

그는 눈을 감고 롱 퍼트를 쳤다. 골프공이 플루트의 음색만큼이나 달콤한 소리를 내며 채에서 멀어져 그린을 물 흐르듯 가로질러 깃대를 쳤고, 그대로 하늘로 I피트 솟아올랐다가 홀 안으로 곧장 떨어져 보글거리다가 이내 잠잠해졌다. 한숨을 내쉬며 그는 서둘러 말을 이었다.

"이제부터 제 직무의 일부로서 제 역할을 다해 여러분에게 알려 드릴 사항이란 첫째로, 죽은 이가 누구이며 둘째로, 어떻게 죽었는가, 이 두 가지입니다. 그중 후자에 관한 한은, 후항에 관한 한은 다행히도 지체할 필요가 없다고 말씀드릴 수 있는데 이게 다 무슨 덕택이냐면, 글쎄 이를 어찌 말해야 좋을지—?"

"사후 검진 당시 확인된 논박의 여지 없는 외관상 덕이죠." 킬리크랭키 박사가 말했다. "부탁해요, 클린치 씨."

빔과 티클페니가 천을 들어 올렸다. 실리아가 흠칫 놀라며 앞으로 나섰다.

"잠시만요." 킬리크랭키 박사가 말했다. "고마워요, 클린치 씨."

빔과 티클페니가 천을 내렸다. 실리아는 다른 이들보다 한발 앞선 채로 계속 서 있었다.

"화상과 그에 따른 쇼크라는 게 제 일말의 망설임 없는 소견입니다." 검시관이 말했다.

"일말도요." 킬리크랭키 박사가 말했다.

"그에 더해 한마디 추가하리라고 예상하신 거라면 화상사란 철저히 비과학적인 용어입니다. 화상은 반드시 쇼크로 이어지고, 아니 사실이에요, 친애하는 앵거스, 반드시 쇼크로 이어지기 마련이죠, 화상의 정도와 국소, 화상 입은 이의 충격에 대한 취약성에 따라 그 정도가 더하거나 덜할 수는 있지만요. 덴 화상의 경우에도 이는 동일하게 적용되고요."

"패혈증은 발생하지 않죠." 킬리크랭키 박사가 말했다.

"생리학에 관한 한 제 기억이 예전 같지 않지만, 패혈증이 발생하지 않으리란 건 틀림없어 보여요."

"패혈증이 발생하기엔 우리가 너무 뒤늦게 도착했죠." 킬리크랭키 박사가 말했다. "쇼크만으로도 충분했습니다."

"그렇다면 의심의 여지를 남기지 않도록 화상에 따른 심한 쇼크라고 단언합시다." 검시관이 말했다.

"예. 또는 심한 화상에 따른 심한 쇼크라고도 할 수 있겠죠. 과한 판단은 아니라 봅니다."

"그럽시다, 그럼." 검시관이 말했다. "심한 화상에 따른 심한 쇼크라고 합시다. 이리하여 모두스 모렌디에 관한 한은, 죽음의 방식이죠, 예, 모두스 모렌디에 관한 한은 타협점에 이르렀군요."

"사고라고요?" 니어리가 말했다.

검시관은 잠시 백치에 가까운 넋 나간 표정으로 얼어붙었다. 농담이라고 한 말인지 아닌지 분간이 안 될뿐더러, 농담이 맞는다 한들 그 내용이 통 파악되지 않는 이의 표정이었다. 그가 말했다.

"뭐라고 하셨나요?"

니어리는 음절마다 점차 고조되는 음성으로 질문을 반복했다.

검시관은 수차례 입을 열었다 닫더니 두 팔을 내던지며 옆으로 돌아섰다. 하지만 그와 달리 말문이 막히는 때라곤 없는 킬리크랭키 박사가, 이이에게 있어 말문이 막히는 건 지나치게 느슨한 사고력에 버금가는 일이므로, 수염을 거두며 말했다.

"전형적인 불운의 사고사이고말고요."

최후의 순간까지 낭만을 비껴갔구나, 하고 카우니핸 양은 생각했다. 그사이 자기 중등학교 졸업장을 꺼내 든 참이었다.

"감당하지 못할 방향으로 이야기가 흐르기 전에 말입니다, 방금 말씀하신 신사분께서 혹시 그 외에 제게 묻고 싶은 건 없으신지요." 검시관이 말했다. "예컨대 혼합 가스의 폭발을 유발한 게 브라이메이 안전성냥이었는지 아니면 밀랍 성냥이었는지라든가요. 제가 그나마 건네드릴 수 있는 그런 소소한 불꽃은 얼마든지 꺼 버리셔도 좋습니다."

니어리는 고의적이고 무례한 태도로 코를 만졌다. 와일리는 처음으로 그의 지인이 자랑스럽다고 느꼈다.

"그렇다면 조심스레 다음 문제로 넘어가 보도록 하지요." 검시관이 말했다. "바로 사고— 고인의 신원 문제인데요. 이에 관한 한은 면목 없게도 이번— 이번—"

"비극적인 사태요." 킬리크랭키 박사가 말했다.

"이번 비극적인 사태를 특징짓는 바로 그 특성이 고인의 죽음의 방식이라는 물리적인 문제에 관한 한은, 예, 죽음의 방식이라는 물리적인 문제를 판정함에 있어서는 더없이 유용했던 반면에, 면목 없게도 고인의 정체라는 물리적인 문제를 판별함에 있어서는 저희를 면목 없게 만들었다는 점은 굳이 말할 필요도 없으리라 믿습니다. 그렇다고 불평해서는 아니 될 테지만요. 시인이 말했듯—앵거스, 시인이 한 말을 혹시 기억하나요?"

"어느 시인요?" 킬리크랭키 박사가 말했다.

"'가시 없는 장미는 없도다.'" 검시관이 말했다. "제 기억에 의존해 인용하자면요, 쓰디쓴 기억이긴 합니다만."

빔과 티클페니가 수의의 네 귀퉁이를 잡은 손을 각기 내밀었고, 빔이 2절판의 수의를 받아 능숙한 솜씨로 8절판으로 접은 뒤에 두 사람은 각기 뒤로 물러섰다. 머피의 절친한 친구들이 석판 가까이로 다가갔다. 실리아는 여전히 중앙에서 조금 앞선 지점에 서 있었다.

"들은 바를 모두 종합해 보건대, 그리고 편견 없이 말하건대, 특유한 징표를 아주 많이 지닌 인물이었던 것으로 추정됩니다. 정신적으로도 그리고 신체적으로도요. 그렇지만—." 검시관이 말했다.

"도덕적인 징표를 잊으셨군요." 킬리크랭키 박사가 비웃었다. "영적 징표도요. 일각에서는 기능적인 징표라고도 하죠."

"그렇지만 그러한—."

"제아무리 세밀한 부검도 피해 가는 아주 끈질긴 징표들이죠." 킬리크랭키 박사가 말했다.

"그렇지만 그러한 징표 가운데 이번 대화재에서 살아남은 것이 과연 있는지는 저로서는, 그리고 제가 짐작하건대 가장 가까웠던 이들이 아니고서야 어느 누구라도 결정짓지 못할 문제일 테지요. 바로 이 지점에서 여러분의 도움이 필요합니다." 검시관이 말했다.

이 말이 끝나자 어찌나 고요한 정적이 흘렀던지 냉장 보관함의 희미한 소음이 귓가에 들릴 정도였다. 영안실에 모인 전원의 눈이, 고로 열일곱 개의 눈이 앞에 놓인 유골 틈에서 방황하고 또 어우러졌다.

시선을 외면하는 방법이란 어찌나 다양한지! 빔과 티클페니는 일시에 고개를 들었고, 그렇게 은근하고도 열렬한 시선을 마주하며 둘 다 건강히 살아 있을뿐더러 우리에겐 서로가 있지 않느냐며 함께 안도했다. 킬리크랭키 박사는 천천히 고개를 숙였고 그 결과 두 다리와 두개골, 그리고 수염으로만 이루어진 모습으로 분했다. 마음이 텅 빈 때조차 이렇듯 된시름에 빠진 양 시늉할 줄 아는 이 재주에 기대어 그는 그간 명성의 적잖은 부분을 빚어낸 터였다. 검시관은 고개를 움직이지 않고 그저 눈의 초점만 흐림으로써 보기를 아예 중단했다. 니어리와 와일리는 차분하게 주의를 다른 데로 돌려 가며 방의 가구며 설비들, 유리 너머의 빛나는 초록과 어두운 초록과 이들이 의지하고 있는 천상의 푸름을 바라보았다. 기권 의사가 이보다 명확할 수 없었다. 한편 아주 사소한 것에도 동요하게 마련인 쿠퍼의 입장에선 외눈으로 석판을 빠르게 일별한 것만으로도 과분했다. 카우니핸 양은 시선을 보냈다가 돌리고 보냈다가 돌리면서 본인이 이리도 불굴의 의지를 가졌다는 사실에 놀라고 흐뭇해하는 동시에, 자기가 알던 것의 흔적이라곤 하나도 남아 있지 않아 분했고, 거기 모인 사람들 앞에서 자기주장을 정당화하는 근거를 가리키며 '이이가 몹시도 절친했던 제 친구 머피예요.'라고 그저 외칠 수 없어 원통했다. 오직 실리아만이 앞에 놓인 물질을 흔들림 없는 시선으로 대면할 수 있는 듯이 보였고, 과연 그녀는 다른 이들이 보기를 중단한 뒤로도 한참을, 카우니핸 양이 자기가 머피와 얼마나 두터운 친분을 나눴던지를 규명할 생각을 아예 단념하고 만 뒤로도 한동안을 참을성 있고 진지하고 골똘하게 두 눈을 움직였다.

골프 핀을 영시 방향에 두고 벙커는 안중에도 두지 않은 채 클럽을 휘두르려던 찰나에 그만 화들짝 꿈에서 깨어난 검시관이 정신을 가다듬고 말했다.

"좀 알아보시겠습니까?"

"혹시 뒤집어 눕힐 수는 없을까요?" 장장 60시간 만에 처음으로 입을 연 실리아가 얼마 만인지 기억나지도 않을 정도로 오랜만에 요구의 발언을 입에 담았다.

"되고말고요." 검시관이 말했다. "그나마 앞모습이 제일 볼만하다는 게 제 의견이지만요."

"클린치 씨." 킬리크랭키 박사가 말했다.

유골이 뒤집히자 실리아는 별안간 자신감을 내비치며 불에 탄 엉덩이의 먼 쪽으로 유심한 시선을 보냈고, 단번에 찾던 것을 발견했다. 손끝을 그 부위에 갖다 대면서 그녀가 말했다.

"여기 커다란 출생점이 있었어요."

검시관과 의무부장이 발견 현장으로 곧장 달려들었다.

"의심의 여지가 없어요." 킬리크랭키 박사가 말했다. "독특한 부위에 광범위한 병변을 보이는 모세혈관종입니다."

"포도주 반점이 맞고말고요." 검시관이 말했다. "잔광만 봐도 틀림없어요."

카우니핸 양이 울음을 터뜨렸다.

"난 그런 점을 본 적이 없는데요." 그녀가 외쳤다. "그런 흉측한 점이 있었을 리 없어요, 내 머피가 아닌 게 분명해요, 도무지 닮은 구석이라곤 전혀 보이지도 않고, 머피일 리가ㅡ."

"자자," 니어리가 말했다. "자자. 자자."

"아름답다고도 할 수 있겠네요." 검시관이 말했다. "출생점 사망점, 그렇게 삶이 한 바퀴 돌아 완결됐다고 보자면요, 한 바퀴 돌아 제자리에랄까, 안 그런가요, 앵거스, 그렇죠?"

"자자," 니어리가 말했다. "오점 없는 사내란 없는 법이잖아요."

"좋습니다." 검시관이 말했다. "이제 고인의 신원이 확인됐으니, 고인이 누구인지요?"

"머피 씨요." 니어리가 말했다. "더블린 토박이지요."

"아, 지우려야 지우지 못할 사랑스러운 더블린." 검시관이 말했다. "저희 가문의 유일한 아일랜드 혈통이던 여자 조상이 쿰에서 돌아가셨어요. 제명보다 한 달 반이나 먼저 갔는데, 그게 조지 2세 시절의 일이죠. 세례명은요? 유가족은요?"

"없어요." 니어리가 말했다. "네덜란드인 숙부가 있죠."

"그럼 여러분은 대체 누구신가요?" 검시관이 말했다.

"절친한 친구들이에요." 카우니핸 양이 말했다. "가장 절친했던 친구들요."

"대체 몇 번을 말해 줘야 합니까?" 와일리가 말했다.

"고인은 머피란 이름에 응답했나요, 아니면 머피 씨에만 응답했나요?" 검시관이 말했다.

"클린치 씨." 킬리크랭키 박사가 말했다.

알루미늄판이 천으로 덮이고 냉장 보관함으로 돌려보내졌다. 니어리는 풍경화를 연상시키는 석판의 무늬에서 클론맥노이스[36]와 오멜로흘린 왕가의 성을, 초지를, 빙하가 남긴 지형인 에스커를, 흰색 위에 얹힌 초가지붕을, 불그스름한 무언가를, 밝게 빛나는 넓찍한 강물을, 코너트 왕국을 보았다.

"그리고 이 젊은 숙녀분은요?" 검시관이 말했다. "이토록 고인을 세세하게 알고 참으로 시기적절하게 세부적인 부분을 확인해 주신 이ㅡ."

"실리아 켈리 양요." 니어리가 말했다.

"켈리 양은 고인을 머피라는 이름으로 부르셨나요, 아니면 머피 씨라고 불렀나요?" 검시관이 말했다.

"이런 저주받을 사람 같으니라고." 니어리가 말했다. "세례 받은 적이 없는 사람이었다고요. 더 이상 뭘 원해요?"

"그럼 이 머피 부인은," 킬리크랭키 박사가 말했다. "머피 부인은 누구였나요? 네덜란드인 숙부요?"

"머피 부인은 없어요." 니어리가 말했다.

"두 분이 풍자시를 쓰시는군요." 검시관이 말했다.

"켈리 양이 머피 부인이 되었을 겁니다." 니어리가 말했다. "머피 씨에게 시간이 조금만 더 주어졌더라면."

"두말할 것 없이요." 검시관이 말했다.

쿠퍼와 와일리가 카우니핸 양을 부축했다.

"아니요." 실리아가 말했다.

킬리크랭키 박사가 고개인사를 하며 실리아에게 편지를 건넸고, 이를 실리아에게 건네받은 니어리가 봉투를 열어 편지를 읽더니 다시 한 번 반복해 읽었고, 머뭇대는가 싶더니 한 번 더 반복해 읽고는 그제야 입을 열었다.

"켈리 양이 허락하신다면…."

"달리 할 일이 남았나요?" 실리아가 말했다. "난 이만 갔으면 하는데."

"당신에게 해당되는 내용일 수도 있어요." 킬리크랭키 박사가 말했다. "어쨌거나 당신 앞으로 남겨진 것으로 보이니까요."

니어리가 편지를 소리 내어 읽었다.


"나의 육신과 정신 및 영혼 각각의 처분에 관한 한, 이들을 불태워 종이봉투에 담은 후 로워 애비 가에 위치한 더블린 애비 극장으로 운반하고, 그런 즉시 저 위대하고 선량한 체스터필드 경이 불가결한 집이라 칭한 바 있는 변소로 옮겨 주길 바라는바―그곳이야말로 이들 각각이 근심 걱정 없이 가장 행복한 시간을 보낸 장소이기에―정확히는 입석 마당으로 내려가다가 오른쪽에 있는 변소에서 이들 위로 사슬을 마지막으로 한 번 당겨 주기를, 그리고 기왕이면

공연이 진행 중일 때 이리 집행하되 그 와중에 격식이니
애도의 표출은 일절 삼갔으면 한다."

니어리는 편지를 다 읽고도 한동안 편지에서 눈을 떼지 못했다.
마침내 그는 편지를 봉투째 실리아에게 건넸고, 실리아는 당장
찢어 버릴 생각으로 이를 낚아챘다가 자기의 고독을 지켜보는
증인들이 있음을 기억하고는 주먹 쥔 손으로 편지를 구겨 쥐는
정도로 당분간 만족했다.

"불가결한 집이라니." 검시관이 모자와 우산을 챙기며 말했다.

"가장 행복한 시간을 보낸 장소라니." 카우니핸 양이 탄식했다.
"날짜를 적었던가요?"

"불태우라니." 와일리가 말했다.

"육신이고 뭐고 다요." 킬리크랭키 박사가 말했다.

이미 자리를 뜬 빔과 티클페니는 그새 저 멀찌감치, 햇살
내리쬐는 나무 뒤에 있었다.

"제발 환자복이나 담당하게 놔둬요." 티클페니가 빌었다.
"병동으로 다시 보내지 마요."

"자기도 참." 빔이 말했다. "그건 전적으로 자기한테 달린
일이지."

검시관도 자리를 떴고 그새 검은 줄무늬 옷의 단추를 한
손으로 풀며 다른 손으로 클럽을 휘두르고 있었으니, 스웨터와
바지가 곧 그를 칭칭 감을 터였다.

실리아가 자리를 뜨려 했다.

"잠시만요." 킬리크랭키 박사가 말했다. "마땅한 절차를
밟도록 결정한 바를 알려 주겠어요?"

"마땅한 절차요?" 니어리가 말했다.

"냉장 보관의 본질은 자유로운 회전율에 있다 보니요. 칸칸이
다 쓸 수 있어야 합니다."

"전 밖에 있을게요." 실리아가 말했다.

니어리와 와일리는 현관문이 열리고 닫히는 소리가 들리기를
기다렸다. 그러나 들리지 않았고 니어리는 듣기를 멈췄다. 이윽고
크지도 작지도 않게 열리고 닫히는 소리가 들려왔고, 이에

와일리는 듣기를 멈췄다.

"마지막 소원은 신성하지 않나요?" 카우니핸 양이 말했다. "고인의 원을 따를 의무가 있지 않아요?"

"마지막이었을까요, 과연?" 와일리가 말했다. "이후 정황으로 보건대 소원이 하나에 그쳤을 것 같지 않은데."

"여기서 소각도 하나요?" 니어리가 말했다.

킬리크랭키 박사는 사실 반사형의 작은 용광로를 갖추긴 했다며, 비용이라고 하기도 뭣한 고작해야 30실링에 불과한 금액을 지불하면, 아무리 질긴 육신과 정신과 영혼도 한 시간이 채 안 되는 기간 안에 휴대하기에 용이한 분량의 회진으로 확실히 원상 복귀해 줄 수 있다고 고백했다.

니어리가 수표책을 꺼내 석판에 철썩 내려놓고는 수표 네 장을 기입해 나눠 주었다. 카우니핸 양과 와일리에게 그는 잘 가라고 인사를 건넸고, 쿠퍼에게는 "기다리게."라고, 킬리크랭키 박사에게는 "제 수표를 받아 주실 테죠."라고 말했다.[37]

"명함과 같이 주신다면요." 킬리크랭키 박사가 말했다. "감사합니다."

"준비가 되거든 다른 누구도 아니고 이 사람에게 주도록 하세요." 니어리가 말했다.

"이거 참 불규칙적인 상황인데요." 킬리크랭키 박사가 말했다.

"삶이 곧 불규칙적인 상황 아니겠어요." 니어리가 말했다.

카우니핸 양과 와일리는 그새 자리를 떴다. 붉게 물든 이파리들이 굽어보는 가운데 두 사람은 서로 고개를 맞대고 비교 대조 중이었다. 니어리가 그들 둘이 각기 제공한 서비스도 구별 않고 각각의 성별도 참작하지 않은 건 사실이나, 공평하면서도 박하지는 않게 대우해 준 셈이었다. 오랜 버릇에서 비롯된 충동이 지시하는 대로 카우니핸 양은 와일리를 피프티 실링 상표 양복의 옷깃째 붙들며 열렬히 외쳤다.

"날 떠나지 마요, 오, 이 말 못 하게 비극적인 순간에 날 두고 떠나지 마요."

카우니핸 양이 전망을 가로막은 터에 와일리는 그녀의 양 손목을 잡았지만, 그녀는 옷깃을 더욱 세게 부여쥐며 말을 이었다.

"오, 나와 손잡고 우리가 태어난 저 사랑스러운 고장으로 돌아가요, 그 만과 늪지와 벌판과 골짜기와 호수와 강과 개울과 시내와 안개와 또, 음, 습지와, 그리고, 음, 골짜기로, 오늘 밤 우편열차 편으로요."

실리아는 어디 갔는지 보이지도 않을뿐더러, 엎친 데 덮친 격으로 한 시간이면 은행 문이 닫히게 생긴 터였다. 와일리는 옷깃을 부여잡은 두 손을 단호히 떼어 내고 발길을 재촉했다. 그녀 곁을 떠나야 하는 상황이긴 하나 오래 떠나 있지는 않을 계획이었으니, 그만큼 자기 취향이 사치스럽기도 하거니와 마침 쿠퍼에게서 콕스가 죽었다는 소식을 귓속말로 전해 듣기도 한 참이었다. 카우니핸 양은 천천히 그 뒤를 따라갔다.

콕스 여자가 반(反)생체해부 일에 종사하는 사샤 퓨 씨라는 이와 절교한 직후, 아스피린을 110알이나 삼켰다고 했다.

니어리와 쿠퍼가 밖으로 향한 지 얼마 되지 않아 킬리크랭키 박사가 뒤따라 나와 영안실 문을 잠그더니, 쿠퍼의 외눈에 눈을 맞추고 자기 발치를 가리키면서 "한 시간 후 여기서 봐요."라고 말하곤 어디론가 사라져 버렸다.

니어리는 저 멀찌감치 걸어가는 와일리와 그 뒤를 천천히 따라가는 카우니핸 양은 보이는 반면 실리아의 모습은 어디에도 안 보이는 것을 확인하고서 "아무 데나 쏟아 버리게."라고 말하곤 발길을 재촉했다.

쿠퍼가 그 뒤를 향해 외쳤다.

"그 여자, 죽었대요."

니어리는 길을 가다 말고 못 박혀 버렸으나 쿠퍼를 향해 돌아서지는 않았다. 실리아 얘기로 그는 1초간 착각했다. 그러나 곧 자기의 이 착오를 정정하곤 뛸 듯이 기쁜 마음이 되었다.

"제법 됐다나 봐요." 쿠퍼가 말했다.

쿠퍼가 그의 뒷모습을 바라볼 동안 니어리는 다시금 발걸음을 재촉했다. 카우니핸 양보다 두 배 빠른 속도로 걸음을 옮긴 와일리는 본동 건물 모퉁이 너머로 사라지고 있었다. 카우니핸 양은 뒤를 돌아봤고 잰 발길로 다가오는 니어리를 발견하고는 멈춰 섰다가 니어리의 방향으로 천천히 걸음을 옮기기 시작했다.

니어리는 급히 침로를 바꿨다가 카우니핸 양이 자기를 막아설 기색이 없음을 깨닫고는 몸을 바로하더니, 그녀와 넉넉히 거리를 둔 채 고개는 외면하고 인사 삼아 모자만 들어 보이며 서둘러 그 곁을 지나쳤다. 카우니핸 양이 천천히 그 뒤를 따라갔다.

쿠퍼는 그 오랜 세월 동안 자리에 앉거나 머리를 드러내는 것을 금했던 내면의 감정들로부터 자기가 어떤 연유로 문득 자유로워진 건지 알지 못했고, 그 이유를 따져 보려 잠깐이나마 멈출 생각조차 하지 않았다. 낡은 중산모를 정수리가 위로 오게끔 계단에 내려놓고서 그는 모자를 두 발 사이에 두고 그 위로 쪼그려 앉았고, 그 자세 그대로 엉덩이만 높이 치켜들었고, 목발을 조심스레 겨냥했고, 눈을 감고 이를 앙다물었고, 이어 두 발을 허공으로 힘껏 내밀며 말뚝 머리에 쇠달구를 떨어뜨리듯 온 힘을 다해 엉덩방아를 찧었다. 두 번 반복할 것도 없었다.

용광로에 불이 쉽사리 붙질 않아 쿠퍼는 다섯 시가 넘어서야 화장된 재 꾸러미를 옆구리에 끼고 머시시트에서 벗어났다. 4파운드는 족히 나갈 무게이지 싶었다. 역으로 향하는 길에 재를 처분하기 위한 오만 가지 방도가 그의 머리에 떠올랐다. 결국 그는 마땅하다 싶은 쓰레기통이 나타나는 대로 꾸러미를 그 안에 내던지는 게 그나마 제일 간편하고 이목을 끌지 않는 방법이라는 결론에 이르렀다. 더블린이었다면 가까운 벤치에 앉아 기다리기만 하면 해결됐을 일이었다. 칙칙한 청소부가 "쓰레기는 쓰레기통으로 부치세요."라는 문구를 새긴 수레를 끌고 지나가는 거야 시간문제였을 테니. 그러나 런던은 쓰레기에 대한 경각심이 낮다 보니 웬만해선 청소 잡무를 외국인들 손에 떠맡기지도 않았다.

결국 마땅한 쓰레기통을 찾지 못하고 역으로 들어서려던 쿠퍼의 발길이 난데없는 음악 소리에 붙잡혔다. 길 건너 술집이 저녁 영업을 막 시작한 참이었다. 불빛이 하나씩 켜지고 앞문이 활짝 열리고 라디오 연주가 시작됐다. 쿠퍼는 길을 건너가 술집 문지방에 섰다. 바닥은 엷은 황토색이요 핀볼 테이블은 백은처럼 눈부시고 쇠고리 던지기 판에는 네트가 달려 있었으며, 등받이 없는 스툴은 그가 좋아하는 스타일대로 가로대가 높이 붙었고,

위스키 유리통에서는 투명한 황금빛 물결이 서서히 카스칸도[38]를 이루며 흘렀다. 남자 하나가 그를 스쳐 지나 술집에 들어섰다. 지난 두 시간 동안 한잔 생각에 애를 태우던 수백만에 달하는 이들 중 하나였다. 쿠퍼는 천천히 그 뒤를 따라가 20년 만에 처음으로 바에 앉았다.

"그쪽은 뭘 드실 건가요?" 남자가 물었다.

"첫 잔은 내가 사죠." 쿠퍼가 떨리는 목소리로 말했다.

몇 시간 후, 쿠퍼는 좀 더 안전히 보관한답시고 저녁 초반에 주머니에 넣어 뒀던 재 꾸러미를 꺼내 자기를 크게 모독한 어느 남자에게 홧김에 내던졌다. 꾸러미는 벽에 가 튕기며 터져 바닥으로 떨어졌고, 삽시간에 드리블링, 패싱, 트래핑, 슈팅, 펀칭, 헤딩의 대상이 된 것은 물론, 심지어 럭비축구 동작에도 활용됐다. 그리하여 술집 영업이 종료될 즈음에 머피의 육신과 정신과 영혼은 펍 바닥에 자유로이 분포되었고, 또 한 차례의 새벽녘이 지상을 또다시 회색빛으로 밝히기도 전에 모래와 맥주와 꽁초와 유리와 성냥과 가래침과 토사물과 함께 쓸려 갔다.

10월 26일 토요일, 늦은 오후. 따스하고 맑은 가운데 태양은
간데없는 날. 드문드문 회오리를 일으키는 삭아 가는 낙엽 더미와
정적인 하늘에 잠잠히 정지한 나뭇가지들, 어느 굴뚝에선가
소나무처럼 피어오르는 연기 자락.

실리아는 윌러비 켈리 씨의 바퀴 달린 의자를 몰고 브로드
워크의 남쪽으로 향했다. 켈리 씨는 연 날리러 나갈 때 입는
복장을 하고 있었다. 번들거리는 우비가 그에겐 몇 치수나 크고
요트 모자는 몇 치수 작았지만 그나마 개중 제일 작고 넉넉한
걸로 고른다고 고른 것이었다. 꼿꼿하게 허리를 편 그의 장갑 낀
두 손에는 각기 얼레와 돌돌 말아 주머니에 넣은 연이 꼭 쥐여
있었고, 푸른 눈은 안구 깊숙이에서 활활 타올랐다. 좌우 양쪽에서
조작 레버가 육중히 허공을 헤저으며 태질을 하는 통에 가벼운
외풍이 느껴졌으나, 흥분과 열기에 사로잡힌 터라 그조차 그리
불쾌하게 다가오진 않았다.

경사로 꼭대기에서 그는 얼레와 연을 무릎에 내려놓고 좌우의
레버 손잡이를 붙들었다. 실리아가 손을 놓아도 좋다는 신호였다.
켈리 씨는 두 팔을 앞뒤로 분주히 흔들었고, 의자에 속력이
붙을수록 팔을 화속하게 휘둘러 어느새 족히 시속 12마일은 될
급격한 속도로 미친 듯이 휘청거리며 경사로를 내려갔다. 그
자신은 물론 타인의 안전마저 위협하는 기세로. 이어 한 손으로는
레버의 견인력을 제어하고 다른 손으로는 그 추진력에 저항하며
부드럽게 의자의 속도를 줄였고, 그렇게 그가 여성으로서 그리고
여왕으로서 몹시도 존경하는 빅토리아 여왕 동상과 나란한
자리에 이르러 의자를 멈춰 세웠다.

켈리 씨는 두 다리와 얼굴이 피폐해졌다 뿐이지, 두 팔과
몸통은 여전히 정력이 넘쳤다.

켈리 씨는 자기 의자를 자기만의 방식으로 아꼈고 이 점에서
머피와 다르지 않았다.

실리아가 오려면 아직 먼 모양이었다. 그는 낡은 실크 연을
펼쳐 때 묻고 바랜 붉은 육각형 몸체를 별 모양의 살대 위로

늘였고, 꼬리와 연줄을 풀고 술들의 상태를 하나씩 확인했다. 수년 전 이와 같은 어느 우윳빛 토요일 오후에 그의 단골 하나가, "실크는 ×××값도 안 돼요. 기왕이면 네인숙 치마지."라고 그에게 말한 적이 있었다. 이에 자기가 어찌 응수했는지 켈리 씨는 이날까지도 생생히 기억할 수 있었고, "네인숙 내 엉덩이 값이나 매겨 봐."라고 대꾸하고 받았던 박수갈채를 떠올리니 여전히 흐뭇했다.

실리아가 의자 등받이에 손을 올리는 기척에 그가 말했다.

"오래도 걸리는구나."

"일 좀 보느라고요." 실리아가 말했다.

낙엽이 하늘로 떠올라 흩어지고 높은 나뭇가지들이 불평을 토로하기 시작한 가운데 하늘이 갈라지고 조각나며 옅푸른 점점 위로 엉겼고, 절절한 연기 소나무가 동쪽으로 몸을 누였고, 못은 돌연 잿빛과 흰빛으로 사물대는 물과 갈매기와 돛의 수라장으로 분했다.

시간 영감이 인내심의 한계에 달했거나 불안 발작이라도 일으킨 모양이었다.

롱 워터 저편에서는 로지 듀와 넬리가—달뜬 기운이 한결 잦아든 가운데—거세지는 바람과 집의 방향으로 얼굴을 돌렸다. 걸 경이 보낸 양말 한 켤레가 집에 도착해 있었다. 동봉한 글에는 이렇게 적혀 있었다. "이 양말로도 이렇다 할 성과를 보지 못한다면 아예 새로운 몸주신을 찾아봐야 할 것 같소."

실리아는 켈리 씨를 라운드 못과 브로드 워크 사이에 난 공터의 북동쪽 구석으로 데려가 평소대로 의자 뱃머리를 난간 틈에 끼워 고정시켜 자리를 잡아 주었다. 조립이 끝난 연을 그의 손에서 슬쩍 빼내 그녀는 뒷걸음치며 못의 경계까지 갔다. 이어 두 팔을 최대한 뻗어 연을 하늘 높이 들어 올리고 장갑이 떨어지기를 기다렸다. 바람이 치마폭을 다리 주위로 휘감고 윗옷을 뒤젖히며 그녀의 가슴을 드러냈다. 나이 지긋한 주말형 호색한이 그 맞은편에서 (습진으로 뒤덮인) 엉치뼈를 의자에 대고 헤벌떡하니 앉아 있다 말고, 제 딴엔 음란한 웃음을 지어 보인다고(일리가 없지는 않았다.) 이목구비를 흐트러뜨리며 작디작은 잔돈푼을

딸랑였다. 이에 실리아는 미소로 응하며 두 팔을 한껏 높이 쳐드는 한편 땅을 더 굳게 디뎠다.

켈리 씨의 손이 마음에 차는 풍향을 감지하자 장갑이 떨어졌고, 실리아는 연을 하늘로 던졌다. 재주가 어찌나 좋은지 그로부터 불과 5분 뒤, 켈리 씨는 몸을 뒤로 누이고 두 눈은—불가피하고도 황홀히—감고서, 거친 숨을 몰아쉬며, 연줄 길이의 절반을 기지불한 채로, 오로지 감으로만 항해를 하고 있었다.

실리아는 일을 마무리 지으려 I초간 발길을 멈췄다가 켈리 씨가 있는 곳으로 돌아왔다. 얼레에서 연줄이 느릿느릿 지렁이처럼 꿈틀대며 뻗어 나갔다. 밖으로 내뻗었다가 스르륵 감기며 멈추고, 내뻗었다가 도로 물리며 정지하기. 낙관주의자로 굳어 버린 자들의 역사적 과정도 이러하다. 아직 연줄 길이의 4분의 I이 남았음에도 연은 동요 없이 수목이 우거진 작은 골짜기 너머의 높은 상공으로 꾸준히 오르고 있었다. 지금처럼 바람이 불 때면 어김없이 동쪽에 펼쳐지는 푸르른 빈터를 배경으로 한낱 티끌로 분한 채로. 의자가 난간에 부대끼는 느낌에 켈리 씨는 엉덩이에 악력이 좀 더 있었다면 좋았겠다고 생각했다. 눈을 뜨지 않은 채로 그가 말했다.

"아주 근사하게 해냈구나."

실리아는 그의 말을 오해하지 않기로 했다.

"그래, 어제는 어땠고?" 켈리 씨가 말했다.

"어린애 하나랑 취객 하나요." 실리아가 말했다.

켈리 씨는 재빠른 손놀림으로, 비유컨대 산업혁명에 필적할 속도로, 얼레를 돌려 마지막 남은 몇 피트 길이를 물리지도 정지하지도 않도록 부드럽게 풀어냈다. 그러고는 그 효과를 감상하려 몸을 일으켜 앉으며 눈을 뜨고는, 제 사슬이 허용하는 최장 거리에 이르른 연을 극심한 원시인 두 눈으로 바라보았다.

그새 연이 시야에서 아주 사라지고 만 터라 느슨하게 하늘로 타 오르는 연줄을 제외하고는, 물론 그 자체로도 훌륭한 광경이라고 봐야 할 테지만, 딱히 볼 게 없었다. 이에 켈리 씨는 무아지경에 빠졌다. 마침내 보이지 않는 것과 보이는 것 사이의 거리를 잴 수 있게 됐다. 보이는 것과 보이지 않는 것이 만나는 지점을 밝힐 수 있는 자리에 있게 됐다. 가늠할 수 없는 요소들이 워낙 많은 데다 변덕마저 심하니 과학적인 관측에는 이르지 못할 터였다. 그렇다고 해서 켈리 씨 내면에 미불된 채로 누적될 낙이 애덤스 씨가 천왕성으로부터 해왕성을 관측이 아닌 연산에 기반해 그리도 아름답게 연역해 내는 과정서 얻었을 (짐작건대) 희락에 비해 열등하다고는 결코 말할 수 없다. 켈리 씨는 예리한 독수리눈을 공허한 하늘의 한 지점, 연이 조만간 헤엄쳐 오르지 않을까 싶은 지점에 고정시키고는 조심스레 연줄을 되감기 시작했다.

그 곁에서 몇 발짝 떨어져 나오며 실리아 또한 하늘을 올려다봤으나 켈리 씨와 같은 목적에서는 아니었고, 자기 눈에 연이 들어오기 전에 켈리 씨가 훨씬 앞서 연을 목격하리라는 걸 알았기에, 다만 아일랜드 하면 유일하게 기억나는 태양 없이 온화한 빛, 그 빛이 발라 주는 성유를 눈에 받기 위해서였다. 차츰 다른 연들이 눈에 보이기 시작했는데, 그중에서도 가장 선한 건 노래를 부르느라고 자기가 건넨 인사에 대답하지 않았던 아이가 날리던 쌍연의 모습이었다. 종이 아니라 횡으로 짝을 이룬 특유의 결합 덕에 이 거리에서도 쉬이 알아볼 수 있었다.

하늘을 향해 아등바등하는 완구들의 우스운 열기, 점점 멀어져만 가는 하늘, 구름 차양을 갈기갈기 찢어 대는 바람, 꾸준히 후퇴하는 연한 푸름과 초록의 가없는 영역 군데군데 씨실로 드리운 낮은 구름 가닥들, 사그라드는 빛―이러한 것들을 어김없이 눈여겨보던 때가 그녀에게도 있었다. 쌍연이 휘청거리며 소요로부터 낙하하는 모습, 연의 추락을 방지하러 앞으로 달음박질치는 아이, 끝내 실패하고 만 아이가 괴로워하는 모습, 무릎 꿇고 손상된 연을 골똘히 굽어보는 모습을 그녀는 바라보았다. 자리를 뜨면서 아이는 노래를 흥얼거리지 않았고, 실리아도 아이에게 인사를 건네지 않았다.

공원 관리원들이 울부짖는 소리가 풍향에 맞선 동쪽 방향에서 어슴푸레 들려왔다. 퇴장하세요. 전원 퇴장. 전원 퇴장. 실리아는 돌아서서 켈리 씨를 봤다. 의자에 몸을 비스듬히 눕힌 자세로 뺨을 어깨에 기대고, 우비의 접힌 부분이 입술 한 귀퉁이를 슬쩍 들어 올린 탓에 다소 포악해 보이는 표정을 한 채, 켈리 씨는 죽어 가고 있지는 않고 다만 졸고 있었다. 실리아가 바라보는 사이 얼레가 그의 손끝에서 툭 풀려나더니 맹렬한 기세로 난간을 들이받았고, 연줄이 끊겼고, 얼레가 땅으로 추락했고, 켈리 씨가 잠에서 깼다.

　　퇴장하세요. 전원 퇴장.

　　켈리 씨가 비틀대며 의자에서 몸을 일으켜 세우고 두 팔을 번쩍 들어 올려 넓게 펼치더니, 못으로 향하는 길을 어기적어기적 내려가기 시작했다. 처절하고 처량한 전경이었다. 우비는 바닥에 질질 끌리고 모자 아래로는 두개골이 채광 탑 밑의 궁륭처럼 반들반들하게 흘러내렸으며, 황폐한 얼굴은 뼈로 만든 거멀장이요, 목구멍에서는 숨 막히는 듯 컥컥대는 소리가 복받쳤다.

　　실리아는 못의 언저리에서 그를 붙들었다. 연줄은 수면을 스치다 말고 사나운 원을 그리며 위로 솟구쳤고, 이내 희희낙락하게 황혼의 어스름 속으로 모습을 감췄다. 켈리 씨의 몸이 실리아의 품 안에서 힘없이 늘어졌다. 누군가 휠체어를 가져다주고 실리아를 도와 켈리 씨를 의자에 앉혀 줬다. 실리아는 바람을 거슬러 좁은 길을 힘겹게 올랐고, 완만한 경사로를 따라 북쪽으로 향했다. 집에 가려면 어쩔 수 없었다. 지름길은 없었다. 노란 머리가 그녀의 얼굴을 가렸다. 요트 모자는 두개골에 조개처럼 단단히 매달려 있었다. 좌우 레버는 기진한 심장이나 다름없었다. 그녀는 두 눈을 감았다.

　　전원 퇴장.

1. 형태주의(게슈탈트) 심리학의 핵심 개념 중 하나로, 형태를 인식하는 원리를 앞에 떠오르는 '전경'과 전경 이외의 바탕을 이루는 '배경'의 능동적인 구성 및 지각의 과정으로 설명한다. 이때 전경과 배경은 응시자의 관심이 이동함에 따라 각각 배경과 전경으로 뒤집힐 수도 있으며, 지각자는 전경의 윤곽을 전경의 일부(경계)로 파악하는 반면 배경은 경계 없이 연장되는 것으로 본다.

2. 전경은 외부와 내부로 구분된 '닫힌' 형태로 지각되기 마련이다. 달리 말하자면 눈(과 마음)에 드는 대상일수록 완전체로 지각되기 마련이다. 삼각수는 수에 상응하는 개수의 점을 도형의 형태로 배열할 때 1, 3, 6, 10과 같이 바른세모꼴로 배열할 수 있는 수를 뜻한다. (피타고라스학파는 삼각수를 불[火]의 형태와 연결하기도 했다.) 참고로 원문에서 베케트는 삼각수를 'tetraktys'가 아닌 'tetrakyt'로 적어 하늘을 배경으로 또 하나의 닫힌 형태를 이루는 연(kite)을 암시했다.

3. 뇌의 정중앙, 제3뇌실 뒷부분에 자리한 내분비선. 빛에 따라 시간을 감지해 '제3의 눈'으로도 불리며, 데카르트는 이를 몸과 정신이 교통하는 '영혼의 자리'로 봤다.

4. 바버라, 바카르디, 바로코는 아리스토텔레스가 체계화한 삼단논법의 종류를 기억하기 쉽게 나타낸 연상 기호다. 각각 정언적, 가언적, 선언적 삼단논법을 이르며, '브라만팁'은 양도논법을 가리킨다.

5. 르네상스기 이탈리아의 도미니크회 철학자 토마소 캄파넬라(Tommaso Campanella, 1568-1639)의 1602년 저작으로, 천체를 주축으로 하는 자연종교에 기반한 이상 사회를 그리고 있다.

6. 그리스어로는 '아르카이오스'로, 16세기 스위스 의학자 파라켈수스의 이론에서 모든 생명체 내외부에 깃든 기운 또는 활력을 가리키는 말이다.

7. 'blackmail'은 '합의, 흥정, 지대(地貸)'를 뜻하는 스코틀랜드어 'mal'에서 파생했다. 은화로 지불하던 지대인 'silver mail'과 달리 약탈을 면하고자 뇌물 삼아 바치던 옥수수, 고기 등의 물품이나 노동력을 일컬어 'blackmail'이라 불렀다. 신변 보호에 대한 대가인 셈이다.

8. 셰익스피어의 희곡 「로미오와 줄리엣」 5막 1장 중 로미오의 대사. 이를 뒤잇는 대사가 천궁도 서두에 인용된 "(그렇다면) 내 너희 별들을 거역하노라"이다.

9. 더블린 중앙우체국은 1916년 4월, 잉글랜드에 대항한 아일랜드 용군과 시민군이 주도한 부활절 봉기의 주요 무대였으며, 부활절 봉기의 희생자들을 기리는 기념상인 쿠 훌린 동상이 1935년 4월 21일 이곳에서 처음 공개됐다.

10. 한때 더블린 술집들은 오후 2시 30분에서 3시 30분 사이의 소위 '성시(holy hour)' 동안 영업을 중단해야 했다.

11. 「잠언」30장 15절에 언급된 거머리의 두 딸을 뜻한다. "거머리에게는 두 딸이 있어 다오 다오 하느니라. 족한 줄을 알지 못하는 것이 셋이오, 넷이 모여도 족하다고 하지 않느니라."

12. 아일랜드 철학자이자 성공회 주교인 조지 버클리(George Berkeley, 1685-1753). 정신(지각)에 의존하지 않고 그 자체로 존재한다고 상정되는 물질 또는 물질적 실체 개념을 부정하는 비물질주의(immaterialism)를 주장했다.

13. 욥이 고난당할 때 그를 위안한다고 찾아온 욥의 세 친구 빌닷, 소발, 엘리바스를 가리킨다. 빌닷은 수아 사람, 소발은 나아마 사람, 엘리바스는 에돔 사람이다. 이들 모두가 실은 욥의 내면 세계에만 존재하는 욥 본인의 '파편'으로, 그의 자기 갈등을 드러내는 장치라는 해석도 있다.

14. 공공 광장으로, 링컨스 인 법학원이 접해 있으며 법조계 사무실이 밀집한 곳이다. 한때 공개 처형이 이루어지던 곳이기도 하다.

15. 독일의 구성·실험 심리학자, 철학자인 오스발트 퀼페(Oswald Külpe, 1862-1915)를 위시한 심리학자들. 뷔르츠부르크학파라고도 부르며, 게슈탈트심리학의 창시자인 막스 베르트하이머(1880-1943), 볼프강 퀼러(1887-1967), 쿠르트 코프카(1886-1941) 외에도 카를 마르베(1869-1953), 카를 루트비히

뷜러(1879-1963), 헨리 와트(1879-1925), 나르치스 아흐(1871-1946)가 이 학파 소속이었다.

16. 1925년 하이드 파크에서 처음 공개된 제이컵 엡스타인의 부조상 「리마(Rima)」. 여성 나신을 '추악'하고 '여성스럽지 않게' 묘사했다는 이유로 수시로 훼손되고, 1935년에는 스와스티카[卍]로 오산되기도 했다. 미국에서 태어나 영국으로 건너온 엡스타인은 통용되는 미의 기준에 부합하지 않는 소위 '외설적인' 신체 묘사로 자주 비난받았고, '타지 사람'이자 유대인라는 이유로도 개인적으로 모독당했다.

17. 영국 르네상스 극작가 프랜시스 보몬트(Francis Beaumont, 1584-1616)와 존 플레처(John Fletcher, 1579-1625)의 희곡 「아가씨의 비극(The Maid's Tragedy)」(1619) 1막 2장에서 '신시아(달)'가 '밤'에게 하는 말이다.

18. 스피노자의 『에티카(Ethica)』 (1677)에 나온 구절의 일부를 인용하면서 베케트는 '신'을 '머피'로 바꿨다.

19. s'il y a. '있다면(존재한다면)'으로 옮길 수 있다. 실리아(Celia)라는 이름은 라틴어로 '하늘'을 뜻하는 'caelum'이 어원이다.

20. 라블레의 『가르강튀아와 팡타그뤼엘』(1534)에 등장하는 인물로, 대가뭄의 와중에 태어난 거인이다. '목마른 자들의 지배자'라고도 불리는

팡타그뤼엘의 이름은 '만물을(에)'과 '갈증'을 의미하는 단어의 합성어다. 한편 그리스신화 속 인물인 탄탈로스 왕은 하데스(죽음의 세계)에서 먹지도 마시지도 못하는 형벌을 받은 것으로 유명하다.

21. 「전도서」 11장 1절. "네가 가진 빵을 물에 던져라, 그러면 여러 날이 지나고 찾게 될 터이니."

22. 테바이의 왕비. 레토 여신보다 아이를 많이 두었다고 자랑하다가 레토의 두 자녀인 아폴론과 아르테미스의 손에 열네 자녀를 모두 잃고 상심해 돌로 변한 뒤에도 눈물을 흘렸다고 한다.

23. 아일랜드 작가 조지 윌리엄 러셀(가명 Æ 또는 A. E., 1867– 1935)의 1918년도 작품. 원제는 'The Candle of Vision'이며, '신비주의자의 자서전'이라는 부제가 붙었다.

24. 영국 철학자 프랜시스 베이컨이 『신기관(Novum Organum)』(1620)에서 인간 지각을 좌우하는 편견과 선입견을 종족과 동굴, 시장과 극장의 '우상'에 빗대어 정리한 것을 의미한다. 동굴의 우상(idola specus)은 개개인의 특성과 선호도, 교육, 버릇 등에서 비롯된 편견을 가리킨다.

25. Arnold Guelincx (1624–69). 플랑드르의 형이상학자·논리학자. 데카르트의 사상을 바탕으로 포괄적 윤리 이론을 덧붙인 기회원인론(우인론)이라는 철학

이론을 전개했다. 베케트의 세계관과 『머피』를 비롯한 작품에 큰 영향을 미친 철학이기도 하다.

26. 베케트는 자신의 소설 『와트』에서도 이와 유사한 구절을 사용하고 있다. "달라진 건 사다리 밖의 존재였다. 사다리로 내려오지 마, 이포르, 내가 치웠으니까. 이것이 내가 기꺼이 여러분에게 알려 드리는바, 역전된 변신이다.(What was changed was existence off the ladder. Do not come down the ladder, Ifor, I haf taken it away. This I am happy to inform you is the reversed metamorphosis.)" 사뮈엘 베케트, 『와트』, 런던, 페이버 앤드 페이버, 2009, 36면.

27. 오스트리아의 작곡가 프란츠 요제프 하이든과 마리아 안나 알로이지아 아폴로니아 하이든의 결혼 생활은 행복하지 않았던 것으로 알려져 있다. 종교적인 이유로 이혼을 할 수 없었기에 두 사람은 국경을 사이에 두고 떨어져 사는 일이 잦았으며 각기 애인을 두었다고도 한다. '3도 병행'은 화성법에서 두 성부가 같은 도수(이 경우는 3도)와 방향으로 진행하는 병진행 중 하나다.

28. 통상적인 표현은 "왕이 죽었다. 국왕 만세!(Le roi est mort. Vive le roi!)"일 것이다.

29. 페이디아스는 기원전 5세기경 활동한 초기 고전주의를 대표하는 고대 그리스의 조각가이며, 스코파스는 기원전 4세기경 활동한

조각가이자 건축가다. 전자의 작품이 차분하고 절제됐다면 후자의 작품은 격정적인 표현이 특징이다.

30. 페르가몬파는 그리스 · 헬레니즘 시대에 페르가몬을 중심으로 형성된 조각가들의 한 유파로, 대표작으로는 「페르가몬의 대제단」, 「빈사의 갈리아인」이 있다. 에른스트 바를라흐(Ernst Barlach, 1870-1938)는 북유럽의 농민과 빈자들의 생활을 표현한 청동, 목각, 석상으로 이름난 독일의 조각가다.

31. 오펜스도 디펜스도 아닌 '어펜스(affence)'는 기물을 절대 잡히지 않는다는 의미로 베케트가 고안해 낸 표현이다. 츠바이슈프링어슈포트는 '두 나이트의 조롱'을 뜻하는 독일어로 체스 오프닝 종류 중 흑의 오프닝에 해당하는 '두 나이트 디펜스'의 변주를 보여 준다.

32. 파리의 카페 드 라 레장스는 체스의 메카로도 알려진 곳으로 18세기 후반에서 19세기 초반에 전성기를 누렸다. 심슨스 디반은 19세기 초반에 개업한 런던의 체스 카페로, 이후 식당으로 확장했다.

33. 체스 용어인 '체크메이트'는 페르시아어로 '왕'을 뜻하는 'Shah'와 '무력해진', '패배한'을 뜻하는 'mat'에서 파생한 단어다. '왕은 죽었다'와 동의어라 할 수 있겠다.

34. 데모크리토스의 시각 이론에 따라 우리 주위에 완전한 진공이 존재한다고 상정할 경우, 가시적인 대상의 이미지가 어떤 왜곡도 불명료함도 없이 우리 눈에 고스란히 전달될 수 있으리라는 결론에 이르게 된다. 이에 반해 아리스토텔레스는 "보는 이와 보는 대상 사이의 간극이 진공이 된다면 개미마저도 뚜렷이 볼 수 있으리라는(하늘에 개미가 있다는 가정하에) 데모크리토스의 추정은 잘못됐다."고 『영혼에 관하여』에서 주장했다.

35. 프레더릭 워커 모트(Frederick Walker Mott, 1853-1926). 신경계와 내분비샘이 정신장애에 미치는 영향을 연구했으며 런던의 대표적인 정신의학 기관인 모즐리 병원 설립에 크게 기여했다. 정신장애가 생식계의 이상에서 기인한다는 이론을 내세웠으며 우생학과 긴밀한 연관이 있는 퇴화론의 영향을 많이 받았다. 킬리크랭키(Killiekrankie) 박사의 이름은 '병든 자(독일어 kranke)' 또는 '괴짜(영어 cranky)를 죽인다'라는 의미의 복합어다.

36. 더블린 서부에 있는 기독교 유적지. 6세기 중반에 목수의 아들이었던 세인트 키런(Saint Ciarán)이 (속설에 의하면 33세의 나이에) 이곳에 수도원을 지은 이래 9세기 전후로 종교, 교육, 수공예와 교역의 중심지로 자리 잡았다. 섀넌강과 중세 아일랜드의 두 왕국 코너트(Connacht)와 미스(Meath)와 접경했고, 12세기부터 쇠퇴했다. 미스 왕국은 오멜로흘린 왕가의 통치 아래 있었다.

37. 수표를 뜻하는 '체크'(곧 '샤')를

건네며 니어리는 패배를 인정한다.

38. 베케트는 음량과 템포의 점진적인
저하를 의미하는 '카스칸도'라는
제목으로 1936년에는 영시를
발표했고, 1961년에는 프랑스어로
라디오극을 썼다.

해설

J.C.C. 메이즈

I

『머피』는 베케트가 남긴 비교적 장문인 글 가운데서도 작가
자신이 처음으로 흡족히 여긴 글에 속하는데, 그 이유야 뚜렷하다.
『머피』를 쓰기 전까지 베케트는 운문과 산문을 막론하고 현란하고
박식하며 독창적인 글을 써 왔지만 이러한 특징은 공유하고픈
욕망만큼이나 드러내지 않으려는 본능에서 기인한 것이기도 했다.
재능을 앞세워 도무지 들여다볼 엄두가 나지 않는 것을 가리는
셈이었다. 그렇기에『머피』로 대변되는 성취는 베케트의 작업
세계에서 하나의 전환점이 된다. 이 작품을 계기로 그는 여러
출판사와의 기나길고 지루한 협의 과정—이 과정에서 베케트는
지속적으로 출판사의 원고 수정 요청을 거부했다.—을 견딜
만치의 자기 소신을 획득했다. 그 덕에 영어로 출간한 작품을 손수
프랑스어로 옮기는 일을 다음 과제로 삼는 것 또한 타당한 선택이
될 수 있었을뿐더러 차후에, 그러니까『고도』이후에 미국에서
출간된 뒤로 이 책은 영어권 세계에 걸쳐 베케트의 글을 보다 넓게
이해할 수 있도록 돕는 초석으로 작용했다.『머피』는 베케트가
자기 자신한테 가장 시급하며 우선적인 주제가 무엇인지 발견하는
발단이 되었다. 정확히는 자신을 감금하는 상황에 대처하는 한
가지 방안의 시발점이 되기에 이른다.『머피』의 주인공은 알파벳의
열세 번째 글자인 M을 이름 첫 글자로 하는 베케트 작품의 여러
주인공 중에서도 원조 격 인물인 셈이고, 이후 뒤따를 작업들도
결국 머피를 주축으로 삼고 있다. 베케트의 초기작이 각기 우위를
점하려 드는 야심으로 인해 다소 산만해지는 경향을 보였다면
『머피』에서도 이런 어수선함이 아직 완전히 제어되지는 않지만,
다만 그 와중에도 다소 떨떠름한 뒷맛의 균형을 잡아 주는
달달한 특징이 눈에 띄기는 한다. 토머스 맥그리비(Thomas
MacGreevy)와 브라이언 코피(Brian Coffey)가 처음부터 간파한
바 있으며 이후 오랜 시간 향미를 유지하여 베케트의 중후기작에

걸쳐 온화함을 불어넣어 주었던, 다름 아닌 '온정'이다.

베케트는 『머피』를 10여 개월에 걸쳐 습작 노트 여섯 권에 손으로 써 나갔다. 베케트가 토머스 맥그리비를 비롯한 몇몇 친구들에게 보낸 편지에 남긴 말로 그 진도를 가늠해 볼 수 있다. 1934년 9월에 더블린에서 다시 런던으로 돌아오면서 베케트는 웨스트브롬프턴의 거트루드 스트리트에서 하숙을 시작했고 그곳에서 지낸 지 거의 1년이 다 된 시점에야 이 소설을 쓰기 시작했다. 1935년 8월 중순에 기고해 4주간 9,000단어를 썼고, 이즈음에 벌써 하이드 파크에서의 연날리기 장면으로 소설을 닫기로 결정했다고 언급하고 있다. 이후 꾸준히 작업을 이어 가며 10월 중에 20,000단어를 완성했고, 1936년 2월에는 마지막 세 장(章)만 남겨 놓고 있었다. 1935년 11월에 시집 『에코의 뼈들 그리고 다른 침전물들』이 출간됐고, 12월에는 고향인 폭스록을 찾았다. 그로부터 두어 달간은 『머피』 집필에서도 손을 놓아야 했으나 봄이 찾아오자 앞서 『발길질보다 따끔함』을 썼던 더블린의 클레어 스트리트에 있는 개럿 다락방에서 작업을 재개했다. 그리하여 1936년 6월 초순에 탈고한 원고를 타자해 앞서 『프루스트』와 『발길질보다 따끔함』을 출간한 채토 앤드 윈더스(Chatto & Windus) 출판사에 6월이 가기 전에 전달했다.

큰 차질 없이 차근히 글을 진척시킨 것으로 보아 베케트가 일정한 목적의식을 갖고 『머피』를 썼으리라 짐작할 수 있다. 사전 준비 과정이며 집필 과정의 앞뒤 정황을 살펴봐도 이 짐작은 타당해 보인다. 베케트는 런던에서 지내며 겪은 일과 독서 중에 별도로 확인해 둔 자료, 그리고 기존의 습작 원고 등을 이 소설의 소재로 삼았다. 동시에 그는 새로운 과제를 앞두고 의도적으로 책을 선별해 읽기도 했다. 전체적 구상을 복잡하게 흐트러뜨리기보다는 이를 보강하는 방식으로 엘리자베스 여왕과 제임스 1세 시대의 희곡이며 헨리 필딩, 스피노자, 횔링크스 등의 저서에 몰두했다. 그리하여 예컨대 투고했다가 반려된 단편인 「번개 같은 계산(Lightning Calculation)」(현재 레딩[Reading] 대학교 도서관 소장)의 주인공이 『머피』에 짧게나마 등장하기도 하며(본문 20면), 또한 그 단편에서 다룬 소재가 라이언스(J. Lyons

& Co.) 찻집이 배경인 일화에서도 활용되고 있다. 『호로스코프』 습작 노트(역시 레딩 대학교 소장)에는 별자리부터 베들램 병원에 근무하는 남자 간호사의 업무에 이르기까지 차후에 소재로 쓰이게 될 요소와 관련된 각종 메모 및 요약된 내용이 담겨 있는데, 베케트는 『머피』를 집필하기 전부터 집필하는 내내, 그리고 집필이 마무리되어 가던 시점까지 노트를 꾸준히 기록하고 보충했다. 베케트는 글을 쓰던 시기와 맞물리는 기간 동안 상담 치료를 받았고(대략 『머피』를 시작하기 전부터 쓰는 동안에 걸쳐), 그 영향으로 게슈탈트 및 퀼페 심리학 저서에서 접하게 된 내용을 『머피』에 녹여 내기도 했다. 그런데 1935년 2월부터 10월 사이 친구인 제프리 톰슨(Geoffrey Thompson)을 방문하러 켄트 소재의 베들램 왕립 병원(Bethlem Royal Hospital)[1]에 찾아간 건 소재 마련을 위한 의도적인 현장 견학 차원에서였다. 이때까지도 베케트는 조이스 특유의 작법이라는 그늘 아래 글을 쓰고 있었지만, 『머피』에서는 과거 어느 때보다 확고해진 목적의식으로 쇄도하는 인유(引喩)를 제어하고 있다. 이 소설을 쓰게 한 원동은 베케트가 개인적인 동시에 공통된 것으로 인식한 딜레마에 있다. 노련한 장인의 솜씨로 빚은 책인 양 시늉하는, 작가 자신이 반쯤만 허용하고 있는 스타일은 작가가 던지는 농담이지만, 동시에 보다 진지하게 이 핵심적인 딜레마를 형상화하고 있다.

　　베케트가 수습 단계를 거쳐 자기만의 주제와 형식과 문체를 발견하고 그 과정에서 기존 작법에서 벗어나 다른 방식으로 글을 쓰도록 이끈 것이 본능이라면, 그가 출판사에 『머피』의 원고를 처음 전달한 시점과 실제로 책이 나온 2년 뒤의 시점 사이에 이루어진 저자 교정을 통해서도 이 본능을 재차 확인할 수 있다. 『머피』는 1936년 7월 15일 채토 앤드 윈더스 출판사에게 반려되었고, 8월 4일에는 하이네만(Heinemann) 출판사에게 거절당했다. 그러자 베케트는 앞서 미국 출판사들에 투고할 타자 원고의 복사본을 메리 매닝 하우(Mary Manning Howe)에게 보냈듯이, 잉글랜드 출판사들에 투고할 복사본 한 부를 조지 리비(George Reavey)에게도 맡겼다. 그러곤 1936년 9월 말에 독일로 떠나 1937년 4월 초에야 돌아왔다. 그가 영국을 떠나 있는 동안 대서양 양쪽에서 출판사들이 연달아 출간을 거절했고, 개중에는 책의 상업성을 염두에 둔 원고의 수정을 허용한다는 조건하에 관심을 표명한 경우도 없지는 않았으나 이 경우에는 베케트가 제안을 일축했다. 결국 폭스록에서 부진한 몇 달을 보내면서 자동차 사고를 겪는 한편 새뮤얼 존슨을 다룬 희곡의 집필에 별 진척을 보지 못한 채 베케트는 10월에 다시 파리로 향했고, 이후 고모부의 동생이 관여된 명예훼손 소송에 증인으로 서기 위해 잠시 더블린으로 돌아갔다가 파리로 복귀한 뒤인 1937년 12월 9일에야 마침내 라우틀리지 앤드 선스(Routledge & Sons) 출판사에게서 『머피』의 출간 결정 소식을 전해 듣는다. 잭 예이츠(Jack Yeats)가 자신의 담당 편집인 T. 머리 래그(Murray Ragg)에게 이 원고를 추천했고, 라우틀리지를 위해 문학서 검토를 맡아 오던 허버트 리드(Herbert Read)가 뒤이어 래그의 원고 수락 결정을 열정적으로 지지했던 것이다. 공교롭게도 베케트는 1938년 1월 7일 새벽에 칼부림을 당해 졸지에 부상을 입고 말았던 터라 병원에 있는 동안 교정지를 받게 되었다. 출판사는 베케트가 교정 원고를 수정하고 일부 내용을 삽입한 직후인 2월에 바로 제작에 들어갔다. 총 1,500부가 인쇄됐고 3월 7일부터 7실링 6펜스에 판매되었다. 이러한 사태의 전환을 베케트는 놀랍고도 기쁘게 받아들였고, 다만 소설을 마무리할 때쯤 『데일리 스케치』지에서 발견했던 침팬지 두 마리가 체스를 두는 사진이 책 표지에 실리지 않은 사실에 실망감을 표했을 따름이다.

베케트는 유독 질서 정연하게 글에 대한 사전 준비며 실질적인 집필을 해 나갔고 마찬가지로 라우틀리지의 제작 과정도 극히 효율적이었으나, 이 별도의 두 과정 사이에는 다소 복잡하고 중대한 요소들이 산란하게 얽혀 있다. 첫째, 『머피』의 본문에는 미출간 단편 「번개 같은 계산」과 『호로스코프』 습작 노트에서 가져온 요소들이 삽입돼 있는데, 이 소재들은 집필 단계보다 앞서 존재했거나 『머피』의 집필을 보충한다 뿐이지 창작 단계에서 구성적인 요소로 작용하지는 않는다. 단편과 습작 노트를 여러 다른 방식으로 활용하고 있는 것은 사실이나 이것은 어디까지나 독일 출판 편집자들이 '부록(paralipomena)'이라고 일컫는 증보의 범주 안에 든다. 편지와 사적인 기록물을 참조한 부분도 마찬가지로 그 범주 안에 있거나 근접해 있다. 둘째, 베케트가 여섯 권의 노트에 작성한 소설의 친필 원고는 개인의 소유로 단순히 참조하기 위해서도 확보할 수 없는 실정이다. 베케트는 이 여섯 권의 노트를 친구인 브라이언 코피에게 주었고 코피가 1960년대에 들어 이를 팔았으므로, 그와 관련해 간략한 기록이 전혀 없지는 않다 해도—베케트의 전기를 쓴 제임스 놀슨(James Knowlson)이 남긴 짤막한 글이 한 예다.—이 친필 원고와 현존하는 타자 원고의 관계를 가늠하기에는 역부족인 게 사실이다. 다만, 여섯 권의 노트 중 유일하게 표지 색깔이 다른 여섯 번째 노트에 베케트가 아일랜드에서 겪은 슬럼프 이후에 완성한 마지막 몇 장(章)이 담겨 있을 가능성을 짐작만 할 따름이다.

마지막으로, 텍사스주 오스틴 소재의 인문 연구소(Humanities Research Center, 이하 HRC)[2]에 보관된 정정 복사본은 신중히 다루어야 할 자료다. 천으로 장정한 커버로 앞뒤를 감싼 이 타자 원고 사본의 면지에는 작가가 1936년 6월 26일 클레어 스트리트 6번지에서 남긴 서명이 담겨 있다. 그로부터 1년 후에 베케트는 리비에게 원고(아마도 타자한 원고의 사본을 의미하는 것 같다.)가 세 부 존재한다고 언급했는데, 이 중 로마숫자 III이 적힌 HRC 사본이 리비와 매닝이 다른 두 사본을 출판사 이곳저곳에 각기 돌리던 내내 베케트의 수중에 있었던 것으로 짐작해 볼 수 있다. HRC 사본은 또한, 역시나 짐작일 뿐이지만, 작가가 책 출간에 앞서 맥그리비와 코피, 데니스 데블린(Denis Devlin)에게 읽어 보라며 각기 다른 시기에 빌려줬던 사본이기도 할 것이다. 이런 점들을 고려할 때, 그리고 이 사본에 라우틀리지 판본 발행 시 반영되지 않은 수정 사항이 하나 포함돼 있는 사실로 보아, HRC 사본이 인쇄 조판에 사용된 타자 원고는 아니었던 듯하다. 실제로 라우틀리지 본문 235면에 등장하는 두 쌍의 시행(詩行)을 HRC 원고에서는 찾아볼 수 없는데, 그럼에도『호로스코프』 습작 노트에는 체크 마크로 확인 표시가 돼 있으므로 (이 행들은 각각 로버트 그린[Robert Greene]과 조지 필[George Peele]의 노랫말에서 빌려온 것이다.) HRC 사본이 계통 서열상 상당히 복잡한 지위를 차지하고 있음을 확증한다고 봐야 할 것이다. 라우틀리지 판본이 HRC 타자 원고와 차이를 보이는 지점의 다른 예로는 라우틀리지 본문 239면에 "the Pergamene Barlach"(본문 181면, "페르가몬 유파로 묶을 수 있는 바를라흐와 같은 조각가")라는 말이 삽입된 사실, 282면에 나오는 "the ravaged face"(본문 213면, "황폐한 얼굴")에 대한 상세한 묘사가 대폭 축소된 사실을 들 수 있겠다. 따라서 이로부터 유일하게 내릴 수 있는 결론은 베케트가 HRC 원고 이외의 타자 원고를 조판용과 인쇄용으로 제출했으나 이 타자 원고가 지금으로선 유실됐다는 것이다. 마찬가지로 그가 교정지에 직접 수정 사항을 기입했다는 기록이 남아 있지만 이 교정지 또한 유실되었다. 결과적으로 이 책이 어떻게 구상, 집필, 완성되었는지는 명확한 반면, 그 제작 과정과 관련해서는 몇 가지 누락이 있는 만큼 베케트가 의도한 본문의 세부를 놓고 이견이 발생할 여지가 남아 있는 실정이다. 이에 대해서는 아래에서 다시 논하겠다.


## II

라우틀리지에서 『머피』를 출간한 직후 등장한 서평들은 엇갈린 반응을 보였다. 『더 스펙테이터』에 실린 케이트 오브라이언(Kate O'Brien)의 글이 베케트가 가장 흡족하게 여긴 서평이라면, 『뉴 잉글리시 위클리』에 실린 딜런 토머스(Dylan Thomas)의 글은 통찰력이 있었다. 오브라이언은 즐거운 독서였음을 표명하며 『머피』를 '금주(今週)의 책'으로 선정했고, 소설의 "즐겁고 활기찬" 기운을 높이 평가했다. 또한 본인의 이해를 넘어서는 부분도 상당했다고 자인하면서도 이것이 문제가 되지는 않는다고 주장했다. "이렇게까지 유쾌하게 책을 읽은 경험도 드물뿐더러 이렇게까지 상찬도 아니고 과찬을 퍼붓고 싶은 유혹에 붙들렸던 적이 있을까 싶다." 토머스는 찬사와 비난을 동시에 보낸 여타 비평가들과 다른 접근을 보였다는 점에서 예외적이었다. 그는 이 소설이 "틀렸다"고 돌직구를 날렸지만, 책 속에 드러난 특징들이 어떤 지점에서 서로 불일치하는지를 설명하는 과정에서 베케트의 창작 방식을 진지하게 대하는 본인의 태도를 역설했다. 이듬해에 아일랜드에서 유일하게 나온 서평(오스틴 클라크[Austin Clarke]가 익명으로『더블린 매거진』에 투고한 서평이었다.)의 경우 소설을 조심스럽게 혹평한 반면, 아나톨 리보알랑(Anatole Rivoallan)은 개관서『현대 아일랜드 문학(Littérature Irlandaise contemporaine)』을 통해 프랑스 독자들에게 젊은 동시대 작가들 사이에서 베케트가 차지하는 자리를 보다 이해력 있는 안목으로 약술했다. 가장 면밀한 반응은 브라이언 코피가 쓴 서평이었으나, 이는 출간 매체를 찾는 데 실패했으므로『머피』가 끝내 받지 못한 최고의 호평이라고 부를 수 있을 것이다(이제는 이 서평과 관련 주석과 논평을『더 리코더: 미국 아일랜드 역사협회 저널[The Recorder: A Journal of the American Irish Historical Society]』18권 1-2호[2005년 가을 호] 95-114면에서 찾아볼 수 있다). 코피는 머피와 엔딘 씨 사이의 대결을 바라보는 작가의 시점을—이 점이 중요하다.—작품의 핵심으로 파악했고, 베케트가 차후 코피에게『머피』의 친필 원고를 선사한 사실에서 그가 이를 얼마나 값지게 여겼는지 가늠할 수 있다. 라우틀리지판 『머피』가 얼마나 널리 보급되고 문학 전통 안으로 흡수되었느냐는 별개의 문제다. 더욱이 이 책은 10여 년에 걸쳐 이루어졌던 문학 실험이 세계 전쟁에 압도당하고 만 시기의 막바지에 등장했다.

라우틀리지 출판사는『머피』의 출간 직후 예상 판매량을 높게 잡지 않은 듯하다. 근래에 와서는 수집가들 사이에서 고가를 호가하게 된 초판본이 세 가지 제본으로 엮인 것으로 보아 수요에 따라 증쇄하는 방식을 택했음을 알 수 있다. 세 번째 제본의 경우는 할인된 가격인 4실링에 판매됐다. 출판사의 경리 기록에 따르면 1938년에는 568여 부가 판매됐고, 1939년에 23부, 1940년에 20부, 1941년에 7부가 판매되었으며 1943년 3월에 증쇄 없이 절판된 것으로 나온다. 1쇄의 1,500부 중 절반만이 제본 후 유통되었고, 나머지 750부에 해당하는 미제본 인쇄물은 그대로 매각됐다. 매각된 이후의 행방에 대해서는 알려진 게 없는데 공습 중에 파손되었거나 단순히 파기되었을 수도 있다. 베케트가 얻은 수익은 총 20파운드에서 소득세를 공제한 금액이 전부다. 이후로 그가 계속 글을 쓰지 않았더라면 이 책은 조이스의 전철을 밟으며 플랜 오브라이언(Flann O'Brien)의 『스윔투버즈에서(At Swim-Two-Birds)』(1939)—런던 소재의 신중한 출판사가 역시나 각기 다른 제본으로 연이어 출간한 '실험적인' 소설—그리고 레몽 크노의 『우린 여자들한테 늘 너무 잘해 줘(On est toujours trop bon avec les femmes)』(1947)와 어깨를 나란히 했을 것이다. 출간된 지 10년이 지나서도 베케트의 소설은 아이리스 머독(Iris Murdoch), 비비언 머시어(Vivian Mercier), 에이든 히긴스(Aidan Higgins)와 같은 식견 있는 이들에게 꾸준히 찬사를 받았지만, 이런 이들은 소수에 불과한 데다 뿔뿔이 흩어져 있었다.

한편 베케트는 라우틀리지에서 책이 나온 지 불과 한 달 만에 『머피』를 프랑스어로 번역하는 작업에 착수했다. 여러 가지 이유가 복합적으로 작용한 결정이었을 것이다. 짐작건대 자신이 쓴 글의 가치—독자 일반에게는 당장은 무의미할지라도 적어도 자기 자신에게 갖는 가치—를 이해했기 때문이기도 했을 테고, 자신의 장래가 파리에 있는 것으로 보이는 시점이었지만 당장은 진로상의 교차로에 다다른 셈이어서 딱히 할 일이 없다고 느꼈기 때문이었을 수도 있겠다. 그리하여 베케트는 오랜 친구이자 1926–8년에 트리니티 칼리지 더블린에 방문 강사로 재직한 후 그즈음에는 리세 뷔퐁(Lycée Buffon)에서 가르치고 있던 알프레드 페롱(Alfred Péron)에게 연락했고, 두 사람은 1939년 12월에 소설의 9장까지 번역을 완료하고 1940년 2월경에는 번역 원고를 마무리하기에 이르렀다. 그해에 걸쳐 베케트는 두서없이 번역 원고를 다듬었고, 전쟁이 끝난 뒤인 1945년 10월에 보르다스(Bordas) 출판사와 『머피』의 프랑스어 번역본은 물론 차후에 쓰게 될 모든 프랑스어 및 영어 저서에 대한 출간 계약을 맺게 되었다. 『머피』의 프랑스어 번역본은 1945년에 나치 수용소에서 사망한[3] 페롱에게 헌정한다는 글귀를 담은 채 1947년 4월 15일, "탐구와 정신적 모험에 대한 의지가 각별히 두드러지는" 총서 중 다섯 번째 책으로 출간되었다. 이 총서는 기획부터 다소 유별스러웠고 출판사에서는 베케트의 저서인 총서 5권에 대해 서평을 쓸 사람을 모색할 노력조차 하지 않은 것으로 보인다. 판매 부수에 대한 기록이 일정하지는 않지만 적은 양이었다는 것만큼은 분명하다. 라우틀리지판만큼이나 판매가 저조했는지도 모르고, 더욱이 그 판본과는 달리 출간 첫해에 한해서나마 급격한 판매고를 기록하지도 못했다. 보르다스 측 기록에 따르면 출간한 지 4년이 지난 시점에 초판 3,500부 중에서 735부만이 판매되었고, 이 중 350부는 파손 부수, 100부는 증정 부수였으므로 실제로 판매된 부수는 285부에 불과했다. 이후 출판사와 분쟁이 발생하면서 보르다스 측에서 베케트에게 기지급된 선인세를 반납하라고 요구하기에 이르렀고, 1951년 5월부터 1953년 12월까지 이어진 협의 끝에 결국 보르다스에서 남은 2,750부를 제롬 랭동(Jerôme Lindon)에게 매각하는 쪽으로 조정이 이루어졌다. 랭동은 앞서 미뉘 자회사에서 베케트의 프랑스 3부작을 이루는 소설 세 권과 『고도를 기다리며』를 출간한 바 있었고, 보르다스 출판사로부터 받은 미제본 상태의 『머피』 인쇄물을 제책한 후 새로운 표지를 추가해 1954년에 재출간했다. 1956년에 미뉘판 『머피』는 2쇄를 찍기에 이르렀고 1965년에는 3쇄를 찍었다. 이렇듯 차차 중쇄를 거듭해 가며 미뉘판 『머피』는 베케트의 프랑스어 전작의 일부로 신속히 흡수되었다.

베케트가 관여한 번역본 중 언급하지 않고 넘어갈 수 없는 또 하나의 번역본은 독일어로 번역되어 1959년 6월에 출간된 로볼트(Rowohlt)판 『머피』다. 다른 이유를 차치하고도, 이 번역본은 이번 페이버 앤드 페이버 판본과도 어느 정도 연관성이 있기 때문이다. 로볼트에서 발행한 독일어 번역본의 역자는 엘마르 토프호벤(Elmar Tophoven)으로 표제지에 명시돼 있는데, 토프호벤은 1949년부터 소르본 대학교에서 독일어 강사로 재직하면서 박사과정을 밟고 있었다(이후 그는 파울 첼란[Paul Celan]의 후임자로 에콜 노르말에 취직했다). 학생 시절 자발적으로 『고도』를 독일어로 번역한 바 있었던 토프호벤은 베케트가 선호하는 번역가로[단 베케트의 프랑스어 저서에 한해] 금세 지목되었다. 그리하여 1953년에는 『고도를 기다리며(Warten auf Godot)』가, 1958년에는 『말론 죽다(Malone stirbt)』가, 1959년에는 『마지막 승부(Endspiel)』와 『이름 붙일 수 없는 자(Der

Namenlose)』가 출간되었다. 한편『시들(Gedichte)』(1959)의 경우에는 토프호벤이 프랑스어를 번역 대본 삼아 옮기되 같은 책에 실린 시 중 영어로 쓰인 시들은 에바 헤세(Eva Hesse)가 독일어로 번역했다. 더욱이 토프호벤이 같은 시기에 번역한 영어 희곡 작품들(독일어 번역본으로 1957년 출간된『넘어지는 모든 자들[Alle, die da fallen]』과 1959년 출간된『크래프의 마지막 테이프[Das letze Band]』) 또한 에리카 쇠닝히(Ericka Schöningh)와 함께 작업한 결과였다(나중에 그는 쇠닝히와 결혼했다). 그러므로『머피』의 독일어 번역본이 1959년에, 그것도 토프호벤의 이름만 명시된 채로 출간된 사실은 그가 베케트로부터 적잖게 도움을 받았음을 강하게 시사하며, 토프호벤을 잘 알던 이들의 증언도 이를 뒷받침한다. 요지는 번역 자체가 아니다. 보르다스-미뉘 번역판에서와 마찬가지로 토프호벤의 번역본에서도 영어와 영어 아닌 언어 간의 차이가 요구하는 삭제와 수정은 당연히 이루어진다. 인유와 암시는 그 핵심적인 의미가 유지되도록 적절히 변경돼야 하고, 유머는 통상적인 반응 깊숙이 파고드는 특질인 만큼 문화적 교환의 과정 중에 미세하게 변화하기 마련이다. 요지는 베케트가 이로써 다시 한 번 자신의 영어 본문을 살피며 그 내용을 고민하는 단계를 거쳤다는 것이고, 이러한 유별난 상황이 그와 토프호펜으로 하여금 기존의 프랑스어 번역본에서 찾은 해결책들을 다시 찾아보고 참고하도록 만들었으리라는 점이다. 프랑스어와 독일어로 번역하는 과정은 영어 본문상의 실질적인 오류를 수정하고 바로잡을 기회이기도 했는데, 이 기회는 일부는 사용되고 일부는 무시되었다. 그런 만큼 두 번역본은 1938년도 라우틀리지 판본 이후 출간된 여러 영어 판본만큼이나 소설의 본문을 개선하는 데 기여했다고 하겠다.

영어판『머피』의 최초 재발행본은 뉴욕의 그로브 출판사에서 발행한 영인본이다. 이 판본은 1957년 5월 16일에 출간되었고 가격은 천 커버 양장본이 3.50달러, 페이퍼백이 1.95달러였다. 프랜신 펠슨헬(Francine Felsenhal)이 디자인한 표지 시안은 곧 로이 쿨먼(Roy Kuhlman)이 디자인한 표지로 대체되었고, 달리 제본한 저자 서명본도 한정판으로 출간되었다. 이 영인본에 앞서 그로브 출판사는 미뉘 출판사에서 발행한 베케트의 프랑스어 저서를 베케트의 영어 번역으로 출간한 바 있었고(판형 또한 원서와 유사했다), 그로브판 『머피』는 이후 여러 차례 재쇄를 거듭했다. 그로브 출판사 판본은 영어권 독자들에게 즉각적인 영향을 미쳤다. 베케트를 집중 조명한 1959년도 『퍼스펙티브』 특별 호는 『머피』를 중점적으로 소개했고, 휴 케너(Hugh Kenner, 1961), 루비 콘(Ruby Cohn, 1962), 그리고 조금 시차를 두고 발행된 존 플레처(John Fletcher, 1964)의 연구서도 이 작품을 주요히 다루었다. 이 소설은 베케트의 작품 세계에 진입하는 디딤돌 역할을 하는 동시에, 『마지막 승부(Fin de partie)』와 프랑스어로 쓴 여타의 소설들이 작가 베케트의 다른 면면을 드러내기 시작한 위태로운 시기에 베케트는 무엇보다 코믹한 작가라는 영국 내 평판에 힘을 실어 주었다. 한편 미국 학생들에게는 데카르트적인 켄타우로스의 형상을 제시함으로써 베케트를 이해하는 데 효과적인 만큼 역효과적인 열쇠를 제공했다. 코피가 이 소설을 간파한 방식대로 데카르트적인 이원론을 유쾌하게 수용하는 소설로 파악하기보다는 그에 대한 의혹과 비평을 제시하는 것으로 이해하는 편이 훨씬 유익하다. 『머피』를 원고 상태에서 최초로 읽은 맥그리비도 이 점을 지적했고, 그에게 보낸 1936년 7월 7일 자 편지에서 베케트도 사실상 이에 수긍했다. 이 편지에서 베케트는 자기가 "알료샤라는 실수(Aloisha mistake)"를 피해 가지 못했다고 시인했는데, 도스토옙스키의 소설에 등장하는 카라마조프 형제들 중 막내인 알렉세이에 대한 이 언급을 통해 불화하는 감정들을 다스리지 못한 점을 인정한 것이나 다름없다. 창작 단계에서 베케트가 노트에 제목 삼아 기재한 "사샤 머피"도 이와 같은 선상에 있다. 사샤는 알렉산드라에 상응하는 알료샤/알렉시아의 약칭이고, 그런 만큼 실리아를 암시하는 이름이기 때문이다.[4] 이리도 방대한 내용을 이만큼 명확히 전하고 있다는 것이 이 책이 이룬 성취며, 이 지점에서 『머피』는 베케트의 기존 작품들을 앞지른다. 딜레마를 아예 넘어서는 것이 종국에는 딜레마를 해소할 가장 편한 비(非)해결책이 되었다.

그로브 출판사 판본은 라우틀리지 판본에 기반한 영인본으로, 1957년과 1963년 사이에는 존 콜더(John Calder)가 수입해 판매한 이 판본이 영국 내에서 (중고 서점을 제외하고는) 유일하게 구할 수 있는 판본이었다. 그사이 콜더는 영국 내 출판권 또한 확보했고, 1963년 10월에 본인 소유의 자회사를 통해『머피』를 '주피터 북 1권'으로 발행했다. 그리고 이 책이 1969년에 콜더 앤드 보야르스(Calder and Boyars) 자회사에서 재발행되었다. 이 1963–9년 판본, 그러니까 두 번째 공식 영어 판본은 개판 과정에서 두 군데를 바로잡은 라우틀리지 원고를 기초로 하고 있으며, 이에 더해 프랑스어와 독일어 번역본에서는 이미 바로잡힌 두 가지 사실 오류를 바로잡는 한편 새로운 오류를 생산했고(체스 게임), 몇몇 단어의 철자를 표준화했다.『머피』의 세 번째 공식 영어 판본은 1973년에 콜더와 보야르스의 협력하에 팬 북스(Pan Books)에서 발행되었고—이 역시 전면 개판했으나 두 번째 영어 판본을 대본으로 삼았다.—1977년에 존 콜더의 자회사를 통해 베케트 총서의 일부로서 재발행되기에 이른다. 이후 이 판본은 오늘날까지 여러 차례 증쇄를 거듭했다. 1963년 이래 나온『머피』의 영어 판본 및 재쇄본 들의 원고에서 발견되는 오류의 총수는 콜더가 발행한 베케트의 다른 저서들에 비해 적다. 이러한 결과가 무엇에 기인했는지는 분명히 짚기 어렵지만, 『머피』영어 판본들의 의의는 점차 (그러나 비교적 미미한 정도로) 악화된 원고의 상태보다도 도합 몇 쇄가 발행되었으며 어디에서 그리고 어떻게 유통되었는지에 있다고 봐야 할 것이다. 『머피』는 언제나 베케트의 장편 중에서도 영어권 독자들이 가장 즉각적으로 접할 수 있는 작품이었다. 유럽 타지에서는『고도』 이후 베케트의 명성을 다지는 데 있어『몰로이』의 프랑스어판과 『머피』의 독일어판이 더 영향력 있었다. 이는『머피』의 유머가 본질적으로 언어적 차원에 머무는 까닭일 수도 있겠고, 또는 도덕적인 반응의 다른 영역들을 자극하기 때문일 수도 있겠다. 이유야 어떻든 영어, 프랑스어, 독일어 독자라면 누구든, 베케트 자신이 그러했듯, 다른 언어로 쓰인 판본에서 부득이하게 누락된 부분을 보며 배우는 점이 있을 것이다.

## III

『머피』의 정본을 준비하는 일은 이 책이 독자들에게 어떻게
작용할 것인가를 좌우하는 핵심 요소다. 한편으로 이 소설이
지극히 짜임새 있게 쓰였으며 정교하게 구상한 연결점들—소설에
등장하는 장소와 사건 간의 연결은 물론, 소설과 그 외부에
존재하는 세계 사이의 연결 지점—을 통해 유의미한 세계에
대한 비전을 전하고 있음이 현저히 드러난다. 다른 한편으로는
이러한 세부적 요소들의 구성이 작가가 의도한 모순과, 일부러
매듭짓지 않고 남겨 둔 부분들로 인해 뒤엎이고 있는 것 또한
분명하다. 이러한 불일치는 이 소설의 주제를 그대로 반영한다.
마음속에서야 완벽이란 게 존재할 수 있겠으나 완벽은 우발로 인해
필시 훼손되고 만다. 제임스 조이스가 『율리시스』를 집필할 때와
마찬가지로 베케트는 구상에 공을 들이는 동시에 몇 가지 세부
요소들에 대해서는 이들이 딱 맞아떨어지지 않게끔 각별히 신경
썼다. 전자가 구상 단계에서 가장 필수적인 조건이었다면 후자는
원고를 교정하는 단계에서 그 중요성이 더욱 부각됐다. 그렇지만
조이스가 상습적으로 집필 단계의 비교적 후반부에 이르러 하던
작업을 베케트는 본능적으로 더 이른 단계에서 진행했다는 점이
다르고, 베케트에게는 우연적이고 증명 불가능하고 모순적인
요소들이 작문에 불가결한 요소라는 점에서도 다르다.

베케트는 『머피』에 등장하는 베들램 왕립 병원과 같은 실제
장소들과 헨리 매크랜(Henry Macran), 헤스터 다우든(Hester
Dowden), 오스틴 클라크 등 자신이 알고 지낸 사람들의
특성을 반영한 인물들을 묘사함에 있어 사실로부터 의도적으로
이탈한다. 머피라는 인물이 베케트와 닮은 지점들이 있기는 해도
그는 베케트가 아니다. 이러한 양면성은 심지어 일부 단어의
철자에서마저 드러나고 있어서 독자로선 작가가 실수로 오자를
낸 것인지, 아니면 통상적이지 않은 의미를 부여하거나 교란을
빚고자 굳이 잘못 표기한 것인지 분간하기 어렵기도 하다. 작품
도입부에서 찾아볼 수 있는 예로, 머피를 결박한 목도리 일곱
장(본문 9면), 달과 지구 사이의 가능할 리 없는 간격(본문 26면),
그리고 수크의 천궁도에서 발견되는 점성술적으로 앞뒤가 맞지

않는 모순점을 들 수 있겠다. 언뜻 실수로 보이기도 하는 이런 요소 중에는 프랑스어 번역본에선 바로잡고 있으나 독일어 번역본에선 바로잡지 않은 경우도 있고(예컨대 본문 188면의 "10분"을 "20분"으로 수정한 경우), 반대로 독일어 번역본에선 바로잡았으나 프랑스어 번역본에선 바로잡지 않은 경우도 있다(예컨대 본문 189면의 구절을 프랑스어 번역본에서는 영어 판본에 실린 오류 그대로 옮긴 반면, 독일어 번역본에서는 이를 "die Pupillen waren ausserordentlich verkleinert[동공은 유난히 축소(수축)돼 있었다]."로 옮겼다). 프랑스어 번역본은 베케트를 번역가로 명시한 반면에 독일어 번역본은 명시하지 않았는데, 이로써 베케트가 각기 다른 방식이긴 해도 두 번역본 모두에 실질적으로 관여했다는 사실을 은폐하는 결과를 낳는다. 그렇다면 영어 판본도 베케트가 나중에 내비친 바람대로 수정해야 하는 것은 아닐까? 나중의 선택들을 시간의 경과에 따른 경험과 지혜의 산물로 봐야 하지 않나? 혹은 번역본을 동일한 원문의 이본이 아닌 원문과 다른 별도의 작품으로 여겨야 하는 걸까?

프랑스어와 독일어 번역본이 확증하는 바는—굳이 확증이 필요한 부분이었다면— 베케트가 관습에 기댄 예상을 뒤엎는 방식으로 낱말을 의도적으로 비틀고 있다는 사실이다. 그러므로 예컨대 'conclave'를 예상하는 지점에 "concave"를(본문 22면 "천공"), 'gaze'를 예상하는 지점에 "glaze"를(24면 "무심함"), 'rack'을 예상하는 지점에 "wrack"을(118면 "구름") 사용한다. 그 당시에도 벌써 고풍스럽게 여겨지던 옛날식 아일랜드 영어 철자를 고의적으로 따른 경우도 더러 눈에 띈다. 본문 40면의 "Cathleen na Hennessey"('Ni' 대신), 202면의 "Clonmachnois"와 "Connaught"가 그런 경우다. 비문법적으로 'Ni' 대신 "na"를 사용한 건 W. B. 예이츠의 영향 때문이기도 하다. 베케트가 쓴 편지들이 증명하듯 그는 클론맥노이스의 올바른 철자(Clonmacnoise)를 알고 있었을뿐더러, 의도적으로 "Connaught"로 표기한 'Connacht'는 럭비 구단의 체취를 환기하고 동명의 런던 호텔을 연상시킨다. 93면의 "Dun Laoghaire"가 프랑스어 번역본에서 "Kingstown"으로 바뀐 것은

(독일어 번역본은 "Loaghaire"로 오기했다.) 그렇지 않아도 명확한 의도를 군이 한 차례 더 강조하고 드는 경향을 보여 주는 전형적인 예라 할 수 있다.[5] 그 외에도 붙여쓰기한 단어들(예컨대 44면의 "knighterrant": "편력 기사", 146면의 "corpseobedient": "시체로 끝날 물질"), 아일랜드 특유의 구어체에서 영향을 받은 것일 수도 있는 표현들(예컨대 95면의 "took tube": "지하철에 몸을 싣고") 등은 반드시 고의적인 건 아니어도 최소한 영어 원문에 저만의 독특한 질감을 입히고 있다. 군이 현학적인 분위기를 주고자 하는 철자 표기(예컨대 10면의 "Petrouchka": "페트루슈카", 148면의 "katatonic": "혼미 상태")도 이 경우에 속한다. 이 마지막 예는 나중에 발행된 영어 판본(콜더-피카도르 판본)에 이르러 규범 표기대로 수정되었고, 그 결과 작품의 전체적인 어조가 다소 평평해졌다.

이렇듯 우연한 것처럼 보이는 세부 요소들이 실제로는 의도를 담고 있고, 본문에 등장하는 몇 가지 오류도 작가가 허용하거나 애초에 의도한 오류이기 마련이다. 원고의 초고를 참조하기 어려운 실질적인 제약과 전송 과정 중 일부 원고의 누락과 유실 등을 고려할 때, 1938년에 발행된 라우틀리지판 텍스트가 각별한 권한을 지니게 된 것은 불가피한 일이었다고 봐야 한다. 출판사를 찾는 데 어려움이 따랐다고는 해도 베케트는 어쨌건 신중을 기해 글을 집필했고, 차후에 자신이 이룬 결과의 완성도를 높이 사는 일각의 평가에 감동을 받기도 했다. 어쩌면 베케트가 병원에 입원한 기간 동안 교정 작업을 진행해야 했던 점이 출간된 글에 유리하게 작용했다고 봐야 할지도 모르겠고, 이 텍스트가 그의 작품 중 최초로 프랑스어로 번역되는 과정에서 다시 한 번 면밀한 검토의 대상이 되었다는 점도 그리 작용한 것일 수 있겠다. 그가 독일어 번역가에게 협조한 것 또한 본문을 세밀하게 재독할 또 한 차례 계기가 되었고, 그 과정에서 조정된 부분들은 번역본이라는 특성상 영어 본문을 조정하는 것과는 달랐지만 이러한 부분조차 결국은 라우틀리지판 텍스트의 완성도를 확인해 준다.

따라서 앞의 본문은 첫 번째 텍스트인 1938년도 판본의 본문을 딱 두 군데, 그것도 소소한 정도로 바로잡고 있다.

"Bollitoes"로 표기됐던 상표명을 바른 철자인 "Ballitoes"로
수정했고(본문 34면, "스타킹"), HRC 타자 원고에 추가로 삽입된
단어 "so"를 삽입했다(본문 45면, "unless she had superlative
reasons for doing so[절대적인 이유가 있지 않은 이상은]").
공교롭게도 콜더 판본들에서도 이 두 가지 동일한 수정 사항을
확인할 수 있기는 하지만, 앞서 말했듯이 이 판본들은 여타의
오류와 소소하나 불필요한 차이 들을 생산하고 있다. 본문에서
낯설거나 갈피가 잡히지 않는 부분, 묘하거나 순전히 오류로
보이는 부분을 맞닥뜨린 독자에게는 C. J. 애컬리(C. J. Ackerly)가
'망령 난 세부들(Demented Particulars)' [6](『베케트 연구
저널[Journal of Beckett Studies Books]』, 2004)이라는 제목으로
출간한 주해를 참고하라고 추천하는 바다. 애컬리의 책은 번번이
큰 도움이 될뿐더러 이 짧은 소개글에 언급된 내용 중 상당 부분에
대한 부연 설명을 제공한다.

1. 정신 질환자를 돌보는 동시에 격리하는, 잉글랜드에서 가장 오래된 시설이다.

2. 텍사스 대학교 오스틴 캠퍼스 내의 해리 랜섬 센터(Harry Ransom Center)를 의미한다.

3. 실제로 페롱은 제2차세계대전 종전 후 수용소를 나와 스위스에서 사망했다.

4. 알렉산드라와 알렉시아 모두 '돕는 자', '수호자'를 뜻하는 그리스어에서 유래한 이름으로 대개 여성에게 주어진다.

5. 던 리어리는 더블린 동부 해안가에 있는 항구 마을이다. 1816년 법안에 따라 조성되었고, 5세기 아일랜드 군주였던 리어리 맥 닐(Lóegaire mac Néill 또는 Laoghaire Mac Néill)의 이름에서 유래한 지명이 1821년 조지 4세의 방문을 기념해 '킹스타운'으로 변경되었다가 1921년 기존의 'Dunleary'에서 아일랜드식 철자를 따른 'Dun Laoghaire'로 다시 바뀌었다.

6. 『머피』 2장에서 켈리 씨가 실리아에게 하는 대사에서 빌려 온 표현으로, 본문에서는 "망령될 미주알고주알"로 옮겼다.

# 작가 연보*

1906년 — 4월 13일 성금요일, 아일랜드 더블린 남쪽 마을 폭스록의 집 '쿨드리나(Cooldrinagh)'에서 신교도인 건축 측량사 윌리엄(William)과 그 아내 메이(May)의 둘째 아들 새뮤얼 바클레이 베킷(Samuel Barclay Beckett) 출생. 형 프랭크 에드워드(Frank Edward)와는 네 살 터울이었다.

1911-4년 — 더블린의 러퍼드스타운에서 독일인 얼스너(Elsner) 자매의 유치원에 다닌다.

1915년 — 얼스포트 학교에 입학해 프랑스어를 배운다.

1920-2년 — 포토라 왕립 학교에 다닌다. 수영, 크리켓, 테니스 등 운동에 재능을 보인다.

1923년 — 10월 1일, 더블린의 트리니티 대학교에 입학한다. 1927년 졸업할 때까지 아서 애스턴 루스(Arthur Aston Luce)에게서 버클리와 데카르트의 철학을, 토머스 러드모즈브라운(Thomas Rudmose-Brown)에게 프랑스 문학을, 비앙카 에스포지토(Bianca Esposito)에게 이탈리아문학을 배우며 단테에 심취하게 된다. 연극에 경도되어 더블린의 아베이극장과 런던의 퀸스 극장을 드나든다.

1926년 — 8-9월, 프랑스를 처음 방문한다. 이해 말 트리니티 대학교에 강사 자격으로 와 있던 작가 알프레드 페롱(Alfred Péron)을 알게 된다.

---

* 이 연보는 베케트 연구자이자 번역가인 에디트 푸르니에(Edith Fournier)가 정리한 연보(파리, 미뉘, leseditionsdeminuit.fr/auteur-Beckett_Samuel-1377-1-1-0-1.html) 와 런던 페이버 앤드 페이버의 베케트 선집에 실린 커샌드라 넬슨(Cassandra Nelson)이 정리한 연보, C. J. 애컬리(C. J. Ackerley)와 S. E. 곤타스키(S. E. Gontarski)가 함께 쓴 『그로브판 사뮈엘 베케트 안내서(The Grove Companion to Samuel Beckett)』(뉴욕, 그로브, 1996), 마리클로드 위베르(Marie-Claude Hubert)가 엮은 『베케트 사전 (Dictionnaire Beckett)』(파리, 오노레 샹피옹[Honoré Champion], 2011), 제임스 놀슨(James Knowlson)의 베케트 전기 『명성을 누리도록 저주받은 삶: 사뮈엘 베케트의 생애(Damned to Fame: The Life of Samuel Beckett)』(뉴욕, 그로브, 1996), 『사뮈엘 베케트의 편지(The Letters of Samuel Beckett)』 1-3권(케임브리지, 케임브리지 대학교 출판부[Cambridge University Press], 2009-14) 등을 참조해 작성되었다.

    베케트 작품명과 관련해, 영어로 출간되었거나 공연되었을 경우 영어 제목을, 프랑스어였을 경우 프랑스어 제목을, 독일어였을 경우 독일어 제목을 병기했다. 각 작품명 번역은 되도록 통일하되 저자나 번역가가 의도적으로 다르게 옮겼다고 판단될 경우 한국어로도 다르게 옮겼다. — 편집자

1927년 — 4-8월, 이탈리아의 피렌체와 베네치아를 여행하며 여러 미술관과 성당을
　　　　 방문한다. 12월 8일, 문학사 학위를 취득한다(프랑스어·이탈리아어, 수석 졸업).

1928년 — 1-6월, 벨파스트의 캠벨 대학교에서 프랑스어와 영어를 가르친다. 11월 1일,
　　　　 파리의 고등 사범학교 영어 강사로 부임한다(2년 계약). 여기서 다시 알프레드
　　　　 페롱을, 그리고 전임자인 아일랜드 시인 토머스 맥그리비(Thomas MacGreevy)를
　　　　 만나게 된다. 맥그리비는 파리에 머물던 아일랜드 작가이자 베케트에게 큰
　　　　 영향을 미치게 되는 제임스 조이스(James Joyce)를, 또한 파리의 영어권 비평가와
　　　　 출판업자들, 즉 문예지 『트랜지션(transition)』을 이끌던 마리아(Maria)와 유진
　　　　 졸라스(Eugene Jolas), 파리의 영어 서점 셰익스피어 앤드 컴퍼니(Shakespeare
　　　　 and Company) 운영자 실비아 비치(Sylvia Beach) 등을 소개해 준다.

1929년 — 3월 23일, 전해 12월 조이스가 제안해 쓰게 된 베케트의 첫 비평문 「단테…
　　　　 브루노. 비코…조이스(Dante…Bruno. Vico..Joyce)」를 완성한다. 이 비평문은
　　　　 『'진행 중인 작품'을 진행시키기 위하여 그가 실행한 일에 대한 우리의 '과장된'
　　　　 검토(Our Exagmination Round His Factification for Incamination of Work
　　　　 in Progress)』(파리, 셰익스피어 앤드 컴퍼니, 1929)의 첫 글로 실린다. 6월,
　　　　 첫 비평문 「단테… 브루노. 비코…조이스」와 첫 단편 「승천(Assumption)」이
　　　　 『트랜지션』에 실린다. 12월, 조이스가 훗날 『피네건의 경야(Finnegans
　　　　 Wake)』에 포함될, 『트랜지션』의 '진행 중인 작품' 섹션에 연재되던 글 「애나
　　　　 리비아 플루라벨(Anna Livia Plurabelle)」의 프랑스어 번역 작업을 제안한다.
　　　　 베케트는 알프레드 페롱과 함께 이 글을 옮기기 시작한다. 이해에 여섯 살 연상의
　　　　 피아니스트이자 문학과 연극을 애호했던, 1961년 그와 결혼하게 되는 쉬잔
　　　　 데슈보뒤메닐(Suzanne Dechevaux-Dumesnil)을 테니스 클럽에서 처음 만난다.

1930년 — 3월, 시 「훗날을 위해(For Future Reference)」가 『트랜지션』에 실린다. 7월, 첫
　　　　 시집 『호로스코프(Whoroscope)』가 낸시 커나드(Nancy Cunard)가 이끄는 파리의
　　　　 디 아워즈 출판사(The Hours Press)에서 출간된다(책에 실린 동명의 장시는
　　　　 출판사가 주최한 시문학상에 마감일인 6월 15일 응모해 다음 날 1등으로 선정된
　　　　 것이었다). 맥그리비 등의 주선으로 마르셀 프루스트(Marcel Proust)에 관한
　　　　 에세이 청탁을 받아들이고, 8월 25일 쓰기 시작해 9월 17일 런던의 출판사 채토
　　　　 앤드 윈더스(Chatto and Windus)에 원고를 전달한다. 10월 1일, 트리니티 대학교
　　　　 프랑스어 강사로 부임한다(2년 계약). 11월 중순, 트리니티 대학교의 현대 언어
　　　　 연구회에서 장 뒤 샤(Jean du Chas)라는 이명으로 '집중주의(Le Concentrisme)'에
　　　　 대한 글을 발표한다.

1931년 — 3월 5일, 채토 앤드 윈더스의 '돌핀 북스(Dolphin Books)' 시리즈에서
　　　　 『프루스트(Proust)』가 출간된다. 5월 말, (첫 장편소설의 일부가 될) 「독일
　　　　 코미디(German Comedy)」를 쓰기 시작한다. 9월에 시 「알바(Alba)」가 『더블린

매거진(Dublin Magazine)』에 실린다. 시 네 편이 『더 유러피언 캐러밴(The European Caravan)』에 게재된다. 12월 8일, 문학 석사 학위를 취득한다.

1932년 — 트리니티 대학교 강사직을 사임한다. 2월, 파리로 간다. 3월, 『트랜지션』에 공동 선언문 「시는 수직이다(Poetry is Vertical)」와 (첫 장편소설의 일부가 될) 단편 「앉아 있는 것과 조용히 하는 것(Sedendo et Quiescendo)」을 발표한다. 4월, 시 「텍스트(Text)」가 『더 뉴 리뷰(The New Review)』에 실린다. 7-8월, 런던을 방문해 몇몇 출판사에 첫 장편소설 『그저 그런 여인들에 대한 꿈(Dream of Fair to Middling Women)』(사후 출간)과 시들의 출간 가능성을 타진하지만 거절당하고, 8월 말 더블린으로 돌아간다. 12월, 단편 「단테와 바닷가재(Dante and the Lobster)」가 파리의 『디스 쿼터(This Quarter)』에 게재된다(이 단편은 1934년 첫 단편집의 첫 작품으로 실린다).

1933년 — 2월, 이듬해 출간될 흑인문학 선집 번역 완료. 강단에 다시 서지 않기로 결심한다. 6월 26일, 아버지 윌리엄이 심장마비로 사망한다. 9월, 첫 단편집에 실릴 작품 10편을 정리해 채토 앤드 윈더스에 보낸다.

1934년 — 1월, 런던으로 이사한다. 런던 태비스톡 클리닉의 윌프레드 루프레히트 비온 (Wilfred Ruprecht Bion)에게 정신분석을 받기 시작한다. 2월 15일, 시 「집으로 가지, 올가(Home Olga)」가 『컨템포(Contempo)』에 실린다. 2월 16일, 낸시 커나드가 편집하고 베케트가 프랑스어 작품 19편을 영어로 번역한 『흑인문학: 낸시 커나드가 엮은 선집 1931-3(Negro: Anthology Made by Nancy Cunard 1931-1933)』이 런던의 위샤트(Wishart & Co.)에서 출간된다. 5월 24일, 첫 단편집 『발길질보다 따끔함(More Pricks than Kicks)』이 채토 앤드 윈더스에서 출간된다. 7월, 시 「금언(Gnome)」이 『더블린 매거진』에 실린다. 8월, 단편 「천 번에 한 번(A Case in a Thousand)」이 『더 북맨(The Bookman)』에 실린다.

1935년 — 7월 말, 어머니와 함께 영국을 여행한다. 8월 20일, 장편소설 『머피(Murphy)』를 영어로 쓰기 시작한다. 10월, 태비스톡 인스티튜트에서 열린 융의 세 번째 강의에 윌프레드 비온과 함께 참석한다. 12월, 영어 시 13편이 수록된 시집 『에코의 뼈들 그리고 다른 침전물들(Echo's Bones and Other Precipitates)』이 파리의 유로파 출판사(Europa Press)에서 출간된다. 더블린으로 돌아간다.

1936년 — 6월, 『머피』 탈고. 9월 말 독일로 떠나 그곳에서 7개월간 머문다. 10월, 시 「카스칸도(Cascando)」가 『더블린 매거진』에 실린다.

1937년 — 4월, 더블린으로 돌아온다. 새뮤얼 존슨(Samuel Johnson)과 그 가족을 다룬 영어 희곡 「인간의 소망들(Human Wishes)」을 쓰기 시작한다. 10월 중순, 더블린을 떠나 파리에 정착해 우선 몽파르나스 근처 호텔에 머문다.

1938년 ― 1월 6일, 몽파르나스에서 한 포주에게 이유 없이 칼로 가슴을 찔려 병원에
입원한다. 쉬잔 데슈보뒤메닐이 그를 방문하고, 이들은 곧 연인이 된다. 3월 7일,
『머피』가 런던의 라우틀리지 앤드 선스(Routledge and Sons)에서 장편소설로는
처음 출간된다. 4월 초, 프랑스어로 시를 쓰기 시작하고, 이달 중순부터 파리
15구의 파보리트 가 6번지 아파트에 살기 시작한다. 5월, 시 「판돈(Ooftish)」이
『트랜지션』에 실린다.

1939년 ― 알프레드 페롱과 함께 『머피』를 프랑스어로 번역한다. 7-8월, 더블린에 잠시
돌아가 어머니를 만난다. 9월 3일, 영국과 프랑스가 독일과의 전쟁을 선언하자
이튿날 파리로 돌아온다.

1940년 ― 6월, 프랑스가 독일에 함락되자 쉬잔과 함께 제임스 조이스의 가족이 머물고
있던 비시로 떠난다. 이어 툴루즈, 카오르, 아르카숑으로 이동한다. 아르카숑에서
뒤샹을 만나 체스를 두거나 『머피』를 번역하며 지낸다. 9월, 파리로 돌아온다.
페롱을 만나 다시 함께 『머피』를 프랑스어로 옮기는 한편, 이듬해 그가 속해 있던
레지스탕스 조직에 합류한다.

1941년 ― 1월 13일, 제임스 조이스가 취리히에서 사망한다. 2월 11일, 소설 『와트(Watt)』를
영어로 쓰기 시작한다. 9월 1일, 레지스탕스 조직 글로리아 SMH에 가담해 각종
정보를 영어로 번역한다.

1942년 ― 8월 16일, 페롱이 체포되자 게슈타포를 피해 쉬잔과 함께 떠난다. 9월 4일,
방브에 도착한다. 10월 6일, 프랑스 남부 보클뤼즈의 루시용에 도착한다. 『와트』를
계속 집필한다.

1944년 ― 8월 25일, 파리 해방. 10월 12일, 파리로 돌아온다. 12월 28일, 『와트』를 완성.

1945년 ― 1월, M. A. I. 갤러리와 마그 갤러리에서 각기 열린 네덜란드 화가 판 펠더(van
Velde) 형제의 전시회를 계기로 비평 「판 펠더 형제의 회화 혹은 세계와 바지(La
Peinture des van Velde ou Le Monde et le pantalon)」를 쓴다. 3월 30일,
무공훈장을 받는다. 4월 30일 혹은 5월 1일 페롱이 사망한다. 6월 9일, 시 「디에프
193?(Dieppe 193?)」[sic]이 『디 아이리시 타임스(The Irish Times)』에 실린다.
8-12월, 아일랜드 적십자사가 세운 노르망디의 생로 군인병원에서 창고관리인 겸
통역사로 자원해 일하며 글을 쓴다. 다시 파리로 돌아온다.

1946년 ― 1월, 시 「생로(Saint-Lô)」가 『디 아이리시 타임스』에 실린다. 첫 프랑스어 단편
「계속(Suite)」(제목은 훗날 '끝[La Fin]'으로 바뀜)이 『레 탕 모데른(Les Temps
modernes)』 7월 호에 실린다. 7-10월, 첫 프랑스어 장편소설 『메르시에와
카미에(Mercier et Camier)』를 쓴다. 10월, 전해에 쓴 판 펠더 형제 관련

비평이 『카이에 다르(Cahiers d'Art)』에 실린다. 11월, 전쟁 전에 쓴 열두 편의 시 「시 38–39(Poèmes 38–39)」가 『레 탕 모데른』에 실린다. 10월에 단편 「추방된 자(L'Expulsé)」를, 10월 28일부터 11월 12일까지 단편 「첫사랑(Premier amour)」을, 12월 23일부터 단편 「진정제(Le Calmant)」를 프랑스어로 쓴다.

1947년 — 1–2월, 첫 프랑스어 희곡 「엘레우테리아(Eleutheria)」를 쓴다(사후 출간). 4월, 『머피』의 첫 번째 프랑스어판이 파리의 보르다스(Bordas)에서 출간된다. 5월 2일부터 11월 1일까지 『몰로이(Molloy)』를 프랑스어로 쓴다. 11월 27일부터 이듬해 5월 30일까지 『말론 죽다(Malone meurt)』를 프랑스어로 쓴다.

1948년 — 예술비평가 조르주 뒤튀(Georges Duthuit)가 주선해 주는 번역 작업에 힘쓴다. 3월 8–27일 뉴욕의 쿠츠 갤러리에서 열린 판 펠더 형제의 전시 초청장에 실릴 글을 쓴다. 5월, 판 펠더 형제에 대한 글 「장애의 화가들(Peintres de l'empêchement)」이 마그 갤러리에서 발행하던 미술 평론지 『데리에르 르 미르와르(Derrière le Miroir)』에 실린다. 6월, 「세 편의 시들(Three Poems)」이 『트랜지션』에 실린다. 10월 9일부터 이듬해 1월 29일까지 희곡 「고도를 기다리며(En attendant Godot)」를 프랑스어로 쓴다.

1949년 — 3월 29일, 위시쉬르마른의 한 농장에서 『이름 붙일 수 없는 자(L'Innommable)』를 프랑스어로 쓰기 시작한다. 4월, 「세 편의 시들」이 『포이트리 아일랜드(Poetry Ireland)』에 실린다. 6월, 미술에 대해 뒤튀와 나눴던 대화 중 화가 피에르 탈코트(Pierre Tal-Coat), 앙드레 마송(André Masson), 브람 판 펠더(Bram van Velde)에 관한 내용을 「세 편의 대화(Three Dialogues)」로 정리하기 시작한다. 12월, 「세 편의 대화」가 『트랜지션』에 실린다.

1950년 — 1월, 유네스코의 의뢰로 『멕시코 시 선집(Anthology of Mexican Poetry)』(옥타비오 파스[Octavio Paz] 엮음)을 번역하게 된다. 이달 『이름 붙일 수 없는 자』를 완성한다. 8월 25일, 어머니 메이 사망. 10월 중순, 프랑스 미뉘 출판사(Les Éditions de Minuit) 대표 제롬 랭동(Jérôme Lindon)이 쉬잔이 전한 『몰로이』의 원고를 읽고 이를 출간하기로 한다. 11월 중순, 미뉘와 『몰로이』, 『말론 죽다』, 『이름 붙일 수 없는 자』 등 세 편의 소설 출간 계약서를 교환한다. 12월 24일, 「아무것도 아닌 텍스트들(Textes pour rien)」 1편을 프랑스어로 쓴다.

1951년 — 3월 12일, 『몰로이』가 미뉘에서 출간된다. 11월, 『말론 죽다』가 미뉘에서 출간된다. 12월 20일, 「아무것도 아닌 텍스트들」을 총 13편으로 완성한다.

1952년 — 가을, 위시쉬르마른에 집을 짓기 시작한다. 베케트가 애호하는 집필 장소가 될 이 집은 이듬해 1월 완공된다. 10월 17일, 『고도를 기다리며』가 미뉘에서 출간된다.

1953년 — 1월 5일, 「고도를 기다리며」가 파리 몽파르나스 라스파유 가의 바빌론 극장에서
　　　　초연된다(로제 블랭[Roger Blin] 연출, 피에르 라투르[Pierre Latour], 루시앵
　　　　랭부르[Lucien Raimbourg], 장 마르탱[Jean Martin], 로제 블랭 출연). 5월 20일,
　　　　『이름 붙일 수 없는 자』가 미뉘에서 출간된다. 7월 말, 패트릭 바울즈(Patrick
　　　　Bowles)와 함께 『몰로이』를 영어로 옮기기 시작한다. 8월 31일, 『와트』 영어판이
　　　　파리의 올랭피아 출판사(Olympia Press)에서 출간된다. 9월 8일, 「고도를
　　　　기다리며(Warten auf Godot)」가 베를린 슈로스파크 극장에서 공연된다. 9월
　　　　25일, 「고도를 기다리며」가 파리 바빌론 극장에서 다시 공연된다. 10월 말,
　　　　다니엘 마우로크(Daniel Mauroc)와 함께 『와트』를 프랑스어로 옮기기 시작한다.
　　　　11월 16일부터 12월 12일까지 바빌론 극장이 제작한 「고도를 기다리며」가 순회
　　　　공연된다(독일, 이탈리아, 프랑스). 한편 「고도를 기다리며」의 영어 판권 문의가
　　　　쇄도하자 베케트는 이를 직접 영어로 옮기기 시작한다.

1954년 — 1월, 미뉘의 『메르시에와 카미에』 출간 제안을 거절한다. 6월, 『머피』의 두 번째
　　　　프랑스어판이 미뉘에서 출간된다. 7월, 『말론 죽다』를 영어로 옮기기 시작한다.
　　　　8월 말, 『고도를 기다리며(Waiting for Godot)』 영어판이 뉴욕의 그로브
　　　　출판사(Grove Press)에서 출간된다. 9월 13일, 형 프랭크가 폐암으로 사망한다.
　　　　10월 15일, 『와트』가 아일랜드에서 발매 금지된다. 이해에 희곡 「마지막 승부(Fin
　　　　de Partie)」를 프랑스어로 쓰기 시작해 1956년에 완성하게 된다. 이해 또는
　　　　이듬해에 「포기한 작업으로부터(From an Abandoned Work)」를 영어로 쓴다.

1955년 — 3월, 『몰로이』 영어판이 파리의 올랭피아에서 출간된다. 8월, 『몰로이』
　　　　영어판이 뉴욕의 그로브에서 출간된다. 8월 3일, 「고도를 기다리며」의 첫 영어
　　　　공연이 런던의 아츠 시어터 클럽에서 열린다(피터 홀[Peter Hall] 연출). 8월
　　　　18일, 『말론 죽다』 영어 번역을 마치고, 발레 댄서이자 안무가, 배우였던 친구
　　　　데릭 멘델(Deryk Mendel)을 위해 「무언극 I(Acte sans paroles I)」을 쓴다. 9월
　　　　12일, 「고도를 기다리며」가 런던의 크라이테리언 극장에서 공연된다. 10월 28일,
　　　　「고도를 기다리며」가 더블린의 파이크 극장에서 공연된다. 11월 15일, 「추방된
　　　　자」, 「진정제」, 「끝」 등 단편 세 편과 13편의 「아무것도 아닌 텍스트들」이 포함된
　　　　『단편들 그리고 아무것도 아닌 텍스트들(Nouvelles et textes pour rien)』이
　　　　미뉘에서 출간된다. 12월 8일, 런던에서 열린 「고도를 기다리며」 100회 기념
　　　　공연에 참석한다.

1956년 — 1월 3일, 「고도를 기다리며」가 미국 마이애미의 코코넛 그로브 극장에서
　　　　공연된다(앨런 슈나이더[Alan Schneider] 연출). 1월 13일, 『몰로이』가
　　　　아일랜드에서 발매 금지된다. 2월 10일, 『고도를 기다리며』가 런던의 페이버 앤드
　　　　페이버(Faber and Faber)에서 출간된다. 2월 27일, 『이름 붙일 수 없는 자』를
　　　　영어로 옮기기 시작한다. 4월 19일, 「고도를 기다리며」가 뉴욕의 존 골든 극장에서
　　　　공연된다(허버트 버고프[Herbert Berghof] 연출). 6월, 「포기한 작업으로부터」가

더블린 주간지 『트리니티 뉴스(Trinity News)』에 실린다. 6월 14일부터 9월 23일까지 「고도를 기다리며」가 파리의 에베르토 극장에서 공연된다. 7월, BBC의 요청으로 첫 라디오극 「넘어지는 모든 자들(All That Fall)」을 영어로 쓰기 시작해 9월 말 완성한다. 10월, 『말론 죽다(Malone Dies)』 영어판이 그로브에서 출간된다. 12월, 희곡 「으스름(The Gloaming)」(제목은 훗날 '연극용 초안 I[Rough for Theatre I]'로 바뀜)을 쓰기 시작한다.

1957년 — 1월 13일, 「넘어지는 모든 자들」이 BBC 3프로그램에서 처음 방송된다. 1월 말 또는 2월 초, 『마지막 승부 / 무언극(Fin de partie *suivi de* Acte sans paroles)』이 미뉘에서 출간된다. 3월 15일, 『머피』가 그로브에서 출간된다. 4월 3일, 「마지막 승부」가 런던의 로열코트극장에서 프랑스어로 공연되고(로제 블랭 연출, 장 마르탱 주연), 이달 26일 파리의 스튜디오 네 상젤리제 무대에도 오른다. 베케트는 8월 중순까지 이 작품을 영어로 옮긴다. 8월 24일, 데릭 멘델을 위해 두 번째 『무언극 II(Acte sans paroles II)』를 완성한다. 8월 30일, 『넘어지는 모든 자들』이 페이버에서 출간된다. 로베르 팽제(Robert Pinget)가 베케트와 협업해 프랑스어로 옮긴 「넘어지는 모든 자들(Tous ceux qui tombent)」이 파리의 문학잡지 『레 레트르 누벨(Les Lettres nouvelles)』에 실린다. 「포기한 작업으로부터」가 이해 창간된 뉴욕 그로브 출판사의 문학잡지 『에버그린 리뷰(Evergreen Review)』 1권 3호에 실린다. 10월 말, 「넘어지는 모든 자들」이 미뉘에서 출간된다. 12월 14일, 「포기한 작업으로부터」가 BBC 3프로그램에서 방송된다(패트릭 머기[Patrick Magee] 낭독).

1958년 — 1월 28일, 「마지막 승부」의 영어 버전인 「마지막 승부(Endgame)」 공연이 뉴욕의 체리 레인 극장에서 초연된다(앨런 슈나이더 연출). 2월 23일, 『이름 붙일 수 없는 자』의 영어 번역 초안을 완성한다. 3월 6일, 「마지막 승부(Endspiel)」가 빈의 플라이슈마크트 극장에서 공연된다(로제 블랭 연출). 3월 7일, 『말론 죽다』 영어판이 런던의 존 콜더(John Calder)에서 출간된다. 3월 17일, 희곡 「크래프의 마지막 테이프(Krapp's Last Tape)」를 영어로 완성한다. 4월 25일, 『마지막 승부 / 무언극 I(Endgame, Followed by Act Without Words I)』 영어판이 페이버에서 출간된다. 이해에 『포기한 작업으로부터』도 페이버에서 출간된다. 7월, 희곡 「크래프의 마지막 테이프」가 『에버그린 리뷰』에 실린다. 8월, 훗날 「연극용 초안 II[Rough for Theatre II]」가 되는 글을 쓴다. 9월 29일, 『이름 붙일 수 없는 자(The Unnamable)』 영어판이 그로브에서 출간된다. 10월 28일, 「크래프의 마지막 테이프」가 런던의 로열코트극장에서 초연된다(도널드 맥위니[Donald McWhinnie] 연출, 패트릭 머기 주연). 11월 1일, 「아무것도 아닌 텍스트들」 중 1편을 영어로 옮긴다. 12월, 1950년 옮겼던 『멕시코 시 선집』이 미국 블루밍턴의 인디애나 대학교 출판부(Indiana University Press)에서 출간된다. 12월 17일, 훗날 『그게 어떤지(Comment c'est)』의 일부가 되는 「핌(Pim)」을 쓰기 시작한다.

1959년 — 3월, 베케트와 피에르 레리스(Pierre Leyris)가 함께「크래프의 마지막 테이프」를 프랑스어로 옮긴「마지막 테이프(La Dernière bande)」가『레 레트르 누벨』에 실린다. 6월 24일, 라디오극「타다 남은 불씨들(Embers)」이 BBC 3프로그램에서 방송된다. 7월 2일, 트리니티 대학교에서 명예박사 학위를 받는다.『몰로이』,『말론 죽다』,『이름 붙일 수 없는 자』가 한 권으로 묶여 10월에 파리의 올랭피아에서『3부작(A Trilogy)』으로, 11월에 뉴욕의 그로브에서『세 편의 소설(Three Novels)』로 출간된다. 11월,「타다 남은 불씨들」이『에버그린 리뷰』에 실린다. 같은 달 짧은 글「영상(L'Image)」이 영국 문예지『엑스(X)』에 실리고, 이후 이 글은『그게 어떤지』로 발전한다. 12월 18일,『크래프의 마지막 테이프 그리고 타다 남은 불씨들(Krapp's Last Tape and Embers)』이 페이버에서 출간된다. 팽제가「타다 남은 불씨들」을 프랑스어로 옮긴「타고 남은 재들(Cendres)」이『레 레트르 누벨』에 실린다. 이해에 독일 비스바덴의 리메스 출판사(Limes Verlag)에서 베케트의『시집(Gedichte)』이 출간된다.

1960년 — 1월,『마지막 테이프/타고 남은 재들(La Dernière bande suivi de Cendres)』이 미뉘에서 출간된다. 1월 14일,「크래프의 마지막 테이프」가 뉴욕의 프로방스타운 극장에서 공연된다(앨런 슈나이더 연출).『그게 어떤지』초고를 완성하고, 8월 초까지 퇴고한다. 3월 27일,「마지막 테이프」가 파리의 레카미에 극장에서 공연된다(로제 블랭 연출, 르네자크 쇼파르[René-Jacques Chauffard] 주연). 3월 31일,『세 편의 소설』이 존 콜더에서 출간된다. 4월 27일,「고도를 기다리며」가 BBC 3프로그램에서 방송된다. 8월, 희곡「행복한 날들(Happy Days)」을 영어로 쓰기 시작해 이듬해 1월 완성한다. 8월 23일, 로베르 팽제가 프랑스어로 쓴 라디오극「크랭크(La Manivelle)」를 베케트가 영어로 번역한「옛 노래(The Old Tune)」가 BBC 3프로그램에서 방송된다(바버라 브레이[Barbara Bray] 연출). 9월 말, 베케트의 번역「옛 노래」가 함께 수록된 팽제의『크랭크』가 미뉘에서 출간된다. 리처드 시버(Richard Seaver)와 함께「추방된 자」를 영어로 옮긴다. 10월 말, 파리 14구 생자크 거리의 아파트로 이사한다. 이해에『크래프의 마지막 테이프 그리고 다른 희곡들(Krapp's Last Tape, and Other Dramatic Pieces)』이 뉴욕 그로브에서 출간된다.

1961년 — 1월,『그게 어떤지』가 미뉘에서 출간된다. 2월, 마르셀 미할로비치[Marcel Mihalovici]가 작곡한 가극「크래프의 마지막 테이프」가 파리의 샤이요 극장과 독일의 빌레펠트에서 공연된다. 3월 25일, 영국 동남부 켄트의 포크스턴에서 쉬잔과 결혼한다. 파리로 돌아온 직후부터 6월 초까지「행복한 날들」의 원고를 개작해 그로브에 송고한다. 4월 3일, 뉴욕의 WNTA TV에서「고도를 기다리며」가 방송된다(앨런 슈나이더 연출). 5월 3일,「고도를 기다리며」가 파리의 오데옹극장에서 공연된다. 5월 4일, 호르헤 루이스 보르헤스(Jorge Luis Borges)와 공동으로 국제 출판인상을 수상한다. 6월 26일,「고도를 기다리며」가 BBC 텔레비전에서 방송된다(도널드 맥위니 연출). 7월 15일,『그게 어떤지』를 영어로 옮기기 시작한다. 9월, 『행복한 날들』이 그로브에서 출간된다. 9월 17일, 「행복한 날들」이 뉴욕 체리 레인 극장에서 초연된다(앨런 슈나이더 연출). 11월 말, 라디오극 「말과 음악(Words and Music)」을 쓴다(존 베케트[John Beckett] 작곡). 12월, '음악과 목소리를 위한 라디오극' 「카스칸도(Cascando)」를 프랑스어로 처음 쓴다(마르셀 미할로비치 작곡). 『영어로 쓴 시(Poems in English)』가 콜더 앤드 보야르스(Calder and Boyars, 출판사 존 콜더가 1963년부터 1975년까지 사용했던 이름)에서 출간된다.

1962년 — 1월, 단편 「추방된 자(The Expelled)」의 영어 버전이 『에버그린 리뷰』에 실린다. 5월, 희곡 「연극(Play)」을 영어로 쓰기 시작해 7월에 완성한다. 5월 22일, 「마지막 승부」가 BBC 3프로그램에서 방송된다(앨런 깁슨[Alan Gibson] 연출). 6월 15일, 『행복한 날들』이 페이버에서 출간된다. 11월 1일, 「행복한 날들」이 런던 로열코트극장에서 공연된다. 11월 13일, 「말과 음악」이 BBC 3프로그램에서 방송된다. 「말과 음악」이 『에버그린 리뷰』에 실린다.

1963년 — 1월 25일, 「넘어지는 모든 자들」이 프랑스 텔레비전에서 방송된다. 2월, 『오 행복한 날들(Oh les beaux jours)』 프랑스어판이 미뉘에서 출간된다. 3월 20일, 『영어로 쓴 시(Poems in English)』가 그로브에서 출간된다. 4월 5–13일, 시나리오 「필름(Film)」을 쓴다. 6월 14일, 독일 울름에서 「연극」의 독일어 버전인 「유희(Spiel)」가 공연되고, 베케트는 공연 제작을 돕는다(데릭 멘델 연출). 7월 4일, 「아무것도 아닌 텍스트들」 13편을 영어로 옮기기 시작한다. 9월 말, 「오 행복한 날들」이 베네치아 연극 페스티벌에서 공연되고(로제 블랭 연출, 마들렌 르노[Madeleine Renaud], 장루이 바로[Jean-Louis Barrault] 주연), 이어 10월 말 파리 오데옹극장 무대에 오른다. 10월 13일, 「카스칸도」가 프랑스 퀼튀르에서 방송된다(로제 블랭 연출, 장 마르탱 목소리 출연). 이해 독일 프랑크푸르트의 주어캄프 출판사(Suhrkamp Verlag)에서 베케트의 『극작품(Dramatische Dichtungen)』 1권(총 3권)이 출간된다(「고도를 기다리며」, 「마지막 승부」, 「무언극 I」, 「무언극 II」, 「카스칸도」 등 수록).

1964년 — 1월 4일, 「연극」이 뉴욕의 체리 레인 극장에서 공연된다(앨런 슈나이더 연출). 2월 17일, 「마지막 승부」 영어 공연이 파리의 샹젤리제 스튜디오에서 열린다(잭 맥고런[Jack MacGowran] 연출, 패트릭 머기 주연). 3월, 『연극 그리고 두 편의 라디오 단막극(Play and Two Short Pieces for Radio)』이 페이버에서 출간된다(「연극」, 「카스칸도」, 「말과 음악」 수록). 4월 7일, 「연극」이 런던의 국립극장 올드빅에서 공연된다. 4월 30일, 『그게 어떤지(How it is)』 영어판이 런던의 콜더 앤드 보야르스에서 출간된다. 6월, 「연극」을 프랑스어로 옮긴 「코메디(Comédie)」가 『레 레트르 누벨』에 게재된다. 6월 11일, 「코메디」가 파리 루브르박물관의 마르상 관에서 초연된다(장마리 세로[Jean-Marie Serreau] 연출). 7월 9일, 로열셰익스피어극단이 제작한 「마지막 승부」가 런던의

알드위치 극장에서 공연된다. 7월 10일부터 8월 초까지 뉴욕에서 「필름」 제작을
돕는다(앨런 슈나이더 감독, 버스터 키턴[Buster Keaton] 주연). 8월 말, 훗날
「잘못된 출발들(Faux départs)」이 될 글을 쓰기 시작한다. 10월 6일, 「카스칸도」가
BBC 3프로그램에서 방송된다. 12월 30일, 「고도를 기다리며」가 런던의
로열코트극장에서 공연된다(앤서니 페이지[Anthony Page] 연출).

1965년 — 1월, 희곡 「왔다 갔다(Come and Go)」를 영어로 쓴다. 3월 21일, 「왔다 갔다」의
프랑스어 번역을 마친다. 4월 13일부터 5월 1일까지 첫 텔레비전용 스크립트
「어이 조(Eh Joe)」를 영어로 쓴다. 5월 6일, 『고도를 기다리며』 무삭제판이
페이버에서 출간된다. 7월 3일, 「어이 조」의 프랑스어 번역을 마친다. 7월
4-8일, 봄에 프랑스어로 쓴 단편 「죽은 상상력 상상해 보라(Imagination morte
imaginez)」를 영어로 옮긴다. 프랑스어로 쓴 「죽은 상상력 상상해 보라」는 『레
레트르 누벨』에 게재되고 미뉘에서 출간된다. 영어로 번역된 「죽은 상상력 상상해
보라(Imagination Dead Imagine)」는 런던의 『더 선데이 타임스(The Sunday
Times)』에 실리고 콜더 앤드 보야르스에서 출간된다. 8월 8-14일, 「말과 음악」을
프랑스어로 옮긴다. 9월 4일, 「필름」이 베네치아 국제영화제에서 상영되고, 젊은
비평가상을 수상한다. 이날 단편 「충분히(Assez)」를 프랑스어로 쓰기 시작한다.
10월 18일, 로베르 팽제의 「가설(L'Hypothèse)」이 파리 근대 미술관에서
공연된다(베케트와 피에르 샤베르[Pierre Chabert] 공동 연출). 11월, 「소멸자(Le
Dépeupleur)」를 프랑스어로 쓰기 시작한다.

1966년 — 1월, 『코메디 및 기타 극작품(Comédie et Actes divers)』이 미뉘에서
출간된다(「코메디」, 「왔다 갔다[Va-et-vient]」, 「카스칸도」, 「말과 음악[Paroles
et musique]」, 「어이 조[Dis Joe]」, 「무언극 II」 수록). 2월 28일, 「왔다 갔다」와
팽제의 「가설」(베케트 연출)이 파리 오데옹극장에서 공연된다. 4월 13일, 베케트의
60회 생일을 기념해 「어이 조(He Joe)」가 독일 국영방송 SDR(남부독일방송)에서
처음 방송된다(베케트 연출). 7월 4일, 「어이 조」가 BBC 2프로그램에서 방송된다.
7-8월, 「쿵(Bing)」을 프랑스어로 쓴다. 『충분히』, 『쿵』이 미뉘에서 출간된다.
11-12월 초, 「아무것도 아닌 텍스트들」을 영어로 옮긴다.

1967년 — 녹내장 진단을 받는다. 뤼도빅(Ludovic)과 아녜스 장비에(Agnès Janvier),
베케트가 함께 옮긴 『포기한 작업으로부터(D'un ouvrage abandonné)』가
미뉘에서 출간된다. 단편집 『죽은-머리들(Têtes-mortes)』이 미뉘에서
출간된다(「충분히」, 「죽은 상상력 상상해 보라」, 「쿵」 수록). 6월, 『어이 조 그리고
다른 글들(Eh Joe and Other Writings)』이 페이버에서 출간된다. 7월, 『왔다
갔다』가 콜더 앤드 보야르스에서 출간된다(「어이 조」, 「무언극 II[Act Without
Words II]」, 「필름」 수록). 『카스칸도 그리고 다른 단막극들(Cascando and Other
Short Dramatic Pieces)』이 그로브에서 출간된다(「카스칸도」, 「말과 음악」, 「어이
조」, 「연극」, 「왔다 갔다」, 「필름」 수록). 8월 중순부터 9월 말까지 베를린에 머물며

실러 극장 무대에 오를 「마지막 승부(Endspiel)」 연출을 준비하고, 9월 26일 공연한다. 11월, 베케트가 1945년부터 1966년까지 쓴 단편들을 묶은 『아니요의 칼(No's Knife)』이 콜더 앤드 보야르스에서 출간된다. 12월, 『단편들 그리고 아무것도 아닌 텍스트들(Stories and Texts for Nothing)』이 그로브에서 출간된다. 이해에 토머스 맥그리비가 사망한다.

1968년 — 3월, 프랑스어로 쓴 시들을 엮은 『시집(Poèmes)』이 미뉘에서 출간된다. 5월, 폐에서 종기가 발견되어 술과 담배를 끊는 등 여름 내내 치유에 힘쓴다. 「소멸자」의 일부인 『출구(L'Issue)』가 파리의 조르주 비자(Georges Visat)에서 출간된다. 12월, 뤼도빅과 아녜스 장비에, 베케트가 함께 옮긴 『와트』가 미뉘에서 출간된다. 이달 초부터 이듬해 3월 초까지 포르투갈에 머물며 휴식을 취한다. 이해에 희곡 「숨소리(Breath)」를 영어로 쓴다.

1969년 — 「없는(Sans)」을 프랑스어로 쓴다. 6월 16일, 뉴욕의 에덴 극장에서 「숨소리」가 공연된다. 8월 말, 10월 5일 실러 극장에서 직접 연출해 선보일 『크래프의 마지막 테이프(Das letzte Band)』 공연 준비차 베를린을 방문하고, 그곳에서 「없는」을 영어로 옮기기 시작한다. 10월, 영국 글래스고의 클로스 시어터 클럽에서 「숨소리」가 공연된다. 10월 초, 요양차 튀니지로 떠난다. 10월 23일, 노벨 문학상 수상. 미뉘 출판사 대표 제롬 랭동이 대신 시상식에 참여한다. 『없는』이 미뉘에서 출간된다.

1970년 — 3월 8일, 영국 옥스퍼드 극장에서 「숨소리」가 공연된다. 4월 29일, 파리의 레카미에 극장에서 「마지막 테이프」를 연출한다. 같은 달, 1946년 집필했으나 당시 베케트가 출간을 거부했던 장편 『메르시에와 카미에(Mercier et Camier)』와 단편 『첫사랑(Premier Amour)』이 미뉘에서 출간된다. 7월, 「없는」을 영어로 옮긴 『없어짐(Lessness)』이 콜더 앤드 보야르스에서 출간된다. 9월, 『소멸자』가 미뉘에서 출간된다. 10월 중순 백내장으로 인해 왼쪽 눈 수술을 받는다.

1971년 — 2월 중순, 오른쪽 눈 수술을 받는다. 「숨소리(Souffle)」 프랑스어 버전이 『카이에 뒤 슈맹(Cariers du Chemin)』 4월 호에 실린다. 8-9월, 베를린을 방문해 9월 17일 「행복한 날들(Glückliche Tage)」을 실러 극장에서 연출한다. 10-11월, 요양차 몰타에 머문다.

1972년 — 2월, 모로코에 머문다. 3월 말, 무대에 '입'만 등장하는 모놀로그 「나는 아니야(Not I)」를 영어로 쓴다. 『소멸자』를 영어로 옮긴 『잃어버린 자들(The Lost Ones)』이 런던의 콜더 앤드 보야르스와 뉴욕의 그로브에서 출간된다. 『잃어버린 자들』 일부가 '북쪽(The North)'이라는 제목으로 런던의 이니사먼 출판사(Enitharmon Press)에서 출간된다. 단편집 『죽은-머리들』 증보판이 미뉘에서 출간된다(「없는」 추가 수록). 「필름 / 숨소리(Film suivi de Souffle)」가 미뉘에서 출간되고, 이해 출간된 『코메디 및 기타 극작품』 증보판에 수록된다. 『숨소리 그리고 다른 단막극들(Breath and Other Short Plays)』이 페이버에서 출간된다. 11월 22일, 「나는 아니야」가 '사뮈엘 베케트 페스티벌'의 일환으로 뉴욕 링컨센터에서 공연된다(앨런 슈나이더 연출, 제시카 탠디[Jessica Tandy] 주연).

1973년 — 1월 16일, 「나는 아니야」가 런던 로열코트극장에서 공연된다(베케트와 앤서니 페이지 공동 연출, 빌리 화이트로[Billie Whitelaw] 주연). 같은 달 『나는 아니야』가 페이버에서 출간된다. 2월, 『첫사랑』의 영어 번역을 마친다. 『나는 아니야』를 프랑스어로, 『메르시에와 카미에』를 영어로 옮기기 시작한다. 7월, 『첫사랑(First Love)』이 콜더 앤드 보야르스에서 출간된다. 8월, 「이야기된바(As the Story Was Told)」를 쓴다. 이 글은 이해 독일의 주어캄프에서 출간된 시인 귄터 아이히(Günter Eich) 기념 책자에 수록된다.

1974년 — 『첫사랑 그리고 다른 단편들(First Love and Other Shorts)』가 그로브에서 출간된다(「포기한 작업으로부터」, 「충분히[Enough]」, 「죽은 상상력 상상해 보라」, 「땡[Ping]」, 「나는 아니야」, 「숨소리」 수록). 『메르시에와 카미에(Mercier and Camier)』가 런던의 콜더 앤드 보야르스와 뉴욕의 그로브에서 출간된다. 6월, 「나는 아니야」에 비견되는 실험적인 희곡 「그때는(That Time)」을 쓰기 시작해 이듬해 8월 완성한다.

1975년 — 3월 8일, 베를린 실러 극장에서 「고도를 기다리며」를 연출한다. 4월 8일, 파리 오르세 극장에서 「나는 아니야(Pas moi)」(마들렌 르노 주연)와 「마지막 테이프」를 연출한다. 희곡 「발소리(Footfalls)」를 영어로 쓰기 시작해 11월에 완성한다. 텔레비전용 스크립트 「고스트 트리오(Ghost Trio)」를 영어로 쓴다. 12월, 「다시 끝내기 위하여(Pour finir encore)」를 쓴다.

1976년 — 2월, 단편집 『다시 끝내기 위하여 그리고 다른 실패작들(Pour finir encore et autres foirades)』이 미뉘에서 출간된다. 5월 말, 베케트의 일흔 번째 생일을 기념해 런던의 로열코트극장에서 「발소리」(베케트 연출, 빌리 화이트로 주연)와 「그때는」(도널드 맥위니 연출, 패트릭 머기 주연)이 공연된다. 『그때는』이 페이버에서 출간된다. 8월, 「죽은 상상력 상상해 보라」를 쓰기 전인 1964년에 영어로 쓴 글 「모든 이상한 것이 사라지고(All Strange Away)」가 에드워드 고리(Edward Gorey)의 에칭화와 함께 뉴욕의 고담 북 마트(Gotham Book Mart)에서 출간된다. 10월 1일, 「그때는(Damals)」과 「발소리(Tritte)」를 베를린 실러 극장에서 연출한다. 10-11월, 텔레비전용 스크립트 「오직 구름만이…(…but the clouds…)」를 영어로 쓴다. 12월, 『발소리』가 페이버에서 출간된다. 「고스트 트리오」를 처음 수록한 8편의 희곡집 『허접쓰레기들(Ends and Odds)』이 그로브에서 출간된다. 산문 모음 『실패작들(Foirades / Fizzles)』이 뉴욕의 페테르부르크 출판사(Petersburg Press)에서 프랑스어와 영어로 출간되고,

『다시 끝내기 위하여 그리고 다른 실패작들(For to End Yet Again and Other Fizzles)』이 런던의 존 콜더에서, 『실패작들(Fizzles)』이 뉴욕의 그로브에서 출간된다.

1977년 — 3월, 『동반자(Company)』를 영어로 쓰기 시작한다. 『영어와 프랑스어로 쓴 시 전집(Collected Poems in English and French)』이 런던의 콜더와 뉴욕의 그로브에서 출간된다. 4월 17일, 「나는 아니야」, 「고스트 트리오」, 「오직 구름만이…」가 '그늘(Shades)'이라는 타이틀 아래 영국 BBC 2프로그램에서 방송된다(앤서니 페이지, 도널드 맥위니 연출). 10월, '죽음'에 대해 말하는 남자에 대한 작품을 써 달라는 배우 데이비드 워릴로우(David Warrilow)의 요청으로 「독백극(A Piece of Monologue)」을 쓰기 시작한다. 11월 1일, 남부독일방송에서 제작된 「고스트 트리오(Geistertrio)」와 「오직 구름만이…(Nur noch Gewölk)」, 그리고 영국에서 방송되었던 빌리 화이트로 버전의 「나는 아니야」가 '그늘(Schatten)'이라는 타이틀 아래 RFA에서 방송된다(베케트 연출). 전해에 그로브에서 출간된 동명의 희곡집에 「오직 구름만이…」를 추가로 수록한 『허접쓰레기들』이 페이버에서 출간된다. 『발소리(Pas)』가 미뉘에서 출간된다.

1978년 — 『발소리 / 네 편의 밑그림(Pas suivi de Quatre esquisses)』이 미뉘에서 출간된다(「발소리」, 「연극용 초안 I & II(Fragment de théâtre I & II)」, 「라디오용 스케치(Pochade radiophonique)」, 「라디오용 밑그림(Esquisse radiophonique)」). 4월 11일, 「발소리」와 「나는 아니야」가 파리의 오르세 극장에서 공연된다(베케트 연출, 마들렌 르노 주연). 8월, 『시들 / 풀피리 노래들(Poèmes suivi de mirlitonnades)』이 미뉘에서 출간된다. 「그때는」을 프랑스어로 옮긴 『이번에는(Cette fois)』이 미뉘에서 출간된다. 10월 6일, 「유희」를 베를린 실러 극장에서 연출한다.

1979년 — 4월 말, 「독백극」을 완성한다. 6월, 런던의 로열코트극장에서 「행복한 날들」이 공연된다(베케트 연출). 9월, 『동반자』를 완성하고 프랑스어로 옮기기 시작한다. 『동반자』가 런던 콜더에서 출간된다. 10월 말, 『잘 못 보이고 잘 못 말해진(Mal vu mal dit)』을 쓰기 시작한다. 12월 14일, 「독백극」이 뉴욕의 라 마마 실험 극장 클럽에서 초연된다(데이비드 워릴로우 연출 및 주연).

1980년 — 『동반자(Compagnie)』가 파리 미뉘에서 출간된다. 5월, 런던의 리버사이드 스튜디오에서 샌 퀜틴 드라마 워크숍의 일환으로 창립자 릭 클러치(Rick Cluchey)와 함께 「마지막 승부」를 공동 연출한다. 이듬해 75번째 생일을 기념해 뉴욕 주 버펄로에서 열리는 심포지엄에서 선보일 「자장가(Rockaby)」를 쓰고(앨런 슈나이더 연출, 빌리 화이트로 주연), 역시 이듬해 미국 오하이오 주립 대학에서 열릴 베케트 심포지엄의 의뢰로 「오하이오 즉흥곡(Ohio Impromptu)」을 쓴다(앨런 슈나이더 연출).

1981년 — 1월 말, 『잘 못 보이고 잘 못 말해진』을 완성한다. 3월, 『잘 못 보이고 잘 못 말해진』이 미뉘에서 출간된다. 『자장가 그리고 다른 짧은 글들(Rockaby and Other Short Pieces)』이 그로브에서 출간된다(「오하이오 즉흥곡」, 「자장가」, 「독백극」 등 수록). 4월, 텔레비전용 스크립트 「쿼드(Quad)」를 영어로 쓴다. 7월, 종종 협업해 온 화가 아비그도르 아리카(Avigdor Arikha)를 위해 짧은 글 「천장(Ceiling)」을 영어로 쓰기 시작한다(훗날 에디트 푸르니에[Edith Fournier]가 옮긴 프랑스어 제목은 'Plafond'). 8월, 『최악을 향하여(Worstward Ho)』를 영어로 쓰기 시작해 이듬해 3월 완성한다(에디트 푸르니에가 베케트와 미리 상의한 후 1991년 퍼낸 프랑스어 번역본의 제목은 'Cap au pire'). 10월 8일, 독일 SDR에서 제작된 「쿼드」가 '정방형 I+II(Quadrat I+II)'라는 제목으로 RFA에서 방송된다(베케트 연출). 같은 달 『잘 못 보이고 잘 못 말해진(Ill Seen Ill Said)』이 그로브에서 출간된다. 베케트 탄생 75주년을 기념해 파리에서 '사뮈엘 베케트 페스티벌'이 개최된다.

1982년 — 체코 대통령이자 극작가였던 바츨라프 하벨(Václav Havel)에게 헌정하는 희곡 「대단원(Catastrophe)」을 쓴다. 7월 20일, 「대단원」이 아비뇽 페스티벌에서 초연된다. 『독백극/대단원(Solo suivi de Catastrophe)』과 『대단원 그리고 또 다른 소극들(Catastrophe et autres dramaticules)』, 『자장가/오하이오 즉흥곡(Berceuse suivi de Impromptu d'Ohio)』이 미뉘에서 출간된다. 『특별히 묶은 세 편의 희곡(Three Occasional Pieces)』이 페이버에서 출간된다(「독백극」, 「자장가」, 「오하이오 즉흥곡」 수록). 『잘 못 보이고 잘 못 말해진』이 콜더에서 출간된다. 마지막 텔레비전용 스크립트 「밤과 꿈(Nacht und Träume)」을 영어로 쓰고 독일 SDR에서 연출한다(이듬해 5월 19일 RFA에서 방송됨). 12월 16일, 「쿼드」가 영국 BBC 2프로그램에서 방송된다.

1983년 — 2-3월, 9월에 오스트리아 그라츠에서 열리는 슈타이리셔 헤르프스트 페스티벌의 요청으로 희곡 「무엇을 어디서」를 프랑스어로 쓰고('Quoi Où') 영어로 옮긴다('What Where'). 이 작품은 베케트가 집필한 마지막 희곡이 된다. 4월, 『최악을 향하여』가 콜더에서 출간된다. 9월, 베케트가 1929년부터 1967년까지 썼던 비평 및 공연되지 않은 극작품 「인간의 소망들」 등이 포함된 『소편(小片)들: 잡문들 그리고 연극적 단편 한 편(Disjecta: Miscellaneous Writings and a Dramatic Fragment)』(루비 콘[Ruby Cohn] 엮음)이 콜더에서 출간된다. 『오하이오 즉흥곡, 대단원, 무엇을 어디서(Ohio Impromptu, Catastrophe, What Where)』가 그로브에서 출간된다. 「독백극」, 「이번에는」이 파리 생드니의 제라르 필리프 극장에서 프랑스어로 공연된다(데이비드 워릴로우 주연). 「자장가」, 「오하이오 즉흥곡」, 「대단원」이 파리 롱푸앵 극장 무대에 오른다(피에르 샤베르 연출). 6월 15일, 「무엇을 어디서」, 「대단원」, 「오하이오 즉흥곡」이 뉴욕의 해럴드 클러먼 극장에서 공연된다(앨런 슈나이더 연출).

1984년 — 2월, 런던을 방문해 샌 퀜틴 드라마 워크숍에서 준비하는 「고도를 기다리며」를 감독한다(발터 아스무스[Waltet Asmus] 연출, 3월 13일 애들레이드 아츠 페스티벌에서 초연됨). 『대단원』이 콜더에서 출간된다. 『단막극 전집(Collected Shorter Plays)』이 런던의 페이버와 뉴욕의 그로브에서 출간되고, 『시 전집 1930-78(Collected Poems, 1930-1978)』이 런던의 콜더에서 출간된다. 8월, 에든버러 페스티벌에서 '베케트 시즌'이 열린다. 런던에서 오스트레일리아 순회공연을 위해 「고도를 기다리며」, 「마지막 승부」, 「크래프의 마지막 테이프」 연출을 감독한다.

1985년 — 마드리드와 예루살렘에서 베케트 페스티벌이 열린다. 6월, 「무엇을 어디서(Was Wo)」를 텔레비전 방송용으로 개작해 독일 SDR에서 연출한다(이듬해 4월 13일 방송됨). 「천장」이 실린 책 『아리카(Arikha)』가 파리의 에르만(Hermann)과 런던의 템스 앤드 허드슨(Thames and Hudson)에서 출간된다.

1986년 — 베케트 탄생 80주년을 기념해 4월에 파리에서, 8월에 스코틀랜드 스털링에서 사뮈엘 베케트 페스티벌이 열린다. 폐 질환이 시작된다.

1988년 — 마지막 글이 될 「떨림(Stirrings Still)」을 영어로 완성한다. 이 글은 뉴욕의 블루 문 북스(Blue Moon Books)와 런던의 콜더에서 출간된다. 『영상』이 미뉘에서, 『단편 산문 전집 1945-80(Collected Shorter Prose, 1945-1980)』이 콜더에서 출간된다. 7월, 쉬잔과 함께 요양원 르 티에르탕에 들어간다. 그곳에서 프랑스 시 「어떻게 말할까(Comment dire)」와 영어 시 「무어라 말하나(What is the Word)」를 쓴다.

1989년 — 『동반자』, 『잘 못 보이고 잘 못 말해진』, 『최악을 향하여』가 수록된 『계속할 도리가 없는(Nohow On)』이 뉴욕의 리미티드 에디션스 클럽(Limited Editions Club)과 런던의 콜더에서 출간된다(그로브에서는 1995년 출간됨). 『떨림(Stirrings Still)』을 프랑스어로 옮긴 『떨림(Soubresauts)』과 1940년대에 판 펠더 형제에 대해 썼던 미술 비평 『세계와 바지(Le Monde et le pantalon)』가 미뉘에서 출간된다(「장애의 화가들[Peintres de l'empêchement]」은 1991년 증보판에 수록).
　　　　7월 17일, 쉬잔 사망. 12월 22일, 베케트 사망. 파리의 몽파르나스 묘지에 함께 안장된다.

# 작품 연표

| 영어 | 프랑스어 |
|---|---|

**1929년**
비평문「단테…브루노. 비코··조이스
(Dante…Bruno. Vico..Joyce)」
단편「승천(Assumption)」
기타 단편들

**1930년**
시집『호로스코프(Whoroscope)』(1930)
비평집『프루스트(Proust)』(1931)
단편들

**1930-2년**
장편『그저 그런 여인들에 대한 꿈(Dream
of Fair to Middling Women)』
(사후 출간)

**1932-3년**
시들
단편집『발길질보다 따끔함(More Pricks
than Kicks)』(1934)

**1934-5년**
시집『에코의 뼈들 그리고 다른
침전물들(Echo's Bones and Other
Precipitates)』(1935)

**1935-6년**
장편『머피(Murphy)』(1938)

**1937년**
희곡「인간의 소망들(Human
Wishes)」(1983)

**1937-40년**
시들
『머피(Murphy)』(알프레드 페롱과 공동
번역, 1947년 출간)

**1941-5년**
장편『와트(Watt)』(1953)

**1945년**
미술 비평「세계와 바지(Le Monde et le
pantalon)」(1989)

**1946년**

단편 「끝(La Fin)」(1955)

장편 『메르시에와 카미에(Mercier et Camier)』(1970)

단편 「추방된 자(L'Expulsé)」(1955)

단편 「첫사랑(Premier amour)」(1970)

단편 「진정제(Le Calmant)」(1955)

**1947년**

희곡 「엘레우테리아(Eleutheria)」(1995)

**1947-8년**

장편 『몰로이(Molloy)』(1951)

장편 『말론 죽다(Malone meurt)』(1951)

미술 비평 「장애의 화가들(Peintres de l'empêchement)」(1989)

**1948-9년**

희곡 「고도를 기다리며(En attendant Godot)」(1952)

**1949년**

미술 비평 「세 편의 대화(Three Dialogues)」(사후 출간)

**1949-50년**

장편 『이름 붙일 수 없는 자 (L'Innommable)』(1953)

**1950-1년**

단편 모음 「아무것도 아닌 텍스트들 (Textes pour rien)」(1955)

**1953-4년**

장편 『몰로이(Molloy)』(패트릭 바울즈와 공동 번역, 1955년 출간)

희곡 『고도를 기다리며(Waiting for Godot)』(1954)

**1954-5년**

장편 『말론 죽다(Malone Dies)』(1956)

**1955(?)년**

단편 「포기한 작업으로부터(From an Abandoned Work)」(1958)

**1954-6년**

희곡 「마지막 승부(Fin de Partie)」(1957)

희곡 「무언극 I(Acte sans paroles I)」 (1957)

## 1956년
라디오극「넘어지는 모든 자들(All that Fall)」(1957)

## 1956-7년
희곡「으스름(The Gloaming)」
장편『이름 붙일 수 없는 자(The Unnamable)』(1958)

## 1957년
희곡「마지막 승부(Endgame)」(1958)

## 1958년
희곡「크래프의 마지막 테이프(Krapp's Last Tape)」(1959)
단편「아무것도 아닌 텍스트 I(Text for Nothing I)」
라디오극「타다 남은 불씨들(Embers)」(1959)

## 1960-61년
희곡「행복한 날들(Happy Days)」(1961)
단편「추방된 자」(리처드 시버와 공동 번역, 1967년 출간)

## 1961년
라디오극「말과 음악(Words and Music)」(1964)

## 1961-2년
장편『그게 어떤지(How It Is)』(1964)

## 1962-3년
희곡「연극(Play)」(1964)
「연극용 초안 I & II(Rough for Theatre I & II)」(1976)
「라디오용 초안 I & II(Rough for Radio I & II)」(1976)

## 1963년
라디오극「카스칸도(Cascando)」(1964)
시나리오「필름(Film)」(1964년 제작, 1965년 상영, 1967년 출간)

## 1957년
라디오극「넘어지는 모든 자들(Tous ceux qui tombent)」(로베르 팽제와 공동 번역, 1957년 출간)
「무언극 II(Acte sans paroles II)」(1966)

## 1958-9년
희곡「마지막 테이프(La Dernière bande)」(피에르 레리스와 공동 번역, 1960년 출간)

## 1959-60년
장편『그게 어떤지(Comment c'est)』(1961)

「연극용 초안 I & II(Fragment de théâtre I & II)」(1950년대 후반 집필, 1978년 출간)

## 1961년
라디오극「카스칸도(Cascando)」(1963)
「라디오용 스케치(Pochade radiophonique)」(1978)
「라디오용 밑그림(Esquisse radiophonique)」(1978)

## 1962년
희곡「오 행복한 날들(Oh les beaux jours)」(1963)

## 1963-4년
희곡「코메디(Comédie)」(1966)

**1963–6년**
단편 모음 「아무것도 아닌 텍스트들
(Texts for Nothing)」(1967)

**1964–5년**
단편 「모든 이상한 것이 사라지고
(All Strange Away)」(1976)

**1965년**
희곡 「왔다 갔다(Come and Go)」(1)*
(1967)
텔레비전용 스크립트 「어이 조(Eh Joe)」
(1) (1967)
단편 「죽은 상상력 상상해 보라
(Imagination Dead Imagine)」(2) (1974)

**1965–6년**
단편 「충분히(Enough)」(2) (1974)
단편 「땡(Ping)」(1974)

**1965년**
희곡 「왔다 갔다(Va-et-vient)」(2) (1966)
단편 「죽은 상상력 상상해 보라
(Imagination morte imaginez)」(1)
(1967)
텔레비전용 스크립트 「어이 조(Dis Joe)」
(2) (1966)
라디오극 「말과 음악(Paroles et
musique)」(1966)
단편 「충분히(Assez)」(1) (1966)

**1965–6년**
단편 「소멸자(Le Dépeupleur)」(1970)

**1966년**
단편 「쿵(Bing)」(1966)

**1966–8년**
장편 『와트(Watt)』(아녜스 & 뤼도빅
장비에와 공동 번역, 1968년 출간)

**1968년**
희곡 「숨소리(Breath)」(1972)

**1969년**
단편 「없어짐(Lessness)」(2) (1970)

**1969년**
단편 「없는(Sans)」(1) (1969)
희곡 「숨소리(Souffle)」(1972)

단편 모음 「실패작들(Foirades)」
(1960년대 집필, 1976년 출간)

**1971–2년**
단편 「잃어버린 자들(The Lost Ones)」
(1972)

**1971년**
시나리오 「필름(Film)」(1972)

---

* 제목 옆의 숫자 (1), (2)는 집필 연도가 같은 작품들의 집필 순서를 표시한 것이다.

**1972-3년**

희곡 「나는 아니야(Not I)」(1973)

단편 「첫사랑(First Love)」(1973)

단편 「정적(Still)」(1973)

단편 「소리들(Sounds)」(1978)

단편 「정적 3(Still 3)」(1978)

단편 「움직이지 않는(Immobile)」(1976)

**1973년**

장편 『메르시에와 카미에(Mercier and Camier)』(1974)

단편 「이야기된바(As the Story Was Told)」(1973)

**1973년**

희곡 「나는 아니야(Pas moi)」(1975)

**1973-4년**

단편 모음 「실패작들(Fizzles)」(1976)

**1974-5년**

희곡 「그때는(That Time)」(1976)

**1974-5년**

희곡 「이번에는(Cette fois)」(1978)

**1975년**

단편 「다시 끝내기 위하여(For to End Yet Again)」(2) (1976)

희곡 「발소리(Footfalls)」(1) (1976)

텔레비전용 스크립트 「고스트 트리오(Ghost Trio)」(1976)

**1975년**

단편 「다시 끝내기 위하여(Pour finir encore)」(1) (1976)

희곡 「발소리(Pas)」(2) (1978)

**1976년**

텔레비전용 스크립트 「오직 구름만이…(…but the clouds…)」(1977)

**1976-8년**

「풀피리 노래들(Mirlitonnades)」(1978)

**1977-9년**

단편 「동반자(Company)」(1979)

희곡 「독백극(A Piece of Monologue)」(1981)

**1979-80년**

단편 「잘 못 보이고 잘 못 말해진(Ill Seen Ill Said)」(1981)

희곡 「자장가(Rockaby)」(1981)

희곡 「오하이오 즉흥곡(Ohio Impromptu)」(1981)

**1979년**

단편 「동반자(Compagnie)」(1980)

**1979-82년**

희곡 「독백극(Solo)」(1982)

**1981년**

텔레비전용 스크립트 「콰드(Quad)」
(1982)

단편 「천장(Ceiling)」(1985)

**1981-2년**

단편 「최악을 향하여(Worstward Ho)」
(1983)

텔레비전용 스크립트 「밤과 꿈(Nacht und
Träume)」(1984)

**1983년**

희곡 「무엇을 어디서(What Where)」(2)
(1983)

희곡 「대단원(Catastrophe)」(1983)

**1983-7년**

단편 「떨림(Stirrings Still)」(1988)

**1989년**

시 「무어라 말하나(What Is the Word)」

**1981년**

단편 「잘 못 보이고 잘 못 말해진(Mal vu
mal dit)」(1981)

**1982년**

희곡 「자장가(Berceuse)」(1982)

희곡 「오하이오 즉흥곡(Impromptu
d'Ohio)」(1982)

희곡 「대단원(Catastrophe)」(1982)

**1983년**

희곡 「무엇을 어디서(Quoi Où)」(1) (1983)

**1988년**

시 「어떻게 말할까(Comment dire)」

단편 「떨림(Soubresauts)」(1989)

사뮈엘 베케트 선집

## 소설
『포기한 작업으로부터』, 윤원화 옮김
『발길질보다 따끔함』, 윤원화 옮김
『머피』, 이예원 옮김
『와트』, 박세형 옮김
『메르시에와 카미에』
『말론 죽다』, 임수현 옮김
『이름 붙일 수 없는 자』, 전승화 옮김
『그게 어떤지/영상』, 전승화 옮김
『죽은-머리들/소멸자/다시 끝내기 위하여 그리고 다른 실패작들』, 임수현 옮김
『동반자/잘 못 보이고 잘 못 말해진/최악을 향하여/떨림』, 임수현 옮김

## 희곡
『무언극 I, II 외』

## 시
『에코의 뼈들 그리고 다른 침전물들/호로스코프/시들, 풀피리 노래들』, 김예령
    옮김

## 평론
『프루스트』, 유예진 옮김
『세계와 바지/장애의 화가들』, 김예령 옮김


계속됩니다.

사뮈엘 베케트 선집

사뮈엘 베케트
머피

이예원 옮김

초판 1쇄 발행. 2020년 12월 25일

발행. 워크룸 프레스
편집. 김뉘연, 신선영
표지 사진. EH(김경태)
제작. 세걸음

ISBN 979-11-89356-42-2 04800
978-89-94207-65-0 (세트)
20,000원

워크룸 프레스
03043 서울시 종로구
자하문로16길 4, 2층
전화. 02-6013-3246
팩스. 02-725-3248
메일. workroom@wkrm.kr
workroompress.kr

이 도서의 국립중앙도서관
출판예정도서목록(CIP)은 서지정보유통
지원시스템(seoji.nl.go.kr)과
국가자료공동목록시스템(nl.go.kr/
kolisnet)에서 이용하실 수 있습니다.
CIP제어번호: CIP2020052242

옮긴이. 이예원
문학 번역가. 데버라 리비의 『살림 비용』과 『알고 싶지 않은 것들』, 주나 반스의
『나이트우드』, 조애나 월시의 『호텔』, 앨리 스미스의 『겨울』과 『호텔 월드』 등을
한국어로 옮겼고, 이상우, 김숨, 천희란의 소설과 황정은의 『디디의 우산』,
『계속해보겠습니다』를 영어로 옮겼다.